O CONDENADO

OBRAS DO AUTOR PUBLICADAS PELA EDITORA RECORD

1356
Azincourt
O condenado
Stonehenge
O forte
Tolos e mortais

Trilogia As Crônicas de Artur
O rei do inverno
O inimigo de Deus
Excalibur

Trilogia A Busca do Graal
O arqueiro
O andarilho
O herege

Série As Aventuras de um Soldado nas Guerras Napoleônicas
O tigre de Sharpe (Índia, 1799)
O triunfo de Sharpe (Índia, setembro de 1803)
A fortaleza de Sharpe (Índia, dezembro de 1803)
Sharpe em Trafalgar (Espanha, 1805)
A presa de Sharpe (Dinamarca, 1807)
Os fuzileiros de Sharpe (Espanha, janeiro de 1809)
A devastação de Sharpe (Portugal, maio de 1809)
A águia de Sharpe (Espanha, julho de 1809)
O ouro de Sharpe (Portugal, agosto de 1810)
A fuga de Sharpe (Portugal, setembro de 1810)
A fúria de Sharpe (Espanha, março de 1811)
A batalha de Sharpe (Espanha, maio de 1811)
A companhia de Sharpe (Espanha, janeiro a abril de 1812)
A espada de Sharpe (Espanha, junho e julho de 1812)
O inimigo de Sharpe (Espanha, dezembro de 1812)

Série Crônicas Saxônicas
O último reino
O cavaleiro da morte
Os senhores do norte
A canção da espada
Terra em chamas
Morte dos reis
O guerreiro pagão
O trono vazio
Guerreiros da tempestade
O Portador do Fogo
A guerra do lobo
A espada dos reis
O senhor da guerra

Série As Crônicas de Starbuck
Rebelde
Traidor
Inimigo
Herói

Bernard Cornwell

O CONDENADO

Tradução de
ALVES CALADO

12ª EDIÇÃO

EDITORA RECORD
RIO DE JANEIRO • SÃO PAULO
2025

	Cornwell, Bernard, 1944-
C835c	O condenado / Bernard Cornwell; tradução de Ivanir
12ª ed.	Alves Calado. – 12ª ed. – Rio de Janeiro: Record, 2025.
	322p. :

Tradução de: Gallows Thief
ISBN 978-85-01-06933-7

1. Romance inglês. I. Alves Calado, Ivanir, 1953-. II. Título.

04-2686

CDD – 823
CDU – 821.111-3

Título original inglês:
GALLOWS THIEF

Copyright © Bernard Cornwell, 2001

Todos os direitos reservados. Proibida a reprodução, no todo ou em parte, através de quaisquer meios.

Direitos exclusivos de publicação em língua portuguesa para o Brasil adquiridos pela
EDITORA RECORD LTDA.
Rua Argentina 171 – Rio de Janeiro, RJ – 20921-380 – Tel.: 2585-2000
que se reserva a propriedade literária desta tradução.

Impresso no Brasil

ISBN 978-85-01-06933-7

Seja um leitor preferencial Record.
Cadastre-se e receba informações sobre nossos lançamentos e nossas promoções.

Atendimento e venda direta ao leitor:
sac@record.com.br

Para Antonia e Jef

PRÓLOGO

Sir Henry Forrest, banqueiro e conselheiro da cidade de Londres, quase engasgou ao entrar no Pátio da Prensa, porque o cheiro era terrível, mais fétido do que as saídas de esgoto onde o valão Fleet escorria para o Tâmisa. Era o fedor dos poços do inferno, um cheiro de lacrimejar os olhos, que tirava o fôlego e fez *sir* Henry dar um passo involuntário para trás, grudar um lenço no nariz e prender a respiração por medo de vomitar.

O guia de *sir* Henry deu um risinho.

— Eu nem noto mais o cheiro, senhor — disse ele —, mas acho que deve ser meio mortal, mortal. Cuidado com os degraus aqui, senhor, cuidado mesmo.

Sir Henry afastou cautelosamente o lenço e se obrigou a falar:

— Por que isso é chamado de Pátio da Prensa?

— Há muito tempo, senhor, era aqui que os prisioneiros eram espremidos. Eram esmagados, senhor. Com pedras em cima, para contarem a verdade. A gente não faz mais isso, senhor, o que é uma pena, e em conseqüência eles mentem que nem indianos, senhor, como indianos. — O guia, um dos carcereiros da prisão, era um homem gordo que usava calções de couro, casaco manchado e um porrete grosso. Ele riu. — Não existe nenhum homem ou mulher que seja culpado aqui, senhor, pelo menos se a gente perguntar!

Sir Henry tentou manter a respiração curta, para não ter de inalar o miasma nauseante de excremento, suor e podridão.

— Há instalações sanitárias aqui? — perguntou.

— Muito atualizadas, *sir* Henry, muito atualizadas. Os drenos são decentes em Newgate, senhor. A gente mima eles, mima de verdade, mas eles são animais imundos, senhor, imundos. Eles emporcalham o próprio ninho, senhor, é o que fazem, emporcalham o próprio ninho. — O carcereiro fechou o portão pelo qual tinham entrado no pátio e passou o ferrolho. — Os condenados têm a liberdade do Pátio da Prensa durante a luz do dia, senhor. Só nos dias santos e feriados como hoje. — Ele riu, deixando *sir* Henry saber que isso era uma piada. — Eles têm de esperar até a gente acabar, senhor, e se o senhor virar à esquerda pode se juntar ao sr. Brown e aos outros cavalheiros na Sala da Associação.

— Sala da Associação?

— Onde os condenados se reúnem nas horas do dia, senhor — explicou o carcereiro — menos nos dias santos e feriados como hoje, senhor, e aquelas janelas ali à esquerda, senhor, são os saleiros.

Sir Henry viu no fim do pátio, que era muito estreito e comprido, quinze janelas com grades. As janelas eram pequenas, sombreadas e ocupavam três andares, e as celas por trás dessas janelas eram chamadas de saleiros. Ele não fazia idéia do motivo e não queria perguntar, para não encorajar mais o rude humor do carcereiro, mas *sir* Henry sabia que os quinze saleiros também eram conhecidos como salas de espera do diabo e antecâmaras do inferno. Eram as celas dos condenados da Prisão de Newgate. Um condenado, com os olhos parecendo um mero brilho por trás das grossas barras, encarou de volta *sir* Henry, que virou o rosto para o outro lado enquanto o carcereiro abria a pesada porta da Sala da Associação.

— Muito obrigado, *sir* Henry, muito obrigado, sem dúvida — o carcereiro bateu com os nós dos dedos na testa quando *sir* Henry lhe ofereceu um xelim como agradecimento por ter sido guiado através das passagens labirínticas da prisão.

Sir Henry entrou na Sala da Associação, onde foi recebido pelo chefe da carceragem, William Brown, um homem lúgubre, careca e com grandes papadas. Um sacerdote atarracado, usando peruca antiquada, batina, sobrepeliz manchada e colarinho clerical estava parado com um sorriso untuoso ao lado do chefe da carceragem.

— Por favor, permita-me apresentar o capelão — disse o chefe da carceragem. — Reverendo doutor Horace Cotton. *Sir* Henry Forrest.

Sir Henry tirou o chapéu.

— Às suas ordens, dr. Cotton.

— Ao seu dispor, *sir* Henry — respondeu o doutor Cotton com um servilismo nauseante, fazendo uma reverência profunda para *sir* Henry. A peruca antiquada do capelão era composta por três gordos pedaços de pele de carneiro com pêlo branco, que emolduravam seu rosto cor de soro de leite. Havia um furúnculo escorrendo na bochecha esquerda. Como remédio contra o cheiro da prisão, havia um ramalhete amarrado em volta do pescoço, logo acima do colarinho clerical.

— *Sir* Henry está aqui a serviço oficial — confidenciou o chefe da carceragem ao capelão da prisão.

— Ah! — Os olhos do dr. Cotton se arregalaram, sugerindo que *sir* Henry estava para receber um raro petisco. — E esta é a sua primeira visita?

— A primeira — admitiu *Sir* Henry.

— Tenho certeza de que a achará edificante, *sir* Henry — disse o sacerdote.

— Edificante! — A escolha de palavra pareceu inadequada a *sir* Henry.

— Almas foram ganhadas para Cristo através dessa experiência — disse o dr. Cotton, sério —, ganhadas para Cristo, de fato! — Ele sorriu, depois fez uma reverência obsequiosa enquanto o chefe da carceragem levava *sir* Henry para se encontrar com os outros seis convidados que tinham vindo para o tradicional desjejum em Newgate. O último convidado chamava-se Matthew Logan e não precisou ser apresentado porque ele e *sir* Henry eram velhos amigos e, como ambos eram conselheiros municipais, eram considerados visitantes muito distintos nesta manhã, já que os conselheiros municipais eram os verdadeiros diretores da Prisão de Newgate. O chefe da carceragem e o capelão, cujos salários eram fixados pelos conselheiros, ofereceram café aos dois homens, mas ambos recusaram. Logan pegou o braço de *sir* Henry e o levou para trás do fogão, onde poderiam falar em particular ao lado das brasas e das cinzas que soltavam fumaça.

— Tem certeza de que quer ver isso? — perguntou Logan solícito ao seu amigo. — Você está tremendamente pálido.

Sir Henry era um homem de boa aparência, alto, com as costas eretas e rosto inteligente e altivo. Era banqueiro, rico e bem-sucedido. Seu cabelo, prematuramente prateado, já que fizera 50 anos há apenas alguns dias, lhe dava uma aparência distinta, mas naquele momento, parado diante do fogão dos prisioneiros na Sala da Associação, ele parecia velho, frágil, emaciado e doentio.

— É cedo, Logan — explicou ele. — E nunca estou nas melhores condições tão perto do alvorecer.

— Certo — disse Logan, fingindo acreditar na explicação do amigo. — No entanto esta não é uma experiência para qualquer um, mas posso dizer que o desjejum depois é muito bom. Rins condimentados. Esta é provavelmente minha décima ou décima primeira visita, e o desjejum ainda não me desapontou. Como vai *lady* Forrest?

— Florence vai bem, obrigado por perguntar.

— E sua filha?

— Sem dúvida Eleanor vai sobreviver aos seus problemas — disse *sir* Henry secamente. — Nenhum coração partido ainda se mostrou fatal.

— A não ser nos poetas, não é?

— Danem-se os poetas, Logan — disse *sir* Henry com um sorriso. Em seguida estendeu as mãos para os restos do fogo que estavam esperando para ser soprados de volta à vida. Os prisioneiros tinham deixado suas panelas e caldeirões empilhados nas beiradas, e havia uma pilha de cascas de batatas enroladas nas cinzas. — Pobre Eleanor. Se fosse por mim, Logan, deixaria que ela se casasse, mas Florence não quer saber disso, e acho que está certa.

— Em geral as mães sabem mais sobre essas coisas — disse Logan distraidamente, e então o baixo murmúrio das conversas na sala morreu enquanto os convidados se viravam para uma porta com barras de ferro que se abriu com um guincho súbito e áspero. Durante um segundo ninguém apareceu, e foi como se todos os convidados prendessem o fôlego. Mas então, recebido por um ofegar audível, um homem segurando uma grande sacola de couro apareceu. Não havia qualquer coisa em sua aparência para explicar o som ofegante. Ele era corpulento, com o rosto vermelho, e usava polainas marrons, calções pretos e um casaco preto que era abotoado apertado demais sobre a barriga protuberante. Tirou respeitosamente o velho chapéu marrom quando viu os nobres à espera, mas não cumprimentou, e ninguém na Sala da Associação lhe disse qualquer coisa.

— Aquele — disse Logan a *sir* Henry, baixinho — é o sr. James Botting, mais conhecido como Jemmy.

— O requerente? — perguntou *sir* Henry no mesmo tom.

— O próprio.

Sir Henry conteve um tremor e se lembrou de que os homens não deveriam ser julgados pela aparência externa, ainda que fosse difícil não desaprovar um ser tão feio como James Botting, cuja cara parecendo um pedaço de carne crua era desfigurada por verrugas, cistos e cicatrizes. A careca era rodeada por uma franja de cabelos castanhos oleosos que caíam sobre a gola puída. E quando fazia uma careta, o que acontecia a intervalos de segundos num tique nervoso, ele mostrava dentes amarelos e gengivas encolhidas. Tinha mãos grandes que afastaram um banco da mesa, sobre o qual pôs a sacola de couro. Abriu a fivela da sacola e, consciente de estar sendo observado pelos visitantes silenciosos, tirou oito rolos de corda branca e fina. Colocou os rolos sobre a mesa, onde os arrumou meticulosamente numa fileira, eqüidistantes um do outro. Em seguida, com ar de feiticeiro, pegou quatro sacos de algodão branco, cada um com cerca de trinta centímetros de lado, que colocou junto das cordas enroladas, e por fim pegou quatro cordas grossas feitas de cânhamo trançado. Cada corda parecia ter uns três metros ou três metros e meio, e cada uma tinha um nó corredio numa das pontas e uma pequena alça na outra. James Botting colocou as cordas sobre a mesa e depois recuou.

— Bom dia, senhores — falou rapidamente.

— Ah, Botting! — disse William Brown, o chefe da carceragem, num tom que sugeria ter notado apenas nesse momento a presença de Botting. — Muito bom dia a você.

— E está realmente bom — disse Botting. — Receei que fosse chover, tal era a dor nas juntas dos meus cotovelos, mas não há uma nuvem à vista, senhor. Então, serão apenas os quatro clientes hoje, senhor?

— Só os quatro, Botting.

— Eles atraíram uma boa multidão, senhor, atraíram mesmo. Uma multidão muito boa.

— Bom, muito bom — disse vagamente o chefe da carceragem, depois voltou à conversa com um dos convidados ao desjejum. *Sir* Henry olhou de volta para o seu amigo Logan.

— Botting sabe por que estamos aqui?

— Espero que não. — Logan, banqueiro como *sir* Henry, fez uma careta. — Ele poderia estragar as coisas, se soubesse.

— Estragar as coisas?

— Que modo melhor de provar que ele precisa de um assistente? — sugeriu Logan com um sorriso.

— Lembre-me de quanto lhe pagamos.

— Dez xelins e meio por semana, mas há emolumentos. Para começar, a mão da glória, e também as roupas e as cordas.

— Emolumentos? — *Sir* Henry estava confuso.

Logan sorriu.

— Nós assistimos aos procedimentos até um certo ponto, *sir* Henry, mas depois nos retiramos para os rins condimentados, e assim que saímos o sr. Botting vai convidar pessoas até o cadafalso para um toque na mão no morto. Supostamente isso cura verrugas, e acho que ele cobra um xelim e meio para cada tratamento. E quanto às roupas dos prisioneiros e as cordas que os matam? Ele vende as roupas para madame Tussaud, se ela quiser. Se ela não quiser, as roupas são vendidas como lembranças e as cordas são cortadas em pedaços pequenos, geralmente vendidos nas ruas. Acredite, o sr. Botting não sofre de penúria. Freqüentemente achei que deveríamos oferecer o cargo de carrasco a quem oferecer mais, em vez de pagar um salário ao desgraçado.

Sir Henry se virou para olhar o rosto devastado de Botting.

— Mas parece que a mão da glória não funciona com o carrasco, funciona?

— Ele não é uma visão bonita, não é? — concordou Logan com um sorriso, depois levantou a mão. — Escutou isso?

Sir Henry pôde ouvir um som metálico. A sala tinha ficado silenciosa de novo e ele sentiu uma espécie de arrepio de medo. Além disso se desprezou pela lubricidade que o havia persuadido a vir a esse desjejum, depois estremeceu quando a porta do Pátio da Prensa se abriu.

Outro carcereiro entrou na sala. Ele baixou a cabeça para o chefe da carceragem e depois ficou ao lado de um toco de madeira. O carcereiro segurava um martelo pesado, e *sir* Henry tentou imaginar qual seria o propósito daquilo, mas não quis perguntar. Então os convidados mais perto da porta tiraram os chapéus porque o xerife e o subxerife apareceram empurrando os prisioneiros para a Sala da Associação. Eram quatro, três homens e uma jovem. Esta última era pouco mais do que uma menina, e tinha um rosto magro, pálido e apavorado.

— Conhaque, senhor? — Um dos serviçais do chefe da carceragem apareceu ao lado de Matthew Logan e *sir* Henry.

— Obrigado — disse Logan e pegou dois copos. Entregou um a *sir* Henry. — É um conhaque ruim — disse baixinho —, mas é uma boa precaução. Assenta o estômago, não é?

De repente, o sino da prisão começou a tocar. A garota estremeceu ao ouvir, e então o carcereiro que estava com o martelo ordenou que ela pusesse um pé na bigorna de madeira para que os ferros da perna pudessem ser abertos. *Sir* Henry, que há muito havia deixado de notar o fedor da prisão, tomou um gole de conhaque e temeu que ele não permanecesse no estômago. Sua cabeça estava leve, irreal. O carcereiro arrancou a marteladas os rebites da primeira algema, e *sir* Henry viu que o tornozelo da garota estava todo inchado e ferido.

— O outro pé, garota — disse o carcereiro.

O sino tocava e não iria parar até que os quatro corpos fossem tirados das cordas. *Sir* Henry percebia a própria mão tremendo.

— Ouvi dizer que o trigo estava custando sessenta e três xelins o quarto em Norwich na semana passada — disse ele, com a voz alta demais.

Logan estava olhando para a garota que tremia.

— Ela roubou o colar da patroa.

— Foi?

— Pérolas. Deve ter vendido, porque o colar nunca foi achado. E o sujeito alto, o próximo da fila, é um salteador de estrada. Uma pena não ser Hood, não é? Mesmo assim vamos ver Hood pendurado na forca um dia. Os outros dois assassinaram o merceeiro em Southwark. Sessenta e três xelins o quarto, é? É um espanto que alguém possa comer.

A garota, movendo-se desajeitadamente porque tinha perdido o costume de andar sem ferros nas pernas, afastou-se da bigorna improvisada. Começou a chorar e *sir* Henry virou as costas.

— Rins condimentados, foi o que você disse?

— O chefe da carceragem sempre oferece rins condimentados nos dias de enforcamento — disse Logan. — É uma tradição.

O martelo acertou nos ferros das pernas do salteador, o sino tocava e James Botting sinalizou para a garota ir até ele.

— Fique parada, garota — disse ele. — Beba isso, se quiser. Beba tudo. — Ele apontou para uma caneca de conhaque que tinha sido posto na mesa ao lado das cordas muito bem enroladas. A garota derramou um pouco porque suas mãos estavam tremendo, mas engoliu o resto e em seguida largou a caneca de estanho que fez barulho nas pedras do piso. Ela começou a pedir desculpas pela falta de jeito, mas Botting a interrompeu. — Os braços colados ao corpo, garota — ordenou. — Braços colados ao corpo.

— Eu não roubei nada! — gemeu ela.

— Quieta, filha, quieta. — O reverendo Cotton tinha ido para o lado da garota e pôs a mão em seu ombro. — Deus é o nosso refúgio e nossa força, minha filha, e você deve ter fé nele. — E apertou o ombro dela. A jovem estava usando um vestido de algodão azul-claro, com decote baixo, e os dedos do sacerdote apertaram e acariciaram sua pele branca exposta. — O Senhor é uma ajuda muito presente em horas de dificuldades. — Os dedos do capelão deixavam marcas rosadas na pele branca. — E será seu conforto e seu guia. Você se arrepende de seus pecados, minha filha?

— Eu não roubei nada!

Sir Henry se obrigou a respirar fundo.

— Você conseguiu se livrar daqueles empréstimos brasileiros? — perguntou a Logan.

— Repassei para Drummonds, e por isso sou tremendamente grato a você, Henry, tremendamente grato.

— É a Eleanor que você deve agradecer. Ela viu um relatório num jornal em Paris e chegou às conclusões corretas. Garota inteligente, a minha filha.

— Uma pena a história do noivado — disse Logan. Ele estava olhando a garota condenada, que chorava alto enquanto Botting prendia seus cotovelos com um pedaço de corda. Amarrou-os às costas, puxando a corda com tanta força que ela ofegou de dor. Botting riu de seu choro, depois apertou a corda ainda mais, forçando a garota a projetar os seios à frente, de modo que forçaram o pano fino do vestido barato. O reverendo Cotton se inclinou para perto, soltando o bafo quente no rosto dela.

— Você precisa se arrepender, garota, precisa se arrepender.

— Eu não fiz isso! — A respiração dela saía ofegante e lágrimas escorriam pelo rosto contorcido.

— Mãos para a frente, garota! — disse Botting rispidamente. E quando ela levantou as mãos sem jeito, ele segurou um dos pulsos, envolvendo-o com um segundo pedaço de corda que em seguida enrolou no outro pulso. Os cotovelos dela estavam presos às costas, os pulsos à frente, e como Botting tinha puxado os cotovelos tão juntos, não pôde juntar os pulsos com a corda, e teve de se contentar em atá-los.

— O senhor está me machucando — gemeu ela.

— Botting? — interveio o chefe da carceragem.

— A amarração não deveria ser o meu trabalho — rosnou Botting, mas afrouxou parte da corda que prendia os cotovelos, e a garota assentiu em agradecimentos patéticos.

— Ela seria uma coisinha bonita se fosse limpada — disse Logan.

Sir Henry estava contando as panelas no fogo. Tudo parecia irreal. Que Deus me ajude, pensou, que Deus me ajude.

— Jemmy! — O salteador, já sem os ferros na perna, cumprimentou o carrasco com um riso de desprezo.

— Venha cá, garoto. — Botting ignorou a familiaridade. — Tome isso. Depois ponha os braços colados ao corpo.

O salteador pôs uma moeda na mesa ao lado da caneca de conhaque.

— Para você, Jemmy.

— Bom garoto — disse o carrasco em voz baixa. A moeda garantiria que os braços do salteador não fossem amarrados com muita força, e que sua morte seria o mais rápido que Botting pudesse fazer.

— Eleanor me disse que se recuperou do noivado — disse *sir* Henry, ainda de costas para os prisioneiros. — Mas não acredito. Ela está muito infeliz. Dá para perceber. Mas veja bem, algumas vezes imagino se ela está sendo perversa.

— Perversa?

— Ocorre-me, Logan, que a atração dela por Sandman só aumentou desde o rompimento do noivado.

— Ele era um rapaz muito decente — disse Logan.

— Ele é um rapaz muito decente.

— Mas escrupuloso demais.

— Demais, realmente — disse *sir* Henry. Agora ele estava olhando para o chão, tentando ignorar os soluços baixos da garota. — O jovem Sandman é um bom homem, um homem muito bom, mas no momento sem perspectivas. Absolutamente sem perspectivas! E Eleanor não poderia se casar com alguém de uma família em desgraça.

— Não pode mesmo.

— Ela diz que pode, mas isso é bem do feitio de Eleanor. — *Sir* Henry balançou a cabeça. — E nada disso é culpa de Rider Sandman, mas agora ele está sem um tostão. Praticamente sem um tostão.

Logan franziu a testa.

— Ele está recebendo o meio-soldo, não é?

Sir Henry balançou a cabeça.

— Ele vendeu o cargo, deu o dinheiro para manter a mãe e a irmã.

— Ele sustenta a mãe? Aquela mulher pavorosa? Pobre Sandman. — Logan deu um riso baixinho. — Mas certamente Eleanor não está sem pretendentes, não é?

— Longe disso — respondeu *sir* Henry, pensativo. — Eles fazem fila na rua, Logan, mas Eleanor só vê defeitos.

— Ela é boa nisso — comentou Logan em voz baixa, ainda que sem malícia, porque gostava da filha do amigo, apesar de achá-la mimada demais. Era verdade que Eleanor era inteligente e muito culta, mas isso não era motivo para lhe tirar o cabresto, o chicote e a espora. — Mesmo assim, sem dúvida ela vai se casar logo, não é?

— Sem dúvida — disse *sir* Henry secamente, porque sua filha era não somente bonita, mas também sabia-se que *sir* Henry garantiria um rendimento generoso ao futuro marido. Por isso, algumas vezes *sir* Henry se sentia tentado a deixar que ela se casasse com Rider Sandman, mas a mãe da jovem não queria saber disso. Florence queria que Eleanor tivesse um título, e Rider Sandman não tinha, e agora também não possuía fortuna, de modo que o casamento entre o capitão Sandman e a srta. Forrest não aconteceria; os pensamentos de *sir* Henry sobre as perspectivas da filha foram afastados por um grito vindo da garota condenada, um gemido alto, tão digno de pena que *sir* Henry se virou chocado e viu que James Botting havia pendurado uma das grossas cordas com nó corredio em volta do pescoço dela, e a garota estava se encolhendo como se o cânhamo de Bridport estivesse encharcado em ácido.

— Silêncio, querida — disse o reverendo Cotton, que em seguida abriu seu breviário e se afastou um passo dos quatro prisioneiros que agora estavam todos amarrados.

— Isso nunca foi serviço de carrasco — reclamou James Botting antes que o capelão pudesse começar a ler o serviço para o enterro dos mortos. — Os ferros eram martelados e a amarração era feita no pátio, no pátio, pelo encarregado da corda! Pelo encarregado da corda. Nunca foi serviço do carrasco fazer a amarração!

— Ele quer dizer que era feito por seu ajudante — murmurou Logan.

— Então ele sabe por que estamos aqui? — comentou *sir* Henry enquanto o xerife e o subxerife, ambos com mantos que iam até o chão, usando as insígnias do cargo e ambos segurando cajados com ponta de prata, e ambos evidentemente satisfeitos com a preparação adequada dos prisioneiros, foram ao chefe da carceragem, que formalmente fez uma reverência a eles antes de entregar um pedaço de papel ao xerife.

— "Eu sou a ressurreição e a vida" — entoou o reverendo Cotton em voz alta. — "Aquele que acredita em mim, mesmo estando morto, viverá."

O xerife olhou o papel, assentiu satisfeito e o enfiou em seu manto com acabamento de pele. Até então os quatro prisioneiros tinham sido mantidos sob os cuidados do chefe da carceragem de Newgate, mas agora pertenciam ao xerife da cidade de Londres que, depois das formalidades, foi até *sir* Henry com a mão estendida e um sorriso de boas-vindas.

— Veio para o desjejum, *sir* Henry?

— Vim por uma questão de dever — disse *sir* Henry, sério. — Mas é muito bom vê-lo, Rothwell.

— Certamente o senhor deve ficar para o desjejum — disse o xerife, enquanto o capelão recitava as orações para o enterro dos mortos. — São rins condimentados muito bons.

— Eu poderia ter um bom desjejum em casa — respondeu *sir* Henry. — Não, só vim porque Botting requisitou um ajudante e achamos que, antes de justificar a despesa, deveríamos julgar por nós mesmos se isso era necessário. Conhece o sr. Logan?

— O conselheiro e eu somos velhos conhecidos — disse o xerife, apertando a mão de Logan. — A vantagem de dar um ajudante ao sujeito — acrescentou para *sir* Henry em voz baixa — é que o substituto dele já está treinado. E se houver problema no cadafalso, bem, dois homens é melhor do que um. É bom vê-lo, *sir* Henry, e ao senhor, sr. Logan. — Ele recompôs o rosto e se virou para Botting. — Está pronto, Botting?

— Pronto, senhor, estou pronto — disse Botting, pegando os quatro sacos brancos e enfiando num bolso.

— Poderemos conversar durante o desjejum — disse o xerife a *sir* Henry. — Rins condimentados! Senti o cheiro deles cozinhando enquanto vinha para cá. — Ele pegou um relógio na algibeira e abriu a tampa com um estalo. — Hora de ir, acho, hora de ir.

O xerife liderou o grupo, saindo da Sala da Associação e passando pelo estreito Pátio da Prensa. O reverendo Cotton estava com a mão no pescoço da garota, guiando-a enquanto lia o serviço funerário em voz alta, o mesmo serviço que tinha entoado aos prisioneiros condenados na capela, na véspera. Os quatro prisioneiros haviam ficado no famoso Banco Preto, agrupados perto do caixão sobre a mesa, e o capelão leu o serviço funerário deles e depois fez um sermão, dizendo que estavam sendo punidos pelo pecado, como Deus decretara que homens e mulheres deveriam ser punidos. Descreveu as chamas que os esperavam no inferno e contou sobre os tormentos demoníacos que naquele momento já estavam sendo preparados para eles, e tinha reduzido a garota e um dos dois assassinos às lágrimas. A galeria da capela estava cheia de pessoas que tinham pagado um xelim e meio para testemunhar as quatro almas condenadas em seu último serviço na igreja.

Os prisioneiros nas celas que davam para o Pátio da Prensa gritaram protestos e despedidas enquanto o grupo passava. *Sir* Henry ficou alarmado com o barulho e surpreso ao ouvir uma voz de mulher gritando insultos.

— Sem dúvida homens e mulheres não compartilham celas, não é? — perguntou.

— Não mais — disse Logan, depois viu para onde seu amigo estava olhando. — E presumo que ela não seja prisioneira, e sim uma dama da noite, *sir* Henry. Eles pagam o que chamam de "dinheiro ruim" aos carcereiros para que elas possam vir e ganhar a vida aqui.

— Dinheiro ruim? Santo Deus! — *Sir* Henry parecia estar sofrendo. — E nós permitimos isso?

— Nós ignoramos — disse Logan em voz baixa. — Uma vez que é melhor ter prostitutas na prisão do que prisioneiros causando motins. — O xerife tinha guiado a procissão descendo uma escada de pedra até um túnel que passava sob a parte principal da prisão e saía na guarita, e o corredor escuro passava diante de uma cela vazia com a porta aberta. — É onde eles passam a última noite. — Logan apontou para a cela. A garota condenada estava cambaleando e um carcereiro segurou seu cotovelo, empurrando-a.

— "Nós não trouxemos coisa alguma a este mundo" — a voz do reverendo Cotton ecoou nas úmidas paredes de granito — "e é certo que não podemos levar coisa alguma. O Senhor deu, e o Senhor tomou, abençoado seja o Nome do Senhor".

— Eu não roubei nada! — gritou subitamente a garota.

— Quieta, menina, quieta — resmungou o reverendo. Todos os homens estavam nervosos. Queriam que os prisioneiros cooperassem, e a garota estava muito próxima da histeria.

— "Senhor, deixai-me conhecer o meu fim e o número dos meus dias" — rezou o capelão.

— Por favor! — gemeu a garota. — Não, não! Por favor. — Um segundo carcereiro chegou perto, para o caso de ela desmaiar e ter de ser carregada pelo resto do caminho, mas a garota continuou andando aos tropeços.

— Se eles lutam demais — disse Logan a *sir* Henry — são amarrados a uma cadeira e enforcados assim, mas confesso que não vejo isso acontecer há muitos e muitos anos. Mas me lembro de que Langley teve de fazer isso uma vez.

— Langley?

— O antecessor de Botting.

— Você já viu muitas coisas destas?

— Uma boa quantidade. E o senhor?

— Nunca. E só concebi o dia de hoje como um dever. — *Sir* Henry olhou os prisioneiros que subiam a escada no fim do túnel e desejou não ter vindo. Nunca tinha visto uma morte violenta. Rider Sandman, que teria sido seu genro, tinha visto muita morte violenta porque fora soldado, e *sir* Henry desejava que o rapaz estivesse aqui. Sempre havia gostado de Sandman. Uma pena o que aconteceu com a família dele.

No topo da escada ficava a Guarita, uma enorme câmara de entrada que dava acesso à rua chamada Old Bailey. A porta que dava para a rua era a Porta do Devedor e estava aberta, mas a luz do dia não entrava, porque o cadafalso tinha sido construído logo em frente. O ruído da multidão era alto, e o sino da prisão soava abafado, mas o sino da igreja do Santo Sepulcro, do outro lado da rua Newgate, também tocava pelas mortes iminentes.

— Senhores? — O xerife, que agora estava encarregado dos procedimentos da manhã, virou-se para os convidados do desjejum. — Se subirem os degraus do cadafalso vão encontrar cadeiras à direita e à esquerda. Apenas deixem as duas da frente para nós, por gentileza.

Enquanto passava pelo enorme arco da Porta do Devedor, *sir* Henry viu à frente a parte escura e vazia embaixo do cadafalso, e pensou que era como estar atrás e embaixo de um palco sustentado por colunas de madeira rústica. Panos pretos amortalhavam as pranchas na frente e na lateral do palco, o que significava que a única luz vinha das frestas entre as tábuas que formavam a plataforma elevada do cadafalso. Uma escada de madeira subia à direita de *sir* Henry, indo até as sombras antes de virar bruscamente à esquerda para sair num pavilhão com teto, que ficava atrás do cadafalso. A escada e a plataforma pareciam muito fortes, e era difícil lembrar que o cadafalso era erguido apenas na véspera da execução e desmontado logo depois. O pavilhão com teto estava ali para manter os convidados de honra secos quando o tempo era inclemente, mas hoje o sol da manhã brilhava na Old Bailey, suficientemente luminoso para fazer *sir* Henry piscar ao virar a dobra da escada e sair no pavilhão.

Aplausos estrepitosos receberam os convidados. Ninguém se importava em saber quem eles eram, mas seu aparecimento pressagiava a chegada dos prisioneiros. A Old Bailey estava apinhada. Cada janela que dava para a rua estava cheia, e havia até mesmo pessoas sobre os telhados.

— Dez xelins — disse Logan.

— Dez xelins? — *Sir* Henry estava curioso de novo.

— Para alugar uma janela. A não ser que a punição seja para um crime célebre, caso em que o preço sobe para dois ou até mesmo três guinéus. — Ele apontou para uma taverna que ficava logo à frente do cadafalso. — A Magpie and Stump tem as janelas mais caras, porque dá para ver direto no buraco onde eles caem. — Ele deu um risinho. — É possível alugar um telescópio com o senhorio e vê-los morrer. Mas nós, claro, temos a melhor visão.

Sir Henry queria sentar-se nas sombras na parte de trás do pavilhão, mas Logan já havia tomado uma das cadeiras da frente, e *sir* Henry apenas sentou-se. Sua cabeça zumbia com o barulho terrível que vinha da rua. Decidiu que era exatamente como estar no palco de um teatro. Sentia-se oprimido e atordoado. Tantas pessoas! Em toda parte rostos se erguiam para a plataforma com panos pretos. O cadafalso propriamente dito, à frente do pavilhão com teto, tinha nove metros de comprimento e quatro e meio de largura. Em cima havia uma grande trave que ia do teto do pavilhão até o fim da plataforma. Ganchos de açougue, pretos, eram aparafusados na parte de baixo da trave, e havia uma escada apoiada nela.

Uma segunda saudação irônica recebeu os xerifes em seus mantos com acabamento de pele. *Sir* Henry estava sentado numa dura cadeira de madeira que era ligeiramente pequena e muito desconfortável.

— Vai ser a garota primeiro — disse Logan.

— Por quê?

— É ela que eles vieram ver. — Logan estava evidentemente se divertindo, e *sir* Henry ficou surpreso com isso. Como conhecemos pouco nossos amigos!, pensou e depois desejou de novo que Rider Sandman estivesse ali, porque suspeitava de que o soldado não aprovaria a morte tornada tão fácil. Ou será que Sandman fora endurecido pela violência?

— Eu deveria deixar que ele se casasse com ela — falou.

— O quê? — Logan teve de levantar a voz porque a multidão estava gritando para que os prisioneiros fossem trazidos.

— Nada.

— "Manterei minha boca como se nela houvesse um freio" — a voz do reverendo Cotton ficou mais alta enquanto ele subia a escada atrás da garota — "enquanto o ímpio estiver diante de mim."

Um carcereiro veio na frente, depois a garota, e ela estava desajeitada nos degraus porque as pernas ainda não haviam se acostumado a ficar sem os ferros. O carcereiro teve de firmá-la quando ela meio tropeçou no degrau de cima.

Então a multidão a viu.

— Tirem os chapéus! Tirem os chapéus! — O grito começou na frente e ecoou para trás. Não era respeito que provocava o grito, e sim porque os chapéus mais altos das pessoas da frente atrapalhavam a vista dos que estavam atrás. O rugido da multidão era gigantesco, esmagador, e então as pessoas se adiantaram, de modo que o chefe de polícia e seus homens, que protegiam o cadafalso, levantaram seus cajados e lanças. *Sir* Henry sentiu-se sitiado pelo barulho e pelos milhares de pessoas de boca aberta, gritando. Havia tantas mulheres quanto homens na multidão. *Sir* Henry viu uma matrona de aparência respeitável curvando-se atrás de um telescópio numa das janelas da Magpie and Stump. Ao lado dela um homem comia pão com ovos fritos. Outra mulher estava com binóculos de ópera. Um vendedor de tortas tinha montado sua mercadoria numa porta. Pombos e pardais circulavam o céu em pânico por causa do barulho. *Sir* Henry, com a mente nadando, notou subitamente os quatro caixões abertos ao lado da borda do cadafalso. Eram feitos de pinho rústico, não aplainados e resinosos. A boca da garota estava aberta e seu rosto, que era pálido, ficou vermelho e contorcido. Lágrimas escorriam por suas bochechas enquanto Botting pegava-a por um dos cotovelos amarrados e guiava até as tábuas do centro da plataforma. Aquele centro era um alçapão e estalou sob o peso deles. A garota estava tremendo e ofegando enquanto Botting a posicionava sob a trave na extremidade da plataforma. Assim que ela estava no lugar, Botting pegou um saco de algodão no bolso e colocou sobre seu cabelo, de modo a parecer um chapéu. Ela gritou ao toque e tentou se retorcer para longe dele, mas o reverendo Cotton pôs a mão em seu braço enquanto o carrasco pegava a corda em seu ombro e subia a escada. Ele era pesado, e os degraus estalaram de modo alarmante. Botting ajustou a pequena alça num dos grandes ganchos pretos de açougueiro, depois desceu desajeitadamente, com o rosto vermelho e ofegando.

— Eu preciso de um ajudante, não preciso? — resmungou. — Não é justo. Um homem sempre tem de ter um ajudante. Não se mexa, moça! Vá como uma cristã! — Ele fitou a garota nos olhos enquanto ajeitava o laço corredio em volta de seu pescoço. Apertou o nó sob a orelha direita, depois deu um leve puxão na corda como se para verificar se suportaria o peso. Ela ofegou ao sentir o puxão, depois gritou porque Botting pôs a mão em seu cabelo. — Fique parada, garota! — rosnou ele, depois puxou para baixo o saco de algodão branco, de modo a cobrir o rosto.

Ela gritou:

— Eu quero ver!

Sir Henry fechou os olhos.

— "Pois mil anos em vossa visão são apenas como ontem." — O capelão tinha levantado a voz para ser ouvido acima do ruído borbulhante da multidão. O segundo prisioneiro, o salteador de estrada, estava agora no cadafalso e Botting o colocou ao lado da garota, pôs o saco sobre sua cabeça e subiu a escada para prender a corda. — "Ensinai-nos a contar nossos dias" — leu o reverendo Cotton numa voz cantarolada — "para que possamos aplicar nossos corações à sabedoria."

— Amém — disse *sir* Henry com fervor, com fervor demais.

— Aqui — Logan cutucou *sir* Henry, cujos olhos ainda estavam fechados, e estendeu uma garrafa. — Bom conhaque. Contrabandeado.

O salteador estava com flores na lapela. Ele fez uma reverência para a multidão que o saudava, mas sua bravata era forçada, já que *sir* Henry podia ver a perna do sujeito tremendo e suas mãos amarradas dando pequenos repelões.

— Cabeça erguida, minha cara — disse ele à garota ao lado.

Havia crianças na multidão. Uma menina que não podia ter mais de seis anos de idade estava sentada nos ombros do pai e chupava o polegar. A multidão aplaudia cada prisioneiro que chegava. Um grupo de marinheiros com rabos-de-cavalo compridos e alcatroados gritaram para Botting levantar o vestido da garota.

— Mostra os peitos dela, Jemmy! Anda, bota eles pra fora!

— Vai acabar logo — disse o salteador à garota. — Você e eu vamos estar com os anjos, menina.

— Eu não roubei nada! — gemeu a garota.

— Admitam sua culpa! Confessem seus pecados! — insistiu o reverendo Cotton aos quatro prisioneiros, que agora estavam enfileirados sobre o alçapão. A garota era quem se encontrava mais longe de *sir* Henry e estava tremendo. Todos os quatro tinham sacos de algodão cobrindo o rosto, e todos estavam com os laços corredios em volta do pescoço. — Vão para Deus de peito limpo! — insistiu o capelão. — Limpem a consciência, humilhem-se diante de Deus!

— Anda, Jemmy! — gritou um marinheiro. — Tira o vestido dela!

A multidão gritou pedindo silêncio, esperando que houvesse algumas palavras finais.

— Eu não fiz nada! — gritou a garota.

— Vá para o inferno, seu patife gordo — rosnou um dos assassinos para o capelão.

— Vejo você no inferno, Cotton! — gritou o salteador para o padre.

— Agora, Botting! — O xerife queria que a coisa terminasse depressa, e Botting foi até a parte de trás do cadafalso, onde se curvou e puxou um pino de madeira do tamanho de um rolo de pastel, arrancando-o de uma tábua. *Sir* Henry se retesou, mas nada aconteceu.

— O pino é apenas um mecanismo de trava — explicou Logan baixinho. — Ele precisa descer para soltar o alçapão.

Sir Henry ficou quieto. Encolheu-se para o lado quando Botting passou roçando nele para descer a escada no fundo do pavilhão. Agora só os quatro condenados e o capelão permaneceram ao sol. O reverendo Cotton estava entre os caixões, bem longe do alçapão.

— "Pois quando estais irado nossos dias se foram" — entoou. — "Nós levamos nossos anos ao fim, como se fosse uma história contada."

— Cotton, seu canalha gordo! — gritou o salteador. A garota estava cambaleando, e sob o fino algodão que escondia seu rosto *sir* Henry podia ver sua boca abrindo e fechando. O carrasco tinha desaparecido sob a plataforma e foi andando através das colunas abaixo da plataforma até chegar a uma corda presa à madeira que sustentava o alçapão.

— "Voltai-vos de novo, ó Senhor!"— O reverendo Cotton tinha erguido uma das mãos e sua voz se elevou aos céus. — "No último momento e sejais indulgente com vossos servos."

Botting puxou a corda e o suporte de madeira se mexeu, mas não escorregou até o final. *Sir* Henry, sem perceber que estava prendendo o fôlego, viu o alçapão estremecer. A garota soluçou e suas pernas cederam, de modo que ela desmoronou sobre o alçapão ainda fechado. A multidão soltou um grito ofegante que morreu quando todos perceberam que os corpos não tinham caído, e então Botting deu um puxão violento na corda, a madeira se soltou e o alçapão balançou para baixo, deixando os quatro corpos caírem. Foi uma queda curta, apenas um metro e meio ou um metro e oitenta, e não matou nenhum deles.

— Era mais rápido quando usavam a carroça em Tyburn — disse Logan, inclinando-se à frente — Mas desse jeito nós conseguimos mais Morris.

Sir Henry não precisava perguntar o que Logan quis dizer. Os quatro estavam se retorcendo, sacudindo-se e tremendo, as cabriolas agonizantes que vinham da luta esganada, mortal, sufocante, dos condenados. Escondido no poço do cadafalso, Botting saltou de lado quando as entranhas da garota se aliviaram. *Sir* Henry não viu nada disso porque seus olhos estavam fechados, e nem os abriu quando a multidão saudou rouca, porque Botting, usando os cotovelos amarrados do salteador como estribo, subiu até se agachar como um sapo preto nos ombros do sujeito, para apressar a morte. O salteador tinha pagado Botting para morrer mais depressa, e o carrasco estava sendo fiel ao suborno.

— "Olhai, eu vos mostro um mistério." — O capelão ignorou Botting que sorria, agarrado como uma corcunda monstruosa às costas do homem agonizante. — "Não deveremos dormir, mas todos seremos transformados num momento, num piscar de olhos."

— Lá se foi o primeiro — disse Logan, enquanto Botting descia das costas do cadáver. — E agora estou com um apetite mortal, santo Deus, que apetite!

Três dos quatro ainda dançavam, porém mais debilmente. O salteador morto balançava com a cabeça tombada enquanto Botting se pendurava nos tornozelos da garota. *Sir* Henry sentia cheiro de excremento, e de repente não pôde mais suportar o espetáculo e desceu a escada do cadafalso até o frio e escuro abrigo de pedra da Guarita. Ali vomitou, depois tentou recuperar o fôlego e esperou, ouvindo a multidão e os estalos das tábuas do cadafalso, até chegar a hora do desjejum.

Dos rins condimentados. Era uma tradição.

1

rider Sandman acordou tarde naquela manhã de segunda-feira porque tinha recebido sete guinéus para jogar pelo onze de *sir* John Hart contra um time de Sussex. Os vencedores dividiriam um bônus de cem guinéus, e Sandman tinha marcado 63 corridas no primeiro *innings* e 32 no segundo. Essa era uma marca respeitável segundo qualquer padrão, mas mesmo assim o time de *sir* John tinha perdido. Isso acontecera no sábado, e Sandman, olhando os outros rebatedores girar os bastões loucamente para bolas mal lançadas, havia percebido que o jogo estava sendo entregue. Os banqueiros de apostas foram espoliados porque esperava-se que o time de *sir* John vencesse com facilidade, no mínimo porque o famoso Rider Sandman estava jogando, mas alguém devia ter apostado alto no time de Sussex que, no caso, ganhou o jogo por um *ipnnings* e 48 corridas. Segundo os boatos, o próprio *sir* John tinha apostado contra o seu lado, e *sir* John não quis encarar Sandman nos olhos, o que tornou o boato crível.

Assim, o capitão Rider Sandman caminhou de volta até Londres.

Caminhou porque se recusou a compartilhar uma carruagem com homens que aceitaram suborno para perder um jogo. Ele adorava o críquete, era bom nisso, uma vez ficou famoso por marcar 114 corridas para um time da Inglaterra jogando contra os homens escolhidos do marquês de Canfield, e os amantes do jogo viajavam muitos quilômetros para ver o capitão Rider Sandman, ex-membro do 52º Regimento de Infantaria de Sua Majestade, se apresentar como rebatedor. Mas ele odiava subornos, detestava corrupção e tinha pavio curto, e foi por isso que entrou numa discussão furiosa com seus colegas traiçoeiros. E quando eles dormiram naquela noite na casa confortável de *sir* John e viajaram confortavelmente para Londres na manhã seguinte, Sandman não fez nenhuma das duas coisas. Era orgulhoso demais.

Orgulhoso e pobre. Não podia pagar a passagem de diligência postal, nem mesmo a de uma carruagem comum, porque em sua fúria havia atirado o pagamento pelo jogo de volta na cara de *sir* John Hart, e isso, admitiu Sandman, fora uma coisa estúpida, porque ganhara esse dinheiro honestamente, mesmo que parecesse sujo. Por isso foi a pé para casa, passando a noite de sábado num monte de feno em algum lugar perto de Hickstead e andando o domingo inteiro até que a sola direita sumisse quase totalmente da bota. Chegou à Drury Lane muito tarde naquela noite e largou o equipamento de críquete no chão de seu quarto alugado no sótão, despiu-se, caiu na cama estreita e dormiu. Apenas dormiu. E ainda estava dormindo quando o alçapão tombou na Old Bailey e os gritos da multidão fizeram mil asas saltarem para o céu enfumaçado de Londres. Sandman ainda dormia às oito e meia. Estava sonhando, estremecendo e suando. Gritou num alarme incoerente, os ouvidos cheios do barulho de cascos e do estrondo de mosquetes e canhões, os olhos atordoados com a curvatura dos sabres e os golpes das espadas de lâmina reta, e dessa vez o sonho iria terminar com a cavalaria esmagando as finas fileiras de casacas-vermelhas, mas então o barulho de cascos se misturou a uma corrida de pés na escada e uma batida rápida na porta frágil do sótão. Ele abriu os olhos, percebeu que não era mais soldado, e então, antes que pudesse gritar qualquer resposta, Sally Hood estava no quarto. Por um segundo Sandman pensou que a agitação de olhos brilhantes, vestido de morim e cabelos dourados era um sonho, e então Sally riu.

— Eu acordei você, porcaria. Meu Deus, desculpe! — Ela se virou para sair.

— Tudo bem, srta. Hood. — Sandman estendeu a mão para o relógio. Estava suando. — Que horas são?

— Os sinos de Saint Giles tocaram oito e meia.

— Ah, meu Deus! — Sandman não podia acreditar que houvesse dormido tanto. Não tinha motivo para levantar cedo, mas o hábito se estabelecera muito tempo atrás. Sentou-se na cama, lembrou-se de que estava nu e puxou o cobertor fino até o peito. — Tem um roupão pendurado na porta, srta. Hood. Poderia fazer a gentileza?

Sally achou o roupão.

— É só que estou atrasada — foi a explicação que deu para seu súbito aparecimento no quarto — e meu irmão saiu e tenho trabalho, e os ganchos do vestido têm de ser fechados, está vendo? — Ela se virou de costas, mostrando um pedaço de coluna vertebral nua. — Eu ia pedir à sra. Gunn para fazer isso, só que está tendo um enforcamento hoje e ela foi assistir. Deus sabe o que ela vai ver, já que é meio cega e vive bêbada, mas ela gosta de um bom enforcamento e não tem muitos prazeres na sua idade. Tudo bem, o senhor pode se levantar agora, já fechei os olhos.

Sandman saiu cautelosamente da cama, porque em seu minúsculo quarto do sótão havia apenas uma área limitada onde ele podia ficar de pé sem bater a cabeça nas traves. Era um homem alto, 1,85m, cabelos dourados claros, olhos azuis e um rosto comprido e ossudo. Não era convencionalmente bonito, tendo um rosto rude demais para isso, mas havia em sua expressão uma capacidade e uma gentileza que o tornavam memorável. Ele vestiu o roupão e amarrou a faixa na cintura.

— Você disse que tem trabalho? — perguntou a Sally. — Um bom trabalho, imagino.

— Não é o que eu queria, porque não é no tablado.

— Tablado?

— No palco, capitão. — Ela se dizia atriz, e talvez fosse, mas Sandman tinha visto pouca evidência de que o palco tivesse muito interesse por Sally que, como Sandman, se agarrava à borda da respeitabilidade e aparentemente era mantida ali pelo irmão, um rapaz muito misterioso que trabalhava em horas estranhas. — Mas não é um trabalho ruim, e é respeitável.

— Tenho certeza de que sim — disse Sandman, sentindo que Sally não queria realmente falar no assunto, e imaginou por que ela estava tão defensiva com relação a um trabalho respeitável, e Sally especulou por que Sandman, que era obviamente um cavalheiro, estava alugando um quarto do sótão na taverna Wheatsheaf, na Drury Lane de Londres. Estava em maré baixa, isso era certo, mas, mesmo assim, na Wheatsheaf? Talvez ele não soubesse. A Wheatsheaf era famosa como uma taverna de bandidos, lar de todo tipo de ladrões, desde batedores de carteira a arrombadores de cofres, de ladrões de residências a invasores de lojas, e parecia a Sally que o capitão Rider Sandman era um homem com a retidão de um aríete. Mas era um bom homem, pensou ela. Tratava-a como uma dama, e ainda que ela só tivesse lhe falado algumas vezes, ao se cruzarem nos corredores da estalagem, havia detectado uma gentileza nele. Gentileza suficiente para deixá-la invadir sua privacidade nessa manhã de segunda-feira.

— E quanto ao senhor, capitão? Está trabalhando?

— Estou procurando emprego, srta. Hood.

E era verdade, mas não estava encontrando. Era velho demais para ser aprendiz de comércio, não era qualificado para trabalhar na lei ou com dinheiro, e escrupuloso demais para aceitar um emprego traficando escravos nas ilhas do açúcar.

— Ouvi dizer que o senhor era jogador de críquete.

— E sou, sim.

— Famoso, pelo que diz meu irmão.

— Disso não tenho certeza — replicou Sandman com modéstia.

— Mas pode-se ganhar dinheiro com isso, não é?

— Não tanto quanto preciso. — E mesmo assim apenas no verão, e se ele estivesse disposto a suportar os subornos e a corrupção do jogo. — E estou com um pequeno problema aqui. Estão faltando alguns ganchos no vestido.

— Isso é porque não tive tempo de consertar. Então faça o que for possível. — Sally estava olhando para a lareira, sobre a qual havia uma pilha de cartas com as bordas meio amassadas, sugerindo que todas tinham sido mandadas há muito tempo. Ela balançou ligeiramente à frente e conseguiu ver que o envelope de cima era endereçado a uma srta. não-sei-o-quê, não deu para entender o nome, mas aquela única palavra revelou que o capitão Sandman tinha sido dispensado e suas cartas devolvidas. Pobre capitão Sandman, pensou Sally.

— E algumas vezes — prosseguiu Sandman —, onde há ganchos não há casas.

— Foi por esse motivo que eu trouxe isso aqui — disse Sally, passando um lenço de seda puído por cima do ombro. — Enfie nas partes abertas, capitão. Faça com que eu fique decente.

— De modo que hoje devo procurar alguns conhecidos. — Sandman voltou à pergunta anterior dela. — Para ver se eles podem me oferecer um emprego, e depois, esta tarde, devo ceder à tentação.

— Aah! — Sally sorriu por cima do ombro, toda olhos azuis e fagulhas. — Tentação?

— Vou assistir a um jogo de críquete no Pátio da Artilharia.

— Isso não me tenta. E por sinal, capitão, se quer tomar o desjejum, é melhor ir depressa, porque não vai comer nada depois das nove horas.

— Não? — perguntou Sandman, ainda que na verdade não pretendesse pagar à taverna por um desjejum que não pudesse comer.

— O refeitório sempre fica apinhado quando tem enforcamento em Newgate, porque o pessoal quer o desjejum na volta, sabe? Aquilo deixa eles com fome. É para lá que meu irmão foi. Ele sempre vai à Old Bailey quando tem enforcamento. Eles gostam que ele esteja lá.

— Eles quem?

— Os amigos dele. Em geral ele conhece um dos pobres-coitados que vão ser chacoalhados.

— Chacoalhados?

— Enforcados, capitão. Enforcados, chacoalhados, esganados, cagados, pendurados ou vão bancar o Jack Balanço. Fazer o Morris de Newgate, dançar no palco de Jemmy Botting, gorgolejar na corda. O senhor tem de aprender a língua da bandidagem se quiser morar aqui, capitão.

— Dá para ver que vou aprender mesmo — disse Sandman, e mal tinha começado a enfiar o lenço através das costas abertas do vestido quando Dodds, o garoto de recados da estalagem, passou pela porta entreaberta e riu ao descobrir Sally Hood no quarto do capitão Sandman e o capitão Sandman amarrando o vestido dela, ele com os cabelos desgrenhados e vestido apenas com um roupão velho e puído.

— Você vai comer mosca se não fechar essa bocona — disse Sally a Dodds. — E ele não é meu macho, seu pateta. Só está fechando os ganchos do vestido porque meu irmão e mamãe Gunn foram na cagação. E é lá que você vai terminar se houver alguma porcaria de justiça no mundo.

Dodds ignorou a advertência e estendeu um papel para Sandman.

— Carta para o senhor, capitão.

— Você é muito gentil — disse Sandman e se curvou até as roupas dobradas para achar uma moeda. — Espere um momento — disse ao garoto que, na verdade, não tinha exibido qualquer vontade de sair antes de receber a gorjeta.

— Não dê nada pra ele! — protestou Sally. Ela empurrou a mão de Sandman para longe e arrancou a carta de Dodds. — Esse rato vagabundo esqueceu, não foi? Nenhuma porcaria de carta chegou hoje! Quanto tempo faz?

Dodds olhou-a, carrancudo.

— Chegou na sexta-feira — admitiu finalmente.

— Se uma porcaria de carta chega na sexta, você entrega na sexta, seu porcaria! Agora cai fora, anda! — Ela bateu a porta na cara do garoto. — Moleque preguiçoso. Devia ser levado até a porcaria de Newgate e dançar a sarabanda do patíbulo. Isso ia esticar o pescoço preguiçoso dele.

Sandman terminou de passar o lenço de seda pelas aberturas no vestido, depois recuou e assentiu.

— Está muito atraente, srta. Hood.

— O senhor acha?

— Acho sim. — O vestido era verde-claro, estampado com flores de centáurea, e as cores combinavam com a pele cor de mel de Sally e com o cabelo encaracolado tão cor de ouro quanto o de Sandman. Era uma garota bonita, com olhos azuis límpidos, pele sem marcas de varíola e sorriso contagiante. — O vestido realmente lhe cai bem.

— É o único melhorzinho que tenho, então é ótimo cair bem. Obrigada. — Ela estendeu a carta para ele. — Feche os olhos, gire três vezes e depois diga o nome de sua amada em voz alta antes de abrir.

Sandman sorriu.

— E o que vou ganhar com isso?

— Vai ser notícia boa, capitão — disse ela com seriedade. — Notícia boa. — Em seguida sorriu e foi embora.

Sandman ouviu seus passos na escada, depois olhou a carta. Talvez fosse resposta a um de seus pedidos de emprego, não? Certamente era um papel de alta qualidade, e a letra era educada e elegante. Pôs um dos dedos sob a aba, pronto para romper o lacre, e parou. Sentia-se um idiota, mas fechou os olhos, girou três vezes e falou em voz alta o nome de sua amada:

— Eleanor Forrest.

Então abriu os olhos, rompeu o lacre de cera vermelha da carta e desdobrou o papel. Leu, releu e tentou deduzir se era mesmo uma notícia boa.

O honorável visconde de Sidmouth apresentava seus cumprimentos ao capitão Rider Sandman e requisitava a honra de um encontro assim que fosse conveniente para ele, preferivelmente no início da tarde no escritório de lorde Sidmouth. Uma resposta imediata ao secretário particular de lorde Sidmouth, o sr. Sebastian Witherspoon, seria apreciada.

O primeiro instinto de Sandman foi de que a carta devia ser má notícia, que seu pai estava devendo ao visconde de Sidmouth como a tantos outros e que o nobre estava querendo reivindicar os restos patéticos das posses dos Sandman. Mas isso era absurdo. Seu pai, pelo que Rider Sandman sabia, nunca havia se encontrado com lorde Sidmouth, e certamente teria alardeado isso, porque o pai de Sandman gostava da companhia de homens importantes. E havia poucos homens mais importantes do que o honorável Henry Addington, primeiro visconde de Sidmouth, ex-primeiro-ministro da Grã-Bretanha e agora principal secretário de estado de Sua Majestade no Ministério do Interior.

Então o que o secretário do Interior queria com Rider Sandman?

Só havia um modo de descobrir.

Assim, Sandman pôs sua camisa mais limpa, esfregou as botas puídas com a camisa mais suja, espanou a casaca e, negando sua pobreza ao se vestir como o cavalheiro que era, foi ver lorde Sidmouth.

O visconde de Sidmouth era um homem magro. Tinha lábios finos e cabelos finos, nariz fino e maxilar fino que se estreitava num fino focinho de fuinha, e os olhos tinham todo o calor de sílex lascada muito fina, e a voz fina era exata, seca e inamistosa. Seu apelido era "Doutor", um apelido sem calor ou afeto, mas adequado, porque ele era clínico, desaprovador e frio. Tinha feito Sandman esperar duas horas e quinze, ainda que, como viera à sua sala sem marcar hora, Sandman não podia culpar o secretário do Interior por isso. Agora, enquanto uma mosca azul zumbia contra uma das altas janelas, lorde Sidmouth franziu a testa para o visitante do outro lado da mesa.

— O senhor me foi recomendado por *sir* John Colborne.

Sandman baixou a cabeça, confirmando, mas não disse nada. Não havia o que dizer. Um relógio de parede tiquetaqueava alto num canto da sala.

— O senhor esteve no batalhão de *sir* John em Waterloo — disse Sidmouth. — Não é?

— Sim, senhor, estive.

Sidmouth grunhiu como se não aprovasse inteiramente homens que tivessem estado em Waterloo, e isso, refletiu Sandman, podia muito bem ser verdade, uma vez que agora a Inglaterra parecia dividida entre os que haviam lutado contra os franceses e os que tinham ficado em casa. Esses últimos, suspeitava Sandman, sentiam ciúmes e gostavam de sugerir, muito delicadamente, que haviam sacrificado a oportunidade de farrear no estrangeiro pela necessidade de manter a Inglaterra próspera. As guerras contra Napoleão já estavam há dois anos no passado, mas a divisão continuava, ainda que *sir* John Colborne devesse possuir alguma influência com o governo, se sua recomendação trouxera Sandman a esta sala.

— *Sir* John me disse que o senhor está procurando emprego. É mesmo? — perguntou o secretário do Interior.

— Eu preciso, senhor.

— Precisa? — Sidmouth pronunciou a palavra como se fosse um soco. — Precisa? Mas o senhor recebe meio-soldo, não é? E meio-soldo não é um emolumento desprezível, ou estou enganado? — A pergunta foi feita com azedume, como se o nobre desaprovasse absolutamente o pagamento de pensões para homens capazes de ganhar o próprio sustento.

— Não tenho direito a meio-soldo, senhor. — Sandman tinha vendido seu posto e, como esse era um tempo de paz, recebera menos do que esperava, ainda que fosse o bastante para garantir o aluguel de uma casa para sua mãe.

— O senhor não tem rendimento? — perguntou Sebastian Whitherspoon, o secretário particular do secretário do Interior, de sua cadeira ao lado da mesa do chefe.

— Algum — disse Sandman e decidiu que provavelmente era melhor não dizer que o pequeno rendimento vinha de jogar críquete. O visconde de Sidmouth não parecia alguém que aprovasse uma coisa dessas. — Não o bastante, e boa parte do que ganho vai para pagar as menores dívidas do meu pai. As dívidas com os comerciantes — acrescentou, para o caso de o secretário do Interior achar que ele estava tentando pagar as enormes quantias devidas aos investidores ricos.

Witherspoon franziu a testa.

— Segundo a lei, Sandman, o senhor não é responsável por nenhuma dívida de seu pai.

— Sou responsável pelo bom nome de minha família.

Lorde Sidmouth deu uma fungadela de desprezo que poderia ser uma zombaria ao bom nome de Sandman, uma reação irônica aos seus escrúpulos evidentes ou, mais provavelmente, um comentário sobre o pai de Sandman que, diante da ameaça de prisão ou exílio por causa das dívidas enormes, havia dado cabo da própria vida e assim deixado seu nome em desgraça e a esposa e a família arruinadas. O secretário do Interior fez uma longa e azeda inspeção de Sandman, depois se virou para olhar a mosca azul batendo na janela. O relógio de parede tiquetaqueava. A sala estava quente e ele tinha uma noção desconfortável do suor encharcando a camisa. O silêncio se estendeu e Sandman suspeitou de que o secretário do Interior estivesse pesando a sensatez de oferecer emprego ao filho de Ludovic Sandman. Carroças trovejavam na rua abaixo das janelas. Cascos soavam nítidos, e então, finalmente, lorde Sidmouth se decidiu.

— Preciso de um homem para realizar um trabalho — disse ele, ainda olhando pela janela —, mas devo alertar que não é um cargo permanente. De modo algum é permanente.

— Pode ser qualquer coisa, menos permanente — interveio Witherspoon.

Sidmouth fez um muxoxo diante da contribuição do empregado.

— O cargo é totalmente temporário — disse ele, e em seguida sinalizou para um grande cesto que chegava à altura da cintura, sobre o chão atapetado, e cheio de papéis. Alguns eram enrolados, outros dobrados e lacrados com cera, enquanto uns poucos mostravam pretensão legal amarrados com pedaços de fita vermelha. — Isso aí, capitão, são petições. — O tom de lorde Sidmouth deixou claro que ele desprezava petições. — Um bandido condenado pode pedir clemência ao rei durante um conselho ou, até mesmo, perdão integral. Isso é prerrogativa deles, capitão, e todas as petições da Inglaterra e de Gales vêm para esta sala. Nós recebemos perto de duas mil por ano! Parece que cada pessoa condenada à morte consegue mandar uma petição, e todas devem ser lidas. Não são todas lidas, Witherspoon?

O secretário de Sidmouth, um jovem bochechudo, com olhos incisivos e modos elegantes, assentiu.

— Elas são certamente examinadas, senhor. Seria negligência de nossa parte ignorar tais pedidos.

— Realmente negligência — disse Sidmouth piedosamente. — E se o crime não for hediondo demais, capitão, e se pessoas de qualidade estiverem dispostas a falar pelos condenados, podemos mostrar clemência. Podemos comutar uma sentença de morte para, digamos, uma de desterro.

— Os senhores? — perguntou Sandman, pasmo com o uso da palavra "nós", por Sidmouth.

— As petições são endereçadas ao rei — explicou o secretário do Interior —, mas a responsabilidade de decidir a resposta é adequadamente deixada com este departamento, e então minhas decisões são ratificadas pelo Conselho Privado, e posso lhe garantir, capitão, que quero realmente dizer ratificadas. Não são questionadas.

— Não mesmo! — Whitherspoon pareceu achar divertido.

— Eu decido — declarou Sidmouth com truculência. — É uma das responsabilidades deste alto cargo, capitão, decidir que criminosos serão enforcados e quais serão poupados. Há centenas de almas na Austrália, capitão, que devem a vida a este departamento.

— E tenho certeza, meu lorde — interveio Witherspoon, melífluo —, de que a gratidão deles não tem limites.

Sidmouth ignorou o secretário. Em vez disso, jogou para Sandman uma petição enrolada e amarrada com fita.

— E de vez em quando, muito de vez em quando, uma petição nos convence a investigar os fatos. Nessas raras ocasiões, capitão, nomeamos um investigador, mas não é algo que gostemos de fazer. — Ele fez uma pausa, obviamente convidando Sandman a perguntar por que o Ministério do Interior era tão relutante em nomear um investigador, mas Sandman pareceu não notar a pergunta enquanto tirava a fita do papel enrolado. — Uma pessoa condenada à morte já foi julgada — explicou mesmo assim o secretário do Interior. — Já foi julgada e condenada por um tribunal, e não é serviço do governo de Sua Majestade revisitar fatos que foram considerados pelos tribunais de direito. Não é nossa política, capitão, minar o Judiciário, mas de vez em quando, muito raramente, nós investigamos. Esta petição é um desses casos raros.

Sandman desenrolou a petição, que era escrita em tinta marrom em papel amarelo barato.

"Como Deus é minha testemunha", leu Sandman, "ele é um rapaz bão e nunca ia matá a *lady* Avebury já que Deus sabe que ele não ia maxucar nem uma mosca." Havia muito mais, escrito do mesmo modo, mas Sandman não pôde continuar lendo porque o secretário do Interior recomeçou a falar.

— A questão se refere a Charles Corday — explicou lorde Sidmouth. — Este não é o nome verdadeiro. A petição, como pode ver por si mesmo, vem da mãe de Corday, que se assina como Cruttwell, mas o rapaz parece ter adotado um nome francês, Deus sabe por quê. Ele foi condenado pelo assassinato da condessa de Avebury. Sem dúvida o senhor se recorda do caso, não?

— Creio que não, senhor. — Sandman nunca havia se interessado muito por crimes, nunca havia comprado os Calendários de Newgate, nem lia os folhetos que celebravam criminosos famosos e seus feitos violentos.

— Não há mistério — disse o secretário do Interior. — O canalha estuprou e esfaqueou a condessa de Avebury, e portanto merece ser enforcado. Ele vai para o cadafalso quando? — Sidmouth virou-se para Witherspoon.

— Daqui a uma semana, senhor.

— Se não há mistério, senhor — disse Sandman —, por que investigar os fatos?

— Porque quem fez a petição, Maisie Cruttwell — Sidmouth falou o nome como se lhe desse um gosto azedo na boca — é costureira de sua majestade a rainha Charlotte, e sua majestade teve a graça de se interessar. — A voz de lorde Sidmouth deixava claro que de boa vontade ele estrangularia a mulher do rei Jorge III por ser tão graciosa. — É minha responsabilidade, capitão, e meu dever leal, garantir a sua majestade que toda investigação possível foi feita, e que não haja a menor dúvida sobre a culpa daquele desgraçado. Portanto escrevi a sua majestade para lhe informar que estou nomeando um investigador que examinará os fatos e assim oferecerá a garantia de que a justiça está sendo feita. — Sidmouth havia explicado tudo isso em voz entediada, mas agora apontou um dedo ossudo para Sandman. — Estou perguntando se o senhor quer ser esse investigador, capitão, e se compreende o que é necessário.

Sandman assentiu.

— O senhor quer tranqüilizar a rainha, e para isso deve estar totalmente convencido da culpa do prisioneiro.

— Não! — respondeu Sidmouth com rispidez e pareceu genuinamente irado. — Já estou totalmente convencido da culpa do sujeito. Corday, ou como quer que ele queira se chamar, foi condenado depois de um processo legítimo. A rainha é que precisa ser convencida.

— Entendo.

Whitherspoon se inclinou à frente.

— Desculpe a pergunta, capitão, mas o senhor não tem tendências radicais, não é?

— Radicais?

— O senhor não tem objeção ao cadafalso, tem?

— Para um homem que estupra e mata? — Sandman pareceu indignado. — Claro que não. — A resposta era bastante honesta, embora na verdade Sandman não tivesse pensado muito no cadafalso. Não era uma coisa que já tivesse visto, mesmo sabendo que havia um cadafalso em Newgate, um segundo ao sul do rio na prisão da Horsemonger Lane, e outro em cada cidade de tamanho razoável na Inglaterra e em Gales. De vez em quando ouvia uma discussão sobre o patíbulo estar sendo usado demais ou que era um absurdo enforcar um aldeão faminto por ter roubado um carneiro de cinco xelins, mas poucas pessoas queriam abolir totalmente a forca. O cadafalso era uma dissuasão, uma punição e um exemplo. Era uma necessidade. Era a máquina da civilização e protegia todos os cidadãos honestos de seus predadores.

Satisfeito com a resposta indignada de Sandman, Witherspoon sorriu.

— Não achei que o senhor fosse um radical — disse em tom afável —, mas precisamos ter certeza.

— Então? — Lorde Sidmouth olhou para o relógio de parede. — O senhor aceita ser nosso investigador? — Ele esperava uma resposta imediata, mas Sandman hesitou. Essa hesitação não era porque não quisesse o trabalho, mas porque duvidava de possuir as qualificações para ser um investigador criminal, mas, afinal de contas, pensou, quem possuía? Lorde Sidmouth confundiu a hesitação com relutância. — O serviço não vai tomar seu tempo, capitão — disse, mal-humorado. — O infeliz é obviamente culpado, e só queremos satisfazer as preocupações femininas da rainha. Um mês de pagamento para um dia de trabalho? — Ele fez uma pausa e deu um risinho de desprezo. — Ou o senhor teme que o trabalho interfira com o críquete?

Sandman precisava de um mês de pagamento, por isso ignorou o insulto.

— Claro que farei, senhor. Vou me sentir honrado.

Witherspoon se levantou, sinal de que a audiência estava terminada, e o secretário do Interior se despediu com um gesto de cabeça.

— Witherspoon vai lhe dar uma carta de autorização — disse ele. — E eu estarei ansioso para receber seu relatório. Bom dia, senhor.

— Ao seu dispor, milorde. — Sandman fez uma reverência, mas o secretário do Interior já estava cuidando de outras coisas.

Sandman acompanhou o secretário até uma ante-sala onde havia um funcionário trabalhando numa mesa.

— Vai demorar um momento para selar sua carta — disse Witherspoon. — Então, por favor, sente-se.

Sandman tinha trazido a petição de Corday, e agora a leu inteira, embora tivesse obtido poucas informações adicionais com a péssima redação. A mãe do condenado, que assinara a petição com uma cruz, meramente ditara um pedido incoerente de misericórdia. Seu filho era um bom rapaz, dizia ela, uma alma inofensiva e cristã, mas abaixo de seus rogos havia dois comentários condenatórios. "Absurdo, ele é culpado de um crime hediondo", dizia o primeiro. E o segundo comentário, numa letra tortuosa, declarava: "Que a Lei siga seu curso." Sandman mostrou a petição a Witherspoon.

— Quem escreveu os comentários?

— O segundo é a decisão do secretário do Interior, e foi escrito antes de que ele soubesse que sua majestade estava envolvida. E o primeiro? É do juiz que deu a sentença. É costumeiro mandar as petições ao juiz relevante antes de se tomar uma decisão. Neste caso foi *sir* John Silvester. O senhor o conhece?

— Acho que não.

— Ele é o magistrado criminal de Londres e, como o senhor pode deduzir, um juiz com muita experiência. Certamente não é um homem capaz de permitir um erro grosseiro da justiça em seu tribunal. — Witherspoon entregou uma carta ao funcionário. — Seu nome deve estar na carta de autorização, claro. Há alguma coisa especial na grafia?

— Não — disse Sandman e então, enquanto o funcionário escrevia seu nome na carta, ele leu a petição de novo, mas ela não apresentava qualquer argumento contra os fatos do processo. Maisie Cruttwell alegava que o filho era inocente, mas não podia acrescentar qualquer prova. Em vez disso, apelava à misericórdia do rei. — Por que vocês me procuraram? — perguntou Sandman a Witherspoon. — Quero dizer, vocês poderiam ter usado qualquer um que tenha atuado como investigador no passado, não é? Eles foram insatisfatórios?

— O sr. Talbot era completamente satisfatório — disse Witherspoon. Agora ele estava procurando o sinete que autenticaria a carta. — Mas morreu.

— Ah.

— Um derrame. Muito trágico. E por que o senhor? Porque, como lhe informou o secretário do Interior, o senhor foi recomendado. — Ele estava remexendo o conteúdo de uma gaveta, procurando o sinete. — Tive um primo em Waterloo, o capitão Witherspoon, um hussardo. Era do estado-maior do duque. O senhor o conheceu?

— Infelizmente não.

— Ele morreu.

— Sinto muito.

— Talvez tenha sido melhor. — Finalmente Witherspoon achou o sinete. — Ele sempre dizia que tinha medo do fim da guerra. Perguntava que empolgação a paz poderia trazer.

— Esse era um medo bastante comum no exército.

— Esta carta — agora o secretário estava esquentando um bastão de cera sobre a chama de uma vela — confirma que o senhor está fazendo uma investigação para o Ministério do Interior e pede que todas as pessoas colaborem, ainda que não exija que façam isso. Observe essa distinção, capitão, observe bem. Não temos direito legal de exigir cooperação — disse ele enquanto pingava a cera na carta e depois apertava cuidadosamente o sinete na mancha escarlate —, de modo que só podemos pedir. Eu agradeceria se o senhor me devolvesse esta carta depois de concluir as investigações. E quanto à natureza dessas investigações, capitão? Sugiro que não precisam ser laboriosas. Não há dúvida da culpa do sujeito. Corday é estuprador, assassino e mentiroso, e só precisamos de uma confissão dele. O senhor vai encontrá-lo em Newgate e, se for suficientemente enfático, não tenho dúvida de que ele confessará o crime brutal e seu trabalho estará encerrado. — Witherspoon estendeu a carta. — Espero notícias suas em breve. Nós pediremos um relatório por escrito, mas, por favor, que seja breve. — De repente, ele segurou a carta para dar uma força maior às próximas palavras. — O que não queremos, capitão, é complicar as coisas. Entregue-nos um relatório sucinto que permita ao meu chefe garantir à rainha que não há base possível para um perdão, e então permita que esqueçamos esse assunto chato.

— E se ele não confessar?

— Faça com que confesse — disse Witherspoon enfaticamente. — Ele vai ser enforcado de qualquer modo, capitão, quer o senhor tenha submetido seu relatório ou não. Simplesmente seria mais conveniente se pudéssemos garantir a sua majestade a culpa do canalha, antes da execução.

— E se ele for inocente?

Witherspoon ficou pasmo com a sugestão.

— Como pode ser? Ele já foi considerado culpado!

— Claro que foi — disse Sandman e então pegou a carta e a enfiou no bolso da aba da casaca. — Lorde Sidmouth mencionou um emolumento. — Ele odiava falar em dinheiro, era pouco cavalheiresco, mas sua pobreza também era.

— Mencionou mesmo. Em geral pagávamos vinte guinéus ao sr. Talbot, mas eu acharia difícil recomendar a mesma quantia neste caso. É uma questão tão trivial que devo autorizar uma ordem de pagamento de quinze guinéus. Devo enviar para onde? — Ele olhou para o caderno, depois ficou chocado. — Verdade? A Wheatsheaf? Na Drury Lane?

— Sim — disse Sandman rigidamente. Sabia que Witherspoon merecia uma explicação porque a estalagem Wheatsheaf era notória como esconderijo de criminosos, mas não conhecia tal reputação quando pediu um quarto, e achou que não precisava se justificar com o secretário.

— Tenho certeza de que o senhor sabe o que lhe serve — disse Witherspoon dubiamente.

Sandman hesitou. Não era covarde, de fato tinha reputação de ser um homem corajoso, mas tal reputação fora obtida na fumaça da batalha, e o que fez agora exigiu toda a sua coragem.

— O senhor mencionou uma ordem de pagamento, sr. Witherspoon, e imagino se eu poderia persuadi-lo a pagar em dinheiro. Haverá despesas inevitáveis... — Sua voz ficou no ar porque, nem se esforçando, conseguiu pensar em quais seriam essas despesas.

Tanto Witherspoon quanto o funcionário encararam Sandman como se ele tivesse acabado de baixar as calças.

— Dinheiro? — perguntou Witherspoon, baixinho.

Sandman sabia que estava enrubescendo.

— O senhor quer que o assunto seja resolvido rapidamente, e pode haver contingências que exijam gastos. Não posso prever a natureza dessas contingências, mas... — Ele deu de ombros e de novo sua voz ficou no ar.

— Prendergast — Witherspoon olhou para Sandman enquanto falava com o funcionário —, por favor vá à sala do sr. Hodge, apresente meus cumprimentos e peça para nos adiantar quinze guinéus. — Ele fez uma pausa, ainda olhando para Sandman. — Em dinheiro.

O dinheiro foi encontrado, foi dado, e Sandman saiu do Ministério do Interior com os bolsos pesados de ouro. Droga de pobreza, pensou, mas o aluguel na Wheatsheaf estava atrasado e fazia três dias desde que ele tinha comido uma refeição decente.

Mas quinze guinéus! Agora podia comer. Uma refeição, um pouco de vinho e uma tarde de críquete. Era uma visão tentadora, mas Sandman não era homem de fugir do dever. O serviço de investigador do Ministério do Interior podia ser temporário, mas se ele terminasse o primeiro inquérito rapidamente poderia procurar outras tarefas mais lucrativas com lorde Sidmouth, e esse era um resultado desejável, por isso deixaria de lado a refeição, esqueceria o vinho e adiaria o críquete.

Porque havia um assassino a ser entrevistado e uma confissão a obter.

E Sandman queria pegá-la.

Na Old Bailey, uma via afunilada que se estreitava enquanto ia da rua Newgate até Ludgate Hill, o cadafalso estava sendo desmontado. O pano preto que cobrira a plataforma já estava dobrado numa pequena carroça, e agora dois homens baixavam a trave pesada onde as quatro vítimas tinham sido enforcadas. Os primeiros panfletos descrevendo as execuções e os crimes que as haviam provocado estavam sendo vendidos por um pêni cada, para os vestígios da multidão matinal que tinha esperado para ver Jemmy Botting levantar os quatro cadáveres do porão, sentá-los na borda do buraco enquanto retirava os laços corredios e depois colocá-los nos caixões. Depois, um punhado de espectadores tinha subido ao cadafalso para que a mão de um dos mortos fosse encostada em suas verrugas, furúnculos ou tumores.

Finalmente os caixões tinham sido carregados para a prisão, mas algumas pessoas ainda se demoravam para ver o patíbulo ser desmontado. Dois vendedores ofereciam o que diziam ser pedaços das cordas fatais. Advogados com perucas e mantos pretos andavam rapidamente entre a estalagem Lamb, a Magpie and Stump e os tribunais da Câmara das Sessões, que fora construída junto à prisão. O tráfego tivera permissão de voltar à rua, de modo que Sandman tinha de se desviar entre carroças, carruagens e charretes para chegar ao portão da prisão, onde pensava que encontraria guardas e trancas, mas em vez disso achou um porteiro uniformizado no topo da escada e dezenas de pessoas entrando e saindo. Mulheres carregavam embrulhos de comida, bebês e garrafas de gim, cerveja ou rum. Crianças corriam e gritavam, enquanto dois garçons com aventais, da Magpie and Stump, que ficava do outro lado da rua, entregavam comida em bandejas de madeira para prisioneiros que podiam pagar seus serviços.

— O cavalheiro está procurando alguém? — Vendo a confusão de Sandman, o porteiro tinha aberto caminho entre a multidão para interceptá-lo.

— Estou procurando Charles Corday — disse Sandman, e quando o porteiro pareceu perplexo, acrescentou que viera a serviço do Ministério do Interior. — Meu nome é Sandman — explicou. — Capitão Sandman, e sou o investigador oficial de lorde Sidmouth. — Ele pegou a carta com o selo impressionante do Ministério do Interior.

— Ah! — O porteiro não se interessou pela carta. — O senhor substituiu o sr. Talbot, que Deus tenha sua alma. Era um cavalheiro de verdade, senhor.

Sandman guardou a carta.

— Será que devo prestar meus respeitos ao diretor? — sugeriu.

— O chefe da carceragem, o sr. Brown é o chefe da carceragem, e ele não vai lhe agradecer por nenhum respeito, senhor, porque não são necessários. Basta o senhor entrar e ver o prisioneiro. O sr. Talbot, bem, que Deus o tenha, levava um deles até um saleiro vazio e batia um papinho. — O porteiro riu e fez mímica de alguns socos. — O sr. Talbot era ótimo para conseguir a verdade. Era um homem grande, mas o senhor também é. Como é mesmo o nome do sujeito?

— Corday.

— Ele foi condenado, não foi? Então o senhor vai achá-lo no Pátio da Prensa. O senhor está com um pau?

— Um pau?

— Uma pistola, senhor. Não? Alguns cavalheiros andam armados, mas não é aconselhável, já que os desgraçados podem dominá-lo. E quer um conselho, capitão? — O porteiro, com o hálito fedendo a rum, virou-se e segurou a lapela de Sandman para dar ênfase às próximas palavras. — Ele vai dizer que é inocente, senhor. Não existe nenhum homem culpado aqui, nenhum! Não se o senhor perguntar a eles. Todos vão jurar pela vida da mãe que não fizeram nada, mas fizeram. Todos fizeram. — Ele riu e soltou o casaco de Sandman. — O senhor tem relógio? Melhor não levar nada que possa ser roubado. Ele vai ficar aqui no armário, senhor, trancado, com a chave e o meu olho. Virando aquela esquina, o senhor vai achar uma escada. Desça, siga o túnel e não se incomode com o cheiro. Cuidado com as costas! — Esse último grito foi para todas as pessoas no saguão, porque quatro trabalhadores, acompanhados por três vigias armados com bastões, estavam carregando um caixão de madeira simples pela porta da prisão. — É a garota que foi enforcada hoje cedo, senhor — confidenciou o porteiro a Sandman. — Ela vai para os cirurgiões. Os cavalheiros gostam de ter uma jovem para dissecar, gostam mesmo. Desça a escada, senhor, e siga o seu nariz.

O cheiro de corpos sem banho fez Sandman se lembrar dos alojamentos espanhóis apinhados de casacas-vermelhas exaustos, e o fedor ficou ainda mais abominável enquanto ele seguia o túnel com piso de pedras até onde outra escada subia até uma sala da guarda ao lado de um enorme portão gradeado que dava no Pátio da Prensa. Dois carcereiros, ambos armados com cassetetes, guardavam o portão.

— Charles Corday? — respondeu um quando Sandman perguntou onde o prisioneiro poderia ser achado. — O senhor não vai errar. Se ele não estiver no pátio, vai estar na Sala da Associação. — Ele apontou para uma porta aberta do outro lado do pátio. — Ele parece uma porcaria de uma margarida, por isso não vai deixar de ver.

— Uma margarida?

O homem destrancou o portão.

— Ele parece uma garota, senhor — disse o homem, cheio de desprezo. — É colega dele? — O homem riu, depois o riso se desbotou quando Sandman se virou para encará-lo. — Não estou vendo ele no pátio, senhor. — O carcereiro tinha sido soldado, e instintivamente se empertigou e ficou respeitoso diante do olhar de Sandman. — Então deve estar na Sala da Associação. Aquela porta lá, senhor.

O Pátio da Prensa era um espaço estreito comprimido entre construções altas e úmidas. O pouco de luz que chegava ao pátio vinha por sobre um amontoado de pontas de lança que coroavam o muro da Newgate Street, ao lado do qual uma vintena de prisioneiros, facilmente identificáveis por causa dos ferros nas pernas, estavam sentados com suas visitas. Crianças brincavam em volta de um esgoto aberto. Um cego sentava-se na escada que levava às celas, murmurando sozinho e coçando as feridas abertas nos tornozelos algemados. Um bêbado, também com correntes, estava deitado enquanto uma mulher, evidentemente sua esposa, chorava em silêncio ao lado. Ela confundiu Sandman com um homem rico e estendeu a mão, pedindo.

— Tenha piedade de uma mulher pobre, cavalheiro, tenha piedade.

Sandman entrou na Sala da Associação, um grande espaço cheio de mesas e bancos. Um fogo de carvão ardia numa enorme grelha, onde potes de cozido pendiam de um suporte. Os potes estavam sendo mexidos por duas mulheres que evidentemente cozinhavam para uma dúzia de pessoas sentadas em volta de uma das mesas compridas. O único carcereiro na sala, um homem jovem armado com cassetete, também estava à mesa, dividindo uma garrafa de gim e os risos que morreram abruptamente quando Sandman apareceu. Então as outras mesas ficaram silenciosas quando quarenta ou cinqüenta pessoas se viraram para olhar o recém-chegado. Alguém cuspiu. Alguma coisa em Sandman, talvez sua altura, falava de autoridade, e aquele não era um lugar onde a autoridade fosse bem-vinda.

— Corday! — gritou Sandman, sua voz assumindo o tom familiar de oficial. — Estou procurando Charles Corday! — Ninguém respondeu. — Corday! — gritou Sandman de novo.

— Senhor? — A voz que respondeu era trêmula e vinha do canto mais distante e mais escuro da sala. Sandman foi andando por entre as mesas até ver uma figura patética encolhida de encontro à parede. Charles Corday era muito jovem, parecia ter pouco mais de dezessete anos, e era magro a ponto de parecer frágil, com um rosto de palidez mortal emoldurado por cabelos compridos que, de fato, pareciam de uma menina. Tinha cílios compridos, lábio trêmulo e uma mancha escura numa das bochechas.

— Você é Charles Corday? — Sandman sentiu uma aversão instintiva pelo rapaz, que parecia delicado demais e muito cheio de autocomiseração.

— Sim, senhor. — O braço de Corday estava tremendo.

— De pé — ordenou Sandman. Corday piscou de surpresa diante do tom de comando, mas obedeceu, encolhendo-se porque os ferros das pernas machucavam seus tornozelos. — Fui mandado pelo secretário do Interior e preciso de um lugar onde possamos conversar em particular. Podemos usar as celas. Dá para ir daqui? Ou do pátio?

— Do pátio, senhor — disse Corday, ainda que mal parecesse ter entendido o resto das palavras de Sandman.

Sandman guiou Corday até a porta.

— Ele é o seu homem, Charlie? — disse um sujeito com algemas nas pernas. — Veio para um amassozinho de despedida, foi? — Os outros prisioneiros riram, mas Sandman tinha a capacidade do oficial experiente de saber quando ignorar a insubordinação, e simplesmente continuou andando, mas ouviu Corday guinchar e se virou para ver que um homem de cabelos gordurosos e barbado estava segurando o cabelo do garoto como se fosse uma rédea. — Eu falei com você, Charlie! — O homem puxou o cabelo de Corday, fazendo o garoto gritar de novo. — Me dá um beijinho, Charlie — exigiu o homem —, dá um beijinho. — As mulheres à mesa perto do fogão riram do sofrimento de Corday.

— Solte-o — disse Sandman.

— Você não dá ordens aqui, meu chapa — rosnou o homem barbado. — Ninguém dá ordens aqui, aqui não tem mais ordens, pelo menos até Jemmy vir pegar a gente. Então pode se mandar, meu chapa, pode... — o homem parou de repente, depois deu um grito curioso. — Não! — berrou ele. — Não!

Rider Sandman sempre tivera pavio curto. Sabia disso e tentava se controlar. Em sua vida cotidiana adotava um tom de deliberação gentil, usava a cortesia muito além da necessidade, elevava a razão e a reforçava com preces, e fazia tudo isso porque temia seu próprio temperamento, mas nem todas as preces, razões e cortesias tinham eliminado os maus modos. Seus soldados sabiam da existência de um demônio no capitão Sandman. Era um demônio real e eles sabiam que aquele não era um homem a ser contrariado, porque tinha um mau humor tão súbito e feroz quanto uma tempestade de verão com raios e trovões. E era um homem alto e forte, suficientemente forte para levantar o prisioneiro barbado e jogá-lo contra a parede com tanta força que a cabeça do sujeito ricocheteou nas pedras. E então o homem gritou porque Sandman tinha acertado o punho em sua barriga.

— Eu mandei soltar — disse Sandman rispidamente. — Você ouviu? É surdo ou não passa de um idiota desgraçado? — Ele bateu no homem uma, duas vezes, e seus olhos chamejavam e sua voz fervilhava com promessa de violência ainda mais terrível. — Merda! Que tipo de idiota você acha que sou? — Ele sacudiu o homem. — Responda!

— Senhor? — conseguiu dizer o sujeito barbado.

— Responda. Que merda! — A mão direita de Sandman agarrava a garganta do prisioneiro e ele estava esganando o sujeito, que agora era incapaz de dizer qualquer coisa. Havia um silêncio absoluto na Sala da Associação. O homem, mirando os olhos claros de Sandman, estava sufocando.

O carcereiro, tão pasmo com a força da raiva de Sandman quanto os outros prisioneiros, atravessou nervosamente a sala.

— Senhor? O senhor está sufocando ele.

— Eu o estou matando — rosnou Sandman.

— Senhor, por favor, senhor.

De repente, Sandman voltou a si e soltou o prisioneiro.

— Se não pode ser cortês — disse ao homem meio esganado — deve ficar quieto.

— Ele não vai falar mais nada, senhor — disse o carcereiro ansioso. — Garanto que não vai, senhor.

— Venha, Corday — ordenou Sandman e saiu da sala.

Houve um suspiro de alívio quando ele saiu.

— Quem era aquele diabo? — conseguiu perguntar o prisioneiro machucado, através da dor na garganta.

— Nunca vi antes.

— Não tinha direito de me bater — disse o prisioneiro e seus amigos resmungaram concordando, ainda que ninguém se incomodasse em seguir Sandman para debater aquela declaração.

Sandman guiou o aterrorizado Corday, atravessando o Pátio da Prensa até a escada que levava aos quinze saleiros. As cinco celas do térreo estavam sendo usadas por prostitutas, e Sandman, com o mau humor ainda fervilhando por dentro, não pediu desculpas por interrompê-las, apenas bateu as portas e depois subiu a escada até achar uma cela vazia no primeiro andar.

— Aqui — falou a Corday, e o garoto apavorado passou rapidamente por ele. Sandman estremeceu diante do fedor daquela parte antiga da cadeia, que tinha sobrevivido ao incêndio dos Tumultos de Gordon. O resto da prisão tinha virado cinzas durante os tumultos, mas esses andares foram meramente chamuscados, e os saleiros mais pareciam masmorras medievais do que celas modernas. Havia uma esteira de corda no piso, evidentemente servindo como colchão, cobertores para cinco ou seis homens estavam numa pilha desarrumada sob a alta janela de grades, e havia um penico cheio num canto.

— Sou o capitão Rider Sandman — apresentou-se ele de novo — e o secretário do Interior pediu que eu investigasse o seu caso.

Corday, que tinha se sentado na pilha de cobertores, reuniu coragem para perguntar:

— Por quê?

— Sua mãe tem conhecimentos — disse Sandman rapidamente, com o mau humor ainda aceso.

— A rainha falou a meu favor? — Corday pareceu esperançoso.

— Sua majestade requisitou a confirmação de sua culpa.

— Mas não sou culpado!

— Você já foi condenado, de modo que sua culpa não está em questão. — Sandman sabia que estava parecendo insuportavelmente pomposo, mas queria acabar com aquele encontro desagradável para poder ir ao críquete. Seriam os quinze guinéus mais rápidos que ele já havia ganhado, porque não podia imaginar aquela criatura desprezível resistindo às suas exigências de confissão. Corday parecia patético, efeminado e à beira das lágrimas. Estava usando roupas desgrenhadas mas elegantes; calções pretos, meias brancas, uma camisa branca com babados e um colete de seda azul, mas não tinha gravata nem casaca. As roupas, suspeitou Sandman, eram muito mais caras do que qualquer coisa que ele próprio possuía, e só fizeram aumentar sua aversão por Corday, cuja voz tinha uma qualidade chapada e nasal com um sotaque que traía pretensões sociais. Um carreiristazinho chorão, foi a avaliação instintiva de Sandman; um garoto que mal tinha crescido e já macaqueava os modos e a moda dos que lhe eram superiores.

— Eu não fiz nada! — protestou Corday de novo e começou a chorar. Os ombros magros se sacudiam, a voz falhava e as lágrimas escorriam pelas bochechas pálidas.

Sandman estava na entrada da cela. Seu predecessor evidentemente espancava os prisioneiros para obter as confissões, mas Sandman não conseguia se imaginar fazendo o mesmo. Não era honroso e não podia ser feito, o que significava que o patife do garoto teria de ser persuadido a contar a verdade, mas a primeira necessidade era parar com seu choro.

— Por que você se chama de Corday — perguntou esperando distraí-lo — quando o nome de sua mãe é Cruttwell?

Corday fungou.

— Não existe lei contra isso.

— Eu disse que há?

— Sou retratista — disse Corday petulante, como se precisasse confirmar para si mesmo — e os clientes preferem que os pintores tenham nome francês. Cruttwell não parece distinto. O senhor teria um retrato pintado por Charlie Cruttwell quando poderia contratar *monsieur* Charles Corday?

— Você é pintor? — Sandman não pôde esconder a surpresa.

— Sou! — Com os olhos vermelhos de chorar, Corday olhou beligerante para Sandman, depois desmoronou no sofrimento de novo. — Eu era aprendiz de *sir* George Phillips.

— Ele é muito bem-sucedido, apesar de possuir um prosaico nome inglês — disse Sandman com desprezo. — E *sir* Thomas Lawrence não me parece muito francês.

— Achei que a mudança do meu nome iria ajudar — disse Corday, carrancudo. — Isso importa?

— Sua culpa importa. E, no mínimo, você poderia enfrentar o julgamento de seu Criador com a consciência limpa se confessasse.

Corday encarou Sandman como se o visitante fosse louco.

— O senhor sabe do que sou culpado? — perguntou enfim. — Sou culpado de querer estar acima de minha condição. Sou culpado de ser um pintor decente. Sou culpado de ser um pintor tremendamente melhor do que a porcaria do *sir* George Phillips e sou culpado, meu Deus, como sou culpado, de ser estúpido! Mas não matei a condessa de Avebury! Não matei!

Sandman não gostava do rapaz, mas sentiu-se correndo o risco de ser convencido por ele, e assim se reforçou lembrando-se das palavras de alerta do porteiro na entrada da prisão.

— Quantos anos você tem? — perguntou.

— Dezoito.

— Dezoito — ecoou Sandman. — Deus terá pena de sua juventude. Todos nós fazemos coisas estúpidas quando somos jovens, e você fez coisas terríveis, mas Deus pesará sua alma, e ainda há esperança. Você não está condenado aos fogos do inferno, pelo menos se confessar e implorar perdão a Deus.

— Perdão por quê? — perguntou Corday, cheio de desafio.

Sandman ficou tão pasmo que não disse coisa alguma.

De olhos vermelhos e rosto pálido, Corday encarou o alto Sandman.

— Olhe para mim — disse ele. — Pareço um homem com força para estuprar e matar uma mulher, mesmo que quisesse? Pareço isso? — Não parecia, Sandman teve de admitir, pelo menos para si mesmo, porque Corday era uma criatura frouxa e pouco impressionante, fraca e magra, que agora recomeçou a chorar. — Vocês são todos iguais — gemeu. — Ninguém ouve! Ninguém se importa! Desde que alguém seja enforcado, ninguém se importa.

— Pare de chorar, pelo amor de Deus! — rosnou Sandman e imediatamente censurou-se por ter dado vazão ao temperamento. — Desculpe — murmurou.

Essas últimas palavras fizeram Corday franzir a testa, perplexo. Parou de chorar, olhou para Sandman e franziu a testa de novo.

— Eu não fiz isso — falou baixinho. — Não fiz.

— Então o que aconteceu? — perguntou Sandman, desprezando-se por ter perdido o controle do interrogatório.

— Eu estava pintando um retrato dela. O conde de Avebury queria um retrato da mulher e pediu a *sir* George para fazer.

— Ele pediu a *sir* George, e no entanto você estava pintando? — Sandman pareceu cético. Afinal de contas, Corday tinha apenas dezoito anos, ao passo que *sir* George Phillips era celebrado como o único rival de *sir* Thomas Lawrence.

Corday suspirou como se Sandman estivesse sendo deliberadamente obtuso.

— *Sir* George bebe — disse, cheio de desprezo. — Ele começa no desjejum e enche a cara até a noite, o que significa que sua mão treme. Por isso ele bebe e eu pinto.

Sandman recuou para o corredor para escapar do cheiro do penico cheio na cela. Imaginou se estaria sendo ingênuo, porque achava Corday curiosamente digno de crédito.

— Você pintava no ateliê de *sir* George? — perguntou, não porque se importasse, mas porque desejava preencher o silêncio.

— Não. O marido queria que o cenário do retrato fosse o quarto dela, por isso eu pintava lá. O senhor faz alguma idéia do incômodo que é isso? A gente tem de levar um cavalete, tela, carvão, óleos, trapos, lápis, panos para proteger o chão, godês e mais trapos. Mesmo assim o duque de Avebury estava pagando.

— Quanto?

— Quanto *sir* George conseguiu cobrar. Oitocentos guinéus? Novecentos? Ele me ofereceu cem. — Corday pareceu amargo ao falar da quantia, se bem que para Sandman parecesse uma fortuna.

— É comum pintar um retrato no quarto de uma dama? — perguntou Sandman numa perplexidade genuína. Ele podia imaginar uma mulher querendo ser representada numa sala de estar ou sob uma árvore num grande jardim ensolarado, mas o quarto lhe parecia uma escolha bastante incorreta.

— Deveria ser um retrato de *boudoir* — disse Corday, e ainda que a palavra fosse nova para Sandman, ele entendeu o que significava. — Está muito na moda, porque hoje em dia todas as mulheres querem se parecer com a Pauline Bonaparte de Canova.

Sandman franziu a testa.

— Você me confunde.

Corday ergueu os olhos suplicantes aos céus, diante de tamanha ignorância.

— O escultor Canova fez uma estátua da irmã do imperador que é muito célebre, e cada beldade na Europa quer ser representada na mesma pose. A mulher se reclina numa *chaise longue*, com uma maçã na mão esquerda e a cabeça apoiada na direita. — Corday, para embaraço de Sandman, demonstrou a pose. — A característica notável é que a mulher fica nua da cintura para cima. E um bocado nua abaixo da cintura também.

— Então a condessa estava nua enquanto você a pintava?

— Não. — Corday hesitou, depois deu de ombros. — Ela não deveria saber que estava sendo pintada nua, por isso usava camisola e roupão. Usaríamos uma modelo no estúdio para fazer os peitos.

— Ela não sabia? — Sandman estava incrédulo.

— O marido queria um retrato — disse Corday impaciente. — E queria que ela estivesse nua e ela teria recusado, por isso ele mentiu. Ela não se importou em fazer um retrato de *boudoir*, mas não ficaria pelada para ninguém, por isso iríamos forjar o corpo. E eu só estava fazendo o trabalho preliminar, o desenho e as camadas básicas. Carvão sobre tela com algumas cores aplicadas; as cores das cobertas da cama, do papel de parede, a pele e o cabelo da senhora. Aquela puta.

Sandman sentiu um jorro de esperança, porque as últimas palavras tinham sido malévolas, assim como ele esperava que um assassino falaria sobre a vítima.

— Você não gostava dela?

— Se gostava? Eu a desprezava! — Corday cuspiu. — Ela era uma farsante cheirando a perfume francês! — Ele queria dizer que ela era uma cortesã, uma prostituta de alta classe. — Uma bunda — ofendeu Corday violentamente —, nada mais. Mas só porque eu não gostava dela isso não faz de mim um estuprador e assassino. Além disso, o senhor realmente acha que uma mulher como a condessa de Avebury ia permitir que um aprendiz de pintor ficasse sozinho com ela? Ela era acompanhada por uma aia o tempo todo em que eu estava lá. Como eu poderia ter estuprado ou assassinado aquela mulher?

— Havia uma aia?

— Claro que havia — insistiu Corday, cheio de escárnio. — Uma vaca medonha chamada Meg.

Agora Sandman estava totalmente confuso.

— E, presumivelmente, Meg falou durante o seu julgamento?

— Meg desapareceu — disse Corday, cansado. — E é por isso que vou ser enforcado. — Ele olhou furioso para Sandman. — O senhor não acredita em mim, não é? Acha que estou inventado. Mas havia uma aia, e o nome dela era Meg, e ela estava lá, e quando aconteceu o julgamento ela não pôde ser achada. — O rapaz tinha falado em tom desafiador, mas de súbito seus modos mudaram e ele recomeçou a chorar. — Dói? — perguntou. — Eu sei que dói. Deve doer.

Sandman olhou para as pedras do piso.

— Onde é a casa?

— Na rua Mount. — Corday estava encurvado e soluçando. — Fica perto...

— Sei onde fica — interrompeu Sandman um pouco incisivo demais. Estava embaraçado pelas lágrimas de Corday, mas insistiu com perguntas que agora eram provocadas por uma curiosidade genuína. — E você admite que esteve na casa da condessa no dia em que ela foi assassinada?

— Eu estava lá logo antes de ela ser assassinada! Havia escadas nos fundos, escadas para os empregados, e houve uma batida na porta lá. Uma batida deliberada, um sinal, e a condessa ficou agitada e insistiu para que eu saísse imediatamente. Por isso Meg me levou pela escada da frente até a porta. Tive de deixar tudo, as tintas, a tela, tudo, e isso convenceu os policiais de que eu era culpado. Assim, dentro de uma hora eles vieram e me prenderam no ateliê de *sir* George.

— Quem chamou os policiais?

Corday deu de ombros para sugerir que não sabia.

— Meg? Outro empregado?

— E os policiais acharam você no ateliê de *sir* George. Que fica onde?

— Na rua Sackville. Em cima da joalheria Gray's. — Corday encarou Sandman com os olhos vermelhos. — O senhor tem uma faca?

— Não.

— Porque, se tiver, eu imploro que me dê. Me dê! Prefiro cortar os pulsos do que ficar aqui! Eu não fiz nada, *nada*! No entanto me batem e abusam de mim todo dia, e daqui a uma semana vou ser enforcado. Por que esperar uma semana? Já estou no inferno. Estou no inferno!

Sandman pigarreou.

— Por que não fica aqui em cima, nas celas? Aqui estaria sozinho.

— Sozinho? Eu ficaria sozinho por dois minutos! É mais seguro lá embaixo, onde pelo menos há testemunhas. — Corday enxugou os olhos com a manga. — O que o senhor sabe?

— Agora? — Sandman ficou estupefato. Tinha esperado ouvir uma confissão, voltar à Wheatsheaf e redigir um relatório respeitoso. Em vez disso, estava confuso.

— O senhor disse que o secretário do Interior queria que fizesse uma investigação. E vai fazer? — O olhar de Corday era desafiador, depois ele desmoronou. — O senhor não se importa. Ninguém se importa!

— Farei as investigações — disse Sandman carrancudo e, de repente, não pôde mais suportar o fedor, as lágrimas e o sofrimento, por isso se virou e desceu rapidamente a escada. Chegou ao ar mais puro do Pátio da Prensa, depois teve um instante de pânico imaginando que os carcereiros não abririam o portão que iria levá-lo ao túnel, mas claro que abriram.

O porteiro destrancou o armário e pegou o relógio de Sandman, um Breguet com estojo de ouro que tinha sido presente de Eleanor. Sandman tentara devolver o presente junto com as cartas, mas ela se recusou a aceitar as duas coisas.

— Achou seu homem, senhor? — perguntou o porteiro.

— Achei.

— E ele fiou um fio sem fim, certamente — riu o porteiro. — Fiou um fio sem fim, não é? Eles são capazes de enganar a gente, têm uma tremenda lábia. Mas há um modo fácil de saber quando um criminoso está contando mentiras, senhor, um modo fácil.

— Eu gostaria de ouvir.

— Eles estão falando, senhor, e é assim que a gente sabe que eles estão contando mentiras. — O porteiro achou isso uma boa piada e chiou de tanto rir enquanto Sandman descia a escada até a Old Bailey.

Parou na rua, sem perceber a multidão que andava de um lado para o outro. Sentia-se sujo da prisão. Abriu o estojo do Breguet e viu que era pouco mais de duas e meia da tarde; imaginou para onde seu dia tinha ido. *Para Rider*, dizia a inscrição mandada fazer por Eleanor na parte de dentro do estojo, *in æternam*, e essa promessa palpavelmente falsa não melhorou seu humor. Fechou a tampa no momento em que um trabalhador gritou para tomar cuidado. O alçapão, o pavilhão e a escada do cadafalso tinham sido desmontados, e agora o painel feito com encaixes que cobria a plataforma estava sendo jogado para baixo, e as tábuas caíam perigosamente perto de Sandman. Um cocheiro puxando uma carroça cheia de tijolos arrancava sangue do flanco dos cavalos, ainda que os animais não pudessem abrir caminho no emaranhado de veículos que bloqueavam a rua.

Sandman finalmente pôs o relógio na algibeira e foi andando para o norte. Estava dividido. Corday fora considerado culpado, e mesmo assim, ainda que Sandman não pudesse achar um fiapo de apreço pelo rapaz, sua história era digna de crédito. Sem dúvida, o porteiro estava certo ao dizer que cada homem em Newgate estava convencido da própria inocência, mas Sandman não era totalmente ingênuo. Tinha liderado uma companhia de soldados com habilidade consumada e achava que sabia distinguir quando um homem estava dizendo a verdade. E se Corday era inocente, os quinze guinéus que pesavam nos seus bolsos não seriam ganhados com rapidez nem facilidade.

Decidiu que precisava de um conselho.

Por isso foi assistir a um jogo de críquete.

2

Chegou à Bunhill Row pouco antes que os relógios da cidade marcassem as três horas, e o dobre dos sinos abafou momentaneamente o barulho dos bastões na bola, os gritos altos e os aplausos dos espectadores. Parecia uma grande multidão e, a julgar pelos gritos, um bom jogo. O porteiro sinalizou para ele entrar.

— Não vou cobrar o seu meio xelim, capitão.

— Deveria, Joe.

— É, e o senhor deveria estar jogando, capitão. — Joe Mallock, porteiro do Campo da Artilharia, já havia jogado nos melhores clubes de Londres antes que as juntas doloridas o deixassem de fora, e se lembrava muito bem de um dos seus últimos jogos, quando um jovem oficial do exército, mal saído da escola, o havia arrasado por todo o *outfield* da New Road em Marylebone. — Faz muito tempo que não vejo você rebater, capitão.

— Já passei do meu auge, Joe.

— Passou do seu auge, garoto? Passou do seu auge! Você ainda nem tem trinta anos. Agora entre. Na última vez em que ouvi, a Inglaterra estava com cinqüenta e seis corridas, com apenas quatro faltando. Eles precisam de você!

Uma zombaria rouca saudou uma jogada enquanto Sandman seguia em direção à beira do campo. O time do marquês de Canfield jogava contra um time da Inglaterra, e um dos *fielders* do marquês tinha largado uma bola fácil e agora suportava o escárnio da multidão.

— Dedos de manteiga! — rugiam eles. — Arranjem um balde para ele!

Sandman olhou para o quadro-negro e viu que a Inglaterra, no segundo *innings*, estava apenas sessenta corridas à frente e ainda tinha quatro *wickets*. A maior parte da multidão estava torcendo pelo time da Inglaterra, e um rugido saudou uma rebatida bem-feita que mandou a bola voando para o lado mais distante do campo. O lançador do marquês, um gigante barbudo, cuspiu na grama e depois olhou o céu azul como se estivesse surdo ao ruído da multidão. Sandman observou o rebatedor, que era Budd, andar até o *wicket* e bater com os pés num pedaço de capim já amassado.

Sandman passou pelas carruagens estacionadas perto da lateral do campo. O marquês de Canfield, de cabelos brancos, barba branca e empoleirado com um telescópio num landô, cumprimentou-o com um pequeno gesto de cabeça, depois desviou o olhar intencionalmente. Há um ano, antes da desgraça do pai de Sandman, o marquês teria gritado um cumprimento, insistido em compartilhar alguns instantes de mexericos e implorado para ele jogar no seu time, mas agora o nome Sandman era pó, e o marquês o havia cortado intencionalmente. Mas então, um pouco adiante e como se em recompensa, uma mão acenou vigorosamente de outra carruagem aberta e uma voz ansiosa gritou um cumprimento:

— Rider! Aqui! Rider!

A mão e a voz pertenciam a um rapaz alto e hirsuto, dolorosamente magro, muito ossudo e desengonçado, vestido com roupas pretas malajambradas e fumando um cachimbo de barro que tinha derramado uma trilha de cinza pelo colete e o paletó. O cabelo ruivo estava precisando de uma tesoura, porque caía sobre o rosto de nariz comprido e pousava no colarinho largo e fora de moda.

— Baixe os degraus da carruagem — instruiu ele a Sandman. — Entre. Você está monstruosamente atrasado. Heydell marcou trinta e quatro no primeiro *innings*, e muito bem marcados. Como vai, meu caro? Fowles está lançando razoavelmente bem, mas saindo meio de lado. Budd está se virando com o bastão, e a criatura que acabou de entrar chama-se Fellowes, e não sei nada sobre ele. Você deveria estar jogando. E está pálido. Anda comendo direito?

59

O CONDENADO

— Eu como — disse Sandman. — E você?

— Deus me preserva, em Sua sabedoria questionável ele me preserva. — O reverendo lorde Alexander Pleydell se recostou em seu assento. — Vejo que meu pai o ignorou, foi?

— Ele me cumprimentou com a cabeça.

— Com a cabeça? Ah! Que gentil! É verdade que você jogou para *sir* John Hart?

— Joguei e perdi — disse Sandman amargamente. — Eles foram subornados.

— Caro Rider! Eu o alertei sobre *sir* John! O sujeito não tem nada além de cobiça. Só queria você jogando para que todo mundo presumisse que o time dele era incorruptível, e deu certo, não deu? Só espero que lhe tenha pagado bem, porque deve ter faturado um monte de dinheiro com sua credulidade. Quer um pouco de chá? Claro que quer. Acho que vou mandar Hughes nos trazer chá e bolo do quiosque da sra. Hillman, certo? Budd parece estar bem como sempre, não é? Que rebatedor! Você já levantou o bastão dele? É um porrete, um cassetete! Ah, muito bem, senhor! Bem rebatido! Vá com tudo, senhor, vá com tudo! — Ele estava torcendo para a Inglaterra e fazendo isso em voz muito alta, para que seu pai, cujo time jogava contra a Inglaterra, o ouvisse. — Fantástico, senhor, muito bem! Hughes, meu caro amigo, onde você está?

Hughes, o valete de lorde Alexander, aproximou-se da lateral da carruagem.

— Senhor?

— Diga olá ao capitão Sandman, Hughes, e acho que poderíamos nos aventurar com um bule de chá da sra. Hillman, não acha? E talvez um pouco do bolo de damasco. — O nobre pôs dinheiro na mão do serviçal. — O que os banqueiros de apostas estão dizendo agora, Hughes?

— Eles são fortemente a favor do time do seu pai, meu senhor.

Lorde Alexander entregou mais duas moedas ao serviçal.

— O capitão Sandman e eu vamos apostar um guinéu, cada, na vitória da Inglaterra.

— Não posso pagar por isso — protestou Sandman. — E além do mais detesto apostar no críquete.

— Não seja metido a besta, não estamos subornando os jogadores, apenas arriscando dinheiro em nossa avaliação da habilidade deles. Você realmente está pálido, Rider, está ficando doente? Cólera, talvez? Peste? Tísica?

— Febre da prisão.

— Meu caro amigo! — Lorde Alexander ficou horrorizado. — Febre da prisão? Pelo amor de Deus, sente-se. — A carruagem balançou quando Sandman se sentou diante do amigo. Eles haviam freqüentado a mesma escola, onde tinham se tornado amigos inseparáveis e onde Sandman, que sempre fora excelente nos jogos, sendo por isso um dos heróis da escola, tinha protegido lorde Alexander dos valentões que acreditavam que o pé torto do nobre o tornava objeto de ridículo. Ao sair da escola, Sandman havia comprado um posto na infantaria enquanto lorde Alexander, que era o segundo filho do marquês de Canfield, tinha ido para Oxford onde, no primeiro ano em que esse tipo de coisas era dado, recebera dois primeiros-lugares. — Não diga que você foi preso — zombou lorde Alexander.

Sandman sorriu e mostrou ao amigo a carta do Ministério do Interior, e então descreveu a tarde, ainda que a narrativa fosse constantemente interrompida pelas exclamações de lorde Alexander elogiando ou vaiando o jogo, muitas delas emitidas com a boca cheia do bolo de damasco da sra. Hillman, que o lorde reduziu a migalhas cuspidas que se juntaram às cinzas no colete. Ao lado da cadeira ele mantinha uma bolsa cheia de cachimbos de barro e, assim que um entupia, ele pegava outro e batia a pederneira no aço. As fagulhas saltadas da pederneira queimavam em sua casaca e no banco de couro da carruagem, onde eram batidas para apagar ou morriam sozinhas enquanto o lorde soltava baforadas.

— Devo dizer — falou quando havia pensado na história de Sandman — que acho tremendamente improvável que o jovem Corday seja culpado.

— Mas ele foi a julgamento.

— Meu caro Rider! Meu caro, caro Rider! Rider, Rider, Rider! Você já esteve nas sessões do Old Bailey? Claro que não, estava ocupado demais esmagando os franceses, seu canalha. Mas ouso dizer que dentro de uma semana aqueles quatro juízes examinam cem casos. Cinco por dia para cada um? Freqüentemente fazem mais do que isso. Essas pessoas não têm julgamentos, Rider, são arrastadas pelo túnel de Newgate, chegam piscando à Câmara das Sessões, são derrubadas como novilhas e levadas com algemas! Isso não é justiça!

— Mas eles são defendidos, não é?

Lorde Alexander virou o rosto chocado para o amigo.

— As sessões não são como as suas cortes marciais, Rider. Isso aqui é a Inglaterra! Que advogado vai defender algum jovem sem tostão acusado de roubar uma ovelha?

— Corday não é um jovem sem tostão.

— Mas aposto que não é rico. Santo Deus, Rider, a mulher foi achada nua, banhada em sangue, com a espátula dele enfiada na garganta.

Sandman, vendo os rebatedores fazerem uma corrida fácil depois de um lançamento deselegante, achou curioso o amigo saber dos detalhes do crime de Corday, o que sugeria que lorde Alexander, quando não estava enfiado em volumes de filosofia, teologia e literatura, mergulhava nos folhetos vulgares que descreviam os crimes mais violentos da Inglaterra.

— Então você está sugerindo que Corday é culpado — disse Sandman.

— Não, Rider, estou sugerindo que ele parece culpado. Há uma diferença. E em qualquer sistema de justiça respeitável pensaríamos em maneiras de distinguir entre a aparência e a realidade da culpa. Mas não no tribunal de *sir* John Silvester. O sujeito é um animal, um animal sem consciência. Ah, muito bem rebatido, Budd, muito bem! Corre, homem, corre! Chega de malandragem! — O lorde pegou um novo cachimbo e começou a pôr fogo em si mesmo. — Todo o sistema é pernicioso — disse entre baforadas. — Pernicioso! Eles sentenciam cem pessoas ao enforcamento, depois só matam dez porque o resto tem pena comutada. E como se obtém uma comutação? Bem, fazendo com que o senhor rural, o pároco ou o lorde assine a petição. Mas e se você não tem alguma pessoa elevada assim? Você é enforcado. Enforcado. Seu idiota! Seu idiota! Você viu aquilo? Fellowes errou, santo Deus! Capenga! Fechou os olhos e tentou rebater! Ele deveria ser enforcado. Você vê, Rider, o que está acontecendo? A sociedade, as pessoas respeitáveis, você e eu, bem, pelo menos você, pensamos num modo de manter as pessoas de nível inferior sob nosso controle. Fazemos com que dependam de nossa misericórdia e de nossa gentileza amorosa. Nós os condenamos ao patíbulo, depois os poupamos, e eles devem agradecer. Agradecer! Isso é pernicioso. — Agora lorde Alexander estava completamente alterado. Suas mãos compridas se retorciam juntas, e o cabelo, já totalmente emaranhado, era sacudido numa desordem ainda pior. — Aqueles conservadores canalhas! — Ele olhou furioso para Sandman, incluindo-o em sua condenação. — Totalmente perniciosos! — Lorde Alexander franziu a testa um segundo, depois teve uma idéia feliz. — Você e eu, Rider, devíamos ir a um enforcamento!

— Não!

— É o seu dever, meu caro amigo. Agora que é funcionário desse estado opressor, deve entender a brutalidade que espera aquelas almas inocentes. Vou escrever ao chefe da carceragem de Newgate e exigir que tenhamos acesso privilegiado à próxima execução. Ah, mudança de lançador. Dizem que esse aí consegue uns efeitos interessantes. Você janta comigo esta noite?

— Em Hampstead?

— Claro que em Hampstead. É onde moro e janto, Rider.

— Então não.

Lorde Alexander suspirou. Tinha se esforçado para persuadir Sandman a se mudar para sua casa, e Sandman se sentira tentado, porque o pai de lorde Alexander, apesar de discordar de todas as crenças radicais do filho, dava-lhe uma bela mesada que permitia ao radical desfrutar de uma carruagem, estábulos, serviçais e uma biblioteca rara, mas Sandman tinha aprendido que passar mais de algumas horas na companhia do amigo era terminar discutindo com ferocidade. Era muito melhor, bem melhor, ser independente.

— Vi Eleanor no sábado passado — disse lorde Alexander com sua habitual falta de tato.

— Ela estava bem?

— Tenho certeza de que sim, mas acho que esqueci de perguntar. E afinal de contas, por que a gente deveria perguntar? Parece redundante demais. Ela obviamente não estava morrendo, parecia bem, então por que eu deveria perguntar? Você se lembra dos *Princípios* de Paley?

— Isso é um livro? — perguntou Sandman e foi recompensado com um olhar incrédulo. — Não li — acrescentou rapidamente.

— O que anda fazendo da vida? Vou emprestá-lo, mas só para você entender os argumentos vis que são dados a favor do cadafalso. — Lorde Alexander enfatizou o ponto seguinte batendo em Sandman com a ponta do cachimbo: —Você sabe que Paley é a favor de enforcar inocentes com o argumento de que a pena capital é uma necessidade, que os erros não podem ser evitados num mundo imperfeito, e que o inocente sofre, portanto, para que a sociedade em geral possa estar mais segura? Os inocentes que são executados portanto representam um sacrifício inevitável, ainda que lamentável. Dá para acreditar num argumento desses? Deveriam ter enforcado Paley por causa disso!

— Ele era um clérigo, não era? — disse Sandman, aplaudindo uma rebatida rápida que fez um jogador sair correndo para os limites da Chiswell Street.

— Claro que era um clérigo, mas o que isso tem a ver? Sou clérigo, e isso dá força divina aos meus argumentos? Às vezes você é absurdo. — Lorde Alexander tinha quebrado a haste do cachimbo enquanto cutucava o amigo, e agora precisou acender outro. — Confesso que Thomas Jefferson levanta o mesmo argumento, claro, mas acho o raciocínio dele muito mais elegante do que o de Paley.

— Ou seja, Jefferson é um herói para você, e portanto não pode fazer uma coisa errada.

— Espero ser mais capaz de discernimento do que isso — respondeu lorde Alexander, carrancudo. — E até você precisa admitir que Jefferson tem motivos políticos para suas crenças.

— O que as torna muito mais repreensíveis, e você está pegando fogo.

— Estou mesmo. — Lorde Alexander bateu na casaca. — Por sinal, Eleanor perguntou por você.

— Perguntou?

— Eu não acabei de dizer? E falei que, sem dúvida, você estava muito bem. Ah, boa rebatida, meu senhor, boa rebatida. Budd rebate quase tão forte quanto você! Ela e eu nos encontramos no Salão Egípcio. Houve uma palestra sobre — ele parou, franzindo a testa enquanto olhava os rebatedores —, minha nossa, esqueci por que fui, mas Eleanor estava lá com o dr. Vaux e a mulher dele. Meu Deus, aquele sujeito é um idiota!

— Vaux?

— Não, o rebatedor novo! Não adianta ficar balançando o bastão! Acerta, homem, acerta, é para isso que serve o bastão! Eleanor tinha um recado para você.

— Tinha? — O coração de Sandman acelerou. Seu noivado com Eleanor podia estar rompido, mas ele ainda estava apaixonado. — O que era?

— O que era, mesmo? — Lorde Alexander franziu a testa. — Esqueci, Sandman, esqueci totalmente. Minha nossa, mas não podia ser importante. Não era nem um pouco importante. E quanto à condessa de Avebury! — Ele estremeceu, evidentemente incapaz de expressar qualquer tipo de opinião sobre a mulher assassinada.

— O que é que tem a dama? — perguntou Sandman, sabendo que seria inútil pressionar sobre o recado esquecido de Eleanor.

— Dama! Essa é boa! — A exclamação de lorde Alexander foi suficientemente alta para atrair o olhar de uma centena de espectadores. — Aquela vagabunda — falou e depois se lembrou de que era um sacerdote. — Pobre mulher, mas foi trasladada para um lugar mais quente, sem dúvida. Se alguém a queria morta, imagino que seria o marido. O desgraçado não devia estar agüentando o peso de tantos chifres!

— Você acha que o conde a matou?

— Eles não se davam, Rider, isso não é uma indicação?

— Não se davam?

— Você parece surpreso. Posso perguntar por quê? Metade dos maridos da Inglaterra parece não se dar com as esposas. Não é uma situação incomum.

Sandman estava surpreso porque podia jurar que Corday dissera que o conde encomendou o retrato da esposa, mas por que faria isso se os dois não se davam?

— Tem certeza de que eles não se davam?

— Sei disso pela mais alta autoridade — disse lorde Alexander na defensiva. — Sou amigo do filho do conde. Chama-se Christopher, e é um homem muito cordial. Cursou Brasenose enquanto eu estava no Trinity.

— Cordial? — perguntou Sandman. Parecia uma palavra estranha.

— Ah, muito! — disse Alexander energicamente. — Ele tirou notas muito respeitáveis, pelo que lembro, e depois foi estudar com Lasalle na Sorbonne. O campo dele é a etimologia.

— Insetos?

— Palavras, Rider, palavras. — Lorde Alexander revirou os olhos diante da ignorância de Sandman. — O estudo da origem das palavras. Não é um campo sério, eu sempre achei, mas Christopher parecer crer que havia trabalho a ser feito. A defunta, claro, era madrasta dele.

— Ele falou dela com você?

— Conversávamos sobre coisas sérias — disse Alexander em tom reprovador —, mas naturalmente, no decorrer de uma amizade, ficamos sabendo de trivialidades. Havia pouco amor naquela família, posso dizer. O pai desprezava o filho, o pai odiava a esposa, a esposa detestava o marido, e o filho se sentia amargo com relação aos dois. Devo dizer que o conde e a condessa de Avebury representam uma lição sobre os perigos da vida em família. Ah, boa rebatida! Boa rebatida! Muito bem! Trabalho fantástico! Corre, corre!

Sandman aplaudiu o rebatedor, depois tomou o resto do chá.

— Fico surpreso em saber que o conde e a condessa não se davam, porque Corday afirmou que o conde encomendou o retrato. Por que faria isso se os dois não se davam?

— Você deve perguntar a ele, mas imagino, se é que isso importa, que Avebury, apesar de ciumento, ainda estava apaixonado por ela. Era uma beldade notória, e ele é um idiota notório. Veja bem, Rider, não estou fazendo acusações. Apenas afirmo que, se alguém queria aquela mulher morta, poderia ser o marido, embora duvide que ele próprio desse o golpe mortal. Até mesmo Avebury é suficientemente sensato para contratar alguém para fazer o trabalho sujo. Além disso, ele é um mártir que sofre de gota. Ah, muito bem! Muito boa rebatida! Vá depressa, vá depressa!

— O filho ainda está em Paris?

— Voltou. Eu o vejo de vez em quando, mas não somos tão íntimos como quando estávamos em Oxford. Olha aquilo! Fiddling está com o bastão. Ele não é bom para acertar as bolas!

— Você poderia me apresentar?

— Ao filho de Avebury? Acho que sim.

O jogo terminou pouco depois das oito, quando o time do marquês, precisando apenas de 93 corridas para vencer, desmoronou. A derrota agradou a lorde Alexander, mas fez Sandman suspeitar de que de novo o suborno tinha arruinado o jogo. Ele não podia provar, e lorde Alexander zombou da suspeita e não quis saber disso quando Sandman tentou recusar o que havia ganhado na aposta.

— Claro que você deve aceitar — insistiu lorde Alexander. — Você ainda está hospedado na Wheatsheaf? Sabe que é uma taverna de bandidos?

— Agora sei.

— Por que não jantamos lá? Poderei aprender algumas expressões populares de bandidos. Afinal, acho que todo bandido é popular. Hughes? Pegue os cavalos da carruagem e diga a Williams que vamos à Drury Lane.

A vida do crime em Londres era cheia de gírias curiosas. Ninguém roubava uma bolsa, e sim limava um troco ou desfolhava a couve. Prisão era curral de ovelha ou tranca, Newgate era a Estalagem Cabeça do Rei e seus carcereiros eram gozadores. Um homem bom era um bandido patife e sua vítima um ginga de mamãe. Lorde Alexander gostava de aprender o vocabulário da bandidagem e comprou as palavras pagando com cerveja e gim, e só saiu bem depois da meia-noite, quando Sally Hood voltou de braço dado com o irmão. Os dois, completamente bêbados, passaram por lorde Alexander que estava parado junto à carruagem. Ele se mantinha de pé segurando uma roda quando Sally passou correndo. O nobre a encarou boquiaberto.

— Estou apaixonado, Rider — declarou alto demais.

Sally olhou por cima do ombro e deu um sorriso ofuscante para Sandman.

— Você não está apaixonado, Alexander — disse Sandman com firmeza.

Lorde Alexander continuou olhando Sally até ela desaparecer pela porta da frente da Wheatsheaf.

— Estou apaixonado — insistiu lorde Alexander. — Fui acertado pela flecha de Cupido. Estou enamorado. Estou fatalmente apaixonado.

— Você é um clérigo muito bêbado, Alexander.

— Sou um clérigo muito bêbado apaixonado. Você conhece a dama? Podemos arranjar uma apresentação? — Lorde Alexander tentou ir atrás de Sally, mas seu pé torto escorregou nas pedras e ele caiu esparramado. — Eu insisto, Rider! — falou, caído no chão. — Insisto em prestar meus respeitos àquela dama. Quero me casar com ela. — Na verdade ele estava tão bêbado que não conseguia ficar de pé, mas Sandman, Hughes e o cocheiro conseguiram pôr o lorde na carruagem, e, com as lanternas luzindo, ela foi chacoalhando para o norte.

Na manhã seguinte chovia, e toda Londres parecia de mau humor. Sandman estava com dor de cabeça, barriga dolorida e a lembrança de lorde Alexander entoando a canção do cadafalso que tinha aprendido na taverna.

> E eu vou pro inferno agora, eu vou pro inferno agora
> E seria em boa hora, seria em boa hora,
> Se pra lá você fosse embora, pra lá você fosse embora,
> Seu desgraçado.

A música estava alojada na mente de Sandman e ele não conseguia se livrar daquilo enquanto se barbeava e depois fazia um chá no fogão dos fundos, onde os moradores podiam ferver água. Sally entrou rapidamente, com o cabelo em desalinho, mas com os ganchos do vestido completamente fechados. Ela se serviu de uma caneca d'água e a levantou simulando um brinde.

— Desjejum — falou a Sandman, depois riu. — Ouvi dizer que o senhor estava animado ontem à noite.

— Bom dia, srta. Hood — grasnou Sandman.

Ela riu.

— Quem era aquele maluco aleijado que estava com o senhor?

— É meu amigo particular, o reverendo lorde Alexander Pleydell, é o segundo filho do marquês e da marquesa de Canfield.

Sally encarou Sandman.

— O senhor está brincando comigo!

— Garanto que não.

— Ele disse que estava apaixonado por mim.

Sandman havia esperado que ela não tivesse ouvido.

— E sem dúvida nesta manhã, srta. Hood, quando estiver mais sóbrio, ainda estará apaixonado por você.

Sally riu da gentileza de Sandman.

— Ele é mesmo um reverendo? Não se veste como se fosse.

— Ele assumiu os votos quando saiu de Oxford, mas acho que fez isso para irritar o pai. Ou talvez, na ocasião, quisesse se tornar membro do conselho da faculdade. Mas nunca viveu disso. Ele não precisa de uma paróquia nem de qualquer tipo de trabalho porque é bem rico. Diz que está escrevendo um livro, mas nunca vi alguma prova disso.

Sally tomou sua água, depois fez uma careta diante do gosto.

— Um aleijado reverendo rico? — Ela pensou um momento, depois deu um sorriso malicioso. — Ele é casado?

— Não — disse Sandman, e não acrescentou que Alexander regularmente se apaixonava por toda caixeira bonita que encontrava.

— Bem, eu poderia arranjar coisa muito pior do que um aleijado, não é? — disse Sally, depois ofegou quando o relógio soou as nove horas. — Santo Deus, estou atrasada. O chato para quem trabalho gosta de começar cedo. — Ela saiu correndo.

Sandman vestiu o sobretudo e partiu para a Mount Street. Investigue, tinha insistido Alexander, e portanto ele investigaria. Tinha seis dias para descobrir a verdade, e decidiu que começaria com a aia desaparecida, Meg. Se ela existisse — e nessa manhã úmida Sandman estava duvidando da história de Corday — poderia acabar com a confusão de Sandman confirmando ou negando a história do pintor. Subiu correndo a New Bond Street, depois percebeu com um susto que teria de passar pela casa de Eleanor na rua Davies, e, como não queria que alguém de lá achasse que ele estava sendo importuno, evitou-a pegando um caminho mais longo, de modo que ficou totalmente encharcado antes de chegar à casa na rua Mount, onde o assassinato havia ocorrido.

Era bastante fácil ver qual era a casa do conde de Avebury, porque até nesse tempo, e apesar de uma escassez de pedestres, uma vendedora de panfletos estava agachada debaixo de uma lona, num esforço para vender sua mercadoria do lado de fora da casa do assassinato.

— História de um assassinato, senhor — disse ela a Sandman —, só um pêni. Assassinato horrível, senhor.

— Dê-me um. — Sandman esperou até que ela conseguisse tirar uma folha de sua sacola de lona, depois subiu a escada e bateu na porta da frente. As janelas da casa estavam fechadas, mas isso significava pouco. Muitas pessoas, retidas em Londres fora da temporada, fechavam as janelas para sugerir que tinham ido para o campo, mas parecia que a casa realmente estava vazia, porque as batidas de Sandman não resultaram em nada.

— Não tem ninguém em casa — disse a mulher que vendia os panfletos. — Não tem ninguém aí desde o assassinato, senhor. — Um varredor de esquina, atraído pelas batidas de Sandman, tinha ido até a casa, e também confirmou que estava vazia.

— Mas esta é a casa do conde de Avebury? — perguntou Sandman.

— É sim, senhor, é sim. — O varredor de esquina, um garoto de cerca de dez anos, estava esperando uma gorjeta. — E está vazia, senhor.

— Havia uma empregada aqui, chamada Meg — disse Sandman. — Você a conhecia?

O varredor balançou a cabeça.

— Não conheço ninguém, senhor. — Mais dois garotos, ambos pagos para tirar esterco de cavalo das ruas, tinham se juntado ao varredor de esquina.

— Foi embora — comentou um deles.

Um guarda, carregando seu cajado de vigia, veio observar Sandman, mas não interferiu, e nesse momento a porta da frente da casa ao lado se abriu e uma mulher de meia-idade, com roupas velhas, olhou nervosamente para a pequena turba diante da casa vizinha, depois levantou um guarda-chuva.

— Madame! — gritou Sandman. — Madame!

— Senhor? — As roupas da mulher sugeriam que era uma servi-çal, talvez governanta.

Sandman passou por sua pequena platéia e tirou o chapéu.

— Desculpe, senhora, mas o visconde Sidmouth me encarregou de investigar os tristes acontecimentos que ocorreram aqui. — Ele parou, e a mulher simplesmente ficou olhando-o boquiaberta enquanto a chuva pingava das beiras do guarda-chuva, ainda que parecesse impressionada pela menção de um visconde, motivo pelo qual Sandman havia falado dele. — É verdade, senhora, que havia nesta casa uma aia chamada Meg?

A mulher olhou para sua porta fechada, como se procurasse uma fuga, mas depois assentiu.

— Havia, senhor, havia.

— A senhora sabe onde ela está?

— Eles foram embora, senhor. Todos foram embora.

— Mas para onde?

— Foram para o campo, senhor, acho. — Ela fez uma reverência para Sandman, evidentemente esperando que isso o convencesse a ir embora.

— Para o campo?

— Foram embora, senhor. E o conde, senhor, tem uma casa no campo, senhor, perto de Marlborough, senhor.

Ela não sabia mais nada. Sandman pressionou, mas quanto mais a interrogava, menos certeza ela tinha do que já havia dito. De fato, a mulher só tinha certeza de uma coisa: que todos os cozinheiros, lacaios, cocheiros e empregadas da condessa tinham ido embora e ela achava, não sabia, que deviam ter ido para a casa de campo do conde que ficava perto de Marlborough.

— É o que falei ao senhor — disse um dos varredores — eles foram embora.

— A *lady* se foi — disse o guarda, e depois riu. — Morreu e se escafedeu.

— Leia tudo a respeito — gritou otimista a vendedora de panfletos.

Parecia evidente que havia pouco mais a saber na Mount Street, por isso Sandman foi embora. Meg existia? Isso confirmava parte da história de Corday, mas somente uma parte, porque ainda assim o aprendiz de pintor poderia ter cometido o assassinato quando a aia estava fora do cômodo. Sandman pensou na afirmativa do porteiro de Newgate, de que todos os criminosos mentiam, e imaginou se estaria sendo imperdoavelmente ingênuo ao duvidar da culpa de Corday. Afinal de contas, o patife fora julgado e condenado, e ainda que lorde Alexander pudesse zombar da justiça britânica, Sandman achava difícil descartá-la tanto. Tinha passado a maior parte da última década lutando pelo país contra uma tirania que lorde Alexander celebrava. Havia um retrato de Napoleão pendurado na parede de seu amigo, junto com George Washington e Thomas Paine. Nada que fosse inglês, parecia a Sandman, jamais agradava a lorde Alexander, ao passo que qualquer coisa estrangeira era preferível, e nem todo o sangue que havia pingado da lâmina da guilhotina jamais convenceria lorde Alexander de que liberdade e igualdade eram incompatíveis, um ponto de vista que parecia ofuscantemente óbvio para Sandman. Assim, parecia, eles estavam condenados a discordar. Lorde Alexander Pleydell lutaria pela igualdade enquanto Sandman acreditava na liberdade, e para Sandman era impensável que um inglês nascido livre não recebesse julgamento justo, mas era exatamente isso que sua nomeação como investigador estava encorajando-o a pensar. Era mais confortável acreditar que Corday era mentiroso, no entanto Meg certamente existia, e sua existência lançava dúvida sobre a crença rígida de Sandman na justiça britânica.

Estava andando para o leste, pelos jardins de Burlington, tendo esses pensamentos confusos e apenas meio percebendo o barulho das carruagens espirrando água na chuva, quando viu que no fim da rua o caminho estava impedido por uma carroça e um andaime de pedreiro, por isso virou para a Sackville Street, onde teve de pisar na sarjeta porque havia uma pequena multidão parada sob o toldo da joalheria Gray's. Estavam principalmente se abrigando da chuva, mas alguns admiravam os rubis à mostra numa gaiola dourada na vitrine do joalheiro. Gray. O nome fez Sandman lembrar alguma coisa, por isso parou na rua e olhou para acima do toldo.

— Está cansado dessa porcaria de vida? — rosnou um carroceiro para Sandman e puxou as rédeas. Sandman ignorou o sujeito. Corday dissera que o ateliê de *sir* George Phillips ficava ali, mas não era possível ver nada nas janelas acima da loja. Sandman voltou à calçada e achou uma porta ao lado da loja, claramente separada da joalheria, mas nenhuma placa anunciava quem vivia ou trabalhava atrás da porta pintada de um verde brilhante e com uma polida aldrava de latão. Um mendigo com uma perna só estava sentado na soleira, o rosto desfigurado por úlceras.

— Tem uma moeda para um soldado velho, senhor?

— Onde você serviu? — perguntou Sandman.

— Em Portugal, senhor, e na Espanha, e em Waterloo, senhor. — O mendigo bateu no cotoco. — Perdi a perna em Waterloo. Passei por tudo aquilo, senhor. Passei mesmo.

— Que regimento?

— Artilharia, senhor. Canhoneiro, senhor. — Agora ele parecia nervoso.

— Em que batalhão e que companhia?

— Oitavo batalhão, senhor. — Agora o mendigo estava claramente desconfortável, e sua resposta era pouco convincente.

— Que companhia? E qual o nome do comandante da companhia?

— Por que não pára de encher? — rosnou o homem.

— Não demorei muito em Portugal — disse Sandman ao homem —, mas lutei na Espanha e estive em Waterloo. — Ele levantou a aldrava de latão e bateu com força. — Tivemos tempos difíceis na Espanha, mas Waterloo foi o pior, e tenho grande simpatia por todos que lutaram lá. — Bateu de novo. — Mas posso ficar com raiva, com muita raiva — seu mau humor estava crescendo —, de homens que dizem que lutaram lá e não lutaram! Isso me deixa furioso!

O mendigo se afastou da irritação de Sandman, e nesse momento a porta verde se abriu e um pajem negro, de treze ou quatorze anos, encolheu-se diante do rosto violento de Sandman. Ele devia ter pensado que aquele rosto significava encrenca, porque tentou fechar a porta, mas Sandman conseguiu pôr a bota no caminho. Atrás do garoto havia um curto corredor elegante, e depois uma escada estreita.

— Aqui é o ateliê de *sir* George Phillip?

O pajem, que estava usando uma libré mal-ajambrada e uma peruca que precisava desesperadamente ser empoada, fez força contra a porta, mas não conseguiu conter a força muito maior de Sandman.

— Se o senhor não marcou hora — disse o garoto —, não é bem-vindo.

— Eu marquei hora.

— Marcou? — O garoto surpreso soltou a porta, fazendo Sandman tropeçar quando ela se abriu subitamente. — Marcou? — perguntou o garoto de novo.

— Marquei hora para o visconde de Sidmouth.

— Quem é, Sammy? — estrondeou uma voz lá de cima.

— Ele diz que vem a mando do visconde de Sidmouth.

— Então deixe subir! Deixe subir! Não somos orgulhosos demais para pintar políticos. Só cobramos mais dos patifes.

— Posso pegar seu casaco, senhor? — perguntou Sammy, fazendo uma reverência superficial para Sandman.

— Eu fico com ele. — Sandman entrou no corredor que era minúsculo, mas mesmo assim decorado com papel de parede elegante, de listras, e com um pequeno candelabro pendurado. Os ricos clientes de *sir* George seriam recebidos por um pajem de libré e uma entrada com tapete, mas enquanto Sandman subia a escada a elegância foi conspurcada pelo fedor de terebintina, e a sala em cima, que supostamente deveria ser tão elegante quanto o corredor, fora conquistada pela bagunça. Era um salão onde *sir* George podia mostrar os quadros terminados e convencer aos futuros retratados a pagar seu preço, mas tinha se tornado um depósito para trabalhos inacabados, palhetas com crostas de tinta, uma torta de carne abandonada com mofo na massa, pincéis velhos, trapos e uma pilha de roupas de homem e de mulher. Um segundo lance de escada ia até o andar de cima, e Sammy indicou que Sandman deveria continuar subindo.

— Quer café, senhor? — perguntou, indo até uma passagem com cortina, que evidentemente escondia uma cozinha. — Ou chá?

— Chá seria bom.

O teto do último andar tinha sido retirado, abrindo a sala comprida para os caibros do sótão, e tinham sido postas clarabóias no telhado, de modo que Sandman parecia estar subindo para a luz. A chuva batia nas telhas e uma quantidade suficiente pingava pelos buracos a ponto de utilizarem baldes espalhados por todo o ateliê. Um fogão preto e atarracado dominava o centro da sala, mas agora ele não fazia coisa alguma, além de servir como mesa para uma garrafa de vinho e um copo. Perto do fogão, um cavalete sustentava uma tela enorme enquanto um oficial da marinha posava com um marinheiro e uma mulher numa plataforma na extremidade mais distante. A mulher gritou quando Sandman apareceu, então pegou um pano que cobria um baú de chá onde o oficial estava sentado.

Era Sally Hood. Sandman, com o chapéu molhado na mão direita, fez-lhe uma reverência. Ela estava segurando um tridente, usando um elmo de latão e muito pouca coisa a mais. Na verdade, percebeu Sandman, ela não estava usando nada a mais, ainda que os quadris e as coxas estivessem razoavelmente cobertos por um escudo de madeira oval em que uma bandeira inglesa fora desenhada às pressas com carvão. Sandman percebeu que ela era Britânia.

— Você está refestelando os olhos nas tetas da srta. Hood — disse o homem ao lado do cavalete. — E por que não? Em termos de tetas, são esplêndidas, a quintessência da peitaria.

— Capitão — cumprimentou Sally numa voz minúscula.

— Seu criado, srta. Hood — disse Sandman, fazendo outra reverência.

— Santo Deus Todo-poderoso! — disse o pintor. — O senhor veio me ver ou veio ver Sally? — Ele era um homem enorme, gordo como um tonel, com grandes papadas, nariz inchado e uma barriga que distendia a camisa manchada de tinta e decorada com babados. Seu cabelo branco era preso por um gorro justo, do tipo que costumava ser usado embaixo das perucas.

— *Sir* George? — perguntou Sandman.

— Ao seu dispor, senhor. — *Sir* George tentou fazer uma reverência, mas era tão gordo que só conseguiu se dobrar ligeiramente no que poderia ter sido sua cintura, mas fez um belo gesto com o pincel que estava segurando, girando-o como se fosse um leque fechado. — O senhor é bem-vindo, desde que esteja procurando uma encomenda. Cobro oitocentos guinéus por um retrato de corpo inteiro, seiscentos da cintura para cima e não faço cabeças a não ser que esteja passando fome, e não passo fome desde noventa e nove. O visconde Sidmouth o mandou?

— Ele não quer ser pintado, *sir* George.

— Então pode dar o fora! — disse o pintor. Sandman ignorou a sugestão. Em vez disso olhou o ateliê, que era um tumulto de estátuas de gesso, cortinas, trapos largados e telas inacabadas. — Ah, sinta-se em casa, por favor — rosnou *sir* George, depois gritou escada abaixo: — Sammy, seu preto desgraçado, cadê o chá?

— Tô fazendo! — gritou Sammy de volta.

— Depressa! — *Sir* George largou a palheta e o pincel. Dois jovens o flanqueavam, ambos pintando ondas na tela, e Sandman supôs que fossem seus aprendizes. A tela em si era vasta, com pelo menos três metros de largura, e mostrava uma rocha solitária num mar ensolarado em que havia uma flotilha meio pintada. Um almirante estava sentado no cume da rocha, onde era flanqueado por um rapaz bonito vestido de marinheiro e por Sally Hood despida como Britânia. O motivo para o almirante, o marinheiro e a deusa estarem tão abandonados em sua rocha isolada não era claro, e Sandman não gostava de perguntar, mas então notou que o oficial que posava de almirante não podia ter mais de dezoito anos, no entanto estava usando um uniforme incrustado de dourados onde brilhavam duas jóias em forma de estrela. Isso deixou Sandman perplexo por alguns segundos. Depois viu que a manga direita do rapaz, vazia, estava presa com alfinete ao peito do casaco. — O verdadeiro Nelson está morto. — *Sir* George estivera acompanhando o olhar de Sandman e deduziu sua linha de pensamento. — Então nos viramos do melhor modo possível com o jovem sr. Corbett aqui, e sabe qual é a tragédia do jovem sr. Corbett? É que ele está de costas para Britânia, e assim deve ficar sentado durante horas a cada dia, sabendo que um dos melhores pares de tetas nuas de toda Londres está a apenas sessenta centímetros atrás de sua orelha esquerda e ele não pode vê-los. Ah! E, pelo amor de Deus, Sally, pare de se esconder.

— O senhor não está pintando — disse Sally. — Então posso me cobrir. — Ela havia largado o tecido cinza que transformava o baú numa pedra e, em vez disso, estava usando sua capa de andar na rua.

Sir George pegou o pincel.

— Agora estou pintando — rosnou.

— Estou com frio — reclamou Sally.

— De repente ficou importante demais para mostrar os peitos, é? — rosnou *sir* George, depois olhou para Sandman. — Sally contou ao senhor sobre o nobre dela? O que foi gentil com ela? Logo todos nós vamos estar fazendo rapapés para ela, não é? Sim, minha *lady*, mostre os peitinhos, minha *lady*. — Ele riu, e os aprendizes sorriram.

— Ela não mentiu ao senhor — disse Sandman. — O lorde existe, eu o conheço e ele está de fato apaixonado pela srta. Hood, e é muito rico. Suficientemente rico para encomendar uma dúzia de retratos com o senhor, *sir* George.

Sally deu-lhe um olhar de pura gratidão enquanto *sir* George, desconcertado, molhava o pincel na tinta da palheta.

— Então, quem diabos é o senhor? — perguntou a Sandman. — Além de ser enviado de Sidmouth?

— Meu nome é capitão Rider Sandman.

— Marinha, exército, miliciano, intendência ou o cargo de capitão é ficção? Hoje em dia a maioria das patentes é.

— Estive no exército.

— Você pode se descobrir — explicou *sir* George a Sally —, porque o capitão foi um soldado, o que significa que viu mais peitos do que eu.

— Ele não viu os meus — disse Sally, agarrando a capa contra os seios.

— Como o senhor a conhece? — perguntou *sir* George a Sandman, cheio de suspeitas.

— Moramos na mesma taverna, *sir* George.

Sir George fungou.

— Então ou ela vive acima do mundo que merece ou o senhor vive abaixo. Largue essa capa, sua cadela estúpida.

— Estou com vergonha — confessou Sally, enrubescendo.

— Ele já viu coisas piores do que você nua — comentou *sir* George azedamente, depois recuou para examinar o quadro. — "A apoteose de Lorde Nelson", dá para acreditar? E o senhor está imaginando, não está, porque não coloquei um tapa-olho no patifezinho. Não está imaginando isso?

— Não — disse Sandman.

— Porque ele nunca usou tapa-olho, por isso. Nunca! Eu o pintei duas vezes ao vivo. Algumas vezes ele usava uma viseira verde, mas nunca um tapa-olho, por isso não terá um tapa-olho nesta obra-prima encomendada pelos lordes do Almirantado. Eles não suportavam o patifezinho enquanto era vivo, e agora o querem pendurado na parede. Mas o que realmente querem pendurar nos lambris, capitão Sandman, são as tetas de Sally Hood. Sammy, seu preto desgraçado! Que porcaria você está fazendo aí embaixo, em nome de Deus? Plantando o chá? Traga um pouco de conhaque! — Ele olhou irritado para Sandman. — Então, o que quer de mim, capitão?

— Falar sobre Charles Corday.

— Ah, Santo Cristo Crucificado — blasfemou *sir* George e olhou beligerante para Sandman. — Charles Corday? — Ele disse o nome muito portentosamente. — Quer dizer, o nojentinho do Charlie Cruttwell?

— Que gosta de ser chamado de Corday, sim.

— Não me importa como ele se chame, mesmo assim vão esticar seu pescoço magrelo na segunda-feira que vem. Estou pensando em ir dar uma olhada. Não é todo dia que um homem vê um de seus aprendizes ser enforcado, o que é uma pena. — Ele deu um cascudo num dos rapazes que estava laboriosamente pintando as ondas com espumas brancas, depois fez uma careta para os três modelos. — Sally, pelo amor de Deus, suas tetas são o meu ganha-pão. Agora pose como foi paga para fazer!

Sandman teve a cortesia de virar as costas enquanto ela largava a capa.

— O secretário do Interior pediu que eu investigasse o caso de Corday.

Sir George gargalhou.

— A mãe dele andou abrindo a boca com a rainha, não é?

— É.

— Sorte dele ter uma mãe assim. O senhor quer saber se ele cometeu o crime?

— Ele diz que não cometeu.

— Claro que diz — confirmou *sir* George cheio de desprezo. — Ele não iria oferecer uma confissão, não é? Mas, estranhamente, talvez esteja dizendo a verdade. Pelo menos com relação ao estupro.

— Ele não a estuprou?

— Poderia ter estuprado. — *Sir* George estava dando pinceladas delicadas que, como por magia, traziam o rosto de Sally à vida sob o elmo. — Poderia, mas isso seria contra a sua natureza. — *Sir* George deu um olhar de soslaio a Sandman. — O nosso *monsieur* Corday, capitão, é um sodomita. — Ele riu da expressão de Sandman. — E seria enforcado por isso, de modo que não faz muita diferença se Charlie é culpado ou inocente de assassinato, não é? Ele certamente é culpado de sodomia, por isso merece totalmente ser enforcado. Todos merecem. Patifezinhos malignos. Eu os enforcaria, e não pelo pescoço.

Sammy, sem o casaco da libré e sem a peruca, trouxe uma bandeja onde havia algumas xícaras desemparelhadas, um bule de chá e uma garrafa de conhaque. O garoto serviu chá para *sir* George e Sandman, mas apenas *sir* George recebeu uma taça de conhaque.

— Vocês vão ter seu chá daqui a um minuto — disse *Sir* George aos três modelos — quando eu terminar.

— Tem certeza? — perguntou Sandman.

— Sobre eles receberem o chá? Ou sobre Charlie ser sodomita? Claro que tenho certeza, diabos. Você poderia deixar Sally pelada, junto com uma dúzia de outras iguais, e ele nem se incomodaria em olhar, mas sempre vivia tentando pôr as patas no jovem Sammy aqui, não é, Sammy?

— Eu mandava ele ficar longe — disse Sammy.

— Bom para você, Samuel! — *Sir* George pousou seu pincel e tomou o conhaque. — E o senhor está se perguntando, não está, capitão, por que eu permitiria que um sodomita imundo entrasse neste templo da arte. Vou dizer. Porque Charlie era bom. Ah, ele era bom. — O pintor se serviu de mais conhaque, bebeu metade e voltou à tela. — Ele desenhava lindamente, capitão, desenhava como o jovem Rafael. Era uma beleza de se ver. Tinha o dom, o que é mais do que posso dizer sobre este par de açougueiros aqui. — E deu um cascudo no segundo aprendiz. — Não, o Charlie era bom. Tinha tanta capacidade de pintar quanto de desenhar, o que significava que eu podia lhe confiar a carne, e não apenas os panejamentos. Dentro de um ou dois anos ele estaria trabalhando sozinho. O retrato da condessa? Está ali, se o senhor quiser ver como ele era bom. — *Sir* George sinalizou para algumas telas sem moldura empilhadas de encontro a uma mesa atulhada de jarras, argila, facas, godês e frascos de óleo. — Encontre, Barney. É trabalho inteiramente dele, capitão, porque não chegou ao ponto em que precise do meu talento.

— Ele poderia ter terminado sozinho? — Sandman tomou um gole de chá, que era uma excelente mistura de pólvora e chá verde.

Sir George gargalhou.

— O que ele lhe disse, capitão? Não, deixe-me adivinhar. Charlie disse que eu não tinha condições, não é? Disse que eu estava bêbado e ele teve de pintar a condessa. Foi o que ele disse?

— Sim — admitiu Sandman.

Sir George achou divertido.

— O patifezinho mentiroso. Merece ser enforcado por isso.

— Então por que o senhor deixou que ele pintasse a condessa?

— Pense um pouco. Sally: ombros para trás, cabeça erguida, mamilos para a frente, esta é a minha garota. Você é Britânia, você governa a porcaria das águas, você não é uma puta de Brighton caindo de preguiça em cima de uma pedra.

— Por quê? — insistiu Sandman.

— Porque, capitão — *sir* George parou para dar uma pincelada —, porque estávamos enganando a dona. Nós a estávamos pintando de vestido, mas assim que a tela voltasse para cá iríamos fazê-la nua. É o que o conde queria, e é o que Charlie teria feito. Mas quando um homem pede a um pintor para retratar sua mulher nua, e um número notável de homens faz isso, o senhor pode ter certeza de que o retrato resultante não será exposto. Um homem pendura uma pintura dessas em sua sala de estar, para excitação dos amigos? Não. Expõe em sua casa de Londres para a edificação da sociedade? Não. Pendura em seu quarto de vestir ou em seu escritório, onde ninguém além dele possa ver. E de que isso me adianta? Se faço uma pintura, capitão, quero toda Londres boquiaberta. Quero que façam fila nesta escada implorando que eu pinte um igual para eles, e isso significa que não há dinheiro nas tetas das damas da sociedade. Eu faço os quadros lucrativos, Charlie estava cuidando dos retratos de *boudoir*. — Ele recuou e franziu a testa para o jovem posando de marinheiro. — Você está segurando esse remo errado, Johnny. Eu deveria colocá-lo nu. Como Netuno. — Ele se virou e olhou com malícia para Sandman. — Por que não pensei nisso antes? O senhor seria um bom Netuno, capitão. Tem uma bela figura. Poderia me dar o prazer de posar nu, do lado oposto a Sally? Nós lhe daríamos uma concha de tritão para segurar, ereta. Eu tenho uma concha de tritão em algum lugar, usei para a Apoteose do conde de St. Vincent.

— Quanto o senhor paga? — perguntou Sandman.

— Cinco xelins por dia. — *Sir* George tinha ficado surpreso com a reação.

— O senhor não me paga isso! — protestou Sally.

— Porque você é uma porcaria de mulher! — disse *sir* George, ríspido, depois olhou para Sandman. — E então?

— Não — disse Sandman, depois ficou totalmente imóvel. O aprendiz estivera virando as telas, e agora Sandman o fez parar. — Deixe-me ver esta — falou, apontando um retrato de corpo inteiro.

O aprendiz a tirou da pilha e encostou numa cadeira, de modo que a luz de uma clarabóia caísse sobre a tela, que mostrava uma jovem sentada a uma mesa com a cabeça inclinada de um jeito quase beligerante, mas não totalmente. A mão direita pousava numa pilha de livros, e a esquerda segurava uma ampulheta. O cabelo ruivo estava num coque alto, para revelar um pescoço comprido e esguio com um colar de safiras. Estava usando um vestido azul e prata com renda branca no pescoço e nos pulsos. Seus olhos encaravam com ousadia e faziam aumentar a sugestão de beligerância, que era suavizada pela mera suspeita de que ela estava para sorrir.

— Esta aí é uma jovem muito inteligente — disse *sir* George com reverência. — E tenha cuidado com o quadro, Barney, vai para o verniz esta tarde. Gosta, capitão?

— É... — Sandman parou, procurando uma palavra que lisonjeasse *sir* George. — É maravilhoso — disse debilmente.

— É mesmo — disse *sir* George com entusiasmo, afastando-se da apoteose inacabada de Nelson para admirar a jovem cujo cabelo ruivo estava afastado da testa alta e larga, cujo nariz era reto e comprido, e cuja boca era generosa e larga, e que tinha sido pintada numa luxuosa sala de estar embaixo de uma parede com retratos ancestrais sugerindo que ela vinha de uma família de grande antigüidade, embora de fato seu pai fosse filho de um boticário e a mãe filha de um pastor que, supostamente, teria se casado com alguém abaixo de seu nível. — Srta. Eleanor Forrest — disse *sir* George. — O nariz dela é comprido demais, o queixo fino demais, os olhos mais separados do que a convenção permitiria à beleza, o cabelo lamentavelmente ruivo e a boca é luxuriosa demais, e ainda assim o efeito é extraordinário, não é?

— É — disse Sandman com fervor.

— No entanto, de todos os atributos da jovem — *sir* George tinha abandonado totalmente seus modos espalhafatosos e estava falando com calor verdadeiro —, é sua inteligência que mais admiro. Temo que ela seja desperdiçada no casamento.

— Ela vai se casar? — Sandman teve de lutar para impedir que a voz traísse os sentimentos.

— Pelo que ouvi da última vez — *sir* George voltou para Nelson — falavam dela como a futura *lady* Eagleton. De fato, acredito que o retrato seja um presente para ele, no entanto a srta. Eleanor é inteligente demais para se casar com um idiota como Eagleton. — *Sir* George fungou. — Desperdício.

— Eagleton? — Sandman sentiu como se uma mão fria tivesse agarrado seu coração. Seria esse o assunto da mensagem que lorde Alexander tinha esquecido? Que Eleanor estava noiva de lorde Eagleton?

— Lorde Eagleton, herdeiro do conde de Bridport, e um chato. Um chato, capitão, um chato e detesto chatos. Sally Hood vai mesmo ser uma dama? Santo Deus encarnado, a Inglaterra está perdida. Empine, querida, eles ainda não são nobres, e é por isso que o Almirantado está pagando. Barney, ache a condessa.

O aprendiz procurou entre as telas. O vento soprou forte, fazendo os caibros estalarem. Sammy esvaziou dois dos baldes em que a chuva estava se acumulando, jogando a água pela janela de trás e provocando um rugido de protesto vindo de baixo. Sandman olhou pelas janelas, para além do toldo da joalheria Gray's, vendo a Sackville Street. Será que Eleanor ia realmente se casar? Ele não a via há mais de seis meses, e era bem possível. A mãe dela, pelo menos, estava com pressa para fazer com que Eleanor subisse ao altar, de preferência um altar aristocrático, porque Eleanor estava com 25 anos e logo seria considerada uma solteirona encalhada. Droga, pensou Sandman, mas esqueça-a.

— É este, senhor. — Barney, o aprendiz, interrompeu seus pensamentos. Ele encostou um retrato inacabado sobre o de Eleanor. — A condessa de Avebury, senhor.

Outra beldade, pensou Sandman. A pintura mal estava iniciada, mas era estranhamente eficaz. A tela tinha sido medida, depois foi feito um desenho a carvão de uma mulher reclinada numa cama encoberta por uma tenda pontiaguda. Em seguida, Corday tinha pintado trechos do papel de parede, o material da tenda sobre a cama, a colcha, o tapete e o rosto da mulher. Havia pintado levemente o cabelo, fazendo-o parecer revolto, como se a condessa estivesse num lugar cheio de vento, em vez de em seu quarto de Londres, e ainda que o resto da tela mal estivesse tocado por alguma outra cor, de algum modo era de tirar o fôlego, e cheia de vida.

— Ah, ele sabia pintar, o nosso Charlie, sabia pintar. — Enxugando as mãos com um trapo, *sir* George viera olhar o quadro. Sua voz era reverente, e os olhos traíam uma mistura de admiração e ciúme. — É um diabinho esperto, não é?

— O retrato se parece com ela?

— Ah, sim — assentiu *sir* George. — Sem dúvida. Ela era uma beldade, capitão, uma mulher capaz de fazer cabeças girarem, mas só isso.

83

O CONDENADO

Tinha saído da sarjeta, capitão. Era o que nossa Sally é. Era uma dançarina de ópera.

— Eu sou atriz — insistiu Sally, acalorada.

— Atriz, dançarina de ópera, prostituta, é tudo a mesma coisa — resmungou *sir* George. — E Avebury foi um idiota ao se casar com ela. Deveria tê-la mantido como amante, mas nunca se casado com ela.

— O chá está frio, porcaria — reclamou Sally. Ela havia saído do tablado e tirado o elmo.

— Vá comer alguma coisa, criança — disse *sir* George com grandiosidade —, mas esteja de volta às duas em ponto. Terminou, capitão?

Sandman assentiu. Estava olhando o retrato da condessa. O vestido dela fora esboçado muito levemente, decerto porque estava condenado a ser apagado, mas o rosto, marcante e atraente, estava quase terminado.

— O senhor disse, não foi, que o conde de Avebury encomendou o retrato.

— Disse — concordou *Sir* George. — E encomendou mesmo.

— No entanto, ouvi dizer que ele e a esposa não se davam.

— Pelo que sei — concordou *sir* George distraidamente, dando depois um riso maldoso. — Ele certamente era chifrado. A dama tinha uma reputação, capitão, e não era de alimentar os pobres e confortar os aflitos. — Ele estava vestindo uma casaca antiquada, toda de mangas largas, golas amplas e botões de ouro. — Sammy! — gritou escada abaixo. — Vou comer a torta aqui em cima! E um pouco daquele salpicão, se não estiver mofado. E pode abrir outro clarete de mil oitocentos e nove. — Ele bamboleou até a janela e fez uma careta para a chuva que lutava contra a fumaça de mil chaminés.

— Por que um homem que não se dá com a esposa gastaria uma fortuna no retrato dela? — perguntou Sandman.

— As coisas do mundo, capitão, são misteriosas até mesmo para mim — disse *sir* George portentosamente. — Como diabos vou saber? — Ele se virou de costas para a janela. — O senhor teria de perguntar ao lorde chifrudo. Acho que ele mora perto de Marlborough, mas supostamente é um recluso, portanto desconfio de que o senhor estará desperdiçando a viagem. Por outro lado, talvez não seja um mistério. Talvez ele quisesse se vingar dela, não é? Pendurá-la com as tetas nuas na parede seria uma espécie de vingança, não é?

— Seria?

Sir George deu um risinho.

— Não há pessoa tão consciente de sua situação elevada quanto uma prostituta enobrecida, capitão, então por que não lembrar à puta o que lhe deu o título? As tetas, senhor, as tetas. Se não fosse pelas belas tetas e as pernas compridas ela ainda estaria cobrando dez xelins por noite. Mas será que o Charliezinho sodomita a matou? Duvido, capitão, duvido muito, mas não me importo muito. O Charliezinho estava ficando grande demais para as suas botas grandes, portanto não vou lamentar vê-lo pendurado na ponta de uma corda. Ah! — Ele esfregou as mãos enquanto seu serviçal subia a escada com uma grande bandeja. — Comida! Bom dia ao senhor, capitão, creio que lhe fui útil.

Sandman não tinha certeza se *sir* George tinha sido útil, a não ser que aumentar sua confusão fosse algo útil, mas *sir* George tinha terminado com ele, e Sandman foi dispensado.

Por isso saiu. E a chuva estava mais forte.

— Aquele desgraçado gordo nunca oferece comida à gente! — reclamou Sally Hood. Ela estava sentada diante de Sandman numa taverna em Piccadilly, onde, inspirados pela refeição de *sir* George Phillips, eles dividiam uma tigela de salpicão: uma mistura fria de carnes cozidas, anchovas, ovos cozidos e cebolas. — Ele come até não poder mais, come mesmo — continuou Sally —, e a gente deve passar fome, porcaria. — Ela cortou um pedaço de pão, colocou mais óleo na tigela e depois deu um sorriso tímido para Sandman. — Fiquei tão sem graça quando o senhor entrou!

— Não precisa ficar. — Na saída do estúdio de *sir* George Sandman convidara Sally a acompanhá-lo, e os dois tinham corrido pela chuva e se abrigado na Three Ships, onde ele tinha pagado pelo salpicão e uma grande garrafa de cerveja com parte do dinheiro adiantado pelo Ministério do Interior.

Sally pôs sal na tigela, depois mexeu a mistura vigorosamente.

— O senhor não vai contar a ninguém? — perguntou muito séria.

— Claro que não.

— Sei que não é trabalho de atriz, e não gosto daquele gordo desgraçado me olhando o dia inteiro, mas é cobre, não é?

— Cobre?

— Dinheiro.

— É cobre — concordou Sandman.

— E eu não devia ter dito nada sobre seu amigo, porque me senti uma idiota.

— Está falando de lorde Alexander?

— Sou uma idiota, não sou? — ela riu para ele.

— Claro que não.

— Sou sim, mas não quero ficar fazendo isso para sempre. Estou com vinte e dois anos e preciso arranjar alguma coisa logo, não é? E não ia me incomodar de conhecer um lorde de verdade.

— Você quer se casar?

Ela assentiu, deu de ombros e depois espetou meio ovo cozido.

— Não sei. Quero dizer, quando a vida é boa, é muito boa. Há dois anos eu nunca ficava sem trabalho. Fui a serva de uma bruxa numa peça sobre um rei escocês — ela franziu o rosto tentando pensar no nome, depois balançou a cabeça. — Ele era um canalha. Depois fui dançarina num auto sobre um rei negro que foi morto na Índia, e ele era outro canalha, mas nesses últimos dois ou três meses? Nada! Nem teve trabalho nos Vauxhall Gardens!

— O que você fazia lá?

Ela fechou os olhos enquanto pensavam.

— Tabel... tablér?

— *Tableau vivants*?

— Isso! Fui uma deusa durante três meses no verão passado. Ficava em cima de uma árvore tocando harpa, e o cobre não era ruim. Depois tive uma temporada no Astley's com os cavalos dançarinos, e isso me segurou durante o inverno, mas agora não tem nada, nem na Strand! — Ela estava falando dos teatros novos que ofereciam mais música e dança do que os dois teatros mais antigos da Drury Lane e em Covent Garden. — Mas está para acontecer uma peça particular — acrescentou, fungando diante da perspectiva.

— Particular?

— Um sujeito rico quer que a garota dele seja atriz, sabe? Por isso arrendou o teatro enquanto está fora de temporada e vai pagar à gente para cantar e dançar e pagar à platéia para aplaudir, e pagar aos escribas para escrever papéis para ela como a próxima Vestris. Quer ver? É na noite de terça-feira no Covent Garden, e é só uma noite, por isso não vai dar para pagar nenhuma conta, não é?

— Se puder, eu vou — prometeu Sandman.

— O que eu preciso é entrar para uma companhia, e poderia entrar, se estivesse disposta a ser uma farsante. Sabe o que é? Claro que sabe. E aquele gordo desgraçado — ela virou a cabeça, querendo falar de *sir* George Phillips — acha que sou uma farsante, mas não sou!

— Nunca achei que você fosse.

— Então o senhor é a única porcaria de homem que não acha. — Ela riu. — Bem, o senhor e o meu irmão. Jack mataria qualquer um que me chamasse disso.

— Bom para o Jack. Gosto do seu irmão.

— Todo mundo gosta do Jack.

— Não que eu o conheça de verdade, claro, mas ele parece amigável. — O irmão de Sally, nas poucas ocasiões em que Sandman o havia encontrado, tinha parecido um homem confiante, de modos tranqüilos. Era popular, comandando uma mesa generosa na taberna Wheatsheaf, e era muito bonito, atraindo uma sucessão de jovens. Também era misterioso, já que ninguém na taverna sabia exatamente o que ele fazia para viver, mas sem dúvida os ganhos eram razoavelmente bons, porque ele e Sally alugavam dois quartos grandes no primeiro andar da Wheatsheaf. — O que seu irmão faz? — perguntou Sandman e, em troca, recebeu um olhar muito estranho. — Não, verdade. O que ele faz? É só que ele trabalha em horários incomuns.

— Você não sabe quem ele é?

— Eu deveria saber?

— Ele é Robin Hood — disse Sally, e depois riu quando viu o rosto de Sandman. — Esse é o meu Jack, capitão. Robin Hood.

— Santo Deus — disse Sandman. Robin Hood era o apelido de um salteador procurado por cada magistrado de Londres. A recompensa por ele era de muito mais de cem libras, e vivia subindo cada vez mais.

Sally deu de ombros.

— Ele é idiota, verdade. Vivo dizendo que ele vai acabar dançando a sarabanda de Jemmy Botting, mas ele não escuta. E cuida de mim. Até certo ponto ele cuida, mas com o Jack a vida é sempre festa ou fome. E quando está com cobre sempre dá para as mulheres dele. Mas ele é bom comigo, é mesmo, e não deixa ninguém encostar a mão em mim. — Ela franziu a testa. — O senhor não vai contar a ninguém?

— Claro que não!

— Quero dizer, todo mundo na estalagem sabe quem ele é, mas ninguém de lá vai abrir o bico.

— Eu também não — garantiu Sandman.

— Claro que não. — Sally riu. — E o senhor? O que quer da vida?

Sandman, surpreso com a pergunta, pensou um momento.

— Acho que quero minha vida antiga de volta.

— A guerra? Ser soldado? — Ela pareceu desaprovar.

— Não. Só o luxo de não me preocupar com de onde vem o próximo xelim.

Sally riu.

— Todo mundo quer isso. — Ela derramou mais óleo e vinagre na tigela e mexeu. — Então o senhor tinha dinheiro, é?

— Meu pai tinha. Era um homem muito rico, mas fez alguns investimentos ruins, pegou dinheiro demais emprestado, jogou e perdeu. Por isso falsificou algumas letras e entregou ao Banco de...

— Letras? — Sally não entendeu.

— Instruções para pagar dinheiro — explicou Sandman. — E, claro, foi uma coisa estúpida, mas acho que ele estava desesperado. Ele queria conseguir algum dinheiro e fugir para a França, mas as falsificações foram detectadas e ele ia ser preso. Teria sido enforcado, só que estourou o cérebro antes que os guardas chegassem.

— Minha nossa — disse Sally, encarando-o.

— Então minha mãe perdeu tudo. Agora mora em Winchester com minha irmã mais nova e tento mantê-las vivas. Pago o aluguel, cuido das contas, esse tipo de coisa. — Ele deu de ombros.

— Por que elas não trabalham? — perguntou Sally com truculência.

— Elas não estão acostumadas com a idéia — disse Sandman e Sally ecoou as palavras, ainda que não muito alto. Apenas murmurou, e Sandman riu. — Isso tudo aconteceu há pouco mais de um ano, e eu já havia saído do exército. Ia me casar. Tínhamos escolhido uma casa em Oxfordshire, mas claro que a moça não pôde se casar comigo quando fiquei sem um tostão.

— Por quê?

— Porque a mãe não quis que ela se casasse com um pobre.

— Porque ela também era pobre?

— Pelo contrário. O pai dela prometeu um dote de seis mil por ano. Meu pai tinha me prometido mais, mas assim que faliu, claro... — Sandman deu de ombros, não se incomodando em terminar a frase.

Sally o fitava, olhos arregalados.

— Seis mil? Libras? — Ela meramente suspirou a última palavra, incapaz de compreender tanta riqueza.

— Libras.

— Santo inferno! — Isso foi suficiente para persuadi-la a parar de comer durante um tempo, depois se lembrou da fome e recomeçou. — Continue.

— Então fiquei um tempo com minha mãe e minha irmã, mas isso não era viável. Não havia trabalho para mim em Winchester, por isso vim para Londres no mês passado.

Sally achou isso divertido.

— O senhor nunca trabalhou de verdade na vida, não é?

— Fui um bom soldado.

— Acho que isso é trabalho — admitiu ela de má vontade. — Mais ou menos. — Em seguida perseguiu uma coxa de galinha na tigela. — Mas o que o senhor quer fazer?

Sandman olhou para o teto enfumaçado.

— Só trabalhar — disse vagamente. — Não tenho treinamento para nada. Não sou advogado, nem sacerdote. Estudei no Winchester College dois períodos — ele parou, estremecendo diante da lembrança — por isso pensei em tentar os mercadores de Londres. Eles contratam homens para supervisionar propriedades, veja bem. Fazendas de tabaco e plantações de açúcar.

— No estrangeiro?

— É — disse Sandman em voz baixa, e de fato tinha recebido a oferta de um trabalho assim numa fazenda de açúcar em Barbados, mas quando soube que o cargo incluiria a supervisão de escravos sentiu-se obrigado a recusar. Sua mãe tinha zombado da recusa, chamando-o de fraco, mas Sandman estava contente com a escolha.

— Mas agora o senhor não precisa ir para o estrangeiro, se está trabalhando para o secretário do Interior.

— Acho que é um emprego muito temporário.

— Roubar pessoas do cadafalso? Isso não é temporário! Se o senhor me perguntar, é trabalho de tempo integral. — Ela tirou a carne da coxa de galinha com os dentes. — Mas o senhor vai tirar o Charlie da Estalagem Cabeça do Rei?

— Você o conhece?

— Estive com ele uma vez — disse ela com a boca cheia de galinha — e o gordo do *sir* George está certo. Ele é uma fada.

— Uma fada? Não importa, acho que sei o que é. E você acha que ele é inocente?

— Claro que ele é inocente, droga — disse ela com ênfase.

— Ele foi considerado culpado.

— Nas sessões da Old Bailey? Quem era o juiz?

— *Sir* John Silvester.

— Santo inferno! Jack Negro? — Sally estava injuriada. — Ele é um canalha. Vou lhe contar, capitão, há dúzias de almas inocentes nas sepulturas por causa do Jack Negro. E Charlie é inocente. Tem de ser. Ele é uma fada, não é? Não saberia o que fazer com uma mulher, quanto mais estuprar! E quem matou a dona arrebentou com ela, e Charlie não tem carne nos ossos pra fazer isso. Bem, o senhor viu ele, não viu? Ele parece ter cortado a garganta dela? O que diz aqui? — Ela apontou para o panfleto de um pêni que Sandman havia tirado do bolso e alisado na mesa. Na parte de cima do folheto havia uma imagem mal impressa de um enforcamento que supostamente era a execução futura de Charles Corday, e mostrava um homem de capuz, de pé numa carroça embaixo do cadafalso. — Eles sempre põem essa imagem. Eu gostaria de que arranjassem uma nova. Hoje em dia nem se usa mais carroça. Dá o fora, seu chato! — As últimas palavras foram dirigidas a um homem bem-vestido que se aproximou dela, fez uma reverência e ia falar. Ele recuou com alarme no rosto. — Eu sei o que ele quer — explicou Sally a Sandman.

Sandman tinha se alarmado com a explosão dela, mas agora riu, e então olhou de novo para o panfleto.

— Segundo isso aqui, a condessa estava nua quando foi achada. Nua e cheia de sangue.

— Ela foi esfaqueada, não foi?

— Diz que a faca de Corday estava na garganta dela.

— Ele não podia ter esfaqueado ela com aquilo — disse Sally, descartando a hipótese. — Não é afiado. É um... não sei... como é que se chama? É para misturar tinta, não é para cortar.

— Então é uma espátula. Mas aqui diz que ela foi esfaqueada doze vezes nos... — Ele hesitou.

— Nas tetas — disse Sally. — Eles sempre dizem isso, se for uma mulher. Nunca são esfaqueadas em outro lugar. Sempre nos melões. — Ela balançou a cabeça. — Isso não me parece coisa de fada. Por que ele iria tirar a roupa dela, e quanto mais matar? O senhor quer mais disso? — Ela empurrou a tigela.

— Não, por favor, pode comer.

— Eu comeria uma porcaria de um cavalo inteiro. — Ela empurrou o prato para o lado e simplesmente pôs a tigela à sua frente. — Não — disse depois de um momento de reflexão —, ele não fez isso, fez? — E parou de novo, franzindo a testa. Sandman sentiu que ela estava decidindo se deveria contar alguma coisa e teve o bom senso de ficar quieto. Sally o encarou, como se estivesse avaliando se realmente gostava dele ou não, depois deu de ombros. — Ele mentiu para o senhor — falou em voz baixa.

— Corday?

— Não! *Sir* George! Ele mentiu. Eu o ouvi dizendo ao senhor que o conde queria o quadro, mas não queria.

— Não?

— Eles estavam falando disso ontem — disse Sally, séria. — Ele e um amigo, só que ele achou que eu não estava escutando. Eu só fico ali pegando frio, e ele fala como se eu fosse apenas um par de tetas. — Ela se serviu de mais cerveja. — Não foi o conde quem encomendou a pintura. *Sir* George contou ao amigo, contou, depois olhou para mim e disse: "Você não está ouvindo isso, Sally Hood." Ele disse!

— Disse quem encomendou o quadro?

Sally assentiu.

— Foi um clube que encomendou a pintura, só que ele ia ficar louco se soubesse que contei, porque ele morre de medo dos canalhas.

— Um clube encomendou?

— Um clube de cavalheiros. Como Boodles ou Shites, só que não é, tem um nome engraçado. Clube Semáforo? Não, não é isso. Sema? Serra? Não sei. Tem alguma coisa a ver com anjos.

— Anjos?

— Anjos. Semáforos? Alguma coisa do tipo.

— Serafins?

— Isso mesmo! — Ela ficou tremendamente impressionada por Sandman ter descoberto o nome. — Clube Serafins.

— Nunca ouvi falar.

— É muito privativo. E estou falando privativo de verdade! Não fica longe. Na St James Square, por isso eles devem ter dinheiro. Mas são ricos demais para mim.

— Sabe alguma coisa sobre ele?

— Não muito, mas uma vez pediram que eu fosse lá, só que não fui, porque não sou desse tipo de atriz.

— Mas por que o Clube Serafins desejaria o retrato da condessa?

— Deus sabe — disse Sally.

— Terei de perguntar a eles.

Ela ficou alarmada.

— Não diga que eu contei! *Sir* George vai me matar! E preciso do trabalho, não é?

— Não vou dizer que você contou. E, de qualquer modo, não acho que eles a tenham matado.

— Então como vai descobrir quem matou?

Era uma boa pergunta, pensou Sandman, e deu uma resposta honesta.

— Não sei — admitiu pesaroso. — Quando o secretário do Interior me pediu para investigar, pensei que só precisaria ir a Newgate e fazer algumas perguntas. Como interrogar um dos meus soldados. Mas não é bem assim. Preciso descobrir a verdade e nem sei por onde começar. Nunca fiz nada igual antes. De fato, não conheço ninguém que tenha feito. Por isso acho que vou fazer perguntas, não é? Vou falar com todo mundo, perguntar tudo em que puder pensar, e espero encontrar a aia.

— Que aia?

Então Sandman contou a ela sobre Meg, e como tinha ido à casa na rua Mount e ficou sabendo que todos os empregados haviam sido dispensados.

— Eles podem ter ido para a casa do conde no campo, ou talvez só tenham sido demitidos.

— Pergunte aos empregados — disse Sally. — Pergunte aos outros empregados na rua e em todas as ruas ali perto. Um deles vai saber. Os mexericos dos empregados dizem tudo. Ah, meu Deus, é essa hora? — Um relógio na taverna tinha acabado de soar as duas horas. Sally pegou seu casaco, o resto do pão e saiu correndo.

E Sandman ficou sentado, lendo o panfleto de novo. A história lhe dizia pouco, mas isso lhe deu tempo para pensar.

E tempo para se perguntar por que um clube privativo com nome angelical desejaria uma dama pintada nua.

Estava na hora de descobrir. Estava na hora de visitar os serafins.

3

inha parado de chover, mas o ar parecia gorduroso, e as pedras da rua St James brilhavam como se tivessem recebido uma camada de verniz. A fumaça de incontáveis chaminés saía baixa no vento frio, soltando redemoinhos de fuligem e cinza como se fosse neve escura. Duas carruagens elegantes subiram sacolejando pelo morro, passando por uma terceira que tinha perdido uma roda. Vários homens ofereciam conselho com relação ao veículo meio tombado enquanto os cavalos, parelhas de baios agitados, eram levados para cima e para baixo por um cocheiro. Dois bêbados vestidos com elegância se sustentavam enquanto faziam uma reverência para uma mulher que, tão elegantemente vestida quanto seus admiradores, saracoteava pelo pavimento com um guarda-sol cheio de babados. Ela ignorou os bêbados, assim como não prestou atenção às sugestões obscenas gritadas para ela das janelas dos clubes de cavalheiros. Não era uma dama, adivinhou Sandman, porque nenhuma mulher respeitável andaria pela rua St James. Ela lhe deu um olhar ousado enquanto se aproximava e Sandman educadamente encostou a mão no chapéu, mas deu-lhe passagem junto à parede e continuou andando.

— Ela é boa demais para você? — gritou um homem de uma janela.

Sandman ignorou a zombaria. Pense direito, disse a si mesmo, pense direito, e para fazer isso parou na esquina da rua King e olhou para o palácio de St James como se os tijolos antigos pudessem lhe dar inspiração.

Por que estava indo ao Clube Serafins? Porque, se Sally estava certa, eles haviam encomendado o retrato da condessa assassinada, mas e daí? Sandman começava a suspeitar de que o quadro não tinha nada a ver com o assassinato. Se Corday dizia a verdade, o assassino quase certamente era a pessoa que tinha interrompido o pintor quando bateu na porta da escada dos fundos, mas Sandman não tinha a mínima idéia de quem seria. Então por que estava indo ao Clube Serafins? Porque, decidiu, os sócios do clube misterioso evidentemente conheciam a mulher morta, e tinham posto muito dinheiro num retrato dela. E o retrato, sem que a dama soubesse, iria mostrá-la nua, o que sugeria que um sócio do clube fora seu amante ou que ela havia se recusado a ser amante dele, e o amor, como a rejeição, era uma rota para o ódio, e o ódio levava ao assassinato, e essa corrente de pensamento levou Sandman a se perguntar se a pintura estaria ligada ao assassinato, afinal de contas. Era tudo confuso, confuso demais, e ele não estava indo a lugar nenhum tentando pensar direito, por isso recomeçou a andar.

Nada indicava a sede do Clube Serafins, mas um varredor de esquina apontou para Sandman uma casa com janelas fechadas no canto leste da praça. Sandman atravessou a praça e, ao chegar perto, viu uma carruagem puxada por quatro cavalos parada junto ao meio-fio diante do clube. A carruagem era pintada de azul-escuro e nas portas havia escudos vermelhos com brasões de anjos de mantos dourados, voando. A carruagem evidentemente havia acabado de pegar um passageiro, porque se afastou enquanto Sandman ia até a porta pintada de azul brilhante sem qualquer placa com nome. Uma corrente dourada pendia no pórtico raso, e quando foi puxada um sino tocou dentro do prédio. Sandman já ia puxar a corrente pela segunda vez quando notou uma piscadela de luz no centro da porta e viu que tinham feito um buraco na madeira pintada de azul. Alguém o estava espiando, por isso olhou de volta até ouvir a tranca sendo puxada. Uma segunda tranca raspou, depois uma fechadura virou e finalmente a porta foi aberta com relutância por um empregado vestido de libré preta e amarela que fazia lembrar uma vespa. O empregado inspecionou Sandman.

— Tem certeza, senhor — perguntou depois de uma pausa —, de que bateu na casa certa? — O "senhor" não demonstrava respeito, era uma mera formalidade.

— Aqui é o Clube Serafins?

O empregado hesitou. Era um homem alto, provavelmente um ou dois anos mais novo do que Sandman, e tinha o rosto escurecido pelo sol, marcado pela violência e endurecido pela experiência. Um homem brutal mas bonito, com ar de competência, pensou Sandman.

— Aqui é uma casa particular, senhor — disse o empregado com firmeza.

— Que pertence, pelo que acredito, ao Clube Serafins — replicou Sandman rudemente —, com o qual tenho negócios. — Ele balançou a carta do secretário do Interior. — Negócios do governo — acrescentou e, sem esperar resposta, passou pelo empregado entrando num saguão alto, elegante e caro. O chão era um xadrez de mármore branco e preto, e mais mármore emoldurava a lareira, onde um pequeno fogo ardia e cujo tampo tinha por moldura um tumulto dourado de querubins, ramos de flores e folhas de acanto. Um lustre pendia no poço de uma escada, e seus braços deviam ter pelo menos cem velas apagadas. Havia pinturas escuras nas paredes brancas. Um olhar superficial mostrou a Sandman que eram paisagens e marinhas, sem sequer uma dama nua à vista.

— O governo não tem negócios aqui, senhor, nenhum negócio — disse o empregado. Ele pareceu surpreso por Sandman ter ousado passar por ele e, numa reprovação, estava mantendo a porta aberta como um convite para Sandman sair. Mais dois empregados, ambos grandes e ambos com a mesma libré preta e amarela, tinham vindo de uma sala lateral para encorajar a partida do visitante indesejado.

Sandman olhou dos dois recém-chegados para o funcionário mais alto que segurava a porta, e notou que a boa aparência do sujeito era prejudicada por minúsculas cicatrizes pretas na bochecha direita. A maioria das pessoas mal teria notado as cicatrizes, que eram pouco mais que pintas pretas sob a pele, mas Sandman tinha adquirido o hábito de procurar as marcas de pólvora.

— Que regimento? — perguntou ao homem.

O rosto do empregado se retorceu num meio sorriso.

— Primeiro de Guardas Infantes, senhor.

— Lutei ao lado de vocês em Waterloo. — Sandman enfiou a carta no bolso do casaco, depois tirou o sobretudo molhado que, junto com o chapéu, jogou numa cadeira dourada. — Você provavelmente está certo — disse ao homem. — O governo quase certamente não tem nenhum negócio aqui, mas suspeito de que uma autoridade do clube terá de me dizer isso. Há um secretário? Um presidente? Um comitê? — Sandman deu de ombros. — Peço desculpas, mas o governo é igual aos dragões franceses. Se você não lhe dá uma surra, ele volta duas vezes mais forte da próxima vez.

O alto empregado sentiu-se preso entre seu dever para com o clube e o sentimento de camaradagem para com outro soldado, mas sua lealdade para com o Serafins venceu. Ele soltou a porta e flexionou as mãos como se estivesse se preparando para uma luta.

— Desculpe, senhor — insistiu —, mas eles só vão dizer para o senhor marcar hora.

— Então vou esperar aqui até que me digam isso. — Sandman foi até a lareira e esticou as mãos para o calor. — A propósito, meu nome é Sandman, e estou aqui em nome de lorde Sidmouth.

— Senhor, eles não permitem que fique esperando — disse o empregado —, mas se quiser deixar seu cartão na tigela sobre a mesa...

— Não tenho cartão — disse Sandman, animado.

— Está na hora de ir — insistiu o empregado, e agora não chamou Sandman de "senhor". Em vez disso se aproximou do visitante com uma confiança de arrepiar.

— Está tudo bem, sargento Berrigan — interrompeu uma voz educada vindo de trás de Sandman. — O sr. Sandman será tolerado.

— Capitão Sandman — disse Sandman, virando-se.

Um janota, um almofadinha, um dândi estava diante dele. Era um rapaz alto e extraordinariamente bonito, com casaca preta de botões de latão, calções brancos tão apertados que pareciam ter encolhido de encontro às coxas e botas pretas brilhantes. Um rígido jabô branco se destacava de uma camisa branca e simples emoldurada pela gola da casaca que era alta a ponto de cobrir metade das orelhas do sujeito. O cabelo era preto e cortado muito curto, emoldurando um rosto pálido que fora barbeado tão rente que a pele branca parecia brilhar. Era um rosto divertido e inteligente, e o sujeito estava segurando uma fina haste de ouro que sustentava uma lente única, através da qual ele fez uma breve inspeção de Sandman antes de oferecer uma reverência pequena e cortês.

— Capitão Sandman — disse ele, colocando uma ligeira tensão na primeira palavra. — Peço desculpas. E deveria tê-lo reconhecido. Eu o vi ganhar cinqüenta corridas de Martingale e Bennett no ano passado. Uma pena sua habilidade não nos ter entretido em nenhum campo de Londres nesta temporada. Meu nome, a propósito, é Skavadale, lorde Skavadale. Venha à biblioteca, por favor — ele sinalizou para a sala às suas costas. — Sargento, poderia fazer a gentileza de pendurar o casaco do capitão? Perto da lareira da portaria, eu acho, não? E do que gostaria para se aquecer, capitão? Café? Chá? Vinho quente com especiarias? Conhaque contrabandeado?

— Café — disse Sandman. Ele sentiu cheiro de água de lavanda enquanto passava por lorde Skavadale.

— Está fazendo um dia perfeitamente horrendo, não é? — perguntou Skavadale enquanto seguia Sandman até a biblioteca. — E ontem estava ótimo. Ordenei que as lareiras fossem acesas, como pode ver, não tanto pelo calor quanto para afastar a umidade. — A biblioteca era um cômodo grande e bem proporcionado, onde um fogo generoso ardia numa lareira ampla entre as altas estantes. Uma dúzia de poltronas estavam espalhadas pelo ambiente, mas Skavadale e Sandman eram os únicos ocupantes. — A maioria dos sócios está no campo nesta época do ano — explicou Skavadale diante do vazio da sala —, mas eu tive de vir à cidade a negócios. Negócios bastante chatos, devo dizer. — Ele sorriu. — E qual é o seu negócio, capitão?

Sandman ignorou a pergunta.

— Nome estranho, Clube Serafins. — Ele olhou a biblioteca em volta, mas não havia qualquer coisa incomum. A única pintura era um retrato de corpo inteiro pendurado acima da lareira. Mostrava um homem magro com rosto folgazão e agradável, e cabelos encaracolados que desciam abaixo dos ombros. Estava usando uma casaca de cintura justa feita de seda floral com rendas nos punhos e no pescoço, e atravessando o peito havia uma faixa larga de onde pendia uma espada com guarda-mão.

— John Wilmot, segundo conde de Rochester. — Lorde Skavadale identificou o homem. — Conhece a obra dele?

— Sei que era um poeta. E libertino.

— Teve a sorte de ser as duas coisas — disse Skavadale com um sorriso. — Era de fato um poeta, um poeta da mais alta inteligência e do talento mais raro, e nós pensamos nele, capitão, como um exemplo. Os serafins são seres elevados, na verdade os mais elevados dos anjos. É uma pequena presunção nossa.

— Mais elevados do que meros mortais como o resto de nós? — perguntou Sandman azedamente. Lord Skavadale era tão cortês, tão perfeito e tão posudo que isso o incomodava.

— Nós meramente tentamos ser os melhores — disse Skavadale em tom agradável —, como tenho certeza de que o senhor faz, capitão, no críquete e em qualquer outra coisa, e estou sendo negligente em não lhe dar a oportunidade de dizer o que essa outra coisa pode ser.

Essa oportunidade teve de esperar alguns instantes, porque um serviçal chegou com uma bandeja de prata com xícaras de porcelana e um bule de prata com café. Nem lorde Skavadale nem Sandman falaram enquanto o café era servido e, no silêncio, Sandman ouviu um guincho estranho e intermitente que vinha de um cômodo próximo. Então detectou o choque de metais e percebeu que havia homens lutando esgrima, e que os guinchos eram o som de seus sapatos num piso com giz.

— Sente-se, por favor — disse Skavadale quando o serviçal tinha alimentado o fogo e saído da sala —, e diga o que acha de nosso café.

— Charles Corday — disse Sandman, ocupando uma poltrona.

Lorde Skavadale pareceu perplexo, depois sorriu.

— O senhor me confundiu por um segundo, capitão. Charles Corday, claro, o rapaz condenado pelo assassinato da condessa de Avebury. De fato o senhor é um homem misterioso. Por favor, diga o motivo de ter citado o nome dele.

Sandman tomou um gole de café. O pires tinha um brasão mostrando um anjo dourado voando em campo vermelho. Era como o escudo que Sandman tinha visto pintado na porta da carruagem, só que este anjo estava praticamente nu.

— O secretário do Interior me encarregou de investigar os fatos da condenação de Corday.

Skavadale ergueu uma sobrancelha.

— Por quê?

— Porque há dúvidas da culpa dele — informou Sandman, com o cuidado para não dizer que o secretário do Interior não compartilhava dessas dúvidas.

— É tranqüilizador saber que nosso governo se esforça tanto para proteger seus súditos. Mas por que isso iria trazê-lo à nossa porta, capitão?

— Porque sabemos que o retrato da condessa de Avebury foi encomendado pelo Clube Serafins.

— Foi? — perguntou Skavadale em tom afável. — Acho isso notável. — Ele se abaixou um pouco para se empoleirar no guarda-fogo com acabamento de couro na parte superior, tomando um cuidado exótico para não amassar a casaca ou os calções. — O café vem de Java, e achamos que é muito bom. Não concorda?

— O que torna o assunto mais interessante — prosseguiu Sandman — é que a encomenda do retrato exigia que a dama fosse representada nua.

Skavadale deu um meio sorriso.

— Isso revela um espírito muito esportivo por parte da condessa, não acha?

— Mas ela não sabia.

— Cacete! — Skavadale pronunciou a expressão vulgar com articulação cuidadosa, mas, apesar da zombaria, seus olhos escuros eram muito astuciosos, e ele não pareceu nem um pouco surpreso. Pousou a lente numa mesa e depois tomou um gole de café. — Posso perguntar, capitão, como o senhor ficou sabendo desses fatos notáveis?

— Um homem que está diante do cadafalso pode ser muito objetivo — disse Sandman, fugindo à pergunta.

— Está dizendo que Corday lhe informou isso?

— Eu o vi ontem.

— Esperemos que a iminência da morte o faça dizer a verdade. — Skavadale sorriu. — Confesso que não sei coisa alguma sobre isso. É possível que um dos nossos sócios tenha encomendado o retrato, mas infelizmente não me contaram. Mas, sou forçado a me perguntar, isso importa? Em que isso afeta a culpa do rapaz?

— O senhor fala pelo Clube Serafins? — perguntou Sandman, novamente escapando da pergunta. — O senhor é o secretário? Ou um diretor?

— Não temos nada tão vulgar como diretores, capitão. Nós, sócios, somos em número pequeno, e nos vemos como amigos. Empregamos um homem que cuida dos livros, mas ele não toma decisões. Estas são tomadas por todos nós juntos, como amigos e iguais.

— Então, se o Clube Serafins encomendasse um retrato — insistiu Sandman —, o senhor saberia.

— De fato — disse Skavadale, enfático —, e nenhum retrato assim foi encomendado pelo clube. Mas, como digo, é possível que um dos sócios o tenha encomendado particularmente.

— O conde de Avebury é sócio?

Skavadale hesitou.

— Realmente não posso divulgar quem são nossos sócios, capitão. Este é um clube privativo. Mas creio que posso dizer que não temos a honra da companhia do conde.

— O senhor conhecia a condessa?

Skavadale sorriu.

— De fato conhecia, capitão. Muitos de nós a cultuamos em seu templo, porque ela era uma dama de beleza divina, e lamentamos enormemente sua morte. Enormemente. — Ele pôs o café pela metade numa mesa e se levantou. — Temo que sua visita tenha sido desperdiçada, capitão. Garanto que o Clube Serafins não encomendou qualquer retrato e temo que o sr. Corday o tenha informado mal. Posso levá-lo até a porta?

Sandman se levantou. Não tinha descoberto nada e fora levado a se sentir um idiota, mas nesse momento uma porta se abriu com estrondo atrás dele e ele se virou para ver que uma das estantes tinha uma frente falsa de lombadas de couro grudadas numa porta, e um rapaz de calções e camisa estava ali parado com um florete nas mãos e uma expressão de antagonismo no rosto.

— Pensei que você tinha mandado esse chato embora, Johnny — disse ele a Skavadale —, mas não mandou.

Skavadale, macio como mel, sorriu.

— Deixe-me apresentar o capitão Sandman, o célebre jogador de críquete. Este é lorde Robin Holloway.

— Jogador de críquete? — Lorde Robin Holloway ficou momentaneamente confuso. — Pensei que ele fosse lacaio de Sidmouth.

— Também sou isso — disse Sandman.

Lorde Robin ouviu a beligerância na voz de Sandman e o florete em sua mão estremeceu. Ele não possuía nada da cortesia de Skavadale. Tinha vinte e poucos anos, avaliou Sandman, e era tão alto e bonito quanto seu amigo, mas enquanto Skavadale era moreno, Holloway era dourado. Seu cabelo era cor de ouro, havia ouro em seus dedos e uma corrente de ouro no pescoço. Ele lambeu os lábios e levantou um pouco o florete.

— Então o que Sidmouth quer de nós?

— O capitão Sandman terminou conosco — respondeu Skavadale com firmeza.

— Só vim perguntar sobre a condessa de Avebury — disse Sandman.

— Está na sepultura, seu chato, na sepultura — disse Holloway. Um segundo homem apareceu atrás dele, também segurando um florete, mas Sandman suspeitou, pela camisa e pela calça simples do sujeito, que era um empregado do clube, talvez o mestre-de-armas. O cômodo atrás da porta falsa era uma sala de esgrima, já que tinha fileiras de floretes e sabres pendurados e um piso simples de madeira. — Como foi que você disse que era seu nome? — perguntou Holloway.

— Eu não disse — respondeu Sandman —, mas meu nome é Sandman, Rider Sandman.

— Filho de Ludovic Sandman?

Sandman inclinou a cabeça.

— Sou.

— Aquele canalha me enganou — disse lorde Robin Holloway. Seus olhos, ligeiramente protuberantes, desafiaram Sandman. — Deve-me dinheiro!

— Um assunto para os seus advogados, Robin. — Lorde Skavadale estava pondo panos quentes.

— Seis mil guinéus, cacete. E, como o canalha do seu pai enfiou uma bala entre os olhos, nós não recebemos o pagamento! E o que você vai fazer com relação a isso?

— O capitão Sandman está de saída — disse lorde Skavadale com firmeza e segurou o cotovelo de Sandman.

Sandman puxou o braço com força.

— Tomei a decisão de pagar parte das dívidas do meu pai — disse a lorde Robin. A irritação de Sandman estava crescendo, mas não aparecia em seu rosto, e a voz ainda era respeitosa. — Estou pagando as dívidas com os comerciantes que ficaram em dificuldades por causa do suicídio do meu pai. Quanto à sua dívida? — Ele fez uma pausa. — Planejo não fazer absolutamente coisa alguma a respeito.

— Seu desgraçado — disse lorde Robin e recuou o florete como se fosse golpear o rosto de Sandman.

Lorde Skavadale entrou no meio dos dois.

— Basta! O capitão está de saída.

— Você nunca deveria ter deixado que ele entrasse — disse lorde Robin. — Ele não passa de um espiãozinho sujo do desgraçado do Sidmouth! Da próxima vez, Sandman, use a entrada de serviço nos fundos. A porta da frente é para cavalheiros. — Sandman estivera controlando o mau humor e estava indo na direção do saguão, mas agora, muito subitamente, virou-se e passou por Skavadale e Holloway. — Onde, diabos, você está indo? — perguntou Holloway.

— Para a porta dos fundos, claro — disse Sandman e parou perto do mestre-de-armas e estendeu a mão. O homem hesitou, olhou para Skavadale e depois franziu a testa enquanto Sandman simplesmente arrancava seu florete. Sandman se virou para Holloway de novo. — Mudei de idéia — disse ele. —

Acho que vou usar a porta da frente, afinal de contas. Hoje estou me sentindo um cavalheiro. Ou será que o lorde está pensado em me impedir?

— Robin — lorde Skavadale tentou acautelar o amigo.

— Desgraçado! — disse Holloway e ergueu rapidamente o florete, bateu a lâmina de Sandman de lado e deu uma estocada.

Sandman aparou o golpe empurrando a lâmina de Holloway para longe e para o alto, depois desceu com seu florete contra o rosto do nobre. A ponta da lâmina estava protegida com um botão, por isso não podia cortar, mas mesmo assim deixou um inchaço vermelho na bochecha direita de Holloway. A lâmina de Sandman voltou rapidamente para marcar a bochecha esquerda, depois ele recuou três passos e baixou a espada.

— Então, o que eu sou? — perguntou. — Um mascate ou um cavalheiro?

— Para o diabo! — Agora Holloway estava enfurecido e não reconheceu que o oponente também havia perdido a paciência. Mas a fúria de Sandman era fria e cruel, ao passo que a de Holloway era apenas calor e tolice. Holloway golpeou com o florete como se fosse um sabre, esperando abrir o rosto de Sandman com a pura força do golpe de chicote do aço, mas Sandman oscilou para trás, deixou a lâmina passar a centímetros do nariz e então se adiantou e estocou com a lâmina na barriga de Holloway. O botão na ponta impediu que a lâmina rasgasse o tecido ou a pele. A arma se curvou como um arco e Sandman usou a mola da lâmina para se lançar para trás enquanto lorde Robin Holloway golpeava de novo. Sandman recuou mais um passo, Holloway confundiu o movimento com nervosismo e estocou com a lâmina contra o pescoço de Sandman.

— Cachorrinho — disse Sandman, e havia um desdém absoluto em sua voz. — Seu cachorrinho débil — falou e começou a lutar, só que agora sua fúria estava liberada, uma fúria incandescente e assassina, uma raiva contra a qual ele lutava, que odiava, que ele rezava para abandoná-lo, e não estava mais esgrimindo, e sim tentando matar. Bateu o pé se adiantando, a lâmina sibilando terror, e o botão raspou o rosto de lorde Holloway, quase tirando um olho, depois passou com violência sobre o nariz, abrindo-o a ponto de o sangue correr e o aço chicotear de volta, rápido como o bote de uma serpente, e lorde Holloway se encolheu por causa da dor. E então, de repente, um par de braços muito fortes envolveu o peito de Sandman. O sargento Berrigan estava segurando-o, e o mestre-de-armas estava parado na frente de lorde Robin Holloway, enquanto lorde Skavadale arrancava o florete da mão do amigo.

— Basta! — disse Skavadale. — Basta! — Em seguida, jogou o florete de Holloway na extremidade da sala, depois pegou o de Sandman e jogou no mesmo lugar. — Saia, capitão, saia agora.

Sandman se livrou dos braços de Berrigan. Podia ver o medo nos olhos de lorde Robin.

— Eu lutava contra homens de verdade enquanto você ainda mijava nos calções — disse a lorde Robin.

— Vá! — gritou Skavadale.

— Senhor? — Berrigan, tão alto quanto Sandman, virou a cabeça na para o saguão. — Acho melhor ir, capitão.

— Se o senhor descobrir quem encomendou o retrato — disse Sandman a Skavadale —, eu agradeceria se me informasse. — Ele não tinha uma esperança realista de que lorde Skavadale fizesse uma coisa assim, mas o pedido lhe permitia sair com alguma dignidade. — Uma mensagem pode ser deixada para mim na Wheatsheaf, na Drury Lane.

— Bom dia, capitão — disse Skavadale com frieza. Lorde Robin olhou furioso para Sandman, mas ficou quieto. Tinha levado uma surra e sabia disso. O mestre-de-armas parecia respeitoso, pois entendia a habilidade com espadas.

O chapéu e o sobretudo de Sandman, ambos meio secos e totalmente escovados, foram trazidos no corredor, onde o sargento Berrigan abriu a porta da frente. O sargento assentiu inexpressivo para Sandman, que passou por ele descendo no degrau da frente.

— É melhor não voltar, senhor — disse Berrigan em voz baixa, depois bateu a porta.

Começou a chover de novo.

Sandman caminhou lentamente para o norte.

Agora estava realmente nervoso, tão nervoso que imaginou se tinha ido ao Clube Serafins para adiar seu próximo dever.

Era mesmo um dever? Disse a si mesmo que sim, mas suspeitava de que fosse indulgência e tinha certeza de que era idiotice. Mas Sally estava certa. Ache a garota Meg, ache-a e descubra a verdade, e o melhor modo de encontrar uma serviçal era perguntar a outros serviçais, e por isso estava indo para a rua Davies, um lugar que tinha evitado assiduamente nos últimos seis meses.

Mas, quando bateu na porta, tudo pareceu muito familiar e Hammond, o mordomo, nem piscou uma pálpebra.

— Capitão Rider — disse ele. — Que prazer, senhor. Posso pegar seu casaco? O senhor deveria usar guarda-chuva.

— Você sabe que o duque nunca aprovou guarda-chuvas, Hammond.

— O duque de Wellington podia ordenar a moda dos soldados, senhor, mas sua graça não tem autoridade sobre os pedestres de Londres. Posso perguntar como vai sua mãe, senhor?

— Ela não mudou, Hammond. O mundo não lhe cai bem.

— Sinto muito em saber, senhor. — Hammond pendurou o casaco e o chapéu de Sandman num cabide que já estava pesado com outras peças de vestuário. — O senhor tem um cartão de visita?

— *Lady* Forrest está dando uma diversão musical? Lamento, mas não fui convidado. Esperava que *sir* Henry estivesse em casa, mas se não estiver, posso deixar um bilhete.

— Ele está em casa, senhor, e tenho certeza de que vai querer recebê-lo. Por que não espera na saleta?

A saleta tinha o dobro do tamanho da sala de estar da casa que Sandman havia alugado para a mãe e a irmã em Winchester, fato que sua mãe mencionava com freqüência mas em que ele não suportava pensar agora. Por isso olhou para uma pintura de ovelhas numa campina e escutou um tenor cantando uma peça elaborada atrás da porta dupla que levava aos salões na parte de trás da casa. O homem terminou com um floreio, houve uma salva de palmas e então a porta do corredor se abriu e *sir* Henry Forrest entrou.

— Meu caro Rider!

— *Sir* Henry.

— Um novo tenor francês — disse *sir* Henry, pesaroso — que deveria ter sido parado em Dover. — *Sir* Henry nunca havia apreciado muito as diversões musicais de sua esposa, e em geral cuidava de evitá-las. — Esqueci que haveria uma diversão musical esta tarde, caso contrário teria ficado no banco. — Ele deu um sorriso maroto para Sandman. — Como vai, Rider?

— Bem, obrigado. E o senhor?

— Mantendo-me ocupado, Rider, mantendo-me ocupado. O conselho municipal exige tempo, e a Europa precisa de dinheiro e nós fornecemos, ou pelo menos pegamos os negócios que Rotschild e Baring não querem. Você viu o preço do trigo? Sessenta e três xelins o quarto em Norwich na semana passada. Dá para acreditar? — *Sir* Henry tinha feito uma inspeção rápida nas roupas de Sandman para ver se sua sorte havia melhorado, e decidiu que não. — Como vai sua mãe?

— Queixando-se.

Sir Henry fez uma careta.

— Queixando-se, sim. Pobre mulher. — Ele estremeceu. — Ainda tem os cães, não é?

— Infelizmente sim, senhor. — A mãe de Sandman derramava afeto sobre dois cãezinhos de colo; barulhentos, mal-educados e fedorentos.

Sir Henry abriu a gaveta de um aparador e tirou dois charutos.

— Não se pode fumar na sala de música hoje, por isso podemos muito bem ser enforcados por fumigar a saleta, hein? — Ele parou para acender um isqueiro, depois o charuto. Sua altura, as costas ligeiramente curvadas, o cabelo prateado e o rosto tristonho sempre tinham feito com que Sandman pensasse em Dom Quixote, mas a semelhança era enganosa, como dezenas de rivais nos negócios tinham descoberto tarde demais. *Sir* Henry, filho de um boticário, tinha uma compreensão instintiva do dinheiro; como ganhar, como usar e como multiplicar. Essas habilidades o haviam ajudado a construir os navios, alimentar os exércitos e fundir os canhões que haviam derrotado Napoleão, e tinham levado Henry Forrest ao título de cavaleiro, pelo qual sua mulher era mais do que agradecida. Resumindo, ele era um homem de talento, ainda que hesitante ao lidar com pessoas. — É bom vê-lo, Rider — disse agora, e com sinceridade, porque Sandman era uma das poucas pessoas com quem *sir* Henry se sentia confortável. — Faz muito tempo.

— Faz, *sir* Henry.

— Então, o que anda fazendo?

— Um trabalho bastante incomum, senhor, que me persuadiu a buscar um favor seu.

— Um favor, é? — *Sir* Henry ainda parecia amigável, mas havia cautela em seus olhos.

— Na verdade, preciso pedi-lo a Hammond, senhor.

— Ao Hammond, é? — *Sir* Henry espiou Sandman como se não soubesse se tinha ouvido direito. — Meu mordomo?

— Devo explicar.

— Imagino que sim — disse *sir* Henry, e então, ainda franzindo a testa em perplexidade, voltou ao aparador onde serviu dois conhaques. — Você tomará um cálice comigo, não? Ainda parece estranho vê-lo sem uniforme. Então, o que quer com Hammond?

Mas antes que Sandman pudesse explicar, a porta dupla que levava à sala de estar se abriu e Eleanor estava ali parada, e a luz que vinha da grande sala de estar entrava por trás, fazendo seu cabelo parecer um halo vermelho em volta do rosto. Ela olhou para Sandman, depois respirou muito fundo antes de sorrir para o pai.

— Mamãe estava preocupada, achando que o senhor iria perder o dueto, papai.

— O dueto, é?

— As irmãs Pearman, papai, elas vêm ensaiando há semanas — explicou Eleanor, depois olhou de novo para Sandman. — Rider — disse em voz baixa.

— Srta. Eleanor — disse ele com muita formalidade, depois fez uma reverência.

Ela o encarou. Atrás, na sala de estar, havia uns vinte convidados empoleirados em cadeiras douradas dando para as portas abertas da sala de música, onde duas jovens estavam sentadas no banco do piano. Eleanor olhou para elas, depois fechou firmemente as portas.

— Acho que as irmãs Pearman podem se virar sem mim. Como vai, Rider?

— Bem, obrigado. — Sandman pensara durante um segundo que não poderia falar, porque o ar estava preso na garganta e ele podia sentir lágrimas nos olhos. Eleanor estava usando um vestido de seda verde-claro com renda amarela no peito e nos punhos. Tinha um colar de ouro e âmbar que Sandman não tinha visto antes, e sentiu um estranho ciúme da vida que ela havia levado nos últimos seis meses. Lembrou-se de que ela estava noiva, e isso cortou fundo, mas tomou cuidado para não trair coisa alguma. — Estou bem — repetiu. — E você?

— Fico perturbada ao saber que você está bem — disse Eleanor com severidade zombeteira. — E pensar que você pode ficar bem sem mim? Isso é um sofrimento, Rider.

— Eleanor — censurou o pai.

— Estou brincando, papai, isso é permitido, e muito poucas coisas o são. — Ela se virou para Sandman. — Veio passar o dia na cidade?

— Moro aqui.

— Não sabia. — Seus olhos cinzentos pareciam enormes. O que *sir* George Phillips tinha dito sobre ela? Que o nariz era comprido demais, o queixo fino demais, os olhos separados demais, o cabelo vermelho demais e a boca luxuriosa demais, e tudo era verdade, mas só de olhá-la Sandman sentiu-se quase tonto, como se tivesse tomado uma garrafa inteira de conhaque e não somente dois goles. Encarou-a e ela o encarou de volta, e nenhum dos dois falou.

— Aqui em Londres? — *Sir* Henry rompeu o silêncio.

— Senhor? — Sandman se obrigou a olhar para *sir* Henry.

— Você mora aqui, Rider? Em Londres?

— Na Drury Lane, senhor.

Sir Henry franziu a testa.

— Isso não é meio... — ele fez uma pausa — perigoso?

— É uma taverna que me foi recomendada por um oficial fuzileiro em Winchester, e me estabeleci nela antes de descobrir que era um endereço talvez menos do que desejável. Mas me serve.

— Você está aqui há muito tempo? — perguntou Eleanor.

— Três semanas, um pouco mais.

Sandman pensou que ela parecia ter levado um tapa no rosto.

— E não veio visitar?

Ele se sentiu enrubescendo.

— Eu não sabia com que objetivo visitar. Pensei que não apreciaria se eu viesse.

— Se é que você consegue pensar — disse Eleanor, mordaz. Seus olhos eram muito cinzentos, quase enfumaçados, com pitadas de verde.

Sir Henry sinalizou debilmente na direção da porta.

— Você está perdendo o dueto, querida. E Rider veio aqui para falar com Hammond, imagine só. Não é, Rider? Na verdade esta não é uma visita social.

— Hammond, é — confirmou Sandman.

— Que diabo você quer com Hammond? — perguntou Eleanor, com os olhos subitamente brilhantes e inquisitivos.

— Tenho certeza de que isso é da conta dos dois — disse *sir* Henry rigidamente. — E minha, claro — acrescentou depressa.

Eleanor ignorou o pai.

— O que é? — perguntou a Sandman.

— É uma história bastante comprida — disse Sandman em tom de desculpas.

— Melhor isso do que ouvir as irmãs Pearman assassinando o Mozart passado pelo professor de música. — Em seguida, Eleanor ocupou uma cadeira e encheu o rosto de expectativa.

— Minha cara — começou seu pai e foi imediatamente interrompido.

— Papai — disse Eleanor, séria —, tenho certeza de que nada que Rider queira com Hammond é inadequado aos ouvidos de uma jovem, e isso é mais do que posso dizer em favor das efusões das garotas Pearman. Rider?

Sandman conteve um sorriso e contou sua história, o que provocou perplexidade, porque nem Eleanor nem o pai tinham ligado Charles

Corday a *sir* George Phillips. Já era suficientemente ruim que a condessa de Avebury tivesse sido assassinada na rua ali perto, agora parecia que o assassino condenado tinha passado tempo na companhia de Eleanor.

— Tenho certeza de que é o mesmo rapaz — disse ela —, se bem que só o ouvi sendo chamado de Charlie. Mas ele pareceu fazer boa parte do trabalho.

— Provavelmente era ele — disse Sandman.

— Melhor não contar à sua mãe — observou *sir* Henry gentilmente.

— Ela vai achar que por um triz não fui assassinada.

— Duvido de que ele seja assassino — interveio Sandman.

— E, mesmo assim, você estava acompanhada, não é? — perguntou o pai a Eleanor.

— Claro que estava acompanhada, papai. — Ela olhou para Sandman e levantou uma sobrancelha. — Esta é uma família respeitável.

— A condessa também estava acompanhada — disse Sandman e explicou sobre a garota desaparecida, Meg, e de como precisava de que os serviçais repassassem os boatos sobre o destino dos empregados da casa de Avebury. Pediu desculpas profusas por ao menos ter pensado em envolver Hammond. — Os mexericos dos serviçais não são uma coisa que eu encoraje, senhor — disse ele e foi interrompido por Eleanor.

— Não seja tão bobo, Rider, isso não precisa ser encorajado ou desencorajado, simplesmente acontece.

— Mas a verdade — prosseguiu Sandman — é que todos os empregados conversam uns com os outros, e se Hammond puder perguntar às criadas o que elas ouviram...

— Você não vai saber de nada — interrompeu Eleanor de novo.

— Minha cara — protestou seu pai.

— Nada! — reiterou Eleanor com firmeza. — Hammond é um mordomo muito bom e um cristão admirável, de fato penso que ele daria um bispo notável, mas todas as criadas morrem de pavor dele. Não, a pessoa a perguntar é minha aia Lizzie.

— Você não pode envolver Lizzie! — objetou *sir* Henry.

— Por que não?

— Porque não pode — disse o pai, incapaz de achar um motivo convincente. — Simplesmente não está certo.

— Não está certo que Corday seja enforcado! Não se ele é inocente. E o senhor, papai, deveria saber disso! Nunca o vi tão chocado!

Sandman olhou interrogativamente para *sir* Henry, que deu de ombros.

— O dever me levou a Newgate — admitiu. — Nós, conselheiros municipais, pelo que descobri, somos os empregadores legais do carrasco, e o patife nos requisitou um ajudante. Não gostamos de desembolsar verbas desnecessariamente, por isso dois de nós fomos descobrir as exigências do trabalho dele.

— E já tomaram uma decisão? — perguntou Eleanor.

— Estamos pedindo o aconselhamento do xerife. Minha inclinação era recusar o pedido, mas confesso que isso poderia ser mero preconceito contra o carrasco. Ele me pareceu um canalha vil, vil!

— Não é um emprego que atrairia pessoas de qualidade — observou Eleanor secamente.

— Botting, é como ele se chama, James Botting. — *Sir* Henry estremeceu. — Enforcamento não é uma coisa bonita, Rider. Você já viu algum?

— Vi homens depois de terem sido enforcados — disse Sandman, pensando em Badajoz com seu fosso borbulhando de sangue e as ruas cheias de gritos. O exército inglês, invadindo a cidade espanhola apesar da feroz defesa dos franceses, tinha infligido uma vingança terrível contra os habitantes, e Wellington ordenou que os carrascos esfriassem a raiva dos casacas-vermelhas. — Nós costumávamos enforcar saqueadores — explicou a *sir* Henry.

— Imagino que tivessem de fazer isso — disse *sir* Henry. — É uma morte terrível, terrível. Mas necessária, claro, ninguém questiona isso...

— Questiona sim — interveio a filha.

— Ninguém de mente sã questiona — emendou o pai com firmeza. — Mas espero que jamais tenha de testemunhar outro.

— Eu gostaria de ver um — disse Eleanor.

— Não seja ridícula — reagiu bruscamente o pai.

— Gostaria sim! — insistiu Eleanor. — Dizem-nos constantemente que o objetivo da execução é duplo; punir o culpado e dissuadir outros de cometer crimes, e para isso ela é apresentada como um espetáculo público, de modo que minha alma imortal sem dúvida ficaria mais segura se eu testemunhasse um enforcamento e assim me sentisse contra qualquer crime que um dia eu pudesse ser tentada a cometer. — Ela olhou do pai, que tinha uma expressão divertida, para Sandman, depois de volta para o pai. — O senhor acha que sou uma criminosa improvável, papai? É gentileza sua, mas tenho certeza de que a garota que foi enforcada na segunda-feira passada era uma criminosa improvável.

Sandman olhou para *sir* Henry, que assentiu numa confirmação involuntária.

— Enforcaram uma garota — falou, depois olhou para o tapete — e era uma coisinha tão jovem, Rider! Só uma coisinha jovem.

— Talvez — insistiu Eleanor —, se o pai dela a tivesse levado para testemunhar um enforcamento, ela se sentisse impedida de cometer o crime. O senhor até poderia dizer, papai, que está fracassando em seu dever cristão e paterno se não me levar a Newgate.

Sir Henry a encarou, sem certeza de que ela estivesse falando de brincadeira, depois olhou para Sandman e deu de ombros, como a sugerir que sua filha não deveria ser levada a sério.

— Então, Rider, você acha que meus empregados podem ter ouvido falar do destino dessa jovem, Meg?

— Eu esperava que sim, senhor. Ou que pudessem fazer perguntas aos empregados que moram na rua Mount. A casa de Avebury não fica longe, e tenho certeza de que todos os serviçais da área se conhecem.

— Tenho certeza de que Lizzie conhece todo mundo — disse Eleanor com firmeza.

— Querida — replicou seu pai, sério —, esse é um assunto delicado, não é um jogo.

Eleanor deu um olhar exasperado ao pai.

— Não passa de mexerico de empregados, papai, e Hammond está acima desse tipo de coisa. Lizzie, por outro lado, adora isso.

Sir Henry se remexeu desconfortável.

— Não há perigo, há? — perguntou a Sandman.

— Não creio, senhor. Como Eleanor diz, só queremos saber para onde a garota Meg foi, e isso é apenas mexerico.

— Lizzie pode explicar o interesse dizendo que um dos nossos cocheiros gostava dela — disse Eleanor com entusiasmo. Seu pai estava infeliz com a idéia de envolver Eleanor, mas era quase incapaz de recusar alguma coisa à filha. Ela era sua filha única, e tamanho era o seu afeto que até poderia ter permitido que ela se casasse com Sandman, apesar de sua pobreza e da desgraça ocorrida com a família dele. Mas *lady* Forrest tinha outras idéias. A mãe de Eleanor sempre vira Rider Sandman como segunda opção. Era verdade que, quando o noivado aconteceu, Sandman tinha a perspectiva de uma riqueza considerável, o bastante para persuadir *lady* Forrest de que seria um genro aceitável, mas ele não tinha a única coisa que *lady* Forrest queria acima de tudo para a filha. Não tinha título, e *lady* Forrest sonhava com que um dia Eleanor fosse uma duquesa, uma marquesa, uma condessa ou, no mínimo, uma *lady*. A pobreza de Sandman tinha dado a *lady* Forrest a desculpa para pressionar, e o marido, apesar de toda a indulgência para com Eleanor, não pôde prevalecer contra a determinação da esposa, de que sua filha deveria ter um título e ser dona de escadarias de mármore, vastos hectares e salões de baile suficientemente grandes para manobrar brigadas inteiras.

Assim, embora Eleanor talvez não se casasse com quem queria, teria permissão de pedir à sua aia para levantar os boatos da rua Mount.

— Eu lhe escrevo — disse Eleanor a Sandman —, se você disser para onde.

— Aos cuidados da Whitesheaf. Na Drury Lane.

Eleanor se levantou e, ficando na ponta dos pés, deu um beijo na bochecha do pai.

— Obrigada, papai.

— Por quê?

— Por deixar que eu faça uma coisa útil, ainda que seja encorajando a propensão de Lizzie para mexericos; e obrigada, Rider. — Ela segurou a mão dele. — Sinto orgulho de você.

— Espero que sempre tenha sentido.

— Claro que senti, mas isto que você está fazendo é uma coisa boa. — Ela continuou segurando sua mão enquanto a porta se abria.

Lady Forrest entrou. Possuía o mesmo cabelo ruivo, a mesma beleza e a mesma força de caráter da filha, mas os olhos cinzentos e a inteligência de Eleanor tinham vindo do pai. Os olhos de *lady* Forrest se arregalaram quando viu a filha segurando a mão de Sandman, mas forçou um sorriso.

— Capitão Sandman — cumprimentou-o numa voz capaz de cortar vidro —, que surpresa!

— *Lady* Forrest. — Sandman conseguiu fazer uma reverência, apesar da mão presa.

— O que você está fazendo, Eleanor? — Agora a voz de *lady* Forrest estava apenas alguns graus acima do ponto de congelamento.

— Lendo a mão de Rider, mamãe.

— Ah! — *Lady* Forrest ficou imediatamente intrigada. Temia a ligação inadequada da filha com um pobre, mas sentia-se totalmente atraída pela idéia de forças sobrenaturais. — Ela jamais lê a minha, capitão. Recusa-se. Então, o que você vê aí?

Eleanor fingiu examinar a palma da mão de Sandman.

— Prevejo — disse portentosamente — uma viagem.

— Para algum lugar agradável, espero — disse *lady* Forest.

— Para a Escócia — revelou Eleanor.

— Lá pode ser muito agradável nesta época do ano — observou *lady* Forrest.

Sir Henry, mais inteligente do que a mulher, previu uma referência a Gretna Green.

— Chega, Eleanor — disse em voz baixa.

— Sim, papai. — Eleanor soltou a mão de Sandman e fez uma mesura para o pai.

— Então, o que o traz aqui, Rid... — *Lady* Forrest quase esqueceu, mas conseguiu corrigir a tempo. — Capitão?

— Rider teve a gentileza de me trazer a notícia de um boato de que talvez os portugueses façam uma moratória sobre seus empréstimos de curto prazo — respondeu *sir* Henry —, o que devo dizer que não me surpreende. Nós aconselhamos contra a conversão, como você deve lembrar, minha cara.

— Aconselharam mesmo, meu caro, tenho certeza. — *Lady* Forrest não tinha certeza alguma, mas mesmo assim ficou satisfeita com a explicação. — Agora venha, Eleanor, o chá está sendo servido e você ignora nossos convidados. Estamos com lorde Eagleton aqui — disse a Sandman com orgulho.

Lorde Eagleton era o homem com quem Eleanor supostamente iria se casar, e Sandman se encolheu.

— Não conheço o lorde — falou rigidamente.

— Não é de surpreender — disse *lady* Forrest —, porque ele só anda nos melhores círculos. Henry, você precisa fumar aqui?

— Sim — disse *sir* Henry. — Preciso.

— Espero que goste de sua viagem à Escócia, capitão — disse *lady* Forrest, depois levou a filha para fora e fechou a porta contra a fumaça de charuto.

— Escócia — disse *sir* Henry pensativo, depois balançou a cabeça. — Não se enforca tanta gente na Escócia quanto nós aqui na Inglaterra e em Gales. No entanto acredito que a taxa de assassinato não é mais alta. — Ele encarou Sandman. — Estranho, não acha?

— Muito estranho, senhor.

— Mesmo assim creio que o Ministério do Interior conhece seu negócio. — Ele se virou e olhou pensativo para a lareira. — Não é uma morte rápida, Rider, nem um pouco, no entanto o chefe da carceragem sentia um orgulho incomum de todo o processo. Queria nossa aprovação e insistiu em nos mostrar o resto da prisão. — *Sir* Henry ficou quieto, franzindo a testa. E prosseguiu depois de um tempo: — Sabe que há um corredor que vai da prisão até a Câmara das Sessões? De modo que os prisioneiros não precisem andar pela rua quando vão a julgamento? O Caminho da Gaiola, é como chamam, e é onde enterram os homens enforcados. E as mulheres, suponho, mas a garota que vi ser enforcada foi levada aos cirurgiões, para uma dissecação. — Ele estivera olhando a lareira vazia enquanto falava, mas agora ergueu os olhos para o capitão. — As pedras do piso do Caminho da Gaiola balançavam, Sandman, balançavam. Isso porque as sepulturas estão sempre se acomodando por baixo. Havia tonéis de cal virgem, para acelerar a decomposição. Era uma coisa vil. Indescritivelmente vil.

— Sinto muito o senhor ter tido de passar por isso.

— Achei que era meu dever — respondeu *sir* Henry com um tremor. — Eu estava com um amigo, e ele sentia um prazer indecente naquilo tudo. O cadafalso é uma coisa necessária, claro que é, mas não é para ser desfrutado, certamente. Ou será que estou sendo escrupuloso demais?

— O senhor está sendo muito útil, *sir* Henry, e agradeço.

Sir Henry assentiu.

— Vai se passar um ou dois dias antes de você receber sua resposta, tenho certeza, mas esperemos que ajude. Você já vai? Precisa voltar. Rider, você precisa voltar. — Ele levou Sandman pelo corredor e o ajudou com o sobretudo.

E Sandman se afastou, sem ao menos notar se estava chovendo ou não.

Pensava em lorde Eagleton. Eleanor não tinha se comportado como se estivesse apaixonada pelo nobre, na verdade fizera uma expressão de nojo quando o nome do lorde foi mencionado, e isso deu esperança a Sandman. Mas afinal de contas, perguntou a si mesmo, o que o amor tem a ver com o casamento? O casamento tinha a ver com dinheiro, terra e respeitabilidade. Com se manter acima da ruína social. Com reputação.

E o amor? Dane-se, pensou Sandman, mas estava apaixonado.

Agora não chovia, na verdade era um belo fim de tarde com um raro céu limpo acima de Londres. Tudo parecia nítido, recém-lavado, puro. As nuvens de chuva tinham voado para o oeste, e a Londres elegante se derramava pelas ruas. Carruagens abertas, puxadas por parelhas combinando, com pêlo brilhante e crinas enfeitadas com fitas, iam elegantes na direção do Hyde Park para o desfile diário. Bandas de rua disputavam umas com as outras, trompetes tocando agudos, tambores batendo e coletores sacudindo as caixas de dinheiro. Sandman não notava nada.

Estava pensando em Eleanor, e quando não pôde mais deduzir qualquer pista das intenções dela a partir de cada olhar e cada detalhe lembrado, perguntou-se o que tinha conseguido no dia. Ficara sabendo, pensou, que Corday havia contado principalmente a verdade, e ele havia confirmado para si mesmo que os jovens aristocratas entediados estavam entre os homens menos corteses, e tinha mandado a aia de Eleanor na busca de boatos, mas em verdade não ficara sabendo de muita coisa. Não podia informar nada ao visconde de Sidmouth. Então o que fazer?

Pensava nisso quando voltou à Whitesheaf e levou as roupas para a mulher que cobrava um pêni por camisa lavada, e teve de ficar conversando durante vinte minutos, caso contrário ela se ofendia. Depois costurou as botas, usando uma agulha de fazedor de velas e couro que pegou emprestada com o senhorio. E quando as botas estavam grosseiramente remendadas escovou a casaca, tentando tirar uma mancha da aba. Refletiu que, de todas as inconveniências da pobreza, a falta de um empregado para manter as roupas limpas era a que mais consumia tempo. Tempo. Era do que ele mais precisava, e tentou decidir o que fazer em seguida. Ir a Wiltshire, disse a si mesmo. Não queria ir porque ficava longe, seria caro e ele não tinha qualquer garantia de encontrar a jovem Meg, mas se esperasse para ter notícia de Eleanor talvez já fosse tarde demais. Havia uma chance, até mesmo uma boa chance, de que todos os empregados da casa de Londres tivessem sido levados à propriedade campestre do conde. Então vá até lá, disse a si mesmo. Se pegasse a diligência postal estaria de volta ao alvorecer do dia seguinte, mas encolhia-se ao pensar na experiência. Pensou em usar uma diligência comum e achou que isso não custaria mais de uma libra de ida e uma libra de volta, mas a diligência comum não iria deixá-lo em Wiltshire antes do início da noite. Ele demoraria provavelmente um mínimo de duas ou três horas para achar a casa do conde de Avebury, por isso não tinha probabilidade de chegar lá antes de estar escuro, o que significava que teria de esperar até a manhã seguinte para entrar em contato com as pessoas, ao passo que se usasse a diligência postal estaria na propriedade do conde no meio da tarde, no máximo. Isso lhe custaria pelo menos o dobro, mas Corday tinha apenas cinco dias. Sandman contou o dinheiro e desejou não ter sido tão generoso ao pagar o jantar de Sally Hood, depois censurou-se por esse pensamento pouco galante, e foi até o correio na Charing Cross, onde pagou duas libras e sete xelins pelo último dos quatro lugares na diligência postal do dia seguinte para Marlborough.

Voltou à Wheatsheaf onde, na sala dos fundos da estalagem, entre os barris de cerveja e a mobília quebrada esperando conserto, engraxou e deu brilho nas botas recém-remendadas. Era um lugar escuro e fétido, assombrado por ratos e por Dodds, o garoto de mandados da estalagem. Sentado num barril num canto escuro, ouvia o assovio desafinado de Dodds e estava para gritar um cumprimento quando escutou uma voz estranha.

— Sandman não está lá em cima.

— Eu vi ele entrar — disse Dodds ao seu modo truculento de sempre.

Sandman calçou as botas muito silenciosamente. A voz do estranho tinha sido áspera, nem um pouco convidando Sandman a falar e se identificar, em vez disso persuadiu-o a procurar uma arma — a única coisa à mão era uma aduela de barril. Não era muito, mas segurou-a como uma espada enquanto ia na direção da porta.

— Achou alguma coisa? — perguntou o estranho.

— Essa arma e um bastão de críquete — respondeu outro homem, e Sandman, ainda nas sombras, se inclinou à frente e viu um rapaz segurando seu bastão e sua espada do exército. Os dois deviam ter subido e visto que Sandman não estava, por isso um tinha descido para procurá-lo enquanto o outro revistava seu quarto e só achou aquelas duas coisas com algum valor. Sandman não podia se dar ao luxo de perder nenhuma das duas, e agora sua tarefa era recuperar o bastão e a espada e descobrir quem eram os dois homens.

— Vou procurar no salão da taberna — disse o primeiro homem.

— Traga-o aqui para trás — disse o segundo e assim se entregou à misericórdia de Sandman.

Porque tudo que Sandman precisava fazer era esperar. O primeiro homem acompanhou Dodds pela porta de serviço e deixou o segundo na passagem, onde ele meio desembainhou a espada de Sandman e olhou a inscrição na lâmina. Ainda estava olhando quando Sandman saiu da sala

119

O Condenado

dos fundos e bateu com a aduela como se fosse um porrete nos rins do sujeito. A madeira se rachou com o impacto e o homem tombou para a frente, ofegando. Sandman soltou a aduela, segurou o cabelo do sujeito e o puxou para trás. O homem tentou manter o equilíbrio, mas Sandman o fez tropeçar, caindo de costas no chão, e pisou com força em sua virilha. O homem gritou e se enrolou em agonia.

Sandman recuperou o bastão e a espada que tinham caído na passagem. A luta não tinha demorado mais de alguns segundos, e o homem estava gemendo e se retorcendo, incapacitado pela dor, mas isso não significava que não fosse se recuperar depressa. Sandman temeu que o sujeito tivesse uma pistola, por isso usou a bainha da espada para abrir sua casaca.

E viu uma libré amarela e preta.

— Você é do Clube Serafins? — perguntou, e o homem ofegou em meio à dor, mas a resposta não foi esclarecedora e Sandman não estava disposto a obedecer à sugestão. Curvou-se sobre o homem, tateou os bolsos da casaca e achou uma pistola, que tirou, ainda que na pressa tenha rasgado o forro do bolso com o cão da pistola. — Está carregada? — perguntou.

O homem repetiu a sugestão que tinha feito, por isso Sandman pôs o cano na cabeça dele e engatilhou a arma.

— Vou perguntar de novo. Ela está carregada?

— Está!

— E por que vocês vieram aqui?

— Eles queriam que o senhor fosse levado de volta ao clube.

— Por quê?

— Não sei! Eles somente nos mandaram.

Fazia sentido o sujeito saber pouco mais do que isso, de modo que Sandman recuou.

— Vá embora — disse ele. — Pegue seu amigo no salão e diga que, se quisesse causar problemas para um soldado, deveria trazer um exército.

O homem se retorceu no chão e olhou para cima, incrédulo.

— Eu posso ir?

— Saia — disse Sandman, e olhou o sujeito se levantar e sair mancando pela passagem. Então por que, perguntou-se, o Clube Serafins o queria? E por que mandar dois valentões pegá-lo? Por que não mandar simplesmente um convite?

Seguiu o homem que mancava até o salão, onde havia uns vinte fregueses sentados às mesas. Um violinista cego afinava seu instrumento no canto da chaminé e ergueu a cabeça rapidamente, com os olhos vazios, quando Sally Hood soltou um guincho de alarme. Ela estava olhando a arma na mão de Sandman. Ele levantou-a, apontando o cano preto para o teto, e os dois homens entenderam o aviso e saíram correndo. Sandman baixou cuidadosamente a pederneira e enfiou a arma no cinto, enquanto Sally corria pelo salão.

— O que está acontecendo? — perguntou ela e, em sua ansiedade, agarrou o braço de Sandman.

— Está tudo bem, Sally.

— Ah, diabos, não está não — disse ela e agora estava olhando para além dele, com os olhos gigantescos, e Sandman ouviu o som de uma arma sendo engatilhada.

Soltou a mão de Sally e se virou, vendo uma pistola de cano comprido apontando para o espaço entre seus olhos. O Clube Serafins não tinha mandado dois homens para pegá-lo, e sim três, e o terceiro, suspeitou Sandman, era o mais perigoso de todos, já que se tratava do sargento Berrigan, do Primeiro Regimento de Guardas de Infantaria de Sua Majestade. Ele estava sentado num reservado, rindo, e Sally segurou o braço de Sandman de novo e soltou um pequeno gemido de medo.

— É como os dragões franceses, capitão — disse o sargento Berrigan. — Se você não acaba com os sacanas da primeira vez, sem dúvida eles voltam para apanhá-lo.

E Sandman fora apanhado.

4

O sargento Berrigan manteve a pistola apontada para Sandman durante um momento, depois baixou a pederneira, pôs a arma na mesa e acenou para o banco do outro lado.

— O senhor me fez ganhar uma libra, capitão.

— Seu desgraçado! — Sally reagiu rispidamente a Berrigan.

— Sally! Sally! — acalmou-a Sandman.

— Ele não tem o direito de apontar um pau para o senhor — protestou ela, depois se virou para Berrigan. — Quem pensa que é, porcaria?

Sandman fez com que ela se sentasse no banco, depois sentou-se ao lado, dizendo:

— Permita-me apresentar o sargento Berrigan, que já pertenceu ao Primeiro Regimento de Guardas de Infantaria de Sua Majestade. Esta é a srta. Hood.

— Sam Berrigan — disse o sargento, claramente achando divertida a fúria de Sally. — Sinto-me honrado, senhorita.

— Eu não estou nem um pouco honrada, porcaria.

— Uma libra? — perguntou Sandman a Berrigan.

— Eu disse que aqueles dois idiotas preguiçosos não iriam pegá-lo, senhor. Não o capitão Sandman do 52º.

Sandman deu um meio sorriso.

— Lorde Skavadale parecia me conhecer como jogador de críquete, não como soldado.

— Eu é que sabia em que regimento o senhor serviu. — Berrigan estalou os dedos e uma das garotas que serviam veio correndo. Sandman não ficou particularmente impressionado por Berrigan conhecer seu antigo regimento, mas ficou muito impressionado com um estranho que podia conseguir um serviço tão imediato na Wheatsheaf. Havia alguma coisa muito competente em Sam Berrigan. — Vou querer uma cerveja, moça — disse o sargento à garota, depois olhou para Sally. — E o que deseja, srta. Hood?

Ela debateu consigo mesma durante um segundo, avaliando se o que desejava era rejeitar a oferta de Sam Berrigan, depois decidiu que a vida era curta demais para recusar uma bebida.

— Vou querer um ponche de gim, Molly — disse carrancuda.

— Cerveja — disse Sandman.

Berrigan pôs uma moeda na palma de Molly, dobrou os dedos dela por cima e depois ficou segurando sua mão.

— Uma jarra de cerveja, Molly — disse ele —, e certifique-se de que o ponche de gim seja tão bom quanto o do Limmer's.

Fascinada pelo sargento, Molly fez uma cortesia para ele.

— O senhor Jenks não gosta de armas na mesa — sussurrou.

Berrigan sorriu, soltou a mão dela e pôs a pistola num bolso fundo da casaca. Olhou para Sandman.

— Lorde Robin Holloway mandou aqueles dois — falou sem dar importância — e o marquês me mandou.

— Marquês?

— Skavadale, capitão. Ele não queria que o senhor sofresse qualquer dano.

— Lorde Skavadale ficou subitamente muito generoso.

— Não, senhor. O marquês não quer provocar problema, mas lorde Robin não se importa. É um imbecil. Mandou esses dois para persuadi-lo a voltar ao clube onde planejava desafiá-lo.

— Para um duelo? — Sandman achou divertido.

— Pistolas, imagino. — Berrigan estava achando igualmente divertido. — Não o imagino querendo duelar com o senhor usando espadas de novo. Mas eu disse ao marquês que aqueles dois nunca conseguiriam obrigá-lo. O senhor foi um soldado bom demais.

Sandman sorriu.

— Como sabe que tipo de soldado eu fui, sargento?

— Sei exatamente que tipo de soldado o senhor era. — Berrigan tinha um rosto bom, pensou Sandman, largo, forte e com olhos confiantes.

Sandman deu de ombros.

— Não creio que eu tivesse qualquer reputação específica.

Berrigan olhou para Sally.

— Era o fim do dia em Waterloo, moça, e estávamos derrotados. Eu sabia. Já estive em lutas suficientes para saber quando a gente é derrotada, e só estava ali parado e me secando. Não tínhamos desistido, não me entenda mal, moça, mas os canalhas dos Crapauds tinham acabado conosco. Havia simplesmente um número grande demais daqueles patifes. Nós estávamos matando-os o dia inteiro, e eles continuavam chegando, já era o fim do dia e os últimos deles estavam subindo o morro em número quatro vezes maior do que nós. Olhei para ele — o sargento virou a cabeça na direção de Sandman — e ele estava andando de um lado para o outro diante das fileiras, como se não tivesse qualquer preocupação no mundo. O senhor tinha perdido o chapéu, não tinha?

Sandman riu daquela lembrança.

— Tinha, você está certo. — Seu bicórnio havia sido arrancado por uma bala de mosquete francesa. Sandman procurou imediatamente no chão empretecido pelo fogo, onde estava parado, mas o chapéu tinha sumido. Nunca mais o encontrou.

— Era o cabelo louro dele — Berrigan explicou a Sally. — Se destacava no dia escuro. Ele andava para lá e para cá, e os Crapauds tinham um enxame de soldados a menos de cinqüenta passos de distância, e estavam gritando para ele, e ele não piscava uma pálpebra. Só ficava andando.

Sandman ficou sem graça.

— Só estava cumprindo com o meu dever, sargento, como você, e posso dizer que eu estava aterrorizado.

— Mas foi o senhor que nós vimos cumprindo com o dever. — Em seguida Berrigan se virou de novo para Sally, que escutava boquiaberta. — Ele estava andando para lá e para cá, e a própria guarda do imperador vinha subindo o morro na nossa direção, e pensei: é isso! É isso, Sam. Uma vida curta e uma cova rasa, porque restam muito poucos de nós, mas o capitão ali continuava andando como se fosse domingo no Hyde Park, e depois parou de andar e olhou os franceses do jeito mais calmo, e então ele riu.

— Não lembro disso — disse Sandman.

— O senhor riu — insistiu Berrigan. — A morte estava nos casacas-azuis subindo o morro e o senhor continuava rindo!

— Havia um sargento, Colour, que fazia piadas muito ruins em momentos inadequados — disse Sandman — por isso imagino que ele tenha dito alguma coisa muito indecente.

— Então eu vi ele levar seus homens para o flanco dos canalhas — continuou Berrigan contando a história para Sally — e mandou todos eles para o inferno.

— Não fui eu — disse Sandman em tom reprovador. — Foi Johnny Colborne que nos levou para o flanco. Foi o regimento dele.

— Mas o senhor liderou eles — insistiu Berrigan. — O senhor liderou.

— Não, não, não. Eu estava perto de vocês, sargento, e certamente não vencemos sozinhos os guardas franceses. Pelo que me lembro, o seu regimento estava bem no meio da coisa, não é?

— Nós fomos bons naquele dia, fomos muito bons, e tínhamos mais é que ser, porque os Crapauds eram ferozes como o diabo. — Ele serviu duas canecas de cerveja, depois levantou a sua. — À sua boa saúde, capitão.

— Vou beber a isso — disse Sandman — mas duvido de que seus patrões compartilhem esse sentimento.

— Lorde Robin não gosta do senhor porque o senhor o fez parecer um tremendo idiota, mas não é difícil ver que ele é um tremendo idiota.

— Talvez eles não gostem de mim porque não querem que o assassinato da condessa seja investigado, não é?

— Não creio que se importem.

— Ouvi dizer que eles encomendaram o retrato, e o marquês admitiu que conhecia a morta. — Sandman contou nos dedos os pontos contra os patrões de Berrigan. — E se recusam a responder às perguntas. Eu desconfio deles.

Berrigan bebeu sua cerveja, depois encheu a caneca de novo. Encarou Sandman durante alguns segundos e depois deu de ombros.

— Eles são o Clube Serafins, capitão, de modo que sim, cometeram assassinato, roubaram, subornaram, e até mesmo tentaram agir como salteadores de estrada. Chamam isso de pregar peças. Mas matar a condessa? Não ouvi nada a respeito.

— Você teria ouvido?

— Talvez não — admitiu Berrigan. — Mas os empregados sabem a maior parte do que eles fazem porque nós limpamos a sujeira depois.

— Porque eles se fazem de bandidos? — Sally estava indignada. Uma coisa era seus amigos da Wheatsheaf serem criminosos, mas esses haviam nascido pobres. — Por que diabos querem ser bandidos? Eles já são ricos, não são?

Berrigan olhou-a, evidentemente gostando do que via.

— É exatamente por isso que eles fazem essas coisas, moça, porque são ricos. Ricos, nobres e privilegiados, e porque se acham melhores do que o resto de nós. E são entediados. O que eles querem, eles pegam, e o que entra no caminho eles destroem.

— Ou mandam vocês destruírem? — perguntou Sandman.

Berrigan deu um olhar muito sério para Sandman.

— Existem trinta e oito Serafins e vinte empregados, e isso sem contar a cozinha ou as garotas. E são necessários todos os vinte para limpar a sujeira deles. Eles são ricos o bastante, por isso não precisam se incomodar. — Seu tom de voz sugeria que estava alertando Sandman. — E são uns canalhas, capitão, uns canalhas de verdade.

— No entanto você trabalha para eles — disse Sandman muito suavemente.

— Não sou santo, capitão. E eles me pagam bem.

— Porque precisam do seu silêncio? — supôs Sandman e, quando não houve resposta, pressionou um pouco mais. — Por que eles precisam do seu silêncio?

Berrigan olhou para Sally, depois de novo para Sandman.

— O senhor não quer saber.

Sandman entendeu as implicações daquele olhar rápido para Sally.

— Estupro? — perguntou.

Berrigan assentiu, mas ficou quieto.

— Esse é o objetivo do clube?

— O objetivo é fazer o que quiserem. São todos lordes, baronetes ou ricos como o diabo, e o resto do mundo é todo de camponeses, e eles acham que têm o direito de fazer o que quiserem. Ali não há um homem que não merecesse ser enforcado.

— Inclusive você? — perguntou Sandman e, quando o sargento não respondeu, fez outra pergunta: — Por que está me contando tudo isso?

— Lorde Robin Holloway o quer morto porque o senhor o humilhou, mas não vou aceitar isso, capitão, não depois de Waterloo. Aquilo foi um... — ele parou, franzindo a testa enquanto tentava e não conseguia achar a palavra certa. — Achei que não ia sobreviver — confessou — e, depois daquilo, nada foi o mesmo. Nós fomos até os portões do inferno, moça. — Ele olhou para Sally — E nos queimamos muito, mas saímos marchando de novo. — A voz do sargento tinha ficado rouca de emoção, e Sandman entendia. Havia conhecido muitos soldados que podiam começar a chorar só de pensar nos anos de serviço, nas batalhas que tinham travado e nos amigos que haviam perdido. Sam Berrigan parecia duro como um paralelepípedo, e sem dúvida o era, mas também era um homem muito sentimental. — Praticamente não se passou um dia sem que eu tenha visto o senhor em pensamento, naquela colina, no meio da fumaça. É o que eu lembro da batalha, só isso, e não sei por quê. Então não quero que o senhor seja prejudicado por um imbecil de meia-tigela como lorde Robin Holloway.

Sandman sorriu.

— Acho que você está aqui, sargento, porque quer sair do Clube Serafins.

Berrigan se inclinou para trás, contemplou Sandman e depois, com mais apreciação, Sally. Ela enrubesceu sob o exame, e ele tirou um charuto do bolso de dentro e acendeu usando um isqueiro de pederneira.

— Não pretendo ser empregado de ninguém durante muito tempo — falou quando o charuto estava aceso —, mas quando sair, capitão, vou abrir um negócio.

— Que negócio? — perguntou Sandman.

— Isto — Berrigan bateu no charuto. — Um monte de cavalheiros adquiriu o gosto por isso na guerra espanhola, mas os charutos são curiosamente difíceis de achar. Eu os encontro para os membros do clube e desse modo ganho quase tanto quanto o meu salário. O senhor me entende, capitão?

— Não sei bem.

— Não preciso do seu conselho, não preciso de seus sermões e não preciso de sua ajuda. Sam Berrigan pode cuidar de si. Só vim avisá-lo, nada mais. Saia da cidade, capitão.

— Haverá júbilo no céu para o pecador que se arrepender — disse Sandman.

— Ah, não. Não, não, não. — Berrigan balançou a cabeça. — Acabei de lhe fazer um favor, e só! — Ele se levantou. — E foi só isso que vim fazer.

Sandman sorriu.

— Para mim seria bom ter alguma ajuda, sargento, de modo que, quando decidir sair do clube, venha me procurar. Eu saio de Londres amanhã, mas volto na tarde de quinta-feira.

— É melhor voltar mesmo — interveio Sally.

Achando divertido, Sandman levantou uma sobrancelha.

— É aquela apresentação particular — explicou ela. — O senhor vai ao Covent Garden me aplaudir, não vai? É Aladim.

— Aladim, é?

— Um Aladim mal-ensaiado. Tenho de ir lá amanhã para aprender os passos. O senhor vai, não vai, capitão?

— Claro que vou — disse Sandman e olhou de novo para Berrigan. — Então estarei de volta na quinta-feira. Obrigado pela cerveja e, quando decidir me ajudar, saberá onde me encontrar.

Berrigan o encarou um instante, não disse nada, assentiu para Sally e saiu depois de colocar um punhado de moedas na mesa. Sandman o observou partir.

— Um rapaz muito perturbado, Sally.

— Não me parece perturbado. Mas é bonito, não é?

— É?

— Claro que é! — disse Sally com ênfase.

— Mas mesmo assim está perturbado. Ele quer ser bom e acha fácil ser mau.

— Bem-vindo à vida.

— Então, nós teremos de ajudá-lo a ficar bom, não é?

— Nós? — Ela pareceu alarmada.

— Decidi que não posso consertar o mundo sozinho. Preciso de aliados, minha cara, e você foi eleita. Até agora há você, uma pessoa que vi esta tarde, talvez o sargento Berrigan e... — Sandman se virou quando um recém-chegado derrubou uma cadeira, desculpou-se profusamente, pegou desajeitadamente a bengala e depois bateu com a cabeça numa trave. O reverendo lorde Alexander Pleydell tinha chegado. — ... e com o seu admirador são quatro — terminou Sandman.

E talvez cinco, porque lorde Alexander estava com um rapaz, um rapaz de rosto aberto e expressão perturbada.

— O senhor é o capitão Sandman? — O rapaz não esperou ser apresentado, simplesmente atravessou a sala rapidamente e estendeu a mão.

— Ao seu dispor — disse Sandman cautelosamente.

— Graças a Deus o encontrei! Meu nome é Carne, Christopher Carne.

— Prazer em conhecê-lo — disse Sandman educadamente, mas o nome não significava nada para ele e o rosto do jovem era igualmente desconhecido.

— A condessa de Avebury era minha madrasta — explicou Carne. — Sou o filho único de meu pai, e portanto herdeiro do condado.

— Ah.

— Nós precisamos conversar. Por favor, precisamos conversar.

Lorde Alexander estava fazendo uma reverência para Sally, e ao mesmo tempo enrubescendo até ficar escarlate. Sandman sabia que o amigo ficaria contente durante um tempo, por isso guiou Carne até os fundos do salão da estalagem, onde um reservado oferecia alguma privacidade.

— Precisamos conversar — disse Carne de novo. — Santo Deus, Sandman, você pode impedir uma grande injustiça, e Deus sabe que deve fazer isso.

E então conversaram.

Ele era, obviamente, lorde Christopher Carne.

— Chame-me de Kit — falou. — Por favor.

Sandman não era radical. Nunca havia compartilhado a paixão de lorde Alexander para derrubar uma sociedade baseada na riqueza e no privilégio, mas também não gostava de chamar homens de "milorde" a não ser que realmente achasse que eles ou seu cargo merecessem respeito. Não tinha dúvida de que o marquês de Skavadale tinha notado essa relutância, assim como Sandman notara que o marquês era suficientemente cavalheiro para não observar isso. Mas ainda que Sandman não estivesse disposto a chamar lorde Christopher Carne de milorde, sentia-se igualmente indisposto a chamá-lo de Kit, de modo que era melhor não chamar de nada.

Apenas ouviu. Lorde Christopher Carne era um rapaz nervoso, hesitante, com óculos de lentes grossas. Era muito baixo, tinha cabelos ralos e a levíssima sugestão de uma gagueira. No todo não era um homem agradável, mas possuía modos intensos que compensavam sua aparente fraqueza.

— Meu pai é um homem pavoroso — disse a Sandman. — Simplesmente p-pavoroso.

— Pavoroso?

— É como se todos os dez mandamentos, Sandman, tivessem sido deliberadamente compilados como um desafio a ele. Especialmente o sétimo.

— Adultério?

— Claro. Ele o ignora, Sandman, ignora! — Por trás das lentes de seus óculos os olhos de lorde Christopher se alargaram como se o simples pensamento em adultério fosse horrendo, então o lorde enrubesceu como se a menção a isso fosse uma vergonha. Sandman notou que ele estava vestido de modo respeitável, com casaca bem-cortada e camisa fina, mas as mangas de ambas estavam manchadas de tinta, traindo uma tendência aos estudos. — O que quero d-dizer — lorde Christoper pareceu desconfortável sob o exame de Sandman — é que, como muitos pecadores habituais, meu pai se ofende quando pecam contra ele.

— Não entendo.

Lorde Christopher piscou várias vezes.

— Ele pecou com as esposas de muitos homens, capitão Sandman — falou desconfortavelmente —, mas ficou furioso quando sua esposa foi infiel.

— Sua madrasta?

— Exato. Ele ameaçou matá-la. Eu ouvi.

— Ameaçar alguém de morte não é o mesmo que matar.

— Conheço a diferença — respondeu lorde Christopher com surpreendente aspereza —, mas conversei com Alexander, e ele me diz que você tem um dever para com o pintor, Cordell, não é?

— Corday.

— Exato, e não posso acreditar, não posso acreditar que ele tenha cometido o crime! Que motivo teria? Mas meu pai, Sandman, meu pai tinha motivo. — Lorde Christopher falava com veemência feroz, até mesmo se inclinando à frente e segurando o pulso de Sandman enquanto fazia a acusação. Então, percebendo o que tinha feito, ficou ruborizado e soltou-o. — Talvez você entenda — prosseguiu, mais ameno — se eu contar um pouco da história do meu pai.

A narrativa foi breve. A primeira esposa do conde, mãe de lorde Christopher, vinha de uma família nobre e, garantiu o rapaz, era uma santa.

— Ele a tratava pessimamente, Sandman, envergonhando-a, abusando dela e insultando-a, mas ela suportou com paciência cristã até morrer. Isso foi em 1809. Que Deus tenha sua alma.

131

O CONDENADO

— Amém — disse Sandman respeitosamente.

— Ele nem ficou de luto — disse lorde Christopher, indignado. — Continuou levando mulheres para a cama, e entre elas estava Celia Collett. Era praticamente uma criança, Sandman, com um terço da idade dele! Mas ele ficou fascinado.

— Celia Collett?

— Minha madrasta. E ela era inteligente, Sandman, era inteligente. — A selvageria tinha voltado à voz do lorde. — Era uma dançarina de ópera no Sans Pareil. Você conhece?

— Ouvi falar.

O Sans Pareil, na Strand, era um dos novos teatros não-licenciados que faziam espetáculos cheios de dança e música, e se a condessa de Avebury, Celia, tinha abrilhantado seu palco, devia ser linda.

— Ela recusou as investidas dele — disse lorde Christopher retomando a narrativa. — Recusou peremptoriamente! Manteve-o fora de sua c-cama até ele se casar com ela, e depois o fez pular miudinho, Sandman, pular miudinho! Não digo que ele não merecesse, porque merecia, mas ela pegou o dinheiro que pôde e o usou para comprar chifres para a cabeça dele.

— Você obviamente não gostava dela.

Lorde Christopher enrubesceu de novo.

— Eu mal a conhecia — falou em tom desconfortável —, mas o que haveria para gostar? A mulher não tinha religião, tinha poucos modos e praticamente nenhuma educação.

— O seu pai se importava... se importa — corrigiu Sandman — com coisas como religião, modos ou educação?

Lorde Christopher franziu a testa como se não entendesse a pergunta, então assentiu.

— O senhor o entendeu exatamente. Meu pai não se importa nem um pouco com Deus, com as letras ou com a cortesia. Ele me odeia, Sandman, e sabe por quê? Porque a propriedade está legada inalienavelmente a mim. O próprio pai dele fez isso, o próprio pai! — Lorde Christopher bateu na mesa para enfatizar o argumento. Sandman ficou quieto, mas entendia que uma propriedade legada inalienavelmente implicava um grande insulto para o atual conde de Avebury, porque isso significava que seu pai, o avô de lorde Christopher, desconfiava do próprio filho a ponto de se certificar de que ele não herdasse a fortuna da família. Em vez disso ela fora colocada na mão de depositários e, ainda que o conde atual pudesse viver dos lucros da propriedade, o capital, a terra e os investimentos seriam guardados até que ele morresse, quando passariam a lorde Christopher. — Ele me odeia — prosseguiu lorde Christopher — não somente por causa da herança, mas porque expressei o desejo de me ordenar.

— O desejo?

— Esse não é um passo a ser d-dado levianamente — disse lorde Christopher com seriedade.

— De fato.

— E meu pai sabe que, quando morrer, a fortuna da família passará para mim, e será usada a serviço de Deus. Isso o irrita.

A conversa, pensou Sandman, tinha se afastado muito da afirmativa de lorde Chistopher de que seu pai tinha cometido o assassinato.

— Pelo que vejo — disse cautelosamente —, é uma fortuna considerável, não?

— Muito considerável — disse lorde Christopher em tom inexpressivo.

Sandman se inclinou para trás. Gargalhadas soavam no salão da taverna, que agora estava apinhado, embora as pessoas evitassem instintivamente o reservado onde Sandman e lorde Christopher conversavam tão sérios. Lorde Alexander estava olhando com devoção canina para Sally, sem perceber os outros homens que tentavam atrair a atenção dela. Sandman se virou de novo para o diminuto lorde Christopher.

— Sua madrasta tinha um número considerável de empregados na rua Mount. O que aconteceu com eles?

Lorde Christopher piscou rapidamente, como se a pergunta o surpreendesse.

— Não faço idéia.

— Eles podem ter ido para a propriedade de seu pai no campo?

— Podem. — Lorde Christopher parecia em dúvida. — Por que pergunta?

Sandman deu de ombros, como se as perguntas que estava fazendo não fossem muito importantes, ainda que a verdade fosse que não gostava de lorde Christopher, e também sabia que essa aversão era tão irracional e injusta quanto sua aversão por Charles Corday. Lorde Christopher, como Corday, careciam do que, por falta de uma palavra melhor, Sandman pensava como masculinidade. Duvidava de que lorde Christopher fosse uma fada, como tinha dito Sally, de fato os olhares que ele lançava para Sally sugeriam o oposto, mas havia nele uma fraqueza petulante. Sandman podia imaginar aquele homem pequeno e estudioso como um clérigo obcecado com os pecados mais ínfimos de sua congregação, e sua aversão por lorde Christopher significava que não queria prolongar a conversa. Então, em vez de admitir a existência de Meg, simplesmente disse que gostaria de descobrir com os empregados o que havia acontecido no dia da morte da condessa.

— Se eles forem leais ao meu pai, não lhe contarão coisa alguma.

— Porque a lealdade iria torná-los idiotas?

— Porque ele a matou! — exclamou lorde Christopher alto demais, e imediatamente ruborizou quando viu que tinha atraído a atenção de pessoas em outras mesas. — Ou pelo menos f-fez com que ela fosse morta. Ele sofre de gota, não consegue andar muito, mas tem homens que lhe são leais, homens que fazem sua vontade, homens maus. — Ele estremeceu. — Você precisa dizer ao secretário do Interior que Corday é inocente.

— Duvido que isso faça muita diferença.

— É? Por quê? Em nome de Deus, por quê?

— Lorde Sidmouth considera que Corday já foi condenado, de modo que, para mudar esse veredicto, eu preciso revelar o verdadeiro assassino, com uma confissão, ou então encontrar provas incontestáveis da inocência de Corday. Infelizmente a opinião não basta.

Lorde Christopher olhou para Sandman em silêncio durante alguns instantes.

— Você precisa?

— Claro que preciso.

— Santo Deus! — Lorde Christopher parecia perplexo e se recostou, parecendo a ponto de desmaiar. — Então você tem cinco dias para achar o verdadeiro assassino?

— Tenho.

— De modo que o rapaz está condenado, não é?

Sandman temia que Corday estivesse condenado, mas não admitiria. Ainda não. Porque ainda restavam cinco dias para achar a verdade e com isso roubar uma alma do cadafalso de Newgate.

Às quatro e meia da madrugada dois lampiões brilhavam debilmente nas janelas do pátio da Estalagem George. O alvorecer estava tocando os telhados com uma luz fraca. Um cocheiro com capa deu um bocejo enorme, depois estalou o chicote para tirar do caminho um *terrier* que rosnava junto às portas enormes da cocheira, que foram abertas para revelar uma diligência postal azul-escura e brilhante. O veículo, com verniz novo e as portas, janelas e vara de arreios pintados de vermelho, foi levado para as pedras do pátio onde um garoto acendeu suas duas lanternas a óleo e meia dúzia de homens puseram bagagens no baú sob a boléia. Os oito cavalos, batendo as patas ariscos, com a respiração soltando névoa no ar noturno, foram trazidos dos estábulos. Os dois cocheiros, ambos com a libré azul e vermelha do Correio Real e ambos armados com bacamartes e pistolas, trancaram o porta-malas e depois olharam enquanto as parelhas eram arreadas.

— Um minuto! — gritou uma voz e Sandman tomou o café escaldante que a estalagem tinha oferecido aos passageiros. O cocheiro principal bocejou de novo e depois subiu à boléia. — Todos a bordo!

Havia quatro passageiros. Sandman e um sacerdote de meia-idade ocuparam o banco da frente, de costas para os cavalos, enquanto um casal idoso se sentava diante deles, e tão perto que os joelhos não podiam deixar de encostar no de Sandman. As diligências postais eram leves e apertadas, porém duas vezes mais rápidas do que as comuns. Houve um guincho de dobradiças quando os portões do pátio da estalagem se fecharam, e então a carruagem balançou quando o cocheiro chicoteou as parelhas para saírem na rua Tothill. O som dos 32 cascos ecoavam nas casas, e as rodas estalavam e rugiam enquanto a diligência ganhava velocidade, mas Sandman estava dormindo de novo quando ela chegou a Knigthsbridge.

Acordou mais ou menos às seis horas e descobriu que a diligência chacoalhava a uma boa velocidade, balançando e pulando por uma paisagem de pequenos campos e construções esparsas. O sacerdote tinha um caderno no colo, óculos de meia-lua no nariz e um relógio na mão. Estava espiando pelas janelas dos dois lados, procurando marcos na estrada, e viu que Sandman tinha acordado.

— Pouco mais de quatorze quilômetros por hora! — exclamou.

— Verdade?

— Realmente! — Outro marco passou e o sacerdote começou a fazer contas na página do caderno. — Dez e vão três, é mais meio, menos dezesseis, vão dois. Bom, imagine só! Certamente quatorze e oitocentos! Uma vez viajei a uma velocidade média de quase dezoito quilômetros por hora, mas isso foi em mil oitocentos e quatro, e era um verão muito seco. Muito seco, e as estradas estavam lisas... — A diligência bateu num buraco e pulou violentamente, jogando o sacerdote contra o ombro de Sandman — ... muito lisas mesmo — completou ele, depois espiou de novo pela janela. O homem idoso segurava uma valise contra o peito e parecia aterrorizado, como se Sandman ou o sacerdote fossem ladrões, embora na verdade os salteadores de estrada, como o irmão de Sally, representassem um perigo muito maior. Mas não esta manhã, porque Sandman viu que dois guardas coletes-vermelhos faziam escolta. Os coletes-vermelhos eram a Patrulha Montada, todos cavalarianos aposentados que, com uniforme de casacas azuis sobre coletes vermelhos e armados com pistolas e sabres, guardavam as estradas perto de Londres. Os dois patrulheiros fizeram companhia à diligência até que ela entrou num povoado, e ali os dois se afastaram até uma taverna onde, apesar da hora matinal, dois homens com casacos compridos já estavam sentados na varanda tomando cerveja.

Sandman olhou fixamente pela janela, adorando estar fora de Londres. O ar parecia notavelmente limpo. Não havia o cheiro penetrante de fumaça de carvão e esterco de cavalo, apenas o sol da manhã nas folhas de verão e o brilho de um riacho serpenteando sob salgueiros e amieiros, ao lado de um campo onde pastavam bois e vacas que ergueram a cabeça quando o cocheiro tocou a buzina. Ainda estavam muito perto de Londres e a paisagem era plana, mas bem drenada. Boa área para caça, pensou Sandman, e se imaginou perseguindo uma raposa ao lado desta estrada. Sentiu seu cavalo de sonho se preparar e pular uma cerca, ouviu a trombeta do mestre de caça e os cães latindo.

— Vai até longe? — O sacerdote interrompeu seu devaneio.

— Marlborough.

— Bela cidade, bela cidade. — O sacerdote, um arquidiácono, tinha abandonado os cálculos sobre a velocidade da diligência e agora falava que ia visitar sua irmã em Hungeford. Sandman deu respostas educadas, mas continuava olhando pela janela. Os campos estavam próximos da colheita, e as espigas de cevada, centeio e trigo, carregadas. Agora havia mais morros, porém a diligência continuava fazendo barulho, oscilando e pulando em boa velocidade, deixando uma esteira de pó que embranquecia as cercas-vivas. A buzina alertava as pessoas e crianças acenavam enquanto os oitos cavalos passavam trovejando. Um ferreiro, com avental de couro empretecido pelo fogo, estava parado na porta da oficina. Uma mulher sacudiu o punho quando seus gansos se espalharam por causa do barulho da diligência, uma criança sacudia um chocalho na vã tentativa de afastar os gaios predadores das fileiras de pés de ervilha, então o som das correntes e dos cascos estava ecoando do muro aparentemente interminável de uma grande propriedade.

O conde de Avebury, decidiu Sandman, provavelmente moraria numa propriedade murada como essa, uma vastidão de campos aristocráticos cortados por tijolos, guarda-caças e vigias. E se o conde se recusasse a recebêlo? Diziam que o lorde era um recluso, e quanto mais Sandman ia para oeste, mais temia ser sumariamente expulso da propriedade, mas era um risco que precisava correr. Esqueceu os temores enquanto a diligência entrava numa rua de modernas casas de tijolos, a buzina tocou ansiosa e Sandman percebeu que tinham chegado ao povoado de Reading, onde a diligência entrou num pátio de estalagem onde novos cavalos esperavam.

— Menos de dois minutos, senhores! — Os dois cocheiros desceram da boléia e, como o dia estava ficando mais quente, tiraram suas capas triplas. — Menos de dois minutos e nós não esperamos os molengas, senhores.

Sandman e o arquidiácono deram uma mijada amigável no canto do pátio da estalagem, depois cada um engoliu uma caneca de chá morno enquanto os novos cavalos eram arreados e as parelhas antigas, brancas de suor, eram levadas ao cocho. Um saco de correspondência fora tirado do baú e outro tomou seu lugar antes que os dois cocheiros subissem em seu poleiro forrado de couro.

— Está na hora, senhores, está na hora!

— Um minuto e quarenta e cinco segundos! — gritou um homem da porta da estalagem. — Muito bem, Josh! Muito bem, Tim!

A buzina soou, os cavalos novos empinaram as orelhas e Sandman bateu a porta da diligência e foi jogado no banco de trás quando o veículo saltou para a frente. O casal idoso tinha deixado a diligência e seu lugar foi ocupado por uma mulher de meia-idade que, um quilômetro e meio depois, estava vomitando pela janela.

— Os senhores devem me perdoar — ofegou ela.

— O movimento é forte como num navio, senhora — observou o arquidiácono e em seguida pegou um frasco de metal no bolso. — Será que um conhaque ajudaria?

— Ah, santo Deus! — gemeu a mulher horrorizada, depois se curvou e vomitou pela janela de novo.

— As molas são macias — observou o arquidiácono.

— E a estrada é muito esburacada — acrescentou Sandman.

— Especialmente a quase quatorze quilômetros por hora. — O arquidiácono estava ocupado com relógio e lápis de novo, lutando para fazer números legíveis apesar das sacudidas. — Sempre demora um pouco para ajustar as parelhas novas, e a velocidade, coisa que não temos, faz a estrada parecer mais lisa.

O ânimo de Sandman aumentava a cada quilômetro. Estava feliz, percebeu de repente, mas não sabia bem por quê. Talvez, pensou, fosse porque sua vida tinha de novo um propósito, um propósito sério, ou talvez porque tinha visto Eleanor, e nada na postura dela traía um casamento iminente com lorde Eagleton.

Lorde Alexander Pleydell lhe sugerira isso na noite anterior — que na maior parte ele havia passado cultuando no templo de Sally Hood, se bem que a própria Sally parecesse distraída pelas lembranças do sargento Berrigan. Não que lorde Alexander tivesse notado. Como lorde Christopher Crane, ele estava totalmente atordoado com Sally, tão atordoado que durante a maior parte da noite os dois aristocratas tinham meramente olhado para ela boquiabertos, algumas vezes gaguejando lugares-comuns até que finalmente Sandman levara lorde Alexander para a sala dos fundos.

— Quero conversar com você — disse ele.

— Quero continuar a conversa com a srta. Hood — tinha reclamado lorde Alexander de modo mesquinho, preocupado com a hipótese de seu amigo Kit estar tendo acesso irrestrito a Sally.

— E vai continuar — garantiu Sandman —, mas primeiro fale comigo. O que sabe sobre o marquês de Skavadale?

— Herdeiro do ducado de Ripon — disse lorde Alexander imediatamente —, de uma das velhas famílias católicas da Inglaterra. Não é um homem inteligente, e corre o boato de que a família tem problemas financeiros. Eles já foram muito ricos, demais, com propriedades em Cumberland, Yorkshire, Cheshire, Hertfordshire, Kent e Sussex, mas pai e filho são jogadores, de modo que os boatos podem ser verdadeiros. Ele era um rebatedor razoável em Eaton, mas não sabia fazer lançamentos. Por que pergunta?

— E lorde Robin Holloway?

— Filho mais novo do marquês de Bleasby e um garoto totalmente maligno que puxou ao pai. Tem muito dinheiro, nenhum cérebro e matou um homem num duelo no ano passado. Não joga críquete, acho.

— Ele travou o duelo com espadas ou pistolas?

— Espadas. Foi travado na França. Você vai fazer perguntas sobre toda a aristocracia?

— Lorde Eagleton?

— Um janota, mas rebatedor útil com a esquerda, que algumas vezes joga no time do visconde de Barchester, mas afora isso absolutamente sem nada digno de nota. Um chato realmente, apesar de jogador de críquete passável.

— O tipo de homem que atrairia Eleanor?

Alexander encarou Sandman, perplexo.

— Não seja absurdo, Rider — disse ele acendendo outro cachimbo. — Ela não o suportaria por dois minutos! — Ele franziu a testa tentando se lembrar de alguma coisa mas, o que quer que fosse, não veio à mente.

— Seu amigo lorde Christopher está convencido de que o pai dele cometeu o assassinato.

— Ou que alguém mais cometeu — disse Alexander. — Parece provável. Kit me procurou quando soube que você estava investigando o assunto e o aplaudi por ter feito isso. Ele, como eu, é ávido para que nenhuma justiça ocorra na próxima segunda-feira. Agora você acha que posso voltar à conversa com a srta. Hood?

— Diga primeiro o que sabe sobre o Clube Serafins.

— Nunca ouvi falar, mas parece uma associação de clérigos de mente elevada.

— Não é, acredite. Há algum significado especial na palavra Serafins?

Lorde Alexander suspirou.

— Os serafins, Rider, são reconhecidos como a ordem dos anjos mais elevados. Os crédulos acham que existem nove ordens: serafins, querubins, tronos, domínios, virtudes, poderes, príncipes, arcanjos e, bem embaixo, os meros anjos comuns. Esta, eu lhe garanto, não é a crença da Igreja Anglicana. A palavra Serafim supostamente deriva de uma palavra hebraica que significa serpente, a associação é obscura mas sugestiva. É uma figura gloriosa que tem uma mordida como fogo. Também se acredita que os serafins são patronos do amor. Por quê, não faço a mínima idéia, mas é o que dizem, assim como dizem que os querubins são patronos do conhecimento. No momento me esqueço do que os outros fazem. Satisfiz sua curiosidade, ou você quer que a palestra continue?

— Os serafins são anjos de amor e veneno?

— Um resumo grosseiro mas fiel — disse lorde Alexander com grandiosidade, depois insistiu em voltar ao salão onde de novo ficou aparvalhado com a presença de Sally. Permaneceu até depois da meia-noite, ficou bêbado e verborrágico, depois saiu com lorde Christopher, que tinha bebido pouco e teve de apoiar o amigo, que saiu cambaleando da Wheatsheaf declarando seu amor imorredouro por Sally numa voz engrolada pelo conhaque.

Sally franziu a testa quando a carruagem de lorde Alexander partiu.

— Por que ele me chamou de estúpida?

— Não chamou — disse Sandman —, só falou que você era o *stupor mundi*, a maravilha do mundo.

— Que diabo. O que é que tem com ele?

— Ele está apavorado com sua beleza — disse Sandman e ela gostou disso. E Sandman foi para a cama imaginando como acordaria a tempo de pegar a diligência postal, mas aqui estava ele, chacoalhando através do dia de verão mais glorioso com que se podia sonhar.

A estrada seguia ao longo de um canal, e Sandman admirou as estreitas barcas pontudas puxadas por grandes cavalos com crinas enfeitadas de fitas e arreios com latão pendurado. Uma criança brincava empurrando um aro no caminho de puxar os barcos, patos nadavam, Deus estava no céu e era preciso um olho atento para ver que nem tudo era exatamente tão bom quanto parecia. A palha de muitos telhados tinha buracos e em cada povoado havia duas ou três cabanas que haviam desmoronado e agora estavam cobertas de mato. Havia vagabundos demais nas estradas, mendigos demais nos pátios das igrejas, e Sandman sabia que um bom número deles tinham sido casacas-vermelhas, fuzileiros ou marinheiros. Aqui havia dificuldade, dificuldade em meio à fartura, a dificuldade dos preços altos e muito poucos empregos, e escondidas atrás das cabanas, das igrejas antigas e dos altos olmos havia casas paroquiais cheias de refugiados dos tumultos do pão, que haviam estourado nas maiores cidades da Inglaterra, mas mesmo assim tudo era lindo de partir o coração. As dedaleiras formavam amontoados escarlates debaixo das rosas cor-de-rosa nas cercas-vivas. Sandman não conseguia afastar o olhar da paisagem. Não fazia um mês que estava em Londres, mas já parecia tempo demais.

Ao meio-dia a diligência atravessou uma ponte de pedras e subiu ruidosamente um pequeno morro até a rua principal, grande e larga, de Marlborough, com suas duas igrejas e as estalagens amplas. Uma pequena multidão esperava a correspondência, e Sandman passou entre as pessoas e saiu sob o arco da taverna. Um homem puxava uma pequena carroça em direção ao leste, e Sandman perguntou a ele onde poderia encontrar a propriedade do conde de Avebury. Carne Manor não ficava longe, disse o carregador, logo depois do rio e subindo o morro, na borda de Savernake. Meia hora de caminhada, segundo ele achava, e Sandman, com a fome gadanhando a barriga, andou para o sul na direção das grandes árvores da floresta de Savernake.

Sentia calor. Estivera carregando o sobretudo, uma peça de vestuário desnecessária nesse dia quente, embora tivesse se sentido grato por ela quando saiu da Wheatsheaf de madrugada. Pediu mais informações num povoado e foi mandado por uma estrada comprida que serpenteava entre bosques de faias até chegar ao grande muro de tijolos de Carne Manor, que acompanhou até chegar a uma guarita e um portão duplo de ferro fundido preso em pilares de pedra, sobre os quais havia grifos esculpidos. Um caminho de cascalho cheio de mato partia dos portões trancados. Havia um sino pendurado na guarita, mas apesar de Sandman tê-lo tocado uma dúzia de vezes, ninguém atendeu. E ele não podia ver ninguém dentro da propriedade. Dos dois lados do caminho de cascalho ficavam parques, uma vastidão de grama pontilhada por belos olmos, faias e carvalhos, mas nenhum gado ou cervo pastava o capim crescido demais e cheio de dedaleiras e papoulas. Sandman deu um último puxão desanimado no sino e, quando o som desapareceu na tarde quente, recuou e olhou as pontas de lança no topo do portão. Pareciam formidáveis, por isso voltou pelo caminho até chegar a um lugar onde um olmo, crescendo perto demais do muro, tinha empurrado os tijolos. A proximidade da árvore com relação ao muro tornava fácil subir. Ele parou um segundo no topo coberto de argamassa e depois pulou no parque. A grama estava suficientemente grande para esconder alguma armadilha de primavera posta contra caçadores ilegais, por isso ele se moveu com cuidado até chegar ao caminho de cascalho e depois se virou para a casa, que ficava escondida atrás de um bosque na crista de um morro baixo.

Andou devagar, meio esperando que um guarda-caça ou algum outro empregado o interceptasse, mas não viu ninguém enquanto seguia o caminho através de um agrupamento de faias no centro do qual havia uma clareira cheia de mato rodeando uma estátua cheia de musgo, representando uma mulher nua segurando um jarro d'água no ombro. Sandman continuou andando e, do outro lado das faias, finalmente pôde ver Carne Manor a uns oitocentos metros de distância. Era uma bela construção de pedra com fachada de três altas empenas em que crescia hera ao redor de janelas com mainel. Estábulos, cocheiras e um jardim de cozinha cercado por um muro de tijolos ficavam a oeste, enquanto atrás da casa havia gramados em terraços que desciam até um riacho plácido. Ele seguiu pelo caminho comprido. De repente, parecia uma expedição inútil, inútil e cara, porque a reputação de recluso do conde sugeria que Sandman provavelmente seria recebido por um chicote.

O som de seus passos parecia extraordinariamente alto enquanto ele atravessava o vasto trecho de cascalho onde as carruagens podiam fazer a volta diante da casa, ainda que o mato, o capim e o musgo crescessem tão densos entre as pedras a ponto de sugerir que poucas carruagens faziam isso. Sandman subiu os degraus até a entrada. Havia duas lanternas montadas de cada lado da varanda, mas em uma faltava um vidro e havia um ninho de pássaro no suporte da vela. Ele puxou a corrente do sino e, quando não ouviu qualquer som, puxou de novo e esperou. A porta de madeira tinha ficado cinza com a idade e era manchada de ferrugem que escorrera das tachas decorativas de metal. Abelhas adejavam na varanda estreita. Um jovem cuco, parecendo estranhamente um falcão, voou sobre o caminho de cascalho. A tarde estava quente, e Sandman desejou que pudesse abandonar essa busca a um conde recluso e simplesmente descer até o riacho e dormir à sombra de alguma grande árvore.

Então, uma pancada áspera à direita o fez dar um passo atrás para ver que um homem tentava abrir uma janela de vitral no cômodo mais perto da varanda. A janela evidentemente estava emperrada, porque o homem a golpeou com tanta força que Sandman teve certeza de que os vidros presos com chumbo iriam se partir, mas então ela se abriu e o homem se inclinou para fora. Estava no fim da meia-idade, tinha rosto muito pálido e cabelo desalinhado, o que sugeria que acabara de acordar de um sono profundo.

— A casa não está aberta a visitantes — disse, irritado.

— Não achei que estivesse — respondeu Sandman, se bem que lhe tivesse ocorrido pedir ao zelador, se um zelador atendesse à porta, para ver os cômodos públicos. A maioria das casas grandes permitia esse tipo de visita, mas claramente o conde de Avebury não demonstrava a mesma cortesia. — O senhor é o conde? — perguntou.

— Eu me pareço com ele? — perguntou o homem em voz irritada.

— Tenho negócios a resolver com o conde.

— Negócios? Negócios? — O homem falava como se nunca tivesse ouvido esse tipo de coisa, e então um ar de alarme atravessou suas feições pálidas. — O senhor é advogado?

— É um negócio delicado — disse Sandman enfaticamente, sugerindo que não era da conta do serviçal — e meu nome — acrescentou — é capitão Sandman. — Era uma mera cortesia dar o nome, e uma censura, porque não fora perguntado.

O homem o encarou durante um momento, depois recuou. Sandman esperou. As abelhas zumbiam em volta da hera, e andorinhas-de-casa mergulhavam acima do cascalho cheio de mato, mas o empregado não voltou, e Sandman, chateado, puxou de novo a corrente do sino.

Uma janela do outro lado da varanda foi forçada até se abrir, e o mesmo empregado apareceu.

— Capitão de quê? — perguntou peremptoriamente.

— Do 52º de Infantaria — respondeu Sandman e o empregado desapareceu pela segunda vez.

O empregado reapareceu na primeira janela.

— O conde quer saber se você esteve com o 52º em Waterloo.

— Estive.

O empregado voltou, houve outra pausa e então Sandman ouviu trancas sendo puxadas do outro lado da porta, que por fim se abriu rangendo, e o empregado fez uma reverência precária.

— Não recebemos visitas — disse ele. — Seu casaco e chapéu, senhor? Sandman, não é?

— Capitão Sandman.

— Do 52º de Infantaria, de fato, senhor, por aqui.

A porta da frente se abria para um saguão com lambri de madeira escura onde uma bela escada pintada de branco se retorcia subindo entre retratos de homens com grandes papadas sobre golas de renda engomada. O empregado guiou Sandman por um corredor até uma comprida galeria ladeada por altas janelas com cortinas de veludo de um lado e grandes pinturas do outro. Sandman havia esperado que a casa estivesse tão malcuidada quanto o terreno, mas estava bem varrida e os cômodos cheiravam a cera. As pinturas, pelo que dava para ver na semi-escuridão das cortinas, eram excepcionalmente boas. Italianas, pensou, e mostrando deuses e deusas saracoteando em videiras ou montanhas estonteantes. Sátiros perseguiam ninfas nuas, e Sandman demorou alguns instantes para perceber que todos os quadros mostravam nus: uma galeria de carne feminina, abundante e generosa. Ele teve uma lembrança súbita de alguns de seus soldados boquiabertos diante de uma pintura assim que fora capturada dos franceses na batalha de Vitória. A tela, cortada de sua moldura, fora apanhada por um muleteiro para usar como lona à prova d'água, e os casacas-vermelhas tinham-na comprado por dois *pence*, esperando usá-la como forro para o chão. Sandman a comprara dos novos donos por uma libra e mandado ao quartel-general, onde ela foi identificada como uma das muitas obras-primas saqueadas do Escorial, o palácio do rei da Espanha.

— Por aqui, senhor — disse o empregado, interrompendo seu devaneio. O homem abriu uma porta e anunciou Sandman, que subitamente ficou ofuscado, porque o cômodo aonde fora levado era vasto, as janelas que davam para o sul e o oeste estavam com as cortinas abertas, e o sol entrava para iluminar uma mesa enorme. Durante alguns segundos Sandman não pôde entender a mesa, porque era verde, cheia de calombos e coberta de coisas que a princípio ele achou que fossem flores ou pétalas, depois seus olhos se ajustaram à luz do sol e ele viu que as coisas coloridas eram soldados em miniatura. Havia milhares de soldadinhos de brinquedo numa mesa coberta de baeta verde que fora posta sobre algum tipo de blocos, de modo a parecer o vale em que a batalha de Waterloo fora travada. Ele olhou boquiaberto, pasmo pelo tamanho da maquete que tinha pelo menos dez metros de comprimento e seis de profundidade. Havia duas garotas sentadas a uma mesa lateral com pincéis e tinta, que aplicavam nos soldados de chumbo. Então um rangido o fez olhar para a luz ofuscante através de uma janela ao sul, onde viu o conde.

O lorde estava numa cadeira de rodas como as que a mãe de Sandman gostava de usar em Bath quando se sentia particularmente mal, e o guincho fora o som dos eixos sem graxa, girando enquanto um empregado empurrava o conde na direção do visitante.

O conde vestia-se ao modo antigo que prevalecia antes de os homens adotarem o preto ou o azul-escuro mais sóbrios. Sua casaca era de seda florida, vermelha e azul, com punhos enormemente largos e uma gola espalhafatosa sobre a qual caía uma cascata de renda. Usava uma peruca inteira que emoldurava um rosto antigo e cheio de rugas, incongruentemente maquiado com pó branco, ruge, e decorado com uma pinta de veludo numa bochecha funda. Não fora adequadamente barbeado, e tufos de barba branca apareciam nas dobras da pele.

— O senhor está se perguntando — dirigiu-se a Sandman numa voz aguda — como as peças são colocadas no centro da mesa, não está?

A pergunta nem ocorrera a Sandman, mas agora achou-a intrigante, porque a mesa era grande demais para que o centro fosse alcançado das laterais, e se alguém andasse sobre a maquete, inevitavelmente esmagaria as pequenas árvores feitas de esponja, ou então desarrumaria as fileiras de soldados pintados.

— Como isso é feito, milorde? — perguntou Sandman. Ele não se importou em chamar o conde de "milorde", porque este era um velho e essa era uma mera cortesia que os jovens deviam aos idosos.

— Betty, querida, mostre a ele — ordenou o conde, e uma das duas garotas largou o pincel e desapareceu debaixo da mesa. Houve um som farfalhante e então toda uma parte do vale se levantou no ar, tornando-se um amplo chapéu para a sorridente Betty. — É uma maquete de Waterloo — disse o conde com orgulho.

— É o que vejo, milorde.

— Maddox disse que você esteve no 52º. Mostre onde o batalhão estava posicionado.

Sandman foi até a beira da mesa e apontou para um dos batalhões de casacas-vermelhas na encosta acima do castelo de Hougomont.

— Estávamos ali, milorde. — A maquete era realmente extraordinária. Mostrava os dois exércitos no início da luta, antes que as fileiras fossem ensangüentadas e afinadas, e antes que Hougomont tivesse queimado até se transformar numa casca preta. Sandman até mesmo podia ver sua própria companhia no flanco do 52º e presumiu que a pequena figura montada logo à frente das fileiras pintadas pretendia ser ele próprio. Era um pensamento estranho.

— Por que está sorrindo? — perguntou o conde.

— Por nada, senhor. — Sandman olhou a maquete de novo. — Só que naquele dia eu não estava a cavalo.

— Que companhia?

— Granadeiros.

O conde assentiu.

— Vou substituir por um soldado a pé. — Sua cadeira guinchou enquanto ele seguia Sandman em volta da mesa. O lorde usava meias de seda com ligas azuis, mas um dos pés estava com grossas bandagens. — Então diga — pediu o conde. — Bonaparte perdeu a batalha por ter adiado o início?

— Não — disse Sandman rapidamente.

O conde sinalizou para o empregado parar de empurrar a cadeira. Agora estava perto de Sandman e podia espiá-lo com olhos escuros e amargos, com pálpebras vermelhas. O conde era muito mais velho do que Sandman havia esperado. Sandman sabia que a condessa ainda era jovem quando morreu, e que era suficientemente bonita para ser pintada nua, no entanto seu marido parecia muito idoso apesar da peruca, dos cosméticos e dos babados de renda. Além disso, fedia; um fedor de talco azedo, roupas sujas e suor.

— Quem diabos é você? — resmungou o conde.

— Vim a mando do visconde de Sidmouth, milorde, e...

— Sidmouth? — interrompeu o conde. — Não conheço nenhum visconde de Sidmouth. Quem diabos é o visconde de Sidmouth?

— O secretário do Interior, milorde. — Essa informação não provocou qualquer reação, por isso Sandman explicou mais. — Ele era Henry Addington, meu lorde, e já foi primeiro-ministro. Agora é secretário do Interior.

— Então não é um lorde de verdade, hein? — declarou o conde. — Não é aristocrata! Você já notou como os desgraçados dos políticos se transformam em pares? É como transformar um vaso sanitário numa fonte, ah-ah! Visconde de Sidmouth? Ele não é um cavalheiro. Não passa de uma porcaria de político! Um mentiroso forjado! Uma fraude! Presumo que seja o primeiro visconde, não é?

— Tenho certeza de que sim, milorde.

— Ah! Um aristocrata de fundo de quintal, não é? Uma escória! Um ladrão bem vestido! Eu sou o décimo sexto conde.

— Sua família nos maravilha a todos, milorde — disse Sandman, com uma ironia que foi absolutamente desperdiçada com o conde —, mas por mais que a nobreza dele seja nova, ainda venho com a autoridade do visconde. — Ele pegou a carta do secretário do Interior, que foi desconsiderada. — Ouvi dizer, milorde, que os empregados de sua casa da cidade na rua Mount estão aqui. É fato? — Ele não tinha ouvido nada do tipo, mas talvez a declaração direta provocasse a concordância do conde. — Nesse caso, milorde, gostaria de falar com um deles.

O conde se remexeu na cadeira.

— Está sugerindo — perguntou em voz perigosa — que Blücher poderia ter chegado antes se Bonaparte atacasse mais cedo?

— Não, meu lorde.

— Então, se ele tivesse atacado antes teria ganhado! — insistiu o conde.

Sandman olhou para a maquete. Era impressionante, detalhada e toda errada. Era limpa demais, para começar. Mesmo de manhã, antes de os franceses atacarem, tudo estava imundo porque, no dia anterior, a maior parte do exército tinha se atolado vindo de Quatre Bras através de lamaçais e depois passado a noite ao ar livre sob chuvas torrenciais sucessivas. Sandman se lembrou dos trovões e dos raios chicoteando a encosta distante e o terror quando alguns animais da cavalaria se libertaram à noite e galoparam entre os soldados encharcados.

— Então por que Bonaparte perdeu? — perguntou o conde, querendo provocar discussão.

— Porque permitiu que sua cavalaria lutasse sem o apoio da infantaria ou da artilharia. E será que posso perguntar ao senhor o que aconteceu com os empregados da rua Mount?

— Então por que ele mandou a cavalaria, hein? Diga isso?

— Foi um erro, milorde, até os melhores generais os cometem. Os empregados vieram para cá?

O conde bateu com petulância nos braços de vime da cadeira.

— Bonaparte não cometia erros fúteis! O sujeito podia ser da ralé, mas era uma ralé inteligente. Então por quê?

Sandman suspirou.

— Nossa linha tinha sido afinada, estávamos na encosta reversa do morro e, do lado que eles ocupavam no vale, devia parecer que estávamos derrotados.

— Derrotados? — O conde saltou diante dessa palavra.

— Duvido de que estivéssemos visíveis. O duque havia ordenado que os homens se deitassem de modo que, segundo o ponto de vista dos franceses, devia parecer que tínhamos desaparecido. Os franceses viram uma encosta vazia, sem dúvida viram nossos feridos recuando para a floresta atrás, e devem ter pensado que estávamos todos recuando, por isso atacaram. Milorde, diga o que aconteceu com os empregados de sua esposa.

— Esposa? Eu não tenho esposa. Maddox!

— Milorde? — O serviçal que tinha levado Sandman para dentro da casa se adiantou.

— A galinha frita, acho, e um pouco de champanha — exigiu o conde, e depois fez um muxoxo para Sandman. — Você foi ferido?

149

O CONDENADO

— Não, milorde.

— Então onde estava quando a guarda imperial atacou?

— Estava ali, milorde, desde quando os canhões sinalizaram o primeiro ataque francês até o último tiro do dia.

O conde pareceu estremecer.

— Odeio os franceses — disse subitamente. — Detesto-os. Uma raça de dançarinos, e obtivemos glória em Waterloo, capitão, glória!

Sandman imaginou que glória viria de derrotar dançarinos, mas não disse nada. Tinha conhecido outros homens como o conde, homens obcecados por Waterloo e que queriam saber cada minuto lembrado da batalha, homens que não podiam ouvir histórias que bastassem sobre aquele dia medonho, e todos aqueles homens, Sandman sabia, tinham uma coisa em comum: nenhum estivera lá. No entanto, reverenciavam aquele dia, pensando que era o momento supremo de sua vida e da história da Grã-Bretanha. De fato, para alguns parecia que a história em si havia chegado ao fim em 18 de junho de 1815, e que nunca mais o mundo veria uma rivalidade como a que houvera entre a Inglaterra e a França. Essa rivalidade tinha dado sentido a toda uma geração, tinha queimado o globo, rivalizando com frotas e exércitos na Ásia, América e Europa, e agora tudo havia acabado, e em seu lugar existia apenas monotonia e, para o conde de Avebury, como para tantos outros, essa monotonia só poderia ser afastada revivendo a rivalidade.

— Então diga quantas vezes a cavalaria francesa atacou — pediu o conde.

— O senhor trouxe os empregados da rua Mount para esta casa?

— Empregados? Rua Mount? Você está delirando. Você esteve na batalha?

— O dia inteiro, milorde. E do senhor só quero saber, milorde, se uma empregada chamada Meg veio de Londres para cá.

— Como diabos vou saber o que aconteceu com os empregados daquela puta, hein? E por que você pergunta?

— Um homem está na prisão, milorde, esperando para ser executado pelo assassinato de sua esposa, e há bons motivos para acreditar que ele é inocente. Por isso estou aqui.

O conde olhou para Sandman, depois começou a gargalhar. O riso vinha do fundo de seu peito estreito e o sacudia, arrancando catarro que meio o sufocou, trouxe lágrimas aos olhos e o deixou ofegando. Ele puxou um lenço da manga cheia de renda e enxugou os olhos, depois cuspiu nele. — No fim ela fez mal a um homem bom, não foi? — perguntou ele com voz rouca. — Ah, ela era boa, a minha Celia, era boa demais em ser má. — Ele soltou outra bola de cuspe no lenço, depois olhou irritado para Sandman. — Então, quantos batalhões da Guarda de Napoleão subiram o morro?

— Não o suficiente, milorde. O que aconteceu com os empregados de sua mulher?

O conde ignorou Sandman porque a galinha frita e o champanha tinham sido postos na beira da mesa da maquete. Em seguida, chamou Betty para cortar a galinha e, quando ela fez isso, ele pôs a mão em volta de sua cintura. A garota pareceu estremecer ligeiramente quando ele a tocou, mas depois tolerou as carícias.

O conde, com um fio de cuspe pendendo do queixo maquiado, virou os olhos vermelhos e remelentos para Sandman.

— Sempre gostei de mulheres jovens, jovens e macias. Você! — Isso foi para a outra garota. — Sirva o champanha, criança. — A garota parou do outro lado dele e o conde enfiou a mão debaixo de sua saia enquanto o champanha era servido. Ele ainda olhava desafiadoramente para Sandman. — Carne nova — rosnou —, nova e macia. — Seus empregados olhavam para as paredes com lambris, e Sandman se virou para olhar pela janela, para dois homens que cortavam o gramado enquanto um terceiro varria a grama cortada. Duas garças voavam acima do riacho distante.

O conde soltou as duas garotas, depois mastigou a galinha e engoliu o champanha.

— Disseram-me — ele dispensou as garotas de volta para a pintura dos soldados dando-lhes um tapa no traseiro — que a cavalaria francesa atacou pelo menos vinte vezes. Foi mesmo?

— Eu não contei — disse Sandman, ainda olhando pela janela.

— Talvez você não estivesse lá, afinal de contas — sugeriu o conde.

Sandman não engoliu a isca. Ainda estava olhando pela janela, mas em vez de ver as compridas foices sibilando pela grama, estava olhando uma encosta enfumaçada na Bélgica. Estava vendo seu sonho recorrente, olhando a cavalaria francesa subir a encosta, os cavalos tendo dificuldade com a terra úmida. O ar na encosta ocupada pelos ingleses parecia aquecido, como se a porta do grande forno do inferno tivesse sido deixada aberta, e naquele calor e naquela fumaça os cavaleiros franceses nunca paravam de vir. Sandman não havia contado as cargas porque eram muitas, uma sucessão de cavaleiros estrondeando em volta dos quadrados ingleses, os cavalos sangrando e mancando, a fumaça dos mosquetes e dos canhões pairando sobre os estandartes britânicos, o chão um emaranhado de hastes de centeio, grosso como um tapete trançado, mas úmido e podre por causa da chuva. Os franceses faziam caretas, os olhos vermelhos da fumaça e a boca aberta enquanto gritavam por seu imperador condenado.

— Tudo que recordo com clareza, milorde — disse Sandman, virando-se da janela —, era que me sentia agradecido aos franceses.

— Agradecido, por quê?

— Porque enquanto seus cavaleiros se amontoassem em volta de nós a artilharia deles não podia disparar.

— Mas quantas cargas eles fizeram? Alguém deve saber! — O conde estava petulante.

— Dez? — sugeriu Sandman. — Vinte? Eles simplesmente continuavam vindo. E era difícil contar por causa da fumaça. E me lembro de que estava com muita sede. E não ficamos simplesmente parados olhando-os vir, estávamos olhando para trás também.

— Para trás? Por quê?

— Porque assim que uma carga tivesse atravessado os quadrados, milorde, eles tinham de voltar de novo.

— Então estavam atacando dos dois lados?

— De todos os lados — disse Sandman, lembrando-se do redemoinho de cavaleiros, da lama e da palha saltando dos cascos, e dos gritos dos cavalos agonizantes.

— Quantos cavaleiros? — quis saber o conde.

— Não contei, milorde. Quantos empregados sua esposa tinha na rua Mount?

O conde riu, depois deu as costas para Sandman.

— Traga-me um cavaleiro, Betty — ordenou e a garota obedientemente lhe trouxe uma miniatura de dragão francês com sua casaca verde. — Muito bonito, querida — disse o conde, depois colocou o dragão sobre a mesa e pôs Betty no colo. — Eu sou um velho, capitão, e se quer alguma coisa de mim, deve me fazer algum favor. Betty sabe disso, não sabe, criança?

A garota assentiu. Ela se encolheu quando o conde enfiou a mão esquelética em seu vestido para acariciar um dos seios. Devia ter uns quinze ou dezesseis anos, era uma garota do campo, de cabelos encaracolados, com sardas e rosto redondo e saudável.

— Que favor lhe devo fazer, milorde? — perguntou Sandman.

— Não como Betty faz! Não, não! — O conde deu um riso lúbrico para Sandman. — Você vai me contar tudo que quero saber, capitão, e talvez, quando tiver terminado, eu lhe conte um pouco do que o senhor quer saber. A patente tem seus privilégios!

Do lado de fora, no corredor, um relógio bateu as seis horas e o som pareceu melancólico na grande casa vazia. Sandman sentiu o desespero do tempo desperdiçado. Precisava descobrir se Meg estava ali e precisava voltar a Londres, e sentia que o conde iria brincar com ele a noite inteira e no fim o mandaria embora sem responder às perguntas. O conde, sentindo e gostando da desaprovação de Sandman, tirou os seios da garota de dentro do vestido.

— Vamos começar do princípio, capitão — disse ele, baixando o rosto para focinhar a carne quente. — Vamos começar de madrugada, certo? Estava chovendo, não é?

Sandman rodeou a mesa até estar atrás do conde, onde se curvou de modo a deixar o rosto perto dos pêlos rígidos da peruca.

— Por que não falar do fim da batalha, milorde? — perguntou em voz baixa. — Por que não falar do ataque da Guarda Imperial? Porque eu estava lá quando saímos da fileira e pegamos os canalhas pelo flanco. — Ele se agachou ainda mais. Podia sentir o fedor do lorde e ver um piolho

153

O CONDENADO

andando pela borda da peruca. Baixou a voz até um sussurro áspero. — Eles tinham vencido a batalha, milorde, estava tudo acabado a não ser a perseguição, mas nós mudamos a história num piscar de olhos. Marchamos para fora das fileiras e lançamos uma saraivada de balas, milorde, e depois calamos as baionetas e posso lhe dizer exatamente como isso aconteceu. Posso lhe contar como vencemos, milorde. — Agora o mau humor de Sandman estava crescendo, e havia acidez em sua voz. — Nós ganhamos! Mas o senhor nunca vai ouvir essa história, milorde, nunca, porque vou me certificar totalmente de que nenhum oficial do 52° jamais fale com o senhor! Entende isso? Nenhum oficial jamais falará com o senhor. Bom dia, milorde. Será que seu empregado teria a gentileza de me levar até a saída? — Ele foi para a porta. Perguntaria ao empregado se Meg tinha vindo para cá e, se não, coisa que ele suspeitava de que houvesse acontecido, toda essa jornada teria sido um desperdício de tempo e dinheiro.

— Capitão! — O conde havia tirado a garota do colo. — Espere! — Seu rosto maquiado tremia. Havia malevolência nele; uma malevolência velha, amarga, de coração duro, mas ele queria tanto saber exatamente como a orgulhosa guarda de Bonaparte tinha sido derrotada que rosnou para as duas garotas e os empregados saírem da sala. — Ficarei a sós com o capitão — disse ele.

Ainda demorou um tempo para lhe arrancar a história. Tempo e uma garrafa de conhaque francês contrabandeado, mas por fim o conde desembuchou a narrativa amarga de seu casamento, confirmando o que lorde Christopher já havia contado a Sandman. Celia, segunda mulher do 16° conde de Avebury, estava no palco quando ele a viu pela primeira vez.

— Pernas — disse o conde em tom sonhador —, que pernas, capitão, que pernas! Foi a primeira coisa que vi.

— No Sans Pareil?

O conde lançou um olhar muito astucioso a Sandman.

— Com quem você andou falando? Com quem?

— As pessoas falam na cidade.

— Meu filho? — sugeriu o conde e depois riu. — Aquele idiotazinho? Aquele fracote meloso? Santo Deus, capitão, eu deveria ter rejeitado aquela coisa quando era um bebê. Sua mãe era uma idiota desgraçada, e meter nela era como rosetar com um camundongo rezando, e o idiota acha que puxou a ela, mas não puxou. Há coisas minhas nele. Ele pode ficar para sempre de joelhos, capitão, mas vive pensando em peitos e bundas, pernas e peitos de novo. Ele pode enganar a si mesmo, mas não me engana. Diz que quer ser padre! Mas não vai ser. O que ele quer, capitão, é que eu morra e a propriedade passe para ele, tudo! A fortuna está legada inalienavelmente a ele, ele lhe contou? E vai gastar tudo em peitos, pernas e bundas, como eu teria feito, só que a diferença entre aquele idiota gago e eu é que nunca senti vergonha. Eu desfrutei, capitão, ainda desfruto, e ele sofre de culpa. Culpa! — O conde cuspiu a palavra, lançando um monte de saliva pela sala. — Então o que aquele simplório pálido lhe contou? Que eu matei Celia? Talvez tenha matado, capitão, ou talvez Maddox tenha ido à cidade e feito isso por mim, mas como o senhor vai provar, hein? — O conde esperou uma resposta, mas Sandman não falou. — O senhor sabia, capitão, que os aristocratas são enforcados com uma corda de seda?

— Não sabia, milorde.

— É o que dizem, é o que dizem. O povo morre com um ou dois metros de cânhamo comum, mas nós, nobres, recebemos uma corda de seda, e de boa vontade eu usaria uma corda de seda em troca da morte daquela puta. Santo Deus, ela me roubou demais. Nunca vi uma mulher que gastasse dinheiro assim! E quando recuperei os sentidos tentei cortar sua mesada. Neguei suas dívidas e disse aos administradores do espólio para tirá-la da casa, mas os canalhas a deixaram lá. Talvez ela estivesse rosetando com um deles, não é? Era assim que ela ganhava dinheiro, capitão, rosetando diligentemente.

— Está dizendo que ela era uma prostituta, milorde?

— Não era uma prostituta comum, não era uma mera bunda, isso admito. Ela se dizia uma cantora, uma atriz, uma dançarina, mas na verdade era uma puta esperta e fui idiota em trocar o casamento por uma temporada rosetando, por melhor que ela fosse. — Ele riu consigo mesmo, depois virou os olhos remelentos para Sandman. — Celia usava de chantagem, capitão. Ela pegava um rapaz da cidade como amante, obrigava o pobre coitado a escrever uma carta ou duas implorando seus favores e depois, quando ele ficava noivo de alguma herdeira ela ameaçava revelar as cartas. Ganhou um bom dinheiro, ganhou mesmo! Ela mesma me contou! Na minha cara. Contou que não precisava de meu dinheiro, que tinha o dela.

— O senhor sabe que homens ela ameaçou assim, milorde?

O conde balançou a cabeça. Olhou para a maquete da batalha, não querendo encontrar os olhos de Sandman.

— Eu não queria saber nomes — falou em voz baixa e, pela primeira vez, Sandman sentiu alguma pena do velho.

— E os empregados, milorde? Os empregados de sua casa de Londres? O que aconteceu com eles?

— Como diabos vou saber? Não estão aqui. — Ele fez uma careta para Sandman. — E por que eu iria querer os empregados daquela puta aqui? Eu disse a Faulkner para se livrar deles, simplesmente se livrar deles.

— Faulkner?

— Um advogado, um dos administradores do espólio. E, como todos os advogados, ele é um merda mesquinho. — O conde olhou para Sandman. — Não sei o que aconteceu com a porcaria dos empregados de Celia e não me importo. Agora vá até a porta e diga a Maddox que você e eu vamos jantar carne, e então, desgraçado, conte o que aconteceu quando a guarda do imperador atacou.

E Sandman fez isso.

Tinha ido a Wiltshire, não tinha achado Meg, mas tinha descoberto alguma coisa.

Mas não sabia se era o suficiente.

E de manhã voltou a Londres.

5

Chegou a Londres no fim da tarde de quinta-feira. Tinha apanhado a diligência postal em Marlborough, justificando o gasto com o tempo que estava economizando, mas logo perto de Thatcham um dos cavalos tinha perdido uma ferradura e depois, perto do povoado de Hammersmith, uma carroça de feno com um eixo quebrado estava bloqueando uma ponte, e Sandman achou que teria sido bem mais rápido se andasse os últimos quilômetros em vez de esperar que a estrada fosse liberada, mas estava cansado depois de dormir num monte de palha do pátio da King's Head em Marlborough, por isso ficou na diligência. Além disso estava irritado, porque achava que sua ida a Wiltshire fora quase totalmente desperdiçada. Duvidava que o conde de Avebury tivesse matado ou mandado matar a esposa, mas desde o início nunca havia pensado que ele tivesse culpa. A única vantagem obtida por Sandman foi saber que a condessa morta se sustentava chantageando amantes, mas isso não o ajudou a descobrir quem eram esses amantes.

Usou a porta lateral da Wheatsheaf que dava no estábulo da taverna, onde bombeou água na caneca de estanho acorrentada ao cabo da bomba. Bebeu, bombeou de novo e depois se virou quando o estalo de cascos soou na entrada do estábulo, onde viu Jack Hood levantando uma sela sobre um cavalo preto, alto e bonito. O salteador de estrada deu um rápido cumprimento de cabeça para Sandman e depois se abaixou para afivelar a barrigueira. Como seu cavalo, Jack Hood era alto e tinha cabelos pretos.

Usava botas pretas, calções pretos e uma casaca preta de cintura apertada. E usava o cabelo comprido amarrado com uma fita de seda preta junto à nuca. Ele se empertigou e deu um riso torto para Sandman.

— Parece cansado, capitão.

— Cansado, pobre, com fome e sede — disse Sandman e bombeou uma terceira caneca d'água.

— É o que a vida decente faz com as pessoas — disse Hood, animado. Ele enfiou duas pistolas de cano comprido nos coldres da sela. — O senhor deveria estar na encruzilhada, como eu.

Sandman bebeu a água e largou a caneca.

— E o que o senhor vai fazer, sr. Hood, quando for apanhado?

Hood guiou o cavalo para a luz débil da tarde. O animal era de boa raça e nervoso, com passo alto e arisco; um cavalo, suspeitou Sandman, que podia voar como o vento da noite quando era preciso fugir.

— Quando eu for apanhado? Virei lhe pedir ajuda, capitão. Sally diz que o senhor é um ladrão de cadafalso.

— Um ladrão de cadafalso. — Sandman tinha aprendido a gíria dos marginais o bastante para entender a expressão. — Mas ainda não roubei nenhum homem do patíbulo.

— E duvido de que roube algum dia — disse Hood, sério. — Porque não é assim que o mundo funciona. Os grandes não se importam com quantos sejam enforcados, capitão, desde que o resto de nós veja bem que isso aconteceu.

— Eles se importam. Caso contrário por que me contrataram?

Hood deu um olhar cético para Sandman, depois pôs o pé direito no estribo e subiu na sela.

— E o senhor está me dizendo, capitão — perguntou enquanto enfiava o pé esquerdo no estribo —, que eles o nomearam pela bondade que têm no coração? O secretário do Interior descobriu uma dúvida súbita sobre a qualidade da justiça no tribunal do Jack Negro?

— Não — admitiu Sandman.

— Eles o nomearam, capitão, porque alguém de influência queria que o caso de Corday fosse examinado. Alguém de influência, estou certo?

Sandman assentiu.

— Totalmente certo.

— Um sujeito pode ser tão inocente quanto um bebê recém-nascido — disse Hood acidamente —, mas se não tiver um amigo influente vai ser pendurado direitinho. Não é? — Jack Hood jogou as abas da casaca sobre as ancas do cavalo e puxou as rédeas. — E o mais provável é eu terminar meus dias na pista de dança de Jem Botting, e não perco o sono nem choro por isso. O cadafalso está lá, capitão, e a gente vive com ele até morrer nele, e a gente não vai mudar porque os desgraçados não querem que isso mude. O mundo é deles, e não nosso, e eles lutam para manter a coisa do jeito que querem. Eles matam a gente, mandam a gente para a Austrália ou então quebram a gente na roda de tortura, e sabe por quê? Porque têm medo da gente. Têm medo de que a gente fique igual à turba na França. Têm medo de uma guilhotina em Whitehall, e para impedir que isso aconteça eles constroem um cadafalso em Newgate. Eles podem deixar o senhor salvar um homem, capitão, mas não ache que vai mudar alguma coisa. — Hood calçou luvas finas de couro. — Tem uns sujeitos que querem ver o senhor na sala dos fundos, capitão. Mas antes de falar com eles, deve saber que jantei na Dog and Duck.

— Em St George's Fields? — perguntou Sandman, perplexo com a declaração aparentemente irrelevante.

— Um monte de estradeiros vive e janta lá, porque é conveniente para as rotas do oeste. — Ele queria dizer que vários salteadores de estradas eram clientes da taverna. — E ouvi um boato lá, capitão. Sua vida, cinqüenta pratas. — Ele levantou uma sobrancelha. — O senhor chateou alguém, capitão. E espalhei a notícia na Wheatsheaf de que ninguém deve tocá-lo, porque o senhor tem sido bom com minha Sal, e eu cuido de quem cuida dela, mas não posso controlar cada casa onde a bandidagem enche a cara em Londres.

Sandman sentiu uma pontada no coração. Cinqüenta guinéus por sua vida? Isso era um elogio ou um insulto?

— Você saberia, por acaso, quem ofereceu o dinheiro?

— Eu perguntei, mas ninguém sabia. Mas é grana firme, capitão, de modo que se cuide. Muito obrigado. — Essas últimas palavras foram ditas porque Sandman tinha aberto o portão do pátio.

Sandman olhou para o cavaleiro.

— Você não vai ver Sally no palco esta noite?

Hood balançou a cabeça.

— Já vi muito — disse rapidamente. — E tenho negócios que ela não vai ver. — Ele tocou as esporas nos flancos do cavalo e, sem uma palavra de despedida, partiu para o norte atrás de uma carroça cheia de tijolos recém-cozidos.

Sandman fechou o portão. O visconde de Sidmouth, quando deu o serviço a Sandman, tinha sugerido que seria fácil, pagamento de um mês por um dia de trabalho, mas de repente era uma vida pelo pagamento de um mês. Sandman se virou e olhou para as janelas sujas da sala dos fundos, mas não podia ver nada além do brilho de luz da tarde nos vidros pequenos. Quem quer que o estivesse esperando ali podia vê-lo, mas ele não podia ver dentro, por isso não foi diretamente para a sala, atravessou o depósito de barris até a passagem onde havia uma abertura de serviço. Entreabriu a abertura, tendo cuidado para não fazer barulho, e depois se curvou para olhar pela fenda.

Ouviu os passos atrás, mas antes que pudesse se virar havia um cano de pistola frio em sua orelha.

— Um bom soldado sempre faz um reconhecimento, hein, capitão? — disse o sargento Berrigan. — Achei que o senhor viria primeiro aqui.

Sandman se empertigou e virou-se para ver que o sargento estava rindo, satisfeito por tê-lo surpreendido.

— Então o que vai fazer, sargento? Atirar em mim?

— Só garantir que o senhor não tem nenhum trabuco, capitão — disse Berrigan, depois usou o cano da pistola para abrir as abas da casaca de Sandman e, satisfeito ao ver que ele não estava armado, virou a cabeça na direção da porta da sala. — Depois do senhor, capitão.

— Sargento — começou Sandman, planejando apelar para a natureza melhor de Berrigan, mas essa natureza não estava à vista, porque o sargento simplesmente engatilhou a pistola e apontou para o peito de Sandman. Este pensou em empurrar o cano para o lado e levantar o joelho até a virilha de Berrigan, mas o sargento lhe deu um meio sorriso e um balanço quase imperceptível da cabeça, como se convidasse Sandman a tentar. — Pela porta, hein? — perguntou Sandman, e quando Berrigan assentiu, ele virou a maçaneta e entrou na sala dos fundos.

O marquês de Skavadale e lorde Robin Holloway estavam sentados no lado mais distante da mesa comprida. Ambos vestidos elaboradamente com casacas pretas de corte soberbo, jabôs espalhafatosos e calções justíssimos. Holloway fez um muxoxo ao ver Sandman, mas Skavadale se levantou cortesmente e ofereceu um sorriso.

— Meu caro capitão Sandman, que gentileza juntar-se a nós.

— Estão esperando há muito tempo? — perguntou Sandman com truculência.

— Meia hora — respondeu Skavadale em tom agradável. — Esperávamos que o senhor já estivesse aqui, mas a espera não foi indevidamente tediosa. Por favor, sente-se.

Sandman sentou-se com relutância, primeiro olhando para Berrigan, que entrou na sala, fechou a porta e baixou a pederneira da pistola, apesar de não ter largado a arma. Em vez disso, o sargento ficou parado junto à porta, vigiando Sandman. O marquês de Skavadale tirou a rolha de uma garrafa de vinho e serviu uma taça.

— Um clarete bem inferior, capitão, mas provavelmente bem-vindo depois de sua viagem, não? Mas como poderíamos esperar os vinhos mais finos aqui? Esta é a Wheatsheaf, lugar de salteadores, mas não salta às vistas. Essa é boa, hein, Robin? De salteadores, mas não salta às vistas?

Lorde Robin Holloway não sorriu nem falou, apenas olhou para Sandman. Ainda havia duas cicatrizes inchadas em suas bochechas e no nariz, onde Sandman o havia chicoteado com o florete. Skavadale empurrou a taça de vinho por cima da mesa, depois fez uma expressão dolorida quando Sandman recusou, balançando a cabeça.

— Ah, capitão — disse ele franzindo a testa. — Estamos aqui para ser amigáveis.

— E estou aqui porque fui ameaçado com uma pistola.

— Guarde-a, sargento — ordenou Skavadale, depois fez um brinde a Sandman. — Fiquei sabendo umas poucas coisas sobre o senhor nos últimos dias, capitão. Já sabia que era um formidável jogador de críquete, claro, mas o senhor tem outra reputação.

— De quê?

— O senhor foi um bom soldado.

— E?

— Mas infeliz com o pai — disse Skavadale gentilmente. — Bom, se entendo das coisas, capitão, o senhor sustenta sua mãe e irmã. Estou certo? — Ele esperou uma resposta, mas Sandman não falou nem se mexeu. — É triste quando pessoas refinadas são condenadas à pobreza. Se não fosse pelo senhor, capitão, sua mãe há muito teria sido reduzida a aceitar caridade, e sua irmã seria o quê? Uma governanta? Uma acompanhante paga? Mas com um pequeno dote ela ainda poderia se casar perfeitamente bem, não?

Sandman continuou quieto, mas lorde Skavadale tinha falado apenas a verdade. Belle, a irmã de Sandman, tinha dezenove anos e tivera apenas uma esperança de escapar à pobreza, casando-se bem, mas sem dote não poderia encontrar um marido respeitável. Teria sorte se encontrasse um comerciante disposto a se casar com ela, e mesmo que isso acontecesse, Sandman sabia que sua irmã não aceitaria um marido assim, porque, como a mãe, tinha um senso exagerado de sua alta posição na sociedade. Há um ano, antes da morte do pai, Belle podia esperar um dote de vários milhares de libras, o bastante para atrair um aristocrata e proporcionar um rendimento saudável. Ainda ansiava por essas perspectivas e, de algum modo obscuro, culpava Sandman pela perda. Por isso Sandman estava em Londres, porque não suportava mais as censuras da mãe e da irmã, que esperavam que ele substituísse o pai proporcionando luxos intermináveis.

— Agora — disse Skavadale —, os jogos de seu pai reduziram a família à penúria. Não é, capitão? Mas o senhor está tentando pagar algumas das dívidas dele. Escolheu um caminho difícil e isso é muito honrado de sua parte, muito honrado. Não é honrado, Robin?

Lorde Robin Holloway ficou quieto. Apenas deu de ombros, mantendo os olhos frios em Sandman.

— Então o que vai fazer, capitão? — perguntou Skavadale.

— Fazer?

— Uma mãe e uma irmã para sustentar, dívidas para pagar, e nenhum emprego além de um jogo ocasional de críquete? — Skavadale levantou as sobrancelhas, fingindo surpresa. — E, pelo que entendo, as exigências do secretário do Interior são muito temporárias e têm pouca probabilidade de levar a uma fortuna permanente. Então, o que o senhor vai fazer?

— O que o senhor vai fazer?

— Perdão?

— Pelo que sei — disse Sandman, lembrando-se da descrição do marquês de Skavadale feita por lorde Alexander —, o senhor não é muito diferente de mim. Sua família já possuiu grande fortuna, mas também possuiu jogadores.

O marquês ficou irritado um segundo, mas deixou o insulto passar.

— Eu me casarei bem — falou em tom tranqüilo. — Ou seja, casarei com uma mulher rica. E o senhor?

— Talvez eu me case bem também.

— Verdade? — Skavadale levantou uma sobrancelha, cético. — Eu herdarei um ducado, Sandman, e isso é uma grande isca para uma garota. Qual é a sua isca? A habilidade no críquete? Lembranças fascinantes de Waterloo? — A voz do nobre continuava educada, mas o escárnio era óbvio. — As garotas que possuem dinheiro se casam com mais dinheiro ou procuram título, porque dinheiro e classe social, capitão, são as únicas duas coisas que importam neste mundo.

— Verdade? — sugeriu Sandman. — E honra?

— Dinheiro — respondeu Skavadale peremptoriamente — e classe. Minha família pode estar perto da falência, mas temos classe. Por Deus, temos título, e isso vai restaurar nossa fortuna.

— Dinheiro e classe social — disse Sandman, pensativo. — Então, como o senhor consola um homem como o sargento Berrigan, cuja classe é baixa e cuja fortuna, imagino, é parca?

Skavadale lançou um olhar preguiçoso ao sargento.

— Eu aconselho, capitão, que ele se ligue a um homem de classe e fortuna. É assim que o mundo funciona. Ele serve, eu recompenso, e juntos nós prosperamos.

— E onde me encaixo nesse esquema ordenado divinamente?

Skavadale deu o fantasma de um sorriso.

— O senhor é um cavalheiro, capitão, portanto possui classe, mas lhe foi negada sua cota de riqueza. Se nos permitir — ele sinalizou para incluir o superficial lorde Robin Holloway —, e com isso quero dizer todos os sócios do Clube Serafins, gostaríamos de remediar essa carência. — Ele tirou um pedaço de papel do bolso, pôs na mesa e empurrou na direção de Sandman.

— Remediar? — perguntou Sandman inexpressivo, mas Skavadale ficou quieto, só apontou para o papel que Sandman pegou, abriu, e onde viu, primeiro, a extravagante assinatura de lorde Robin Holloway, e depois a quantia. Encarou-a, em seguida olhou para lorde Skavadale, que sorriu. Sandman olhou de novo para o papel. Era uma ordem de pagamento, nominal a Rider Sandman, tirada da conta de lorde Robin Holloway no Courts Bank, no valor de vinte mil guinéus.

Vinte mil. Suas mãos tremeram ligeiramente e ele se obrigou a respirar fundo.

Resolvia tudo. Tudo.

Vinte mil guinéus podiam pagar as pequenas dívidas de seu pai, comprar uma bela casa para a mãe e a irmã e ainda restaria o bastante para render um ganho de seiscentas ou setecentas libras por ano, o que era pouco comparado com o dinheiro ao qual a mãe de Sandman estivera acostumada, mas seiscentas libras por ano podiam manter uma mulher com sua filha em meio à pequena fidalguia do campo. Era respeitável. Talvez elas não pudessem se dar ao luxo de uma carruagem com cavalos, mas podiam manter uma aia e uma cozinheira, e poderiam pôr uma moeda de ouro no prato da coleta a cada domingo e poderiam receber os vizinhos com estilo suficiente. Poderiam parar de reclamar da pobreza a Rider Sandman.

Houve um grande barulho de cascos e correntes quando uma carroça chegou ao pátio, mas Sandman não prestou atenção. Estava sendo tentado pelo pensamento de que não era responsável pelas dívidas do pai, e que se ignorasse os comerciantes que tinham chegado perto da ruína por causa do suicídio de Ludovic Sandman, ele poderia conseguir para a mãe um rendimento de talvez oitocentas libras por ano. Mas, melhor do que tudo, e mais tentador do que tudo, era o conhecimento de que vinte mil guinéus seriam uma fortuna suficiente para superar as objeções de *lady* Forrest ao seu casamento com Eleanor. Olhou a ordem de pagamento. Ela tornava todas as coisas possíveis. Eleanor, pensou, Eleanor, então pensou no dinheiro que Eleanor traria para ele e soube que seria rico de novo, teria cavalos em seus estábulos e poderia jogar críquete durante todo o verão e caçar durante todo o inverno. Seria um cavalheiro de verdade outra vez. Não precisaria mais ficar procurando moedas nem passar tempo se preocupando com a roupa suja.

Olhou nos olhos de lorde Robin Holloway. O rapaz era um idiota que queria desafiar Sandman a um duelo, e agora estava lhe dando uma fortuna? Lorde Robin ignorou o olhar de Sandman, espiando uma teia de aranha no alto dos lambris do salão. Lorde Skavadale sorriu para Sandman. Era o sorriso de um homem que desfrutava da boa sorte de outro, no entanto encheu Sandman de vergonha. Vergonha porque tinha se sentido tentado, muito tentado.

— O senhor acha que estamos tentando suborná-lo? — Lorde Skavadale tinha visto a mudança na expressão de Sandman e fez a pergunta ansiosamente.

— Não espero esse tipo de gentileza da parte de lorde Robin — disse Sandman secamente.

— Todos os membros do Clube Serafins contribuíram — disse o marquês —, e meu amigo Robin juntou os fundos. Claro que é um presente e não um suborno.

— Um presente? — Sandman repetiu as palavras acidamente. — Não um suborno?

— Claro que não é um suborno — disse Skavadale, sério. — Não mesmo. — Ele se levantou e foi até a janela onde olhou os barris de cerveja sendo rolados sobre pranchas da carroça, depois se virou e sorriu. — Sinto-me ofendido, capitão Sandman, quando vejo um cavalheiro reduzido à penúria. Esse tipo de coisa vai contra a ordem natural, não acha? E quando esse cavalheiro é um oficial que lutou com galanteria por este país, a ofensa é muito maior. Eu lhe disse que o Clube Serafins é composto de homens que tentam se sobressair, que celebram as grandes conquistas. O que mais são os anjos, além de seres que fazem o bem? Assim gostaríamos de vê-lo, e à sua família, restaurados ao lugar que merecem na sociedade. Só isso. — Ele deu de ombros como se o gesto fosse realmente muito pequeno.

Sandman queria acreditar. Lorde Skavadale tinha parecido muito razoável e calmo, como se essa transação fosse algo comum. Mas Sandman sabia que não.

— Os senhores estão me oferecendo caridade.

Lorde Skavadale balançou a cabeça.

— Apenas uma correção do destino cego, capitão.

— E se eu permitir que meu destino seja corrigido, o que os senhores querem em troca?

Lorde Skavadale pareceu ofendido, como se nem lhe ocorresse que Sandman poderia realizar algum pequeno serviço em troca de receber uma pequena fortuna.

— Eu só esperaria, capitão — ele falou rigidamente —, que o senhor se comportasse como um cavalheiro.

Sandman olhou para lorde Robin Holloway, que não tinha falado.

— Creio — disse gelidamente — que sempre me comportei assim.

— Então saberá, capitão — disse Skavadale —, que os cavalheiros não têm empregos com pagamento.

Sandman ficou quieto.

Lorde Skavadale se retesou ligeiramente diante do silêncio de Sandman.

— Então, naturalmente, capitão, em troca da aceitação dessa ordem de pagamento, o senhor abrirá mão de qualquer cargo com pagamento que possa desfrutar.

Sandman olhou para a pequena fortuna.

— Então escrevo ao secretário do Interior e me demito do cargo de investigador?

— Sem dúvida seria a coisa mais cavalheiresca a fazer.

— Até que ponto é cavalheiresco deixar um inocente ser enforcado?

— Ele é inocente? — perguntou lorde Skavadale. — O senhor disse ao sargento que traria prova do campo, e trouxe? — Ele esperou, mas estava claro no rosto de Sandman que não havia prova. Lorde Skavadale deu de ombros, como a sugerir que Sandman poderia muito bem abandonar uma caçada inútil e aceitar o dinheiro.

E Sandman se sentia tentado, sentia-se muito tentado, mas também sentia vergonha dessa tentação, por isso juntou coragem e rasgou a ordem de pagamento em pedacinhos. Viu lorde Skavadale piscar de surpresa quando ele fez o primeiro rasgo, depois o lorde ficou furioso, e Sandman sentiu uma pulsação de medo. Não era medo da raiva de lorde Skavadale, e sim por seu próprio futuro e pela enormidade da fortuna que estava rejeitando.

Espalhou os pedaços de papel na mesa. O marquês de Skavadale e lorde Robin Holloway se levantaram. Nenhum dos dois falou. Olharam para o sargento Berrigan, e pareceu que algum tipo de mensagem não-dita fora passada antes. Sem sequer olhar para Sandman, eles saíram. Seus passos recuaram pelo corredor enquanto um metal frio tocava a nuca de Sandman e ele soube que era a pistola. Retesou-se, planejando se jogar para trás na esperança de desequilibrar Berrigan, mas o sargento apertou o cano com força na sua nuca.

— O senhor teve sua chance, capitão.

— O senhor ainda tem uma, sargento.

— Mas não sou idiota — continuou Berrigan —, e não vou matar o senhor aqui. Não aqui e agora. Há gente demais na estalagem. Se eu matar o senhor aqui, capitão, vou acabar dançando em Newgate. — A pressão da pistola desapareceu, e então o sargento se aproximou do ouvido de Sandman. — Tome cuidado, capitão, tome cuidado. — Era exatamente o mesmo conselho dado por Jack Hood.

167

O CONDENADO

Sandman ouviu a porta se abrir e fechar, e os passos do sargento se afastando.

Vinte mil guinéus, pensou. Que foram embora.

O reverendo lorde Alexander Pleydell tinha reservado um dos camarotes de palco do Teatro Covent Garden para a apresentação.

— Não posso dizer que esteja esperando grande nível artístico — declarou enquanto acompanhava Sandman em meio à multidão — a não ser pela srta. Hood. Tenho certeza de que ela será mais do que ofuscante. — O lorde, como Sandman, estava segurando os bolsos, porque os ajuntamentos às portas dos teatros eram famosos locais de caça para batedores de carteira, punguistas, mãos-leves e lanceiros, tudo isso, para deleite de lorde Alexander, nomes diferentes para a mesma atividade. — Você sabe — disse em sua voz aguda — que há toda uma hierarquia de punguistas?

— Eu estava ouvindo a conversa, Alexander — disse Sandman. Lorde Alexander, antes de saírem da Wheatsheaf, tinha insistido em outra aula sobre linguagem de bandidos, esta dada pelo senhorio, Jenks, que gostava de ter o lorde reverendo como freguês. O lorde reverendo tinha tomado notas, adorando descobrir que o nível mais baixo de punguista era o fraldinha, uma criança que surrupiava lenços, ao passo que os senhores do negócio do punguismo eram os dedos-leves, que roubavam relógios. Não eram apenas os praticantes da atividade que tinham nomes. Os bolsos em si eram todos diferenciados. — Sótão — entoou lorde Alexander, *hoxter*, alvo-de-chute, poço, *rough-fammy*, saleiro e tirinha. Esqueci algum?

— Eu não estava prestando atenção. — Sandman chegou mais perto do toldo muito iluminado do teatro.

— Sótão, *hoxter*, alvo-de-chute, poço, *rough-fammy*, saleiro e tirinha — anunciou lorde Alexander de novo para diversão da turba. O sótão era a algibeira de um colete, ao passo que os bolsos de baixo eram *rough-fammys*, os alvo-de-chute eram os bolsos dos calções, o *hoxter* era o bolso de dentro da casaca, um bolso de peito sem aba era um poço, um bolso externo de casaca protegido por uma aba era um saleiro ao passo que um bolso da aba da casaca, o mais fácil de ser pungado, era um tirinha. — Você acha — gritou lorde Alexander acima do barulho da multidão — que a srta. Hood vai jantar conosco depois da apresentação?*

— Tenho certeza de que ela ficará felicíssima com o calor da admiração de um de seus admiradores.

— Um dos? — perguntou lorde Alexander ansioso. — Você não está pensando em Kit Carne, está?

Sandman não estava pensando em lorde Christopher Carne, mas deu de ombros como se o herdeiro de lorde Avebury fosse de fato um rival para a mão de Sally. Lorde Alexander pareceu desaprovar.

— Kit não é um homem sério, Rider.

— Eu o achei muito sério.

— Eu decidi que ele é fraco — disse lorde Alexander em tom altivo.

— Fraco?

— Na outra noite ele simplesmente ficou olhando a srta. Hood com uma expressão vazia no rosto! Comportamento ridículo. Eu estava conversando com ela e ele simplesmente ficou boquiaberto! Deus sabe o que ela achou dele.

— Não posso imaginar.

— Ele estava de boca aberta como um peixe! — disse lorde Alexander, depois se virou alarmado quando uma criança gritou. A dor da criança foi recebida por uma gargalhada. — O que aconteceu? — perguntou lorde Alexander, ansioso.

— Alugém encheu os bolsos de anzóis — supôs Sandman — e um fraldinha espetou os dedos, talvez. — Era uma precaução comum contra os punguistas.

— Uma lição que a criança não esquecerá — disse lorde Alexander piedosamente. — Mas não devo ser duro com Kit. Ele tem pouca experiência com as mulheres, e temo que não tenha defesa contra os encantos delas.

---

*Hoxter e rough fammy são expressões inglesas do século XIX resgatadas pelo autor e aqui mantidas no original. (N. do E.)

— Isso, dito por um homem que está ansioso para ver Sally Hood dançar, é maravilhoso.

Lorde Alexander riu.

— Nem mesmo eu sou perfeito. Kit queria vir esta noite, mas eu lhe disse para comprar seu próprio ingresso. Santo Deus, ele poderia até mesmo querer jantar com a srta. Hood depois! Você acha que ela gostaria de visitar Newgate conosco?

— Visitar Newgate?

— Para um enforcamento! Eu lhe disse que estava requisitando um lugar privilegiado com as autoridades da prisão, por isso escrevi a eles. Ainda não tive resposta, mas tenho certeza de que vão consentir.

— E tenho certeza de que não quero ir — gritou Sandman acima do ruído da multidão, e nesse momento a turba deu um repelão inexplicável e Sandman pôde saltar em direção à porta. Se era uma multidão paga que estava causando aquele esmagamento, isso estaria custando uma verdadeira fortuna ao sr. Spofforth. O sr. Spofforth era o homem que tinha alugado o teatro naquela noite para a sua protegida, uma tal de srta. Sacharissa Lasorda, que era citada como a nova Vestris. A antiga Vestris tinha apenas vinte anos e era uma ofuscante atriz italiana que supostamente fazia crescer em trezentos dólares a bilheteria de um teatro simplesmente mostrando as pernas, e agora o sr. Spofforth estava tentando lançar a srta. Lasorda numa carreira de lucratividade semelhante.

— Você conhece Spofforth? — perguntou Sandman ao amigo. Agora estavam dentro do teatro e uma velha os guiava pela escada cheia de mofo até seu camarote.

— Claro que conheço William Spofforth. — O pé torto de lorde Alexander batia contra os degraus enquanto ele lutava bravamente subindo a escada escura. — Estudou em Marlborough. É um rapaz bastante tolo cujo pai ganhou uma fortuna com açúcar. O jovem Spofforth, nosso anfitrião desta noite, era apanhador no críquete, mas não sabia como posicionar os *fielders*.

— Sempre achei que o capitão ou o lançador é que devem fazer isso — observou Sandman em tom ameno.

— Opinião absurda — respondeu lorde Alexander rispidamente. — O críquete deixará de ser críquete quando o apanhador abandonar seus deveres de posicionar os jogadores. Ele tem a mesma visão do rebatedor, então quem é mais bem situado para posicionar os *fielders*? Verdade, Rider, eu sou o maior admirador de suas rebatidas, mas quando se trata de uma compreensão teórica do jogo você é realmente uma criança. — Era uma velha discussão, e que os manteve animados enquanto ocupavam seus lugares acima do proscênio. Lorde Alexander estava com a bolsa de cachimbos e acendeu o primeiro da noite, e a fumaça se retorceu passando por um grande cartaz que proibia fumar. A casa estava cheia, mais de três mil espectadores, e estava tumultuada, porque boa parte da platéia já estava bêbada, sugerindo que os empregados do sr. Spofforth deviam ter revirado as tavernas para encontrar espectadores. Um grupo de jornalistas estava sendo afogado em champanha, conhaque e ostras num camarote diante do ninho elevado e luxuoso de lorde Alexander. O sr. Spofforth, um janota empertigado com uma gola que subia além das orelhas, estava no camarote vizinho, de onde mantinha um olhar ansioso nos jornalistas que lhe custavam tanto e cujo veredicto poderia elevar ou derrubar sua amante, mas um crítico já estava dormindo, outro acariciando uma mulher, enquanto os outros dois berravam para o garçom do camarote pedindo mais champanha. Vários músicos entraram no fosso e começaram a afinar os instrumentos.

— Estou montando um time de cavalheiros para jogar contra Hampshire no fim do mês — disse lorde Alexander. — E espero que você queira jogar.

— Eu gostaria, sim. O jogo seria em Hampshire? — Sandman fez a pergunta ansiosamente, porque não queria particularmente chegar perto de Winchester e das exigências queixosas de sua mãe.

— Aqui, em Londres, no campo de Thomas Lord.

Sandman fez uma careta.

— Aquela porcaria no morro?

— É um campo perfeitamente bom — disse lorde Alexander, ofendido. — Um pouquinho inclinado, talvez. E já apostei cinqüenta guinéus no jogo, por isso gostaria de que você jogasse. Vou apostar ainda mais se você estiver no meu time.

Sandman gemeu.

— O dinheiro está arruinando o jogo, Alexander.

— Por isso nós, que nos opomos à corrupção, devemos ser enérgicos em nosso patrocínio — insistiu lorde Alexander. — Então, vai jogar?

— Estou destreinado.

— Então treine — disse lorde Alexander irritado, acendendo outro cachimbo. Em seguida, franziu a testa para Sandman. — Você está depressivamente macambúzio. Não gosta de teatro?

— Muito.

— Então demonstre que gosta! — Lorde Alexander limpou as lentes de seu binóculo de ópera nas abas da casaca. — Acha que a srta. Hood gosta de críquete?

— De algum modo não consigo imaginá-la jogando.

— Não seja tão grotescamente absurdo, Rider. Eu quero dizer como espectadora.

— Você deve perguntar a ela, Alexander. — Sandman se inclinou sobre a borda do camarote para olhar as cadeiras da primeira fila, onde um grupo da Wheatsheaf se preparava para aplaudir Sally. Duas prostitutas faziam negócios na borda do fosso da orquestra, e uma delas, vendo-o olhar para baixo, sinalizou que subiria ao camarote. Sandman balançou rapidamente a cabeça e recuou, sumindo de vista. — E se ela estiver morta? — perguntou de súbito.

— A srta. Hood? Morta? Por quê? — Lorde Alexander ficou muito preocupado. — Ela estava doente? Você deveria ter me contado!

— Estou falando da empregada, Meg.

— Ah, ela — disse lorde Alexander distraidamente, depois franziu a testa para o cachimbo. — Você se lembra daqueles charutos espanhóis que estavam na moda quando vocês lutavam contra as forças do Iluminismo na Espanha?

— Claro que lembro.

— Não se pode consegui-los em lugar algum, e eu gostava deles.

— Experimente o Pettigrews na velha rua Bond — disse Sandman, parecendo chateado porque o amigo ignorara suas preocupações com Meg.

— Já tentei. Eles não têm. E eu gostava.

— Conheço uma pessoa que está pensando em importá-los — disse Sandman, lembrando-se do sargento Berrigan.

— Avise-me se fizerem isso. — Lorde Alexander soprou a fumaça para os querubins dourados do teto. — Seus amigos do Clube Serafins sabem que está procurando Meg?

— Não.

— Então não têm motivo para procurá-la e matá-la. E se tivessem desejado matá-la na época do assassinato da condessa, supondo que de fato tenham cometido esse ato maligno, teriam deixado o cadáver junto com o da patroa, de modo que Corday fosse condenado pelos dois crimes. O que sugere que a garota está viva, não é? Ocorre-me, Rider, que seus deveres de investigador exigem muita dedução lógica, e por isso você é uma escolha tão ruim para o cargo. Mesmo assim, você sempre pode me consultar.

— Você é muito gentil, Alexander.

— Tento ser, meu garoto. — Satisfeito consigo mesmo, lorde Alexander sorriu de orelha a orelha. — Tento ser.

Soaram aplausos quando garotos percorreram o teatro apagando os lampiões. Os músicos deram um último guincho hesitante, depois esperaram pela descida do bastão do maestro. Parte da platéia nas primeiras filas começou a assoviar como exigência para que as cortinas se abrissem. A maior parte da contra-regra era feita por marinheiros, homens acostumados com cordas e alturas, e, como no mar, parte dos sinais eram dados por assovios, e as vaias da platéia traíam sua impaciência, mas a cortina continuou obstinadamente fechada. Mais lampiões foram apagados, então as grandes lanternas refletoras nas bordas do palco foram descobertas, o percussionista deu um rufo portentoso e um ator enrolado numa capa saltou de entre as cortinas para recitar o prólogo no proscênio.

"Na África, tão longe do lar,
Um menino gostava de perambular.
Aladim era o nome de nosso herói..."

Ele não foi mais longe antes que a platéia o afogasse numa cacofonia de gritos, sibilos e assobios.

— Mostra os peitos da garota! — gritou um homem no camarote ao lado de Sandman. — Mostra as pernas dela!

— Acho que os fãs de Vestris estão aqui! — gritou lorde Alexander no ouvido de Sandman.

O sr. Spofforth estava parecendo ainda mais ansioso. Os jornalistas começavam a prestar atenção agora que a turba gritava a plenos pulmões, mas os músicos, que já tinham ouvido de tudo antes, começaram a tocar, e isso acalmou ligeiramente a platéia, que aplaudiu quando o prólogo foi abandonado e as pesadas cortinas vermelhas se abriram para revelar um vale na África. Carvalhos e rosas amarelas emolduravam um ídolo que guardava a entrada de uma caverna onde uma dúzia de nativas de pele branca dormiam. Sally era uma das nativas, que inexplicavelmente trajavam meias brancas, jaquetas de veludo preto e saias xadrez muito curtas. Lorde Alexander berrou enquanto as doze garotas se levantavam e começavam a dançar. Os clientes da Wheatsheaf na platéia também gritaram e aplaudiram, e os fãs de Vestris, presumindo que os gritos vinham da claque paga por Spofforth, começaram a vaiar.

— Tragam a garota! — exigiu o homem no camarote ao lado. Uma ameixa fez um arco sobre o palco e se esborrachou contra o ídolo, que parecia suspeitosamente um totem de um pele-vermelha. O sr. Spofforth estava fazendo gestos desamparados para acalmar uma platéia decidida a provocar tumulto — ou pelo menos a metade que fora alugada pelos fãs de Vestris estava decidida a isso, ao passo que a outra metade, paga pelo sr. Spofforth, parecia acovardada demais para contra-atacar. Parte da multidão tinha matracas que enchiam o grande salão dourado com um ruído agudo e cheio de ecos.

— Vai ser péssimo! — disse lorde Alexander, adorando. — Ah, isso é esplêndido!

A administração do teatro devia ter acreditado que a visão da srta. Sacharissa Lasorda acalmaria o tumulto, porque a garota foi empurrada prematuramente para o palco. O sr. Spofforth se levantou e começou a aplaudir, enquanto ela cambaleava para fora das coxias. Sua claque aproveitou a deixa e aplaudiu e gritou tanto que por algum tempo abafou as vaias. A srta. Lasorda, que fazia a filha do sultão da África, tinha cabelos escuros e era certamente bonita, mas ainda continuava um mistério se suas pernas mereciam ser tão famosas quanto as de Vestris, porque estava usando uma saia comprida bordada com luas crescentes, camelos e cimitarras. Ela pareceu momentaneamente alarmada ao se ver no palco, mas então fez uma reverência aos seus fãs antes de começar a dançar.

— Mostra as pernas! — gritou o homem no camarote ao lado.

— Tira a saia! Tira a saia! Tira a saia! — começou a gritar a multidão nas cadeiras, e uma chuva de ameixas e maçãs caiu sobre o palco. — Tira a saia! Tira a saia! Tira a saia! — O sr. Spofforth continuava a fazer gestos para acalmar o público, mas isso só o tornava um alvo, e ele se abaixou quando uma saraivada de frutas atiradas com boa mira bateu em seu camarote.

Lorde Alexander tinha lágrimas de júbilo descendo pelas bochechas.

— Eu adoro tanto o teatro! Santo Deus, como adoro. Isso deve ter custado duas mil libras àquele jovem idiota, no mínimo!

Sandman não ouvira o que o amigo tinha dito, por isso se inclinou para ele.

— O quê?

Ouviu alguma coisa bater na parede dos fundos do camarote e viu, ali nas sombras, um sopro de fumaça. Só então percebeu que fora dado um tiro no teatro. Perplexo, levantou os olhos e viu uma pequena nuvem de fumaça na escuridão de um camarote no alto da galeria. Um fuzil, pensou. Tinha um som diferente de um mosquete. Lembrou-se dos casacas-verdes em Waterloo, lembrou-se do som distinto de suas armas, e então percebeu que alguém tinha acabado de atirar nele, e ficou tão chocado que não se mexeu por alguns segundos. Em vez disso, olhou para a fumaça se espalhando e percebeu que a platéia estava ficando quieta. Alguns tinham ouvido o tiro acima do barulho dos chocalhos, assobios e gritos, ao passo que outros podiam sentir o fedor de pólvora. Então alguém gritou na galeria superior. A srta. Lasorda olhou para cima, boquiaberta.

Sandman abriu a porta do camarote e viu dois homens subindo a escada correndo com pistolas. Fechou a porta de novo.

— Encontre-se comigo na Wheatsheaf — falou a lorde Alexander e passou as pernas sobre o corrimão do camarote, parou um segundo e pulou. Tombou pesadamente, virando o tornozelo esquerdo e quase caindo. A platéia aplaudiu, achando que o salto de Sandman fazia parte da diversão, mas então algumas pessoas da primeira fila começaram a gritar porque podiam ver os dois homens no camarote de lorde Alexander, e podiam ver as pistolas.

— Capitão! — gritou Sally e apontou para os bastidores.

Sandman cambaleou. Havia uma dor em seu tornozelo, uma dor terrível que o fez mancar em direção ao ídolo que guardava a entrada da caverna. Virou-se e viu dois homens no camarote, ambos apontando suas pistolas, mas nenhum ousava disparar na direção do palco apinhado de dançarinas. Então, um dos homens passou a perna por cima da borda dourada do camarote e Sandman entrou mancando nos bastidores, onde um homem vestido de arlequim e outro com o rosto pintado de preto, uma alta coroa e uma lâmpada mágica esperavam. Sandman passou entre eles, cambaleou pelo emaranhado de cordas, depois desceu uma escada e embaixo virou num corredor. Não achava que o tornozelo esquerdo estivesse quebrado, mas devia tê-lo torcido, e cada passo era uma agonia. Parou no corredor, o coração batendo forte, e se encostou na parede. Ouviu os gritos das dançarinas no palco, depois o barulho de passos descendo a escada de madeira e, um segundo depois, um homem virou a esquina e Sandman o fez tropeçar. A seguir bateu com força na nuca do sujeito. O homem grunhiu e Sandman tirou a pistola de sua mão subitamente débil. Virou o sujeito.

— Quem é você? — perguntou, mas o homem simplesmente cuspiu em Sandman, que o acertou com o cano da pistola, depois revistou os bolsos dele e achou um punhado de balas. Levantou-se sentindo a dor da perna esquerda, em seguida foi mancando pelo corredor até a porta de serviço. Mais passos soaram atrás e ele se virou, a pistola erguida, mas era Sally, correndo na direção dele com suas roupas comuns enroladas numa capa.

— O senhor está bem? — perguntou ela.

— Torci o tornozelo.

— Lá em cima está uma confusão dos diabos. Há mais frutas na porcaria do convés do que no mercado.

— Convés?

— Palco — explicou ela rapidamente, depois abriu a porta.

— Você deveria voltar.

— Eu deveria fazer um monte de porcarias, mas não vou fazer, então venha. — Sally puxou-o para a rua. Um homem assobiou ao ver suas pernas compridas com as meias brancas, e ela rosnou para ele se danar, depois colocou a capa nos ombros. — Apóie-se em mim — disse a Sandman, que estava mancando e grunhindo por causa da dor. — O senhor está muito mal, não é?

— Torci o tornozelo. Acho que não está quebrado.

— Como sabe?

— Porque não está raspando a cada passo.

— Diabo — disse Sally. — O que aconteceu?

— Alguém atirou em mim. Com um fuzil.

— Quem?

— Não sei. — Seria alguém do Clube Serafins? Parecia provável, especialmente depois de Sandman ter recusado seu enorme suborno, mas isso não explicava a afirmativa de Jack Hood, de que havia um preço por sua cabeça. Por que o Clube Serafins pagaria a criminosos para fazer o que ele ou seus empregados eram mais do que capazes de fazer? — Realmente não sei — falou, perplexo e com medo.

Tinham vindo dos fundos do teatro e agora caminhavam, ou, no caso de Sandman, mancava sob a cobertura do mercado de Covent Garden. Como era um início de noite de verão, ainda estava claro, mas as sombras eram compridas sobre as pedras do calçamento cheias de restos de verduras e frutas esmagadas. Um rato passou depressa pelo caminho de Sandman. Ele olhava constantemente para trás, mas não podia ver inimigos óbvios. Nenhum sinal do sargento Berrigan ou de alguém com libré amarela e preta. Nenhum sinal de lorde Robin Holloway ou do marquês de Skavadale.

— Eles devem estar esperando que eu volte à Wheatsheaf — disse a Sally.

— Mas não vão saber por que porta o senhor vai entrar, vão? E assim que estiver dentro, estará em segurança, capitão, porque não há um homem lá que não vá protegê-lo. — Ela se virou subitamente alarmada quando soaram passos correndo atrás, mas era apenas um menino fugindo de um homem furioso que o acusava de ser punguista. Vendedoras de flores arrumavam seus cestos na calçada, prontas para a multidão que sairia dos dois teatros nas proximidades. Assobios e matracas soavam. — A porcaria dos *charlies* indo para o trabalho — observou Sally, querendo dizer que os policiais da rua Bow estavam convergindo para o Teatro Covent Garden. Ela franziu a testa ao ver a pistola na mão de Sandman. — Esconda essa arma. Não quero ver um *charlie* prendendo o senhor.

Sandman enfiou a arma num bolso.

— Tem certeza de que você não deveria estar no teatro?

— Eles nunca mais vão conseguir recomeçar aquela porcaria daquele circo, não que ele tenha ao menos começado, não é? Morreu antes de nascer. Não, a pequena noite de fama da srta. Sacharissa gorou, não foi? E, veja bem, o nome dela não é Sacharissa Lasorda.

— Nunca pensei que fosse.

— Flossie, é como ela se chama. E era colega de um engolidor de fogo no Astleys. Deve ter uns trinta anos, e a última coisa que soube é que ela ganhava o bronze numa academia.

— Ela era professora? — perguntou Sandman, parecendo surpreso, porque poucas mulheres escolhiam essa profissão, e a srta. Lasorda, ou como quer que se chamasse, não parecia uma professora.

Sally riu tanto que teve de se segurar apoiando-se em Sandman.

— Santo Deus, eu amo o senhor, capitão — falou, ainda gargalhando. — Uma academia não é para se estudar. Pelo menos não as letras. É um bordel!

— Ah...

— Agora não está longe — disse Sally enquanto se aproximavam do Teatro Drury Lane, onde soou uma explosão de aplausos. — Como está o seu tornozelo?

— Acho que posso andar.

— Tente — encorajou Sally, depois ficou olhando Sandman mancar alguns passos. — O senhor não vai querer tirar a bota esta noite — disse ela. — Seu tornozelo vai inchar até ficar horrível, se fizer isso. — Ela se adiantou e abriu a porta da frente da Wheatsheaf. Sandman esperou ver um homem aguardando-o com uma pistola, mas a entrada estava vazia.

— Não queremos ficar olhando por cima do ombro a noite inteira — disse Sandman —, por isso vou ver se a sala dos fundos está livre. — Ele guiou Sally pelo salão apinhado da taverna, onde o senhorio estava divertindo um grupo numa mesa. — A sala dos fundos está livre? — perguntou.

Jenks assentiu.

— O cavalheiro disse que o senhor voltaria, capitão, e a reservou. E também há uma carta para o senhor, trazida por um escravo.

— Um lacaio — traduziu Sally para Sandman. — E que cavalheiro reservou o pardieiro dos fundos?

— Deve ter sido lorde Alexander — explicou Sandman —, porque queria que nós dois jantássemos com ele. — Em seguida, pegou a carta com o sr. Jenks e sorriu para Sally. — Você não se incomoda de ter a companhia de Alexander?

— Se me incomodo com lorde Alexander? Ele só vai ficar de boca aberta para mim que nem um bacalhau de Billingsgate, não é?

— Como seu afeto é superficial, srta. Hood — disse Sandman e, em recompensa, ganhou um soco no ombro.

— Bem, ele faz isso mesmo! — disse Sally e fez uma imitação bastante exata da dedicação arregalada de lorde Alexander. — Coitado do aleijado — disse ela com simpatia. Depois olhou para sua curta saia xadrez sob a capa. — É melhor eu vestir alguma coisa decente, se não, os olhos dele vão pular da cara.

Sandman fingiu estar abalado.

— Gosto bastante dessa saia escocesa.

— E eu pensei que o senhor fosse um cavalheiro, capitão.

Em seguida, Sally riu e subiu correndo a escada enquanto Sandman abria com os ombros a sala dos fundos e, com grande alívio, deixava-se afundar numa cadeira. Estava escuro na sala, porque os postigos se achavam fechados e as velas apagadas, por isso ele se inclinou à frente, abriu o postigo mais próximo e viu que não tinha sido lorde Alexander quem reservara a sala dos fundos, mas sim outro cavalheiro totalmente diferente, embora talvez o sargento Berrigan não fosse de fato um cavalheiro.

O sargento estava meio deitado no banco, mas agora levantou a pistola e mirou na testa de Sandman.

— Eles querem o senhor morto, capitão, querem o senhor morto. Mandaram-me porque quando alguém quer um serviço bem-feito, manda um soldado. Não é verdade? Manda um soldado.

Por isso tinham mandado Sam Berrigan.

Sandman sabia que tinha de fazer alguma coisa depressa. Jogar-se para a frente? Mas seu tornozelo estava latejando e ele sabia que nunca poderia se mover mais rápido do que Berrigan, que estava em forma, era forte e experiente. Pensou em sacar a pistola que tinha arrancado de seu agressor no teatro, mas quando a tirasse do bolso Berrigan já teria disparado. Por isso decidiu que apenas manteria o sargento falando até que Sally chegasse e pudesse dar o alarme. Levantou o pé esquerdo e pousou numa cadeira.

— Torci pulando no palco — disse a Berrigan.

— Palco?

— Na peça da srta. Hood. Alguém tentou me matar.

— Não fomos nós, capitão.

— Alguém com um fuzil.

— Sobrou um monte de fuzis das guerras. Por sete ou oito xelins dá para conseguir um Baker usado. Então alguém que não é do Clube Serafins quer ver o senhor morto, hein?

Sandman encarou o sargento.

— Tem certeza que não era do Clube Serafins?

— Eles me mandaram, capitão, sozinho. E eu não estava no teatro.

Sandman o encarou, imaginando quem, em nome de Deus, tinha posto sua cabeça a prêmio.

— Deve ser um grande alívio ser desonesto — falou.

Berrigan riu.

— Alívio?

— Ninguém tentando matar a gente, não ter escrúpulos quanto a aceitar milhares de guinéus? Eu diria que é um alívio. Meu problema, sargento, é que tive tanto medo de ser como o meu pai que decidi me comportar de modo absolutamente diverso. Decidi ser conscientemente virtuoso. Acho que foi por esse motivo que fiz isso.

Se Berrigan ficou surpreso ou incomodado com essa estranha revelação, não demonstrou. Em vez disso, pareceu interessado.

— Seu pai era desonesto?

Sandman assentiu.

— Se houvesse alguma justiça neste mundo, sargento, ele teria sido enforcado em Newgate. Ele não era um bandido como as pessoas que moram lá. Não roubava diligências, nem batia carteiras ou invadia casas, em vez disso colocava o dinheiro das pessoas em esquemas fraudulentos, e ainda estaria fazendo isso se não tivesse encontrado homens ainda mais espertos que fizeram o mesmo com ele. E ali estava eu, dizendo que era virtuoso, mas mesmo assim peguei o dinheiro dele durante toda a vida, não foi?

O sargento Berrigan baixou o cão da pistola, depois colocou a arma na mesa.

— Meu pai era honesto.

— Era? Não é mais?

Berrigan usou um isqueiro de pederneira para acender duas velas, depois levantou uma jarra de cerveja que tinha deixado escondida no chão.

— Meu pai morreu há dois anos. Era ferreiro em Putney e queria que eu aprendesse a profissão, mas claro que não quis. Eu sabia das coisas, não é? — Ele pareceu tristonho. — Queria que a vida fosse mais fácil do que ficar a vida inteira pondo ferraduras em cavalos e batendo correntes.

— Então entrou para o exército para escapar de ser ferreiro?

Berrigan riu.

— Entrei no exército para escapar de um enforcamento. — Ele serviu cerveja e empurrou uma caneca para Sandman. — Eu estava caçando Peter. Sabe o que é isso?

— Eu moro aqui, lembre-se — disse Sandman. Caçar Peter era cortar as bagagens das traseiras das diligências. E se fosse bem-feito, os cocheiros e passageiros não tinham idéia de que seus baús tinham sido arrancados do suporte. Para impedir isso, muitos cocheiros usavam correntes de aço para prender a bagagem, mas um bom caçador de Peter usava um pé-de-cabra para arrancar os grampos que prendiam as correntes ao chassis da carruagem.

— Eu fui apanhado, e o juiz disse que eu podia ser julgado ou entrar para o exército. E nove anos depois eu era sargento.

— E dos bons, não é?

— Eu era capaz de manter a ordem — disse Berrigan em tom inexpressivo.

— Eu também, por estranho que pareça. — E não era tão estranho quanto parecia. Muitos oficiais contavam com seus sargentos para manter a ordem, mas Sandman possuía uma autoridade natural e tranqüila. Tinha sido um bom oficial e sabia disso e, se fosse honesto consigo mesmo, sentia falta. Sentia falta da guerra, sentia falta das certezas do exército, sentia falta da empolgação das campanhas e sentia falta do companheirismo da tropa. — O melhor foi na Espanha — falou. — Tivemos um tempo muito feliz na Espanha. E também uns tempos pavorosos, claro, mas desses eu não lembro. Você esteve na Espanha?

— De mil oitocentos e doze a quatorze.

— Foram principalmente tempos bons. Mas odiei Waterloo.

O sargento assentiu.

— Foi ruim.

— Nunca estive tão apavorado na vida. — Sandman estivera tremendo quando a Guarda Imperial subiu o morro. Lembrou-se do braço direito estremecendo e de que sentira vergonha de demonstrar esse medo; até muito depois não lhe havia ocorrido que a maioria dos homens na encosta, e a maioria dos que vinham atacá-los, estavam também amedrontados e igualmente com vergonha do medo. — O ar estava quente como se a porta de um forno tivesse sido aberta. Lembra?

— Quente — concordou Berrigan, depois franziu a testa. — Um monte de gente quer o senhor morto, capitão.

— Isso me deixa confuso — admitiu Sandman. — Quando Skavadale me ofereceu aquele dinheiro eu me convenci de que ele ou lorde Robin tinha assassinado a condessa, mas agora? Agora há mais alguém por aí. Talvez esse outro seja o verdadeiro assassino, e o estranho é que não faço a mínima idéia de quem seja. A não ser que isto tenha a resposta. — Ele ergueu a carta que o senhorio lhe havia entregado. — Pode empurrar uma vela para cá?

A carta era escrita num papel verde-claro, numa letra que ele conhecia bem demais. Era de Eleanor, e ele se lembrou de como seu coração saltava sempre que as cartas dela chegavam, na Espanha ou na França. Agora rompeu o lacre de cera verde e desdobrou o papel fino. Esperava que a carta revelasse o paradeiro de Meg, mas em vez disso Eleanor pedia a Sandman para se encontrar com ela na manhã seguinte na confeitaria Gunter's, na praça Berkeley. Havia um pós-escrito: *Acho que talvez eu tenha novidades*, escrevera ela, mas nada além.

— Não — disse ele —, ainda não tenho a verdade, mas acho que logo terei. — Ele pousou a carta. — Você não deveria atirar em mim?

— Numa taverna? — Berrigan balançou a cabeça. — É melhor cortar sua garganta. É mais silencioso. Mas estou tentando decidir se a srta. Hood falaria comigo de novo depois disso.

— Duvido — disse Sandman com um sorriso.

— E na última vez em que estive do seu lado as coisas pareciam ruins, mas nós ganhamos.

— E contra a própria guarda do imperador.

— Por isso acho que estou do seu lado de novo, capitão.

Sandman sorriu e levantou a caneca numa saudação zombeteira.

— Mas, se não me matar, sargento, você poderá voltar ao Clube Serafins? Ou eles considerarão sua desobediência um motivo para demissão?

— Não posso voltar — disse Berrigan e sinalizou para uma bolsa pesada, um embornal e uma velha mochila do exército que estavam juntos no chão.

Sandman não demonstrou prazer nem surpresa. Estava satisfeito, mas não ficou surpreso porque, desde o início, tinha sentido que Berrigan procurava um modo de escapar do Serafins.

— Você espera algum pagamento?

— Vamos dividir a recompensa, capitão.

— Há uma recompensa?

— Quarenta libras, é o que os magistrados pagam para qualquer um que leve um criminoso de verdade. Quarenta. — Ele viu que o dinheiro da recompensa era novidade para Sandman e balançou a cabeça, incrédulo. — De que outro modo o senhor acha que os vigilantes ganham a vida?

Sandman se sentiu muito idiota.

— Eu não sabia.

Berrigan encheu as duas canecas de cerveja.

— Vinte para o senhor, capitão, e vinte para mim. — Ele riu. — Então, o que vamos fazer amanhã?

— Amanhã começaremos indo a Newgate. Depois vou me encontrar com uma dama e você vai... bem, não sei o que você vai fazer, mas veremos, não é? — Ele girou a cadeira quando a porta se abriu atrás.

— Inferno desgraçado. — Sally franziu a testa quando viu a pistola sobre a mesa, depois olhou furiosa para Berrigan. — Que diabos você está fazendo aqui?

— Vim jantar com você, claro.

Sally enrubesceu e Sandman olhou pela janela para não deixá-la sem graça, e refletiu que agora seus aliados consistiam em um reverendo aristocrata aleijado e com idéias radicais, uma atriz de língua afiada, um sargento bandido e, ele ousava esperar, Eleanor.

E juntos tinham apenas três dias para pegar um assassino.

6

Na manhã seguinte, estava chovendo quando Sandman e Berrigan foram à prisão de Newgate. Sandman continuava mancando muito, fazendo caretas sempre que apoiava o peso no pé esquerdo. Tinha enrolado uma bandagem apertada em volta da bota, mas o tornozelo ainda parecia fogo gelatinoso.

— O senhor não deveria estar andando — disse Berrigan.

— Eu não deveria ter andado quando torci o outro tornozelo em Burgos, mas era isso ou ser capturado pelos franceses. Portanto andei de volta até Portugal.

— O senhor, um oficial? — Berrigan achou curioso. — Não tinha cavalo?

— Emprestei meu cavalo a alguém que estava ferido de verdade.

Berrigan andou alguns passos em silêncio.

— Tínhamos um monte de bons oficiais, de verdade — falou depois de um tempo.

— E eu que achava que era único.

— Porque os maus oficiais não duravam muito — continuou Berrigan —, principalmente quando havia uma luta. É maravilhoso o que uma bala nas costas faz. — O sargento tinha dormido na sala dos fundos da Wheatsheaf depois de ficar claro que não seria convidado a compartilhar a cama de Sally, ainda que Sandman, olhando os dois durante a noite, tivesse achado que foi por pouco. Lorde Alexander, sem perceber que estava perdendo Sally para um rival plebeu, ficou olhando para ela numa admiração idiota até juntar coragem para contar uma piada, mas como a piada dependia da compreensão do gerúndio em latim para ser entendida, fracassou miseravelmente. Quando lorde Alexander finalmente caiu no sono, o sargento o conduziu até a carruagem, que o levou para casa.

— Esse sujeito sabe beber — tinha dito Berrigan com admiração.

— Ele não sabe beber — retrucara Sandman. — E esse é o problema.

Lorde Alexander, achava ele, sentia tédio, e o tédio o levava a beber, ao passo que Sandman sentia qualquer coisa, menos tédio. Permanecera acordado metade da noite tentando deduzir quem, além dos membros do Clube Serafins, poderia querê-lo morto, e só quando o sino da igreja de St. Paul tocou as duas horas a resposta lhe veio com uma clareza e uma força que o deixou com vergonha por não ter pensado numa solução tão óbvia. Contou a Berrigan enquanto andavam pela Holborn sob nuvens tão baixas que pareciam tocar as chaminés que arrotavam fumaça.

— Sei quem está pagando para me matarem.

— Não é o Clube Serafins — insistiu Berrigan. — Eles teriam me dito, para garantir que eu não ficasse no caminho de algum outro sujeito.

— Não é o clube, porque eles decidiram me subornar, mas o único sócio com dinheiro suficiente disponível era lorde Robin Holloway, e ele me detesta.

— Detesta mesmo. Mas todos colaboraram.

— Não. A maioria dos sócios está no campo, e não haveria tempo para falar com eles. Skavadale não tem dinheiro. Talvez um ou dois sócios que estejam em Londres tenham doado, mas aposto que a maior parte dos vinte mil veio de lorde Robin Holloway, e ele só fez isso porque Skavadale implorou, ordenou ou persuadiu, e acho que ele provavelmente concordou em me pagar, mas em particular arranjou para que me matassem antes que eu aceitasse ou, que Deus me perdoe, descontasse o dinheiro.

Berrigan pensou nisso, depois assentiu com relutância.

— Ele é capaz disso. É um sujeitinho nojento.

— Mas talvez chame de volta seus cães, agora que sabe que não vou pegar o dinheiro, não é?

— A não ser que ele tenha matado a condessa, e nesse caso talvez ainda queira acabar com o senhor. Que diabo está acontecendo aqui? — Sua pergunta foi provocada porque a única coisa se mexendo em Newgate Hill era um fio de água suja na sarjeta. As carroças e carruagens na rua estavam imóveis, todas obrigadas a parar por causa de um carroção que descarregava mudas de pêra na esquina da Old Bailey com a Newgate. Homens gritavam, chicotes estalavam, cavalos enterravam o focinho nos embornais de comida e nada se mexia. Berrigan balançou a cabeça. — Quem vai querer meia tonelada de pereiras?

— Alguém que goste de pêra?

— Alguém que precisa ter o cérebro estourado — resmungou o sargento, depois parou para olhar a fachada de granito da prisão de Newgate. O prédio era atarracado, sério e descarnado, com poucas janelas, sólido e proibitivo. A chuva estava caindo com mais força, mas o sargento continuava olhando num aparente fascínio. — É aí que eles são enforcados?

— Na frente da Porta dos Devedores, qualquer que seja ela.

— Nunca assisti a um enforcamento aqui — admitiu Berrigan.

— Nem eu.

— Já fui a um na prisão de Horsemonger Lane, mas eles são pendurados no telhado da guarita, e não dá para ver grande coisa da rua. Só um bocado de sacudidas. Mamãe costumava ir a Tyburn.

— Sua mãe?

— Para ela era um dia de folga. — Berrigan tinha ouvido a surpresa na voz de Sandman e ficou na defensiva. — Ela gosta de um dia de folga, a minha mãe, mas ela diz que a Old Bailey fica muito longe. Um dia vou alugar uma carruagem e trazer ela. — Ele riu enquanto subia a escadaria da prisão. — Sempre achei que eu iria terminar aqui.

Um carcereiro os acompanhou pelo túnel até o Pátio da Prensa e apontou para a grande cela onde os que seriam enforcados passavam as últimas noites.

— Se quiser ver um enforcamento — confidenciou a Sandman —, venha na segunda-feira, porque vamos livrar a Inglaterra de dois canalhas, mas não vai haver uma multidão. Pelo menos não muito grande, porque nenhum dos dois é o que o senhor chamaria de famoso. Quer uma multidão grande? Enforque alguém famoso, senhor, alguém famoso, ou então uma mulher. O Magpie and Stump vendeu cerveja equivalente a quinze dias na segunda-feira passada, e só porque a gente pendurou uma mulher. As pessoas gostam de ver uma mulher sendo estrangulada. Ouviu dizer como essa terminou?

— Terminou? — perguntou Sandman, perplexo com a pergunta. — Presumo que tenha morrido.

— Morreu e foi para os anatomistas, senhor, que gostam de uma novinha para retalhar, mas ela foi enforcada pelo roubo de um colar de pérolas, e ouvi dizer que a dona achou o colar na semana passada. — O homem deu um risinho. — Caído atrás de um sofá! Deve ser boato, claro, deve ser só boato. — Ele balançou a cabeça maravilhado com a arbitrariedade do destino. — Mas a vida é uma coisa estranha, não é?

— A morte é que é — disse Sandman amargamente.

O carcereiro começou a abrir o cadeado do portão que dava no Pátio da Prensa, sem perceber que sua grosseria tinha provocado a raiva de Sandman. Berrigan viu isso e tentou distrair o capitão.

— Então, por que vamos ver esse tal de Corday?

Sandman hesitou. Ainda não tinha contado ao sargento sobre Meg, a aia desaparecida, e tinha-lhe passado pela mente que talvez Berrigan não tivesse realmente mudado de lado. Será que o Clube Serafins o havia mandado como espião? Mas isso parecia improvável, e a mudança de ânimo do sargento parecia sincera, mesmo que fosse provocada mais pela atração por Sally do que por qualquer arrependimento.

— Houve uma testemunha — disse ele a Berrigan — e preciso saber mais sobre ela. E se encontrá-la... — Ele deixou o pensamento no ar.

— E se o senhor encontrá-la?

— Alguém vai ser enforcado, mas não Corday. — Ele assentiu rapidamente para o carcereiro que tinha destrancado o portão, depois guiou Berrigan pelo pátio fedorento até a Sala da Associação. O lugar estava apinhado porque a chuva levara os prisioneiros e seus visitantes para dentro, e eles encararam ressentidos Sandman e seu companheiro enquanto os dois abriam caminho entre as mesas até a parte dos fundos, nas sombras, onde Sandman esperava achar Corday. O artista evidentemente era um homem mudado, porque, em vez de se esconder dos perseguidores, agora estava cercado por admiradores na mesa mais próxima do fogo onde, com uma grossa pilha de papel e um pedaço de carvão, fazia o retrato de uma prisioneira. Uma pequena multidão o rodeava, admirando suas habilidades, e se separou com relutância para que Sandman passasse. Corday levou um pequeno susto de reconhecimento ao ver os visitantes, depois desviou o olhar rapidamente.

— Preciso trocar uma palavra com você — disse Sandman.

— Ele vai falar com você quando terminar. — Um homem enorme, de cabelos pretos, barba comprida e peito enorme rosnou de um banco ao lado de Corday. — E vai demorar um bom tempo para acabar, então esperem, meus camaradas, esperem.

— E quem é você? — perguntou Berrigan.

— Sou o sujeito que está mandando vocês esperarem. — O homem tinha um sotaque do West Country, roupas gordurosas e uma barba grossa e embolada. Enfiou um dedo no nariz amplo enquanto olhava beligerante para Berrigan, depois tirou-o e fez uma inspeção detalhada do que tinha recolhido. Limpou a unha na barba e em seguida olhou desafiadoramente para Sandman. — O tempo de Charlie é valioso — explicou. — E não resta muito.

— É a sua vida, Corday — disse Sandman.

— Não dê atenção a ele, Charlie! — disse o homenzarrão. — Você não tem amigos neste mundo maligno além de mim, e sei o que é... — Ele parou abruptamente e soltou um ruído ofegante, quase um miado, enquanto seus olhos se arregalavam em choque. O sargento Berrigan tinha parado atrás dele e agora fez um movimento brusco com a mão direita, obrigando o grandalhão a grunhir numa dor renovada.

— Sargento! — censurou Sandman num fingimento de preocupação.

— Só estou ensinando bons modos ao sujeito — disse Berrigan, e acertou pela segunda vez os rins do homem. — Quando o capitão quer trocar uma palavra, seu vagabundo melequento, você fica em posição de sentido, olhos para a frente, boca fechada, calcanhares juntos e costas retas! Não diz para ele esperar, isso não é educado.

Corday olhou ansioso para o barbudo.

— Você está bem?

— Ele vai ficar bem — respondeu Berrigan em nome da vítima. — Só converse com o capitão, garoto, porque ele está tentando salvar a porcaria da sua vida miserável. Quer brincar, meu chapa? — O barbudo tinha se levantado e tentado dar uma cotovelada na barriga de Berrigan, mas o sargento o acertou no ouvido, fez com que o homem tropeçasse e, enquanto ele ainda estava desequilibrado, acertou-o rapidamente com força, até ele cair sobre uma mesa. Berrigan bateu com a cabeça do grandalhão no tampo. — Fique aí, meu chapa, até a gente acabar. — Em seguida, deu um tapinha na nuca do sujeito, como encorajamento, e depois voltou à mesa de Corday. — Todos prontos para a revista, capitão — informou. — A postos e dispostos.

Sandman empurrou uma mulher para o lado, para sentar-se diante de Corday.

— Preciso falar com você sobre a aia — disse em voz baixa. — Sobre Meg. Será que sabe o sobrenome dela? Não? Então como era a aparência de Meg?

— Seu amigo não deveria ter batido nele! — Ainda distraído pela dor do companheiro, Corday reclamou com Sandman.

— Como era a porcaria da dona, meu filho? — gritou Berrigan em seu melhor estilo de sargento, e Corday estremeceu com horror súbito, depois colocou de lado o retrato inacabado e, sem dizer uma palavra, começou a desenhar numa folha limpa. Trabalhava depressa, com o carvão fazendo um ruído raspado no silêncio da sala enorme.

— Ela é jovem — disse Corday. — Uns vinte e quatro ou vinte e cinco anos. Tem pele marcada de varíola e cabelo cor de rato. Os olhos têm um tom esverdeado e ela tem um caroço aqui. — Ele fez uma marca na testa da garota. — Os dentes não são bons. Eu só desenhei o rosto, mas o senhor deve saber que ela tem quadris largos e peito estreito.

— Tetas pequenas, você quer dizer? — rosnou Berrigan.

Corday ruborizou.

— Ela era pequena acima da cintura, mas grande abaixo. — Ele terminou o desenho, franziu a testa para o papel durante um momento, depois assentiu satisfeito e entregou a folha a Sandman.

Sandman olhou o desenho. A garota era feia, e então pensou que ela era mais do que feia. Não era somente a pele com marcas de varíola, o queixo estreito, o cabelo ralo e os olhos pequenos, mas uma sugestão de dureza maliciosa que se acomodava estranhamente num rosto tão jovem. Se o retrato era preciso, Meg não era somente repulsiva, mas também maligna.

— Por que a condessa empregaria uma criatura assim? — perguntou.

— As duas trabalhavam juntas no teatro.

— Trabalhavam juntas? Meg era atriz? — Sandman estava perplexo.

— Não, era camareira. — Corday olhou o retrato e pareceu sem graça. — Acho que era mais do que camareira.

— Mais?

— Era uma alcoviteira — disse Corday, erguendo os olhos para Sandman.

— Como sabe?

O pintor deu de ombros.

— É estranho como as pessoas falam quando a gente está fazendo o retrato delas. Esquecem até que a gente está lá. A gente simplesmente se transforma em parte da mobília. Então a condessa e Meg conversavam, e eu ouvia.

— Você sabia que não foi o conde quem encomendou o retrato?

— Não? — Isso era claramente novidade para Corday. — *Sir* George disse que ele encomendou.

Sandman balançou a cabeça.

— Foi encomendado pelo Clube Serafins. Já ouviu falar?

— Ouvi, mas nunca estive lá.

— Então você não saberia quem encomendou o retrato?

— Como iria saber?

Berrigan tinha vindo para o lado de Sandman. Fez uma careta ao ver o retrato de Meg, e Sandman virou o desenho para que Berrigan pudesse observar melhor.

— Você já viu essa mulher? — perguntou, imaginando se a garota já teria sido levada ao Clube Serafins, mas Berrigan balançou a cabeça.

Sandman olhou de volta para Corday.

— Há uma chance de que nós a encontremos.

— Uma boa chance? — Os olhos de Corday estavam brilhando.

— Não sei. — Sandman viu a esperança desbotar nos olhos de Corday. — Você tem tinta aqui? Uma pena?

Corday tinha as duas coisas, e Sandman rasgou ao meio um dos grandes pedaços de papel de desenho, molhou a pena de aço na tinta, tirou o excesso e começou a escrever. "Caro Witherspoon, o portador desta carta, o sargento Samuel Berrigan, é meu companheiro. Serviu no Primeiro Regimento de Guardas de Infantaria e confio nele absolutamente." Sandman não estava certo de que essas quatro últimas palavras fossem totalmente verdadeiras, mas agora tinha pouca opção além de presumir que Berrigan era digno de confiança. Mergulhou de novo a pena na tinta, consciente de que Corday estava lendo as palavras do outro lado da mesa. "Existe a possibilidade lamentável de que eu possa ter de me comunicar com o lorde no próximo domingo e, presumindo que o lorde não esteja no Ministério do Interior nesse dia, peço que me diga onde ele pode ser encontrado. Peço desculpas por tomar seu tempo, e garanto que só faço isso porque tenho questões da maior urgência a informar." Sandman leu a carta, assinou e soprou para secar a tinta.

— Ele não vai gostar disso — falou a ninguém em particular, depois dobrou a carta e se levantou.

— Capitão! — Os olhos de Corday apelaram, cheios de lágrimas.

Sandman sabia o que o rapaz queria ouvir, mas não podia lhe oferecer qualquer garantia.

— Estou fazendo o máximo — disse debilmente —, mas não posso prometer coisa alguma.

— Você vai ficar bem, Charlie — o barbudo do West Country consolou Corday, e Sandman, que não podia acrescentar mais nada de útil, enfiou o retrato dentro da casaca e guiou Berrigan de volta para a entrada da prisão.

O sargento balançou a cabeça num espanto aparente quando eles chegaram à Guarita.

— O senhor não me disse que ele era uma porcaria de uma fada!

— Isso importa?

— Seria bom pensar que estávamos nos esforçando em favor de um homem de verdade — resmungou Berrigan.

— Ele é um pintor muito bom.

— Meu irmão também é.

— É?

— Ele é pintor de paredes, capitão. Calhas, portas e janelas. E não é uma fada que nem aquele vermezinho.

Sandman abriu a porta externa da prisão e estremeceu ao ver a chuva forte.

— Eu também não gosto muito de Corday — confessou —, mas ele é inocente, sargento, e não merece a corda.

— A maioria dos que são enforcados não merece.

— Talvez. Mas Corday é nosso, sendo fada ou não. — Ele entregou a carta dobrada a Berrigan. — Ministério do Interior. Peça para ver um homem chamado Sebastian Witherspoon, entregue isso, depois encontre-se comigo na Gunter's, na Berkeley Square.

— E tudo por uma porcaria de uma fada, não é? — perguntou Berrigan, depois enfiou a carta num bolso e, com uma careta diante da chuva, foi para o meio do tráfego. Sandman, mancando dolorosamente, andou mais devagar.

Temia que a chuva tivesse persuadido Eleanor e sua mãe a abandonar a expedição, mas assim mesmo foi até a Berkeley Square, e estava encharcado quando chegou à porta da Gunter's. Havia um lacaio sob o abrigo do toldo da loja e olhou de soslaio para o sobretudo maltrapilho de Sandman, depois abriu a porta com relutância, como se quisesse dar tempo para o recém-chegado refletir se realmente desejava entrar.

A frente da loja era feita de duas vitrines amplas atrás das quais havia balcões dourados e amplos candelabros que tinham sido acesos porque o dia estava muito escuro. Uma dúzia de mulheres comprava os famosos produtos da Gunter's: chocolates, esculturas de merengue e guloseimas de algodão-doce, marzipã e frutas cristalizadas. A conversa parou quando Sandman entrou. As mulheres o olharam enquanto ele encharcava o chão de ladrilhos, depois recomeçaram a conversar enquanto ele ia até o salão dos fundos, onde havia umas vinte mesas sob a ampla clarabóia de vitral. Eleanor não estava em nenhuma dentre a meia dúzia de mesas ocupadas, por isso Sandman pendurou o sobretudo e o chapéu num cabide de madeira torcida e ocupou uma cadeira nos fundos da sala, onde ficou meio escondido por uma coluna. Pediu café e um exemplar do *Morning Chronicle*.

Leu preguiçosamente o jornal. Tinha havido mais incêndios criminosos em Sussex, um tumulto por pão em Newcastle e três moinhos foram queimados e tiveram suas máquinas quebradas em Derbyshire. A milícia fora convocada para manter a paz em Manchester, onde a farinha era vendida a quatro xelins e nove *pence* cada *stone*, ou 6, 35 quilos. Os magistrados em Lancashire pediam ao secretário do Interior para suspender o *habeas corpus* como meio de restaurar a ordem. Sandman olhou para o relógio e viu que Eleanor já estava dez minutos atrasada. Bebericou o café e se sentiu desconfortável porque a cadeira e a mesa eram pequenas demais, fazendo-o parecer que estava empoleirado numa sala de aula. Olhou de novo para o jornal. Um rio tinha sofrido inundação na Prússia, e temia-se que pelo menos cem pessoas tivessem se afogado. O baleeiro *Lydia*, que partira de Whitehaven, fora dado como perdido junto com todos os marinheiros perto dos Grandes Bancos. O navio da Companhia das Índias Ocidentais *Calliope* tinha chegado ao porto de Londres com uma carga de porcelana, gengibre, índigo e noz-moscada. Um tumulto no Teatro Covent Garden tinha deixado cabeças e ossos quebrados, mas sem qualquer baixa séria. Os informes de que um tiro fora disparado no teatro eram negados pelos administradores. Houve estalos de passos, um sopro de perfume e uma sombra súbita caiu sobre o jornal.

— Você está tristonho, Rider — disse a voz de Eleanor.

— Não há boas notícias — disse ele, ficando de pé. Olhou-a e sentiu que o coração falhava, de modo que mal podia falar. — Na verdade, não há notícias boas em nenhum lugar do mundo — conseguiu dizer.

— Então temos de criar algumas, você e eu. — Ela entregou um guarda-chuva e o casaco úmido a uma das garçonetes, depois chegou perto de Sandman e plantou um beijo em sua bochecha. — Acho que continuo com raiva de você — disse em voz baixa, ainda de pé.

— Comigo?

— Por ter vindo a Londres sem me dizer.

— Nosso noivado está rompido, lembra?

— Ah, praticamente me esqueci — disse ela acidamente, depois olhou para as outras mesas. — Estou causando escândalo, Rider, ao ser vista sozinha com um homem molhado. — Ela o beijou de novo, depois recuou para que ele pudesse lhe puxar uma cadeira. — Então deixe que tenham um escândalo, e terei um dos sorvetes de baunilha com chocolate em pó e amêndoas picadas. E você também.

— Estou contente com o café.

— Bobagem, você vai querer o que for posto na sua frente. Está magro demais. — Ela se sentou e tirou uma das luvas. Seu cabelo ruivo estava puxado para dentro de um pequeno chapéu preto enfeitado com minúsculas contas negras e uma pluma discreta. O vestido era marrom-escuro, com um padrão de flores quase imperceptível trabalhado em fios pretos, e tinha gola alta. Era discreto, quase simples, e enfeitado apenas com um pequeno broche preto, mas de algum modo ela parecia mais atraente do que as dançarinas pouco vestidas que tinham se espalhado quando Sandman pulou no palco na véspera. — Mamãe está tirando as medidas para um novo espartilho — disse Eleanor, fingindo não notar sua inspeção — de modo que vai demorar pelo menos duas horas. Ela acha que estou na Massingberds, escolhendo um chapéu. Minha criada Lizzie está me acompanhando, mas a subornei com dois xelins e ela foi ver a mulher da cabeça de porco no Lyceum.

— Cabeça de porco? Você quer dizer que ela mora numa casa de cômodos?

— Não seja bobo, Rider. A mulher é feia como um porco. Come num cocho, pelo que dizem, e tem bigodes cor-de-rosa espetados. Parece uma fera muito improvável, mas Lizzie ficou encantada com a perspectiva e me senti bastante tentada a ir também, mas em vez disso estou aqui. Vi você mancando?

— Torci o tornozelo ontem — disse ele, depois teve de contar toda a história que, claro, encantou Eleanor.

— Estou com inveja — disse ela quando ele terminou. — Minha vida é tão chata! Eu não pulo em palcos perseguida por bandidos! Estou morrendo de inveja.

— Mas você tem novidades?

— Acho que sim. É, tenho mesmo. — Eleanor se virou para a garçonete e pediu chá, o sorvete de baunilha com chocolate e amêndoas e, como um pensamento de última hora, biscoitinhos de conhaque. — Eles têm um depósito de gelo nos fundos — disse a Sandman quando a garota tinha se afastado — e pedi para vê-lo há algumas semanas. É como um porão com uma cúpula, e em todos os invernos eles trazem o gelo da Escócia, embalado com serragem, e ele permanece sólido por todo o verão. Havia um rato congelado entre dois blocos, e eles ficaram muito sem graça com isso.

— Imagino que sim. — De repente Sandman ficou com uma enorme consciência de sua condição precária, dos punhos puídos da casaca e da costura malfeita na parte de cima das botas. Tinham sido botas boas, da Kennets da Silver Street, mas até mesmo as melhores botas precisavam de cuidados. Simplesmente permanecer vestido de modo respeitável requeria pelo menos uma hora por dia, e Sandman não tinha essa hora.

— Tentei persuadir papai a construir um depósito de gelo — disse Eleanor — mas ele só ficou carrancudo e reclamou do gasto. Atualmente ele está com um dos seus ataques de economia, por isso falei que iria lhe economizar o custo de um casamento na sociedade.

Sandman encarou os olhos cinza-esverdeados dela, imaginando que mensagem era transmitida em sua aparente conversa fiada.

— Ele ficou satisfeito?

— Só murmurou que a prudência é uma das virtudes. Acho que ficou embaraçado com a oferta.

— Como você iria economizar esse gasto? Permanecendo solteira?

— Fugindo — disse Eleanor, com o olhar muito firme.

— Com lorde Eagleton?

O riso de Eleanor encheu o grande espaço da sala dos fundos da Gunter's, causando um silêncio momentâneo nas outras mesas.

— Eagleton é um chato! — falou alto demais. — Mamãe ficou muito ansiosa com a idéia de eu me casar com ele porque com o tempo eu seria uma *lady* e mamãe seria insuportável. Não diga que imaginou que eu estava noiva dele?

— Ouvi dizer que estava. Ouvi dizer que seu retrato era um presente para o lorde.

— Mamãe disse que nós deveríamos dar a ele, mas papai o quer. Mamãe só deseja que eu me case com um título, não importa qual, ou quem seja, e lorde Eagleton quer se casar comigo, o que é tedioso porque eu não o suporto. Ele funga antes de falar. — Ela deu uma fungada. — Cara Eleanor — e fungou —, como você está encantadora — fungou de novo. — Posso ver a lua refletida nos seus olhos — fungou.

Sandman ficou sério.

— Eu nunca lhe disse que vi a lua refletida em seus olhos. Acho que foi uma falha da minha parte.

Os dois se entreolharam e explodiram numa gargalhada. Sempre tinham sido capazes de rir desde o dia em que se conheceram, quando Sandman acabara de chegar em casa depois de ter sido ferido em Salamanca. Eleanor tinha apenas vinte anos e era decidida a não se impressionar com um soldado, mas o soldado a fizera rir e ainda conseguia, assim como ela conseguia diverti-lo.

— Acho — disse Eleanor — que Eagleton passou uma semana ensaiando as palavras sobre a lua, mas estragou tudo fungando. Verdade, Rider, conversar com Eagleton é como conversar com um cãozinho asmático. Mamãe e ele parecem acreditar que, se desejarem por tempo suficiente, vou me render às fungadas, e eu soube de um boato de que nosso noivado fora marcado, por isso mandei deliberadamente Alexander informá-lo de que eu não ia me casar com o lorde fungador. Agora, pelo visto, fico sabendo que Alexander não lhe contou.

— Infelizmente não.

— Mas eu disse claramente! — reagiu Eleanor, indignada. — Encontrei-me com ele no Salão Egípcio.

— Isso ele disse, mas esqueceu o recado que você tinha dado. Ele teria esquecido o motivo de ter ido ao Salão Egípcio.

— Para uma palestra dada por um tal de professor Popkin, sobre a recém-descoberta localização do Jardim do Éden. Ele quer que acreditemos que o paraíso pode ser encontrado na confluência dos rios Ohio e Mississippi. Informou que uma vez comeu uma excelente maçã por lá.

— Isso parece uma prova positiva — disse Sandman, sério. — E ele ficou sábio depois de comer a fruta?

— Ficou erudito, estudado, sagaz e esperto — disse Eleanor e Sandman viu lágrimas nos olhos dela. — E nos encorajou a nos desenraizarmos e o seguirmos até esse novo mundo de leite, mel e maçãs. Gostaria de ir para lá, Rider?

— Com você?

— Poderíamos viver nus junto aos rios — disse Eleanor, enquanto uma lágrima escapava e escorria pela bochecha —, inocentes como bebês e evitando serpentes. — Ela não conseguiu continuar e baixou o rosto, para que ele não visse as lágrimas. — Sinto muito, Rider — disse em voz baixa.

— O quê?

— Eu nunca deveria ter deixado mamãe me persuadir a romper o noivado. Ela disse que a desgraça de sua família era absoluta demais, mas isso é absurdo.

— A desgraça é terrível — admitiu Sandman.

— Mas foi o seu pai. Não você!

— Algumas vezes acho que sou muito parecido com o meu pai.

— Então ele era um homem melhor do que eu imaginava — retrucou Eleanor com ferocidade, depois enxugou os olhos com um lenço. A garçonete trouxe os sorvetes e os biscoitinhos de conhaque e, imaginando que Eleanor havia se incomodado com alguma coisa dita por Sandman, lançou-lhe um olhar cheio de reprovação. Eleanor esperou que a garota se afastasse e disse: — Odeio chorar.

— Você raramente faz isso.

— Nestes seis meses andei chorando como uma fonte. — Em seguida levantou os olhos para ele. — Ontem à noite eu disse a mamãe que me considero sua noiva.

— Sinto-me honrado.

— Você deveria dizer que o sentimento é mútuo.

Sandman deu um meio sorriso.

— Eu gostaria que estivéssemos noivos, verdade.

— Papai não vai se importar, pelo menos acho que não vai.

— Mas sua mãe vai?

— Vai! Quando lhe contei meus sentimentos ontem à noite, ela insistiu em que eu fosse visitar o dr. Harriman. Já ouviu falar nele? Claro que não. Segundo mamãe ele é especialista em histeria feminina, e é considerado uma grande honra ser examinada por ele. Mas eu não preciso! Não estou histérica, estou meramente, inconvenientemente, apaixonada por você, e se o desgraçado do seu pai não tivesse se matado já estaríamos casados. Eu invejo os homens.

— Por quê?

— Eles podem xingar e ninguém levanta uma sobrancelha.

— Xingue, minha cara.

Eleanor xingou, depois riu.

— Isso foi muito bom. Minha nossa, um dia vamos estar casados e vou xingar demais e você vai se entediar comigo. — Ela fungou, depois suspirou enquanto provava o sorvete. — Isto é o verdadeiro paraíso — falou, cutucando o sorvete com a comprida colher de prata — e juro que nada que exista na confluência entre os rios Ohio e Mississippi pode rivalizar. Pobre Rider. Você nem deveria pensar em se casar comigo. Deveria tirar o chapéu para Caroline Standish.

— Caroline Standish? Nunca ouvi falar. — Ele experimentou o sorvete e, como Eleanor tinha dito, era puro paraíso.

— Caroline Standish talvez seja a herdeira mais rica da Inglaterra, Rider, e também é uma garota muito bonita, mas devo alertar que ela é metodista. Cabelos dourados, maldita seja, um rosto realmente lindo e provavelmente com trinta mil por ano. Mas o ponto negativo é que você não pode beber álcool na presença dela, nem fumar, nem blasfemar, nem cheirar rapé, e não se divertir realmente de modo algum. O pai dela ganhou dinheiro com cerâmica, mas agora eles vivem em Londres e freqüentam aquela capelazinha vulgar em Spring Gardens. Tenho certeza de que você pode atrair o olhar dela.

— Tenho certeza de que sim — disse Sandman com um sorriso.

— E tenho certeza de que ela aprovará o críquete, desde que você não jogue no sábado. Você ainda se dedica ao críquete, Rider?

— Não tanto quanto Alexander gostaria.

— Dizem que lorde Frederick Beauclerk ganha seiscentos por ano apostando no críquete. Você poderia fazer isso?

— Sou melhor rebatedor do que ele — disse Sandman com bastante sinceridade. Lorde Frederick, amigo de lorde Alexander e, como ele, um aristocrata pertencente à igreja, era secretário do Clube de Críquete Marylebone e jogava no campo de Thomas Lord. — Mas sou pior apostador. Além disso, Beauclerk aposta dinheiro que ele pode se dar ao luxo de perder, e não tenho esse tipo de verba.

— Então se case com a piedosa srta. Standish. Veja bem, há o pequeno inconveniente de que ela já está prometida, mas correm boatos de que não está totalmente convencida de que o futuro duque de Ripon seja tão santo quanto aparenta. Ele vai à capela de Spring Gardens, mas suspeitamos de que é só para poder arrancar as plumas douradas dela assim que se casar.

— O futuro duque de Ripon?

— Ele tem seu próprio título, claro, mas não consigo lembrar. Mamãe deve saber.

Sandman ficou muito imóvel.

— Ripon?

— Uma cidade com catedral em Yorkshire, Rider.

— Marquês de Skavadale é o título usado pelo herdeiro do ducado de Ripon.

— É ele! Muito bem! — Eleanor franziu a testa para Sandman. — Eu disse alguma coisa errada?

— Skavadale não é nem um pouco santo — disse Sandman e se lembrou do conde de Avebury descrevendo como sua esposa tinha chantageado rapazes da cidade. Será que Skavadale fora chantageado pela condessa? Todo mundo sabia que Skavadale estava sem dinheiro e que as propriedades de seu pai estavam evidentemente hipotecadas até o limite, mas ele conseguira ficar noivo da herdeira mais rica da Inglaterra, e se estivesse mergulhando nas águas da condessa ela certamente iria considerá-lo um belo alvo para a chantagem. A família dele podia ter perdido a maior parte da fortuna, mas restariam alguns fundos e haveria porcelana, prata e pinturas que poderiam ser vendidas; mais do que o suficiente para contentar a condessa.

— Você está me confundindo — reclamou Eleanor.

— Acho que o marquês de Skavadale é o assassino. Ele ou um de seus amigos. — Se Sandman fosse obrigado a apostar dinheiro na identidade do assassino, teria escolhido lorde Robin Holloway e não o marquês, mas tinha bastante certeza de que era um deles.

— Então você não precisa saber o que Lizzie descobriu? — perguntou Eleanor, cheia de desapontamento.

— Sua criada? Claro que quero saber. Preciso saber.

— Meg não era muito popular com os outros empregados. Eles achavam que ela era uma bruxa.

— Ela parece.

— Você já a encontrou? — perguntou Eleanor, empolgada.

— Não, mas vi um retrato.

— Hoje em dia parece que todo mundo posa.

— Este retrato. — Sandman pegou o desenho dentro da casaca e mostrou a Eleanor.

— Rider, você não acha que ela é a mulher com cara de porco, acha? Não, não pode ser, ela não tem bigode. Coitada, ser tão feia. — Eleanor olhou o desenho durante longo tempo, depois enrolou-o e empurrou na direção de Sandman. — O que eu estava dizendo? Ah, sim, Lizzie descobriu que Meg foi levada da casa da condessa por uma carruagem que tinha um brasão estranho pintado na porta. Não era um brasão completo, só um

201

O CONDENADO

escudo com campo vermelho decorado com um anjo dourado. — Eleanor partiu um biscoitinho de conhaque. — Perguntei a Hammond se ele conhecia esse escudo, e ele ficou muito refinado. "Um campo goles, srta. Forrest", corrigiu ele, "com um anjo de ouro." Mas, espantosamente, Hammond não sabia a quem pertencia e, em conseqüência, ficou muito perturbado.

Sandman sorriu ao pensar que o mordomo de *sir* Forrest era incapaz de identificar um brasão.

— Ele não deveria ficar perturbado, porque duvido de que o College of Arms tenha autorizado esse brasão. É o distintivo do Clube Serafins.

Eleanor fez uma careta, lembrando-se do que Sandman tinha contado e ela e ao pai sobre o Serafins.

— E o marquês de Skavadale — disse ela em voz baixa — é sócio do Clube Serafins?

— É.

Ela franziu a testa.

— Então ele é o seu assassino? É tão fácil assim?

— Os membros do Clube Serafins se consideram acima da lei. Acreditam que sua posição social, seu dinheiro e seu privilégio vão mantê-los em segurança. E podem muito bem estar certos, a não ser que eu encontre Meg.

— Se Meg estiver viva — disse Eleanor em voz baixa.

— Se Meg estiver viva.

Eleanor olhou para Sandman e seus olhos pareciam luminosos e grandes.

— Agora estou me sentindo muito egoísta — disse ela.

— Por quê?

— Preocupando-me com meus pequenos problemas quando você tem de encontrar um assassino.

— Seus problemas são pequenos? — perguntou Sandman com um sorriso.

Eleanor não devolveu o sorriso.

— Não estou disposta a desistir de você, Rider. Eu tentei.

Sandman sabia quanto esforço tinha custado dizer essas palavras, por isso pegou a mão dela e beijou os dedos.

— Eu nunca desisti de você, e na semana que vem falarei de novo com seu pai.

— E se ele disser que não? — Ela agarrou seus dedos.

— Então vamos para a Escócia. Vamos para a Escócia.

Eleanor segurou a mão dele com força. Sorriu.

— Rider? Meu prudente, comportado e honrado Rider? Você fugiria comigo?

Ele devolveu o sorriso.

— Ultimamente, minha cara, venho pensando naquela tarde e na noite que passei sobre a encosta em Waterloo, e me lembro de ter tomado uma decisão, e é uma decisão que vivo constantemente no perigo de esquecer. Prometi a mim mesmo que, se sobrevivesse àquele dia, não morreria com arrependimentos. Não morreria com anseios, sonhos e desejos não realizados. De modo que sim: se o seu pai se recusar a deixar que nos casemos, eu a levo para a Escócia, e que o diabo cuide do resto.

— Porque sou seu anseio, sonho e desejo? — perguntou Eleanor com lágrimas nos olhos e um sorriso no rosto.

— Porque você é todas essas coisas, e além disso a amo.

E o sargento Berrigan, pingando água da chuva e rindo de deleite ao descobrir Sandman em momento tão delicado, estava subitamente junto deles.

O sargento começou a assoviar "Spanish Ladies" enquanto eles começavam a subir o Hay Hill na direção da velha rua Bond. Era um assovio alegre, proclamando que ele não estava nem um pouco interessado no que tinha acabado de ver, e um assovio calculado que, no exército, seria reconhecido como totalmente insubordinado mas impossível de ser punido. Sandman, ainda mancando, riu.

— Eu já fui noivo da srta. Forrest, sargento.

— Aquela carruagem ali é alemã, capitão, está vendo? Uma porcaria pesadíssima. — Berrigan continuava fingindo desinteresse, apontando para uma carruagem enorme que deslizava perigosamente nas pedras escorregadias da colina molhada de chuva. O cocheiro estava puxando o freio, os cavalos patinhando nervosos, mas então as rodas bateram no meio-fio e firmaram o veículo. — Não deviam ter permissão, essas porcarias de carruagens estrangeiras estão estragando nossas ruas. Eles deveriam cobrar os olhos da cara em impostos ou então mandar essas porcarias de volta para o outro lado do canal, que é o lugar delas.

— E a srta. Forrest rompeu o noivado porque os pais não queriam que ela se casasse com um pobre. De modo que agora, sargento, você sabe de tudo.

— Não me pareceu muito um noivado rompido, senhor. A moça olhando nos seus olhos como se o sol, a lua e as estrelas estivessem presos ali.

— É, bem. A vida é complicada.

— Eu não tinha percebido — disse Berrigan sarcasticamente. Ele fez uma careta para o tempo, ainda que agora a chuva estivesse fraca, e não cascateando. — E por falar em complicações, o sr. Sebastian Witherspoon não ficou feliz. Nem um pouco feliz. De fato, se eu tivesse de ser exato, ele ficou numa chateação dos diabos.

— Ah! O sujeito percebeu que não estou me comportando como ele esperava?

— Ele queria saber o que o senhor estava aprontando, capitão, por isso eu disse que não sabia.

— E ele certamente se recusou a aceitar essa afirmação, não é?

— Ele podia fazer o que quisesse, capitão, mas eu só lhe dizia sim, senhor, não, senhor, não sei absolutamente nada, senhor, enfia no seu beco dos fundos, senhor, e vá para o inferno, senhor, mas tudo de modo profundamente respeitoso.

— Em outras palavras, você se comportou como um sargento? — Sandman riu de novo. Lembrou-se da insolência subserviente de seus próprios sargentos; uma aparente cooperação mascarando uma profunda intransigência. — Mas ele lhe disse onde o secretário do Interior estará no domingo?

— O lorde não estará em casa, capitão, porque os construtores estarão colocando uma escada nova em sua casa, eles prometeram terminar em maio passado e ainda nem pintaram, de modo que o lorde está pegando uma casa emprestada na rua Great George. O sr. Witherspoon disse que espera não vê-lo nem tão cedo e que, de qualquer modo, o lorde não irá lhe agradecer por perturbá-lo num domingo, uma vez que o lorde é temente a Deus, e que de qualquer modo o sr. Witherspoon, como seu santo lorde, confia em que a porcaria da fada vá ser pendurada pelo pescoço até estar pra lá de morto, como o desgraçado merece.

— Tenho certeza de que ele não disse isso.

— Não exatamente — admitiu Berrigan, todo animado. — Mas eu disse, e o sr. Witherspoon começou a pensar bem a meu respeito. Mais alguns minutos e ele iria lhe dar um chute na bunda e me tornaria o investigador.

— Então que Deus ajude Corday, não é?

— Aquele veadinho iria tão depressa para o cadafalso que os dedinhos dos pés nem iam tocar no chão — disse Berrigan, feliz. — Então, aonde estamos indo agora?

— Vamos ver *sir* George Phillips, porque quero saber se ele pode me dizer exatamente quem encomendou o retrato da condessa. Se soubermos o nome desse homem, sargento, teremos o nosso assassino.

— O senhor espera — disse Berrigan em dúvida.

— A srta. Hood também está no estúdio de *sir* George. Ela posa para ele.

— Ah! — Berrigan se animou.

— E mesmo que *sir* George não conte, também fiquei sabendo que minha única testemunha foi levada na carruagem do Clube Serafins.

— Uma das carruagens — corrigiu Berrigan. — Eles têm duas.

— Então presumo que um dos cocheiros do clube possa nos dizer para onde a levaram.

— Imagino que sim, mas talvez precise de alguma persuasão.

— Uma perspectiva agradável — disse Sandman, chegando à porta ao lado da joalheria. Bateu e, como antes, Sammy, o pajem negro, atendeu e imediatamente tentou fechá-la. Sandman abriu caminho à força. —

Diga a *sir* George — falou imperiosamente — que o capitão Rider Sandman e o sargento Samuel Berrigan vieram conversar com ele.

— Ele não quer conversar com o senhor.

— Vá dizer, criança!

Em vez disso, Sammy fez uma tentativa mal avaliada de passar por Sandman até a rua, mas foi apanhado pelo sargento Berrigan, que levantou o garoto e bateu com ele contra o portal.

— Aonde você estava indo, garoto? — perguntou Berrigan.

— Por que não vai se catar? — disse Sammy em desafio, depois gritou: — Eu não estava indo a lugar nenhum! — Berrigan recuou o punho outra vez. — Ele me disse que se o senhor viesse de novo — disse o garoto depressa — eu deveria sair e procurar ajuda.

— No Clube Serafins? — perguntou Sandman e o garoto assentiu.
— Segure-o, sargento — disse Sandman, depois começou a subir a escada.
— Fi, fá, fô, fã! — entoou a plenos pulmões. — Estou sentindo cheiro de sangue de um inglês! — Estava fazendo aquele barulho para alertar Sally, de modo que o sargento Berrigan não a visse nua. Sandman não tinha dúvida de que Berrigan conseguiria esse acepipe em breve, mas também não tinha dúvida de que Sally gostaria de decidir quando. — *Sir* George! — berrou ele. — Está aí?

— Quem é, diabos? — gritou *sir* George. — Sammy?

— Sammy é prisioneiro — gritou Sandman.

— Pelos bagos de Deus! É você? — Para um homem gordo, *sir* George se movia com velocidade notável, indo até um armário onde pegou uma pistola de cano longo. Correu com ela até o topo da escada e apontou-a para Sandman. — Pare aí, capitão, ou correrá perigo de vida! — rosnou.

Sandman olhou para a pistola e continuou subindo.

— Não seja tão idiota — disse em tom cansado. — Atire em mim, *sir* George, e terá de atirar no sargento Berrigan, e depois terá de manter Sally quieta. Isso significa atirar nela, então terá três cadáveres nas mãos. — Ele subiu os últimos degraus e, sem se abalar, tirou a pistola da mão do pintor. — É sempre melhor engatilhar as armas se quiser parecer realmente ameaçador — acrescentou, depois se virou e assentiu para

Berrigan. — Permita-me apresentar o sargento Berrigan, que já foi do Primeiro Regimento de Guardas de Infantaria, depois do Clube Serafins, mas agora é voluntário em meu exército do dever cumprido. — Sandman viu, com alívio, que Sally tinha recebido alerta suficiente para colocar uma capa. Ele tirou o chapéu e fez uma reverência a ela. — Srta. Hood, meus respeitos.

— Então ainda está mancando? — perguntou Sally, depois ruborizou quando o sargento Berrigan chegou.

— Ele está me machucando, diabo! — reclamou Sammy.

— Vou matar você, diabo, se não calar a boca — rosnou Berrigan, depois acenou para Sally. — Srta. Hood — disse, depois viu a tela e seus olhos se arregalaram de admiração, e Sally ruborizou ainda mais.

— Pode largar o Sammy — disse Sandman a Berrigan — porque ele não vai pedir ajuda.

— Ele vai fazer o que eu mandar! — disse *sir* George com beligerância.

Sandman foi até a pintura e olhou a figura central de Nelson, e pensou que, desde a morte do almirante, os pintores e gravadores vinham tornando o herói ainda mais frágil, de modo que agora era quase uma figura espectral.

— Se o senhor mandar Sammy pedir ajuda, *sir* George, espalharei aos quatro ventos que seu estúdio engana mulheres, que o senhor as pinta vestidas e, quando elas se afastam, o senhor as transforma em nuas. — Ele se virou e sorriu para o pintor. — O que isso fará com os seus preços?

— Vai duplicá-los! — disse *sir* George em desafio, depois viu que a ameaça de Sandman era real, e pareceu desinflar como uma bexiga furada. Balançou a mão suja de tinta para o garoto negro. — Você não vai a lugar nenhum, Sammy.

Berrigan pôs o garoto no chão.

— Em vez disso pode fazer um pouco de chá — disse Sandman.

— Eu ajudo você, Sammy — ofereceu-se Sally e seguiu o garoto escada abaixo. Sandman suspeitou de que ela ia se vestir.

Sandman se virou para *sir* George.

— O senhor é um velho, *sir* George, é gordo e bêbado. Sua mão treme. O senhor ainda pode pintar, mas por quanto tempo? Agora está vivendo da reputação, mas eu posso arruiná-la. Posso garantir que homens como *sir* Henry Forrest nunca o contratem de novo para pintar suas esposas ou filhas, por medo de que fará com elas o que teria feito com a condessa de Avebury.

— Eu nunca faria isso com... — começou *sir* George.

— Fique quieto. E posso colocar no meu relatório ao secretário do Interior que o senhor escondeu deliberadamente a verdade. — Essa, de fato, era uma ameaça muito menor, mas *sir* George não sabia. Só temia o processo, o banco dos réus e a prisão. Ou talvez visse o transporte para a Austrália, porque começou a tremer num terror sem disfarces. — Eu sei que o senhor mentiu, então agora vai me dizer a verdade.

— E se fizer isso?

— Então o sargento Berrigan e eu não contaremos a ninguém. Por que iríamos nos importar com o que acontece com o senhor? Sei que não matou a condessa, e essa é a única pessoa em que estou interessado. Então nos conte a verdade, *sir* George, e irei deixá-lo em paz.

Sir George se deixou afundar num banco. Os aprendizes e os dois homens que representavam Nelson e Netuno o olharam até ele rosnar para que descessem. Só quando tinham saído ele olhou para Sandman.

— O Clube Serafins encomendou a pintura.

— Sei disso. — Sandman foi até os fundos do estúdio, passando pela mesa cheia de trapos, pincéis e frascos. Estava procurando o retrato de Eleanor, mas não pôde ver. Virou-se de novo. — O que quero saber, *sir* George, é quem, do clube, o encomendou.

— Não sei. Verdade! Não sei! — Ele estava implorando, com o medo quase tangível. — Eram dez ou onze. Não lembro.

— Dez ou onze?

— Sentados a uma mesa, como na Última Ceia, só que sem Cristo. Disseram que queriam a pintura para sua galeria e prometeram que haveria outras.

— Outras pinturas?

— De mulheres com títulos, capitão, nuas. — *Sir* George rosnou a última palavra. — Elas eram o troféu deles, pelo que explicaram. Se mais de três sócios do clube tivessem comido uma mulher, ela poderia ser pendurada na galeria.

Sandman olhou para Berrigan, que deu de ombros.

— Parece provável — disse o sargento.

— Eles têm uma galeria?

— No corredor do andar de cima, mas só agora começaram a pendurar quadros lá.

— O marquês de Skavadale era um dos onze? — perguntou Sandman a *sir* George.

— Dez ou onze. — *Sir* George pareceu irritado por ter de corrigir Sandman. — E sim, Skavadale era um deles. Lorde Pellmore era outro. Lembro-me de *sir* John Lassiter, mas não conhecia a maior parte deles.

— Eles não se apresentaram?

— Não. — *Sir* George disse a negativa em tom de desafio, porque confirmava que ele fora tratado pelo Clube Serafins como um comerciante e não como cavalheiro.

— Acho provável que um desses dez ou onze homens seja o assassino da condessa — disse Sandman em voz baixa. Em seguida olhou interrogativamente para *sir* George, como se esperasse que isso fosse confirmado.

— Eu não saberia — disse *sir* George.

— Mas deve ter suspeitado de que Charles Corday não tinha cometido o assassinato, não é?

— O Charliezinho? — Por um momento *sir* George pareceu achar divertido, depois viu a raiva no rosto de Sandman e deu de ombros. — Parecia improvável — admitiu.

— No entanto não apelou por ele? Não assinou a petição da mãe dele? Não fez nada para ajudar?

— Ele foi julgado, não foi? Ele recebeu a justiça.

— Duvido — disse Sandman com amargura. — Duvido muito.

Sandman levantou o cano da pistola que havia tirado de *sir* George e viu que ela não tinha sido carregada.

— O senhor tem pólvora e balas? — perguntou e então, quando viu o medo no rosto do pintor, fez um muxoxo. — Não vou atirar no senhor, seu idiota! A pólvora e as balas são para outras pessoas.

— Naquele armário. — *Sir* George apontou para o outro lado da sala.

Sandman abriu a porta e descobriu um pequeno arsenal, na maioria, pelo que supôs, para ser usado em pinturas. Havia espadas da marinha e do exército, pistolas, mosquetes e uma caixa de cartuchos. Jogou uma pistola da cavalaria para Berrigan, depois pegou um punhado de cartuchos e enfiou num bolso antes de se curvar para pegar uma faca.

— O senhor me fez perder tempo. Mentiu para mim, criou inconveniências para mim. — Ele levou a faca de volta para o outro lado da sala e viu o terror no rosto de *sir* George. — Sally! — gritou Sandman.

— Estou aqui! — gritou ela de baixo.

— Quanto *sir* George lhe deve?

— Duas libras e cinco xelins!

— Pague a ela.

— Você não espera que eu ande com dinheiro no...

— Pague! — gritou Sandman, e *sir* George quase caiu do banco.

— Só estou com três guinéus — gemeu.

— Acho que a srta. Hood vale isso — disse Sandman. — Dê os três guinéus ao sargento.

Sir George entregou o dinheiro enquanto Sandman se virava para o quadro. Britânia estava praticamente terminada, sentada com os seios nus e olhos orgulhosos em sua rocha num mar iluminado pelo sol. A deusa era inconfundivelmente Sally, ainda que *sir* George tivesse trocado sua expressão geralmente alegre por uma de calma superioridade.

— O senhor realmente me criou inconveniências — disse Sandman a *sir* George. — E pior, estava pronto para deixar um rapaz inocente morrer.

— Eu contei tudo que posso!

— Agora contou, sim, mas mentiu, e acho que também precisa sofrer inconveniências. Precisa aprender, *sir* George, que para cada pecado existe um pagamento. Resumindo, o senhor deve ser punido.

— Seu insolente... — começou *sir* George, depois saltou de pé e gritou um protesto. — Não!

Berrigan segurou *sir* George enquanto Sandman levava a faca até a Apoteose de lorde Nelson. Sammy tinha acabado de trazer a bandeja do chá até o topo da escada e ficou olhando pasmo enquanto Sandman fazia um corte vertical na tela, depois um horizontal.

— Um amigo meu provavelmente vai se casar em breve — explicou Sandman enquanto mutilava o quadro. — Ele não sabe, nem a suposta noiva, mas eles claramente gostam um do outro, e quero lhes dar um presente quando isso acontecer. — E passou a faca de novo, fazendo um corte no topo da pintura. A tela se partiu com um chiado agudo, deixando pequenos fiapos. Ele passou a faca no sentido vertical de novo e assim tirou do grande quadro um retrato de meio corpo, em tamanho real, de Sally. Jogou a faca no chão, enrolou a pintura de Britânia e sorriu para *sir* George. — Isso vai ser um presente esplêndido, de modo que vou mandar envernizar e emoldurar. Muito obrigado pela ajuda. Sargento? Acho que terminamos aqui.

— Vou com vocês! — disse Sally da escada. — Só que alguém tem de fechar os ganchos do meu vestido.

— O dever o chama — disse Sandman a Berrigan. — Sou seu criado, *sir* George.

Sir George olhou-o furioso, mas parecia incapaz de falar. Sandman começou a sorrir enquanto descia correndo a escada, e estava gargalhando quando chegou à rua, onde esperou Berrigan e Sally.

Eles chegaram quando o vestido de Sally estava fechado.

— Quem você conhece e que vai se casar em breve? — perguntou Berrigan.

— Só dois amigos — disse Sandman distraidamente. — E se eles não se casarem? Bem. Talvez eu fique com a pintura.

— Capitão! — censurou Sally.

— Casado? — Berrigan pareceu chocado.

— Sou muito antiquado — disse Sandman — e um crente fervoroso na moralidade cristã.

— E, por falar nisso — perguntou o sargento —, por que estamos com pistolas?

— Porque nossa próxima visita, sargento, deve ser ao Clube Serafins, e eu não gosto da idéia de entrar lá desarmado. Também preferiria que eles não soubessem de nossa presença nas instalações, portanto qual é a melhor hora para nossa visita?

— Por que vamos lá?

— Para falar com os cocheiros, claro.

O sargento pensou um segundo, depois assentiu.

— Então vamos depois do escurecer, porque vai ser mais fácil entrar, e pelo menos um cocheiro vai estar lá.

— Esperemos que seja o certo — disse Sandman e abriu seu relógio. — Só depois do escurecer? O que significa que tenho uma tarde para gastar. — Pensou um momento. — Vou conversar com um amigo. Que tal nos encontrarmos às nove horas? Atrás do clube?

— Me encontre na entrada da cocheira — sugeriu o sargento —, que fica num beco que dá na rua Carlos II.

— A não ser que você queira me acompanhar. Só vou passar o tempo com um amigo.

— Não. — Berrigan ruborizou. — Estou querendo descansar.

— Então faça a gentileza de colocar isto no meu quarto — disse Sandman, dando ao sargento o retrato enrolado de Sally. — E você, srta. Hood? Não consigo imaginar como quererá passar a tarde. Gostaria de me acompanhar na visita a um amigo?

Sally pôs a mão no cotovelo do sargento, deu um sorriso doce, dulcíssimo, para Sandman e falou gentilmente:

— Dê o fora, capitão.

Sandman riu e obedeceu. Deu o fora.

7

barnwell "Lebre" era considerado o melhor lançador do Clube de Críquete Marylebone, apesar de ter uma estranha corrida meio torta que terminava com um pulo duplo antes de fazer um lançamento com o braço na lateral. O pulo duplo tinha provocado o apelido, e agora ele lançava para Rider Sandman num dos *wickets* de treino, cercados de tela, no lado mais baixo do novo campo de críquete em St John's Wood, um belo subúrbio ao norte de Londres.

Lorde Alexander Pleydell estava ao lado da tela, olhando ansioso para cada bola.

— Lebre está mandando a bola fora da grama? — perguntou.

— De modo nenhum.

— Ele deveria dar um efeito na bola para ela passar entre as suas pernas. Bem dentro. Crossley disse que o movimento confunde tremendamente.

— Crossley se confunde com facilidade — disse Sandman e rebateu a bola com força contra a tela, fazendo lorde Alexander recuar com medo.

Barnwell estava se revezando com Hughes, o serviçal de lorde Alexander, fazendo lançamentos para Sandman. Hughes se considerava um hábil lançador de bolas com o braço baixo, mas estava ficando frustrado por não conseguir que nada passasse pelo bastão de Sandman, por isso se esforçou demais e lançou uma bola que não quicou, e Sandman mandou-a rapidamente por cima da tela e da grama úmida, de modo a levantar um fino borrifo de prata enquanto disparava morro acima, onde três homens cortavam a grama. Um campo de críquete numa encosta tão íngreme não fazia sentido para Sandman, mas Alexander tinha uma curiosa ligação com o novo campo de Thomas Lord, mesmo que, de um extremo a outro, devesse haver uma queda de pelo menos dois metros.

Barnwell tentou fazer um lançamento baixo e foi obrigado a ver sua bola seguir o último serviço de Hughes, morro acima. Um dos rapazes que estavam apanhando junto às redes tentou uma bola rápida contra as pernas de Sandman, e foi recompensado com um golpe que quase arrancou sua cabeça.

— Você está de péssimo humor — observou lorde Alexander.

— Na verdade, não. Com dia úmido a bola fica lenta — mentiu Sandman. Na verdade estava num humor péssimo, imaginando como manteria a promessa a Eleanor, e por que tinha feito a promessa de fugir caso o pai dela recusasse a bênção. Não, ele entendia a resposta à segunda pergunta. Tinha feito a promessa porque, como sempre, fora dominado por Eleanor, por sua aparência, pela proximidade e pelo desejo por ela, mas será que a promessa poderia ser mantida? Mandou a bola contra a tela com tanta força que impulsionou a tela alcatroada contra a cerca dos fundos, sacudindo a madeira e espantando uma dúzia de pardais. Como poderia fugir?, perguntou-se Sandman. Como poderia se casar com uma mulher quando não tinha meios de sustentá-la? E onde estava a honra de um casamento num pardieiro da Escócia que não precisava de licença nem de proclamas? A raiva crescia por dentro, por isso ele desceu do *pitch* e mandou uma bola com força na direção dos estábulos, onde os sócios do clube mantinham os cavalos durante os jogos.

— Um humor absolutamente péssimo — disse lorde Alexander pensativamente, depois pegou um lápis no cabelo emaranhado atrás da orelha e um pedaço de papel muito amarrotado num bolso. — Pensei que Hammond poderia ser apanhador, concorda?

— Este é o seu time para jogar contra Hampshire?

— Não, Rider, é minha proposta para um novo reitor e clérigos da catedral de St Paul. O que você acha?

— Hammond seria uma escolha excelente — disse Sandman, apoiando-se na perna de trás e bloqueando uma bola que subia rapidamente. — Boa — gritou para Hughes.

— Edward Budd disse que joga para nós — disse lorde Alexander.

— Maravilhoso! — disse Sandman com calor genuíno, porque Edward Budd era o único rebatedor que ele reconhecia como melhor, e além disso era uma excelente companhia.

— E Simmons está disponível.

— Então eu não estarei. — Sandman pegou a última bola com a ponta do bastão e mandou-a de volta para Hughes.

— Simmons é um rebatedor excelente — insistiu lorde Alexander.

— É mesmo, mas recebeu dinheiro para entregar um jogo em Sussex há dois anos.

— Isso não vai acontecer de novo.

— Não enquanto eu estiver no mesmo time. Faça sua escolha, Alexander, ele ou eu.

Lorde Alexander suspirou.

— Ele é realmente muito bom!

— Então fique com ele — disse Sandman, posicionando-se.

— Vou pensar nisso — replicou lorde Alexander em seu estilo mais senhoril.

O próximo lançamento veio direto para os tornozelos de Sandman, e ele o recompensou com um golpe que mandou a bola até a taverna perto da cerca de baixo, onde uma dúzia de homens no jardim da cerveja olhavam as redes. Será que algum deles era lacaio de lorde Robin Holloway? Sandman olhou para sua casaca dobrada na grama úmida e se tranqüilizou com a visão do cabo da pistola se projetando de um bolso.

— E se você falasse com Simmons? — sugeriu lorde Alexander. — Incluí-lo dará ao nosso lado uma enorme força de rebatida, Rider, uma força imensamente positiva. Você, Budd e ele? Vamos estabelecer novos recordes!

— Eu falo com ele — disse Sandman. — Só não jogo com ele.

— Pelo amor de Deus, homem!

Sandman se afastou do *wicket*.

— Alexander. Eu amo o jogo de críquete, mas se ele for deturpado pelo suborno, não restará esporte. O único modo de tratar o suborno é puni-lo absolutamente. — Ele falava com raiva. — É de espantar que o jogo esteja morrendo? Este clube aqui tinha um campo decente, agora eles jogam no morro. O jogo está em declínio, Alexander, porque está sendo corrompido pelo dinheiro.

— Para você é ótimo dizer isso — respondeu lorde Alexander, irritado. — Mas Simmons tem mulher e dois filhos. Não entende a tentação?

— Acho que entendo, sim. Ontem me ofereceram vinte mil guinéus. — Ele voltou à posição e sinalizou para o próximo lançador.

— Vinte mil? — a voz de lorde Alexander saiu débil. — Para perder um jogo de críquete?

— Para deixar um inocente ser enforcado — disse Sandman, dando uma rebatida defensiva e recatada. — Está fácil demais — reclamou.

— O quê?

— Esse lançamento intelectual. — O lançamento lateral, quando a bola era mandada com o braço reto na altura do ombro, era conhecido como estilo intelectual. — Não tem precisão — reclamou Sandman.

— Mas tem força — declarou energicamente lorde Alexander —, muito mais do que as bolas baixas.

— A gente deveria lançar bolas por cima do ombro.

— Nunca! Nunca! Arruinariam o jogo! Sugestão absolutamente ridícula, extremamente ofensiva! — Lorde Alexander parou para sugar o cachimbo. — O clube nem tem certeza se vai permitir o lançamento lateral, quanto mais as bolas por cima do ombro. Não, se quisermos alterar o equilíbrio entre rebatedor e lançador, e a resposta é óbvia. Quatro *stumps*. Você falou sério?

— Só acho que lançar uma bola por cima do ombro vai combinar força com precisão, e até pode apresentar um desafio para o rebatedor.

— Quero dizer, você falou sério sobre lhe oferecerem vinte mil libras?

— Guinéus, Alexander, guinéus. Os homens que fizeram a oferta se consideram cavalheiros. — Sandman recuou e mandou a bola de volta para a rede, perto de onde lorde Alexander estava parado.

— Por que eles ofereceriam tanto?

— É mais barato do que a morte no cadafalso, não é? O único problema é que não tenho certeza de qual membro do Clube Serafins é o assassino, mas espero descobrir esta noite. Você não gostaria de me emprestar sua carruagem, gostaria?

Lorde Alexander ficou perplexo.

— Minha carruagem?

— Aquele negócio com quatro rodas, Alexander, e cavalos na frente. — Sandman mandou outra bola morro acima. — É por uma boa causa. Resgatar um inocente.

— Bem, claro — disse lorde Alexander com entusiasmo admirável. — Sentir-me-ei honrado em ajudar. Devo esperar em sua hospedaria?

— Fazendo companhia à srta. Hood? Por que não? — Sandman riu diante do rubor de Alexander, depois se afastou dos *stumps* enquanto um rapaz vinha da taverna em direção aos *wickets* de treino. Havia alguma coisa objetiva na aproximação do sujeito, e Sandman já ia pegar a pistola quando reconheceu lorde Christopher Carne, herdeiro do conde de Avebury. — Seu amigo está vindo — disse a lorde Alexander.

— Meu amigo? Ah, Kit!

Lorde Christopher acenou respondendo ao cumprimento entusiástico de lorde Alexander, depois notou Sandman. Ficou branco, parou e pareceu chateado. Por um instante, Sandman pensou que lorde Christopher estava para girar nos calcanhares e se afastar, mas em vez disso o rapaz de óculos caminhou intencionalmente em sua direção.

— Você não me contou que ia visitar meu pai — disse em tom acusatório.

— Eu precisava contar? — Uma bola quicou no chão e Sandman se desviou para deixá-la acertar a rede atrás dele.

— Teria sido c-cortês — gaguejou lorde Christopher.

— Se eu precisar de aulas de cortesia — disse Sandman, incisivo —, vou procurar quem me trate com educação.

Lorde Christopher se eriçou, mas não teve coragem para exigir desculpas pela truculência de Sandman.

— Falei com você em c-confiança — protestou —, e não fazia idéia de que você re-repassaria alguma coisa ao meu pai.

— Não repassei nada ao seu pai — disse Sandman em tom ameno. — Não repeti uma palavra do que você disse. De fato, nem contei que tinha me encontrado com você.

— Ele me escreveu dizendo que você fez uma visita e que eu não deveria falar-lhe de novo. Portanto, é óbvio que está mentindo! Você c-contou a ele que falou comigo.

A carta, pensou Sandman, deveria ter viajado na mesma diligência postal que o trouxe de volta a Londres.

— Seu pai deduziu — explicou Sandman —, e você deve ter cuidado com quem acusa de mentir, a não ser que tenha bastante confiança em que é melhor atirador e melhor espadachim do que o homem a quem acusa. — Ele não olhou para ver o efeito de suas palavras. Em vez disso dançou dois passos rápidos para a frente e rebateu uma bola com toda a força. Sabia que a rebatida foi boa antes mesmo de o bastão acertar a bola, e então ela disparou para longe e os três homens que cortavam a grama do campo olharam espantados a bola passar por eles e quicar pela primeira vez no limite morro acima, e ainda parecia estar viajando com a mesma velocidade com que tinha se afastado do bastão quando desapareceu entre os arbustos no topo do morro. Tinha partido como o tiro de um canhão de seis libras, pensou Sandman, e então ouviu-a bater na cerca e uma vaca mugindo em protesto no pasto vizinho.

— Santo Deus — disse lorde Alexander debilmente, olhando morro acima. — Santo Deus vivo!

— Falei sem pensar — disse lorde Christopher num débil tom de desculpas — mas ainda não entendo por que você deveria chegar perto de Carne Manor.

— Você viu com que força ele mandou aquela? — perguntou lorde Alexander.

— Por quê? — insistiu irritado lorde Christopher.

— Eu lhe disse por quê. Para descobrir se algum serviçal de sua madrasta tinha ido para lá.

— Claro que não foram.

— Da última vez você achou que era possível.

— Porque não tinha pensado direito. Aqueles serviçais deviam saber exatamente que coisas malignas minha madrasta estava fazendo em Londres, e meu pai não ia querer que eles espalhassem histórias assim em Wiltshire.

— Certo — admitiu Sandman. — Portanto, fiz uma viagem inútil.

— Mas a boa notícia, Sandman — interveio lorde Alexander — é que o sr. William Brown concordou com que você e eu podemos comparecer na segunda-feira! — Ele riu de orelha a orelha para Sandman. — Não é esplêndido?

— Sr. Brown?

— O chefe da carceragem de Newgate. Eu esperava que um homem em sua posição soubesse disso. — Lorde Alexander se virou para um perplexo lorde Christopher. — Ocorreu-me, Kit, já que Rider era o investigador oficial do secretário do Interior, que ele certamente deveria investigar o cadafalso. Ele deveria saber exatamente que brutalidade medonha espera pessoas como Corday. Por isso escrevi ao chefe da carceragem e ele, muito decentemente, convidou Rider e eu para o desjejum. Rins condimentados, ele promete! Sempre gostei de um bom rim condimentado.

Sandman se afastou dos *stumps*.

— Não desejo testemunhar um enforcamento.

— Não importa o que você deseja — disse lorde Alexander em tom leve. — É uma questão de dever.

— Não tenho o dever de testemunhar um enforcamento — insistiu Sandman.

— Claro que tem. Confesso que estou apreensivo. Não aprovo o cadafalso, mas ao mesmo tempo descubro uma curiosidade em mim. No mínimo, Rider, será uma experiência educativa.

— Besteira educativa! — Sandman recuou para o *wicket* e rebateu com o bastão reto uma bola bem lançada. — Não vou, Alexander, é isso. Não! A resposta é não!

— Eu gostaria de ir — disse lorde Christopher em voz fraca.

— Rider! — censurou lorde Alexander.

— Não! Eu mandaria com toda a alegria o verdadeiro assassino para o cadafalso, mas não vou testemunhar o circo em Newgate. — Ele sinalizou descartando Hughes. — Já rebati o suficiente — explicou, depois passou a mão pela face do bastão. — Você tem óleo de linhaça, Alexander?

— O verdadeiro assassino? — perguntou lorde Christopher. — Você sabe quem é?

— Espero saber esta noite. Se eu mandar pedir sua carruagem, Alexander, você saberá que descobri minha testemunha. Se não? Que pena.

— Testemunha? — perguntou lorde Christopher.

— Se Rider vai ser teimoso — disse lorde Alexander a lorde Christopher —, será que você gostaria de se juntar a mim para os rins condimentados do chefe da carceragem na segunda-feira? — Ele começou a acender um novo cachimbo, usando o isqueiro. — Eu estava pensando que você realmente deveria entrar aqui para o clube, Rider. Precisamos de sócios.

— Imagino que sim. Quem entraria para um clube que joga numa imitação de campina dos Alpes?

— Um campo perfeitamente bom — disse lorde Alexander em tom provocador.

— Testemunha? — interrompeu lorde Christopher para perguntar de novo.

— Espero que você mande pegar a carruagem! — estrondeou lorde Alexander. — Quero ver aquele desgraçado do Sidmouth confundido. Faça com que ele dê o perdão, Rider. Vou esperar seu pedido na Wheatsheaf.

— Eu espero com você — disse lorde Christopher, e foi recompensado por uma fagulha de irritação no rosto de lorde Alexander. Sandman, que tinha visto a mesma fagulha, sabia que lorde Alexander não queria um rival na atenção de Sally, mas lorde Christopher devia ter recebido isso como um insulto, porque ficou sério.

Lorde Alexander olhou os três homens que aparavam a grama, ainda curvados sobre as foices e discutindo a bola de Sandman que tinha passado por eles como um tiro de canhão.

— Sempre achei que quem inventar um instrumento para cortar grama vai ganhar uma fortuna — disse lorde Alexander.

— Chama-se ovelha — respondeu Sandman —, vulgarmente conhecida como passarinho lanoso.

— Um instrumento que não deixe bosta — disse lorde Alexander acidamente, depois sorriu para lorde Christopher Carne. — Claro que você deve passar a noite comigo, meu caro amigo. Talvez possa me explicar esse tal de Kant. Alguém me enviou o último livro dele, você já viu? Achei que teria visto. Ele parece muito confiável, mas era prussiano, não era? Imagino que não fosse culpa dele. Gostaria de tomar um pouco de chá primeiro. Rider? Quer um pouco de chá? Claro que quer. E quero que você conheça lorde Frederick. Sabe que agora ele é secretário do nosso clube? Você realmente deveria ser sócio. E queria um pouco de óleo de linhaça para o bastão? Eles fazem um chá bastante aceitável aqui.

Então Sandman foi tomar o chá dos lordes.

Era uma noite nublada e o céu sobre Londres estava ainda mais escuro porque não havia vento e a fumaça de carvão pairava densa e imóvel sobre os tetos e as torres. As ruas perto da St James Square estavam silenciosas, já que não havia negócios nessas casas e muitos de seus proprietários se encontravam no campo. Sandman viu um vigia observando-o, por isso foi até o sujeito, disse boa-noite e perguntou em que regimento ele havia servido, e os dois passaram um tempo trocando lembranças de Salamanca, que Sandman achava talvez a cidade mais linda que já vira. Um acendedor de lampiões veio com sua escada e as novas luzes a gás se acenderam uma depois da outra, queimando azuis durante um tempo e depois ficando mais brancas.

— Algumas casas aqui estão recebendo gás — disse o vigia. — Dentro de casa.

— Dentro de casa?

— Nada de bom virá disso, senhor. Não é natural, é? — O vigia olhou para o lampião mais próximo, que sibilava. — Haverá fogo e pilares de fumaça, senhor, como diz no santo livro, fogo e pilares de fumaça. Queimando como uma fornalha, senhor.

Sandman foi salvo de mais profecias apocalípticas quando uma carruagem de aluguel entrou na rua, com o som dos cascos do cavalo ecoando nas fachadas brancas das casas sombreadas. Ela parou perto, a porta se abriu e o sargento Berrigan desceu. Jogou uma moeda para o cocheiro e depois manteve a porta aberta para Sally.

— Você não pode... — começou Sandman.

— Eu disse a você que ele ia falar isso — alardeou Berrigan a Sally. — Não disse que ele ia falar que você não devia ter vindo?

— Sargento! — insistiu Sandman. — Nós não podemos...

— Vocês vão procurar Meg, não é? — interveio Sally. — E ela não vai aceitar dois soldados velhos dando em cima, vai? Ela precisa de um toque feminino.

— Tenho certeza de que dois soldados velhos podem ganhar a confiança dela — disse Sandman.

— Sal não quis aceitar um não como resposta — alertou o sargento.

— Além disso — continuou Sandman — Meg não está no Clube Serafins. Só vamos lá para descobrir o cocheiro, para que ele conte para onde a levou.

— Talvez ele me conte o que não quiser contar a vocês — disse Sally a Sandman com um sorriso ofuscante, depois se virou para o vigia. — Você não tem nada melhor a fazer do que escutar a conversa dos outros?

O homem levou um susto, mas acompanhou o acendedor de lampiões pela rua enquanto o sargento Berrigan enfiava a mão no bolso do sobretudo para pegar uma chave que mostrou a Sandman.

— A entrada dos fundos, capitão — disse ele, depois olhou para Sally. — Escute, meu amor, eu sei...

— Nada disso, Sam! Vou com vocês!

Berrigan seguiu na frente, balançando a cabeça.

— Não sei por que as mulheres dizem que a vida não é justa porque os homens têm todos os privilégios — resmungou —, mas as desgraçadas sempre conseguem o que querem. Notou isso, capitão? É reclamação disso e reclamação daquilo, mas quem é que usa a seda, o ouro e as pérolas, hein?

— Está falando de mim, Sam Berrigan? — perguntou Sally.

— Esse é o verdadeiro amor — murmurou Sandman e Berrigan levou um dedo aos lábios quando se aproximaram de um amplo portão para carruagens num muro branco no fim de uma rua curta.

— O que há — disse Berrigan em voz baixa — é que esta é uma hora calma no clube. Acho que podemos entrar. — Ele se aproximou de uma pequena porta numa das laterais do portão, experimentou-a, descobriu que estava trancada, por isso usou a chave. Empurrou a porta, olhou o pátio e evidentemente não viu qualquer coisa que o alarmasse, porque entrou e sinalizou para Sandman e Sally irem atrás.

O pátio estava vazio, a não ser por uma carruagem pintada de azul com acabamentos em dourado, que evidentemente tinha acabado de ser lavada, porque brilhava no escuro com a água pingando dos flancos e baldes perto das rodas. O brasão do anjo dourado estava pintado na porta.

— Por aqui, depressa — disse Berrigan e Sandman e Sally seguiram o sargento até a sombra dos estábulos. — Um dos garotos deve estar lavando, mas o cocheiro certamente se encontra na cozinha dos fundos, ali. — Ele apontou para uma janela iluminada na cocheira, depois se virou alarmado quando uma porta na casa principal foi aberta. — Por aqui — sussurrou, e os três entraram num beco que passava ao lado do estábulo. Soaram passos no pátio.

— Aqui? — perguntou uma voz. Sandman não a reconheceu.

— Um buraco com três metros e meio de profundidade — respondeu outra voz —, forrado de pedra e com um domo de alvenaria por cima.

— Não tem muito espaço. Qual é a largura do buraco?

— Três metros?

— Meu Deus, homem, é onde a gente faz a volta com as carruagens!

— Façam na rua.

Berrigan se inclinou para perto de Sandman.

— Eles estão falando em construir um depósito de gelo — sussurrou no ouvido do outro. — Já discutem isso há um ano.

— Por que não fazem atrás do estábulo? — perguntou o primeiro homem.

— Não tem espaço — respondeu o segundo.

— Quero dizer entre o estábulo e a parede dos fundos — disse o primeiro, e Sandman ouviu passos chegando mais perto e soube que era apenas questão de segundos antes que fossem encontrados. Mas então Berrigan espiou na extremidade do beco, não viu ninguém e correu por um pequeno pátio até uma porta que dava nos fundos da casa. — Por aqui! — sussurrou ele.

Sandman e Sally correram atrás e se viram numa escada de serviço que evidentemente ia da cozinha no porão até os andares de cima.

— Vamos nos esconder lá no alto — sussurrou Berrigan —, até a área estar limpa.

— Por que não nos escondemos aqui? — perguntou Sandman.

— Porque os patifes podem voltar por essa porcaria dessa porta — disse Berrigan, depois guiou-os escada acima. Na metade do caminho entreabriu uma porta que dava num corredor com tapete grosso e paredes cobertas de papel escarlate, embora estivesse escuro demais para ver o estampado do papel ou os detalhes das pinturas penduradas entre as portas envernizadas. Berrigan escolheu uma porta ao acaso, abriu-a e achou um cômodo vazio. — Aqui vamos ficar bem.

Era um quarto; grande, luxuoso e confortável. A cama em si era alta e enorme, com colchão fofo e coberta por uma grossa colcha escarlate de onde o anjo nu dos Serafins alçava vôo. Berrigan foi até a janela e puxou a cortina, para olhar o pátio. Os olhos de Sandman se ajustaram lentamente à luz fraca, então ele ouviu Sally rir e se virou, vendo-a olhar para uma pintura acima da cabeceira da cama.

— Santo Deus — disse Sandman.

— Há um monte dessas — comentou Berrigan secamente.

A pintura mostrava um grupo animado de homens e mulheres numa arcada circular com colunas de mármore branco. No primeiro plano uma criança tocava flauta e outra uma harpa, ambas ignorando os mais velhos nus que copulavam sob a lua que iluminava a arcada num brilho fantasmagórico.

— Que diabo — disse Sally respeitosamente. — Nunca imaginei que uma garota pudesse fazer aquilo com as pernas.

Sandman decidiu que não era necessário responder. Foi até a janela e olhou para baixo, mas o pátio parecia vazio de novo.

— Acho que voltaram para dentro — disse Berrigan.

— Mais uma — disse Sally, ficando na ponta dos pés para examinar a pintura sobre a lareira vazia.

— Você acha que eles virão para cá? — perguntou Sandman.

Berrigan balançou a cabeça.

— Eles só usam esses quartos dos fundos no inverno.

Sally riu da pintura, depois se virou para Berrigan.

— Você trabalhava numa academia, Sam Berrigan.

— É um clube!

— Um diabo de uma academia, é o que é — disse Sally, cheia de desprezo.

— Eu saí, não saí? — protestou Berrigan. — Além disso, para nós, empregados, não era uma academia. Só para os sócios.

— Que sócios? — perguntou Sally e riu da própria piada.

Berrigan sinalizou para ela ficar quieta, não porque estivesse sendo grosseira, mas porque soaram passos no corredor do lado de fora. Chegaram perto da porta, passaram e sumiram.

— Realmente não ajuda em nada ficarmos aqui em cima — disse Sandman.

— Vamos esperar as coisas se acalmarem, e depois vamos voltar ao pátio.

A maçaneta da porta foi sacudida. Berrigan se escondeu rapidamente atrás de um biombo que escondia um penico e Sandman se imobilizou. Os passos tinham parecido se afastar pelo corredor, mas a pessoa que agora estava experimentando a maçaneta devia ter ouvido as vozes e se esgueirado de volta, e de repente a porta foi aberta e uma garota entrou. Era alta, magra, e seu cabelo preto estava num belo coque sobre a cabeça, preso com grandes alfinetes com cabeça de madrepérola. Os sapatos tinham saltos de madrepérola, ela usava brincos elegantes e tinha um colar de pérolas com duas voltas ao redor do pescoço esguio, de cisne, mas afora isso estava nua. Não prestou atenção em Sandman, que tinha meio sacado a pistola, mas sorriu para Sally.

225

O CONDENADO

— Eu não sabia que você trabalhava aqui, Sal!

— Não estou realmente trabalhando, Flossie — disse Sally.

Então Sandman reconheceu a garota. Era a dançarina de ópera que chamava a si mesma de Sacharissa Lasorda e que agora se virou e olhou para Sandman e, de algum modo, apesar de estar totalmente nua e ele totalmente vestido, fez com que ele se sentisse deslocado. Ela olhou-o de cima a baixo e depois sorriu para Sally.

— Você pegou o bonitão, não foi? Mas ele está demorando, não é? — Então seus olhos se arregalaram quando Berrigan saiu de trás do biombo. — Estão fazendo a três? — perguntou e depois reconheceu o sargento.

— Não estou aqui, Flossie — rosnou Berrigan. — Então feche a porta quando sair e você não me viu. Pensei que você tinha se retirado para coisas mais elevadas.

— Não deu certo, Sam — disse ela, fechando a porta mas ficando dentro do quarto.

— O que aconteceu com Spofforth? — perguntou Sally.

— Deu no pé hoje cedo, não foi? — Ela fungou. — O canalha! E preciso da porcaria do bronze, não é? E este lugar sempre valeu algum troco. — Ela se sentou na cama. — Então, que diabos vocês estão fazendo aqui? — perguntou a Berrigan.

— Que diabo você está fazendo? — perguntou ele de volta.

— A gente vem aqui para descansar — disse Flossie —, já que ninguém olha aqui dentro no verão.

— Bem, lembre-se apenas de que a gente não está aqui — disse Berrigan com ferocidade. — A gente não está aqui, você não viu a gente e não faça nenhuma pergunta.

— Que inferno! — Flossie lançou a Berrigan um olhar insolente. — Perdão por respirar, diabo.

— E com quem você deveria estar? — perguntou Berrigan.

— Tollemere. Só que ele está bêbado e roncando. — Ela fungou de novo e olhou para Sally. — Você trabalha aqui?

— Não.

— O bronze é bom — disse Flossie. Ela tirou um dos sapatos e massageou o pé. — Então o que acontece se eu for lá para baixo e disser a eles que vocês estão aqui? — perguntou a Berrigan.

— Na próxima vez em que eu a encontrar, você leva um belo chute.

— Sargento! — censurou Sandman, mas notou que Flossie pareceu notavelmente inabalável com a ameaça.

— Ela vai receber mesmo um belo chute! — disse Berrigan.

— Cão que ladra não morde, Sam — disse Flossie, rindo.

— Não vamos machucar ninguém — disse Sally, séria — e só estamos tentando ajudar uma pessoa.

— Não vou dizer a ninguém que vocês estão aqui — prometeu Flossie. — Por que eu diria?

— Então, quem está aqui esta noite? — perguntou Berrigan.

Ela desfiou uma lista de nomes, nenhum dos quais de interesse para Sandman, porque nem o marquês de Skavadale nem lorde Robin Holloway estavam incluídos. Flossie tinha certeza de que nenhum dos dois se achava no clube.

— Não me incomodo com o marquês — disse ela — porque ele é um cavalheiro de verdade, mas a porcaria do lorde Robin é um canalha. — Ela calçou o sapato de novo, bocejou e se levantou. — É melhor eu garantir que meu lorde não esteja sentindo minha falta. Ele vai querer jantar logo. — Ela franziu a testa. — Não me importo de trabalhar aqui, o bronze é bom, é confortável, mas odeio jantar nua. Faz a gente se sentir esquisita, faz mesmo, todos os homens vestidos da cabeça aos pés e a gente peladinha. — Ela abriu a porta e balançou a cabeça. — E eu sempre derramo a porcaria da sopa.

— Você vai ficar de boca fechada, Flossie? — perguntou Berrigan, ansioso.

Flossie jogou-lhe um beijo.

— Para você, Sam, qualquer coisa — disse e saiu.

— Para você, Sam, qualquer coisa? — perguntou Sally.

— Ela não quis dizer nada — respondeu Berrigan depressa.

— O sr. Spoffort estava certo — interrompeu Sandman.

227

O CONDENADO

— Com relação a quê? — quis saber Sally.

— Ela tem pernas boas.

— Capitão! — Sally ficou chocada.

— Já vi melhores — disse o sargento Berrigan cheio de galanteria, e Sandman ficou satisfeito ao ver Sally ruborizar.

— Só por curiosidade — perguntou Sandman enquanto ia até a porta —, quanto custa para ser sócio daqui? — Ele abriu uma fresta e espiou para fora, mas o corredor estava vazio.

— Dois mil para entrar, isto é, se o senhor for convidado, e cem por ano — disse Berrigan.

Os privilégios da riqueza, pensou Sandman, e se a condessa de Avebury estivera chantageando um dos sócios, ou mesmo dois ou três, eles não iriam matá-la para manter seu lugar nesta mansão do hedonismo? Olhou de novo para a janela. Agora estava escuro lá fora, mas era a escuridão luminosa de uma noite de verão numa cidade iluminada a gás.

— Vamos achar nosso cocheiro? — perguntou a Berrigan.

Voltaram pela escada de serviço e atravessaram o pátio. A carruagem ainda brilhava úmida nas pedras, mas os baldes tinham sumido. Cavalos pateavam nos estábulos enquanto Berrigan ia até a porta lateral da cocheira. Ali prestou atenção durante alguns segundos, depois levantou dois dedos indicando que provavelmente havia dois homens do outro lado da porta. Sandman sacou a pistola do bolso da casaca. Decidiu não engatilhá-la porque não queria que a arma disparasse acidentalmente, mas verificou que estava carregada e depois empurrou Berrigan para o lado, abriu a porta e entrou.

O cômodo era uma cozinha, depósito de arreios e despensa. Uma panela de água borbulhava no fogão e duas velas ardiam em cima da lareira, e havia outras sobre a mesa onde dois homens, um jovem e outro de meia-idade, estavam sentados com canecas de cerveja e pratos de pão, queijo e carne fria. Viraram-se e olharam quando Sandman entrou, e o homem mais velho, abrindo a boca perplexo, deixou o cachimbo de barro cair, de modo que o cabo quebrou na borda da mesa. Sally acompanhou Sandman entrando no cômodo, depois Berrigan veio e fechou a porta.

228

BERNARD CORNWELL

— Apresente-me — disse Sandman. Não estava apontando a pistola para nenhum dos dois homens, mas a arma era bastante óbvia, e os dois não podiam afastar os olhos dela.

— O mais novo é um empregado do estábulo — disse Berrigan — e se chama Billy, e o que está com o queixo no colo é o sr. Michael Mackeson. Um dos dois cocheiros do clube. Onde está Percy, Mack?

— Sam? — disse Mackeson debilmente. Era um homem corpulento, de rosto vermelho, com um fino bigode encerado e uma cabeleira preta que estava ficando grisalha nas têmporas. Estava bem-vestido e sem dúvida podia se dar a esse luxo, porque os bons cocheiros recebiam salários extravagantes. Sandman tinha ouvido falar de um que ganhava mais de duzentas libras por ano, e todos eram considerados possuidores de habilidade invejável, tão invejável que todo jovem cavalheiro queria ser como eles. Os jovens lordes usavam as mesmas capas com capuzes dos profissionais e aprendiam a levar o chicote numa das mãos e as rédeas na outra, e havia tantos aristocratas aspirando a ser cocheiros que ninguém podia ter certeza se alguma carruagem particular estava sendo dirigida por um duque ou um cocheiro pago. Agora, apesar de seu *status* elevado, Mackeson simplesmente ficou olhando boquiaberto para Berrigan que, como Sandman, estava com uma pistola.

— Onde está Percy? — perguntou Berrigan de novo.

— Levou lorde Lucy a Weybridge.

— Esperemos que seja você que nós queremos — disse Berrigan. — E você não vai a lugar nenhum, Billy — falou rispidamente para o empregado do estábulo, que usava um conjunto maltrapilho da libré amarela e preta do Clube Serafins — a não ser que queira ficar com a cabeça quebrada. — O empregado do estábulo, que estivera se levantando do banco, sentou-se de novo.

Sandman não tinha consciência, mas estava subitamente com raiva. Era possível que o cocheiro de bigode tivesse a resposta que ele estivera procurando, e a idéia de que podia chegar tão perto assim e não descobrir a verdade havia provocado sua fúria. Era uma fúria controlada, mas estava em sua voz, áspera e tensa, e Mackeson pulou alarmado quando Sandman falou:

— Há algumas semanas um cocheiro deste clube pegou uma aia na casa da condessa de Avebury na Mount Street. Foi você?

Mackeson engoliu em seco, mas parecia incapaz de falar.

— Foi você? — perguntou Sandman de novo, mais alto.

Mackeson assentiu muito devagar, depois olhou para Berrigan como se não acreditasse no que estava lhe acontecendo.

— Aonde você a levou? — perguntou Sandman. Mackeson engoliu em seco de novo, depois pulou quando Sandman bateu com a pistola na mesa. — Aonde você a levou?

Mackeson se virou para não encarar Sandman e franziu a testa para Berrigan.

— Eles vão matar você, Sam Berrigan, vão matar você direitinho se o acharem aqui.

— Então é melhor não acharem, Mack.

O cocheiro levou outro susto quando ouviu o som da pistola de Sandman sendo engatilhada. Seus olhos se arregalaram quando olhou para o cano e soltou um gemido patético.

— Só vou perguntar educadamente mais uma vez — disse Sandman. — E depois disso, sr. Mackeson, vou...

— Nether Cross — disse Mackeson depressa.

— Onde fica Nether Cross?

— É uma estrada bem antiga — disse o cocheiro cautelosamente. — Sete horas? Oito horas?

— Onde? — perguntou Sandman com aspereza.

— Perto da costa, senhor, na direção de Kent.

— E quem mora lá, em Nether Cross?

— Lorde John de Sully Pearce-Tarrant — respondeu Berrigan pelo cocheiro. — Visconde de Hurstowood, conde de Keymer, barão de Highbrook, lorde disso e de Deus sabe mais o quê, herdeiro do ducado de Ripon e também conhecido, capitão, como marquês de Skavadale.

E Sandman sentiu um grande jorro de alívio. Porque finalmente recebia sua resposta.

A carruagem chacoalhava pelas ruas ao sul do Tâmisa. As duas lanternas estavam iluminadas, mas lançavam um brilho débil que não fazia coisa alguma para iluminar o caminho, de modo que, assim que chegaram ao topo do Shooters Hill, onde havia poucas luzes e a estrada atravessando Blackheath se estendia impenetravelmente negra à frente, eles pararam. Os cavalos foram tirados dos arreios e amarrados sobre o capim, e os dois prisioneiros foram trancados dentro da carruagem através do expediente simples de prender as portas passando as rédeas pelas maçanetas e depois amarrando-as apertadas em volta de todo o veículo. As janelas foram fechadas com lascas de madeira, e Sandman ou Berrigan montariam guarda durante a noite.

Os prisioneiros eram Mackeson, o cocheiro, e Billy, o empregado do estábulo. Tinha sido idéia de Berrigan levar a carruagem do Clube Serafins, recém-lavada. A princípio Sandman recusou, dizendo que já havia combinado de pegar a carruagem de lorde Alexander, e duvidava de que tivesse o direito legal de confiscar uma das carruagens do Clube Serafins, mas Berrigan zombou desses escrúpulos.

— Você acha que o cocheiro de lorde Alexander sabe o caminho até Nether Cross? O que significa que teria de levar Mackeson de qualquer modo, portanto pode muito bem pegar um veículo que ele saiba manobrar. E considerando as coisas malignas que os canalhas fizeram, não creio que Deus ou algum homem vá se preocupar com o fato de o senhor ter apanhado a carruagem deles emprestada.

E se o cocheiro fosse levado, Billy, o empregado do estábulo, teria de ser impedido de revelar que Sandman estivera perguntando sobre Meg, por isso precisava ser levado como prisioneiro. Ele não resistiu, em vez disso ajudou Mackeson a arrear as parelhas e, com as mãos e pés amarrados, foi posto na carruagem enquanto Mackeson, acompanhado por Berrigan, ocupava a boléia. Os poucos sócios do clube, abrigados na sala de jantar, não tinham idéia de que sua carruagem estava sendo confiscada.

Agora, no topo de Blackheath, Sandman e seus companheiros precisavam esperar durante as horas de maior escuridão. Berrigan levou Sally até uma taverna e pagou por um quarto, e ficou com ela enquanto Sandman guardava a carruagem. Somente depois de os relógios terem marcado as duas horas Berrigan surgiu vindo do escuro.

— Noite calma, capitão?

— Bastante. — Sandman sorriu. — Faz muito tempo desde que estive de serviço montando guarda.

— Aqueles dois estão se comportando? — Berrigan olhou para a carruagem.

— Quietos como carneirinhos.

— Pode ir dormir, eu fico de sentinela.

— Daqui a pouco. — Sandman estava sentado na grama, as costas apoiadas na roda, e inclinou a cabeça para olhar as estrelas que saíam de trás de nuvens esfarrapadas. — Lembra-se das marchas noturnas na Espanha? As estrelas eram tão brilhantes que parecia ser possível esticar a mão e pegá-las.

— Lembro das fogueiras de acampamento, morros e vales de fogo. — Ele girou e olhou para o oeste. — Meio assim.

Sandman virou a cabeça e viu Londres espalhada sob eles como uma colcha de fogo, borrada pela fumaça com um toque de vermelho. O ar sobre a colina estava limpo e frio, mas ele podia sentir o cheiro da fumaça de carvão da grande cidade que espalhava suas luzes nevoentas até o horizonte no oeste.

— Eu sinto falta da Espanha — admitiu.

— A princípio era estranho, mas eu gostava. O senhor falava a língua? — Sim.

Berrigan riu.

— E aposto que era bom nisso.

— Eu era bastante fluente, sim.

O sargento entregou a Sandman uma garrafa de cerâmica.

— Conhaque — explicou. — E eu estava pensando que se eu fosse comprar aqueles charutos, ia precisar de alguém que falasse a língua. O senhor e eu, sabe? Poderíamos ir lá juntos, trabalhar juntos.

— Eu gostaria.

— Tem de haver dinheiro nisso — disse Berrigan. — A gente ia pagar uma ninharia por aqueles charutos da Espanha, e aqui eles custam uma fortuna, quando se consegue achar.

— Acho que você está certo. — Sandman sorriu ao pensar que talvez tivesse um trabalho, afinal de contas. Berrigan e Sandman, Fornecedores de Charutos Finos? O pai de Eleanor gostava de um bom charuto e pagava bem por eles, de modo que poderia haver dinheiro suficiente naquela idéia para persuadir *sir* Henry de que sua filha não estava se casando com um pobre. Talvez *lady* Forrest nunca pudesse ser convencida de que Sandman era um marido adequado para Eleanor, mas Sandman suspeitava de que Eleanor e seu pai prevaleceriam. Ele e Berrigan precisariam de dinheiro, e quem melhor do que *sir* Henry para emprestá-lo? Eles teriam de viajar pela Espanha, contratar espaço em navios e alugar uma sede num local elegante de Londres, mas poderia dar certo. Tinha certeza. — É uma idéia brilhante, sargento.

— Então vamos fazer, quando isso aqui terminar?

— Por que não? Sim. — Ele estendeu a mão e Berrigan apertou.

— Nós, velhos soldados, devemos ficar juntos — disse Berrigan —, porque éramos bons. Éramos tremendamente bons, capitão. Perseguimos a porcaria dos Crapauds por metade da porcaria da Europa, e depois voltamos para casa e nenhum dos patifes daqui se importou, não é? — Ele fez uma pausa, pensando. — Havia uma regra no Clube Serafins. Ninguém deveria falar sobre as guerras. Ninguém.

— Nenhum dos sócios serviu?

— Nenhum. Eles nem deixavam entrar alguém que tivesse sido soldado ou marinheiro.

— Tinham ciúme?

— Provavelmente.

Sandman tomou um gole do conhaque.

— No entanto empregaram você.

— Eles queriam ter um guarda no saguão. Isso fazia os canalhas se sentirem seguros. E podiam me dar ordens, coisa de que também gostavam. Faça isso, Berrigan, faça aquilo. — O sargento resmungou um agradecimento quando Sandman lhe passou a garrafa. — Na maior parte do tempo não era nada de ruim. Fazer mandados para os canalhas, mas de vez em quando queriam alguma outra coisa. — Ele ficou quieto e Sandman também. A noite estava extraordinariamente silenciosa. Depois de um tempo, como Sandman esperava, Berrigan recomeçou a falar. — Uma vez houve um sujeito que ia levar um dos serafins ao tribunal, por isso nós lhe demos uma lição. Eles mandaram uma carroça de flores para a sepultura do sujeito, mandaram mesmo. E as garotas, claro; nós pagávamos a elas. Não as como Flossie, que podem cuidar de si mesmas, mas as outras, sabe? Nós dávamos cem libras, talvez cento e vinte.

— Que tipo de garotas?

— Garotas comuns, capitão, garotas que atraíam o olhar deles na rua.

— Elas eram seqüestradas?

— Eram seqüestradas. Seqüestradas, estupradas e pagas.

— E todos os sócios faziam isso?

— Alguns eram piores do que os outros. Sempre há um punhado pronto para qualquer coisa ruim, como numa companhia de soldados. E há os seguidores. E um ou dois deles são mais sensatos. Por isso fiquei surpreso por ter sido Skavadale a dar o fim na condessa. Ele não é mau. É metido a besta e acha que cheira a violetas, mas não é um homem cruel.

— Eu esperava que tivesse sido lorde Robin — admitiu Sandman.

— Ele não passa de um canalha maluco. Um canalha tremendamente rico e maluco.

— Mas Skavadale tem mais a perder — explicou Sandman.

— Já perdeu a maior parte. Provavelmente é o homem mais pobre daqui. O pai perdeu uma fortuna.

— Mas o filho está noivo de uma garota muito rica. Talvez a noiva mais rica da Grã-Bretanha, sabe? Suspeito de que ele estava comendo a condessa de Avebury. E ela tinha o péssimo hábito de chantagear. — Sandman pensou um momento. — Skavadale podia ser relativamente pobre, mas aposto que ainda era capaz de juntar mil libras, se fosse necessário. Provavelmente é o tipo de quantia que a condessa pediu para não escrever à futura noiva rica e religiosa.

— Então ele a matou?

— Então ele a matou.

Berrigan pensou um momento.

— Então por que encomendaram o retrato dela?

— De certa forma isso não teve nada a ver com o assassinato. Foi simplesmente porque vários serafins tinham comido a condessa e queriam a pintura dela como um troféu. Então o pobre Corday estava pintando quando Skavadale foi fazer uma visita. Sabemos que ele subiu pela escada dos fundos, de modo discreto, e que Corday foi levado para fora às pressas quando a condessa percebeu que um dos seus amantes havia chegado. — Sandman tinha certeza de que havia acontecido assim. Imaginou o incômodo silencioso enquanto Corday pintava e a condessa ficava deitada na cama, de conversa fiada com a aia. O carvão devia raspar no papel, depois deve ter havido o som de passos na escada de serviço, e começou o sofrimento do rapaz.

Berrigan bebeu de novo, depois passou a garrafa para Sandman.

— Então Meg levou a fada para baixo — falou — e botou ele para fora, depois voltou para cima e achou o quê? A condessa morta?

— Provavelmente. Ou morrendo, e descobriu o marquês de Skavadale. — Será que a condessa ficou satisfeita ao ver o marquês?, imaginou Sandman. Ou o relacionamento adúltero já estaria no fim? Talvez Skavadale tivesse vindo implorar que ela retirasse as exigências, e a condessa, desesperada por dinheiro, provavelmente rira dele. Talvez ela tenha sugerido que ele teria de pagar ainda mais, mas de algum modo lançou-o numa fúria sombria em que ele pegou uma faca. Que faca? Um homem como Skavadale não andava com faca, mas talvez houvesse uma faca no quarto. Meg saberia. Talvez a condessa estivesse comendo fruta e houvesse uma faca para descascar, que Skavadale pegou e mergulhou nela, e depois, quando ela estava pálida e morrendo numa cama de sangue, ele tivera a idéia de enfiar a espátula de Corday num dos ferimentos. E então, ou mais ou menos então, Meg voltou. Ou talvez Meg tenha entreouvido a briga e estivesse esperando do lado de fora do quarto quando Skavadale saiu.

— Então por que ele não matou Meg também? — perguntou o sargento.

— Porque Meg não é uma ameaça para ele. A condessa ameaçou seu noivado com uma garota que provavelmente pagaria todas as hipotecas de todas as propriedades de sua família, todas! E a condessa acabaria com esse noivado, e não há tragédia maior para um aristocrata do que perder seu dinheiro, porque com o dinheiro vai-se o *status*. Eles acham que nasceram melhores do que o resto de nós, mas não, apenas são muito mais ricos, e têm de ficar ricos se quiserem manter a superioridade ilusória. A condessa poderia colocar Skavadale na sarjeta, por isso ele a odiou e matou, mas não matou a empregada porque ela não representava uma ameaça.

Berrigan pensou nisso por um momento.

— E em vez disso levou a aia para uma das propriedades hipotecadas?

— Parece mais ou menos assim.

— Então por que lorde Robin Holloway estava tentando matar o senhor?

— Porque sou perigoso para seu amigo, claro — respondeu Sandman enfaticamente. — A última coisa que eles querem é que a verdade seja revelada, por isso tentaram me subornar e agora tentam me matar.

— Era um grande suborno.

— Nada comparado com a riqueza que a noiva de Skavadale trará para ele, e a condessa colocou isso em risco. De modo que tinha de morrer, e agora Corday deve morrer porque então todo mundo esquecerá o crime.

— Minha nossa. Mas ainda não entendo por que eles simplesmente não acabaram com a tal de Meg. Se achavam que ela corria perigo, não iriam deixar que vivesse.

— Talvez eles a tenham matado.

— Então isto é uma tremenda perda de tempo — disse Berrigan, macambúzio.

— Mas não acho que eles levariam Meg até Nether Cross só para matá-la.

— Então o que estão fazendo com ela?

— Talvez lhe tenham dado um lugar onde morar, um lugar confortável para ela não revelar o que sabe.

— De modo que agora ela é a chantagista?

— Não sei — disse Sandman, mas enquanto pensava, a idéia do sargento, de que agora Meg estava chantageando Skavadale, fazia sentido. — Talvez esteja, e se for sensata não está pedindo muito, e por isso eles se contentam em deixá-la viver.

— Mas se ela estiver chantageando o marquês, não vai contar a verdade à gente, vai? Ela tem Skavadale na palma da mão, não é? Está com o chicote em cima dele. Por que iria abrir mão disso tudo para salvar a vida de uma porcaria de uma fada?

— Porque vamos apelar à sua melhor natureza.

Berrigan deu um riso azedo.

— Ah, bem, então está tudo resolvido!

— Deu certo com você, sargento — observou Sandman gentilmente.

— Isso quem fez foi Sally, foi. — Berrigan fez uma pausa, depois pareceu sem graça. — A princípio, sabe, naquela noite na Wheatsheaf? Pensei que o senhor e ela estavam juntos.

— Infelizmente não — disse Sandman. — Estou bem comprometido, e Sally é toda sua, sargento, e acho que é um homem tremendamente afortunado. Assim como eu. Mas também estou cansado. — Ele se arrastou para baixo da carruagem, batendo a cabeça dolorosamente no eixo dianteiro. — Depois de Waterloo achei que nunca mais dormiria ao relento.

O capim estava seco embaixo da carruagem. As molas rangeram quando um dos prisioneiros se mexeu lá dentro, os cavalos amarrados bateram as patas e o vento suspirou num bosque próximo. Sandman pensou nas centenas de noites que tinha passado sob as estrelas, e então, quando decidiu que o sono jamais viria nesta noite, ele veio. E Sandman dormiu.

8

Na manhã seguinte, bem cedo, Sally trouxe um cesto com *bacon*, ovos cozidos, pão e uma jarra de cerâmica com chá frio, um desjejum que eles compartilharam com os dois prisioneiros. Mackeson, o cocheiro, se mostrou fleumático quanto ao seu destino.

— Você não teve muita opção, teve? — disse a Berrigan. — Teve de nos manter quietos, mas isso não vai lhe adiantar, Sam.

— Por quê?

— Alguma vez já viu um lorde ser enforcado?

— O conde Ferrers foi enforcado — interveio Sandman — por ter assassinado um serviçal.

— Não! — disse Sally, incrédula. — Enforcaram um conde? Verdade?

— Ele foi para o cadafalso em sua própria carruagem — disse Sandman —, usando a roupa do casamento.

— Que porcaria infernal! — Ela estava obviamente satisfeita com a novidade. — Um lorde, é?

— Mas isso foi há muito tempo — disse Mackeson, desconsiderando. — Muito tempo. — Seu bigode, tão bem encerado quando Sandman o vira pela primeira vez, estava caído e desgrenhado. — Então o que vai acontecer conosco? — perguntou cheio de mau humor.

— Vamos a Nether Cross — respondeu Sandman. — Vamos pegar a garota e você nos trará de volta a Lodres, onde vou escrever uma carta aos seus patrões dizendo que sua ausência do serviço foi forçada.

— Vai adiantar tremendamente — resmungou Mackeson.

— Você é cocheiro, Mack — disse Berrigan. — Vai conseguir emprego. O resto do mundo pode passar fome, mas sempre há trabalho para um cocheiro.

— Hora de se preparar — disse Sandman, olhando para o céu que clareava. Uma névoa fina pairava sobre o morro enquanto os quatro cavalos eram levados para beber água num cocho de pedra e depois trazidos de volta à carruagem, onde se passou um tempo enorme para colocarem os arreios, barrigueiras, cilhas, gamarras, tirantes, rabichos e rédeas. Depois de Mackeson e Billy terminarem de atrelar os animais, Sandman fez o rapaz tirar os sapatos e o cinto. O empregado tinha implorado para ficar sem amarras nos tornozelos e nos pulsos e Sandman havia concordado, mas sem sapatos e com as calças caindo nos joelhos o garoto acharia difícil escapar. Sandman e Sally sentaram-se dentro, com o envergonhado Billy, enquanto Mackeson e Berrigan subiam na boléia e, com uma sacudida, barulhos e um movimento brusco à frente, eles chacoalharam sobre o capim até chegar à estrada. Estavam viajando de novo.

Foram para o sul e o leste passando por campos de lúpulo, pomares e grandes propriedades. Ao meio-dia Sandman tinha involuntariamente caído no sono, depois acordou com um susto quando a carruagem sacolejou num buraco. Piscou, depois viu que Sally havia tirado a pistola dele e estava olhando para Billy, que se encontrava totalmente encolhido.

— Pode continuar dormindo, capitão — disse ela.

— Desculpe, Sally.

— Ele não ousou tentar nada — disse Sally em tom de desprezo. — Não quando eu disse quem meu irmão é.

Sandman olhou pela janela e viu que estavam subindo por um bosque de faias.

— Achei que talvez nós o encontrássemos ontem à noite.

— Ele não gosta de atravessar o rio, por isso só trabalha nas estradas do norte e do oeste. — Ela viu que Sandman estava totalmente acordado e devolveu a pistola. — O senhor acha que um homem pode ser bandido e depois voltar a ser direito?

Sandman suspeitava de que a pergunta não era sobre o irmão, e sim sobre Berrigan. Não que o sargento fosse exatamente um bandido, pelo menos como o pessoal da Wheatsheaf entendia isso, mas como empregado do Clube Serafins ele certamente conhecera sua parcela de crimes.

— Claro que sim — disse Sandman, cheio de confiança.

— Não são muitos os que voltam — afirmou Sally, mas não como se quisesse discutir. Em vez disso queria confirmação.

— Todos nós temos de ganhar a vida, Sally, e, se formos honestos, nenhum de nós quer trabalhar muito. Esse é o apelo da vida de bandido, não é? Seu irmão pode trabalhar uma noite em cada três e ganhar a vida.

— Mas isso é o Jack, não é? — Ela pareceu desanimada e, para não encarar Sandman, olhou pela janela empoeirada, para um pomar.

— E talvez seu irmão se acomode quando conhecer a mulher certa. Muitos homens fazem isso. Começam na vida do crime, mas depois acham trabalho honesto, e quase sempre depois de terem conhecido uma mulher. Não posso lhe dizer quantos dos meus soldados eram uns imprestáveis, uns idiotas completos, mais úteis para o inimigo do que para nós, e então conheciam alguma garota espanhola da metade do tamanho deles e dentro de uma semana eram soldados modelo. — Ela se virou para olhá-lo e ele sorriu. — Não creio que você tenha com o que se preocupar, Sally.

Ela devolveu o sorriso.

— O senhor é um bom juiz de homens, capitão?

— Sim, Sally, sou.

Ela riu, depois olhou para Billy.

— Fecha essa boca, se não vai comer mosca — falou. — E pára de ouvir a conversa dos outros!

O garoto ficou vermelho e olhou para uma cerca viva que se arrastava do outro lado da janela. Eles não podiam trocar de cavalos, por isso Mackeson estava descansando as parelhas, o que significava que viajavam devagar, e a jornada se tornava ainda mais lenta porque a estrada estava em más condições e tinham de parar sempre que uma buzina anunciava uma diligência postal ou de passageiros atrás. As diligências postais eram as mais dramáticas, aproximavam-se anunciadas por um sopro urgente de trombeta, depois o veículo leve e com molas altas passava voando num tumulto de cascos, balançando-se como um canhão *galloper*. Sandman invejava a velocidade delas, e se preocupava com o tempo, depois disse a si mesmo que era apenas sábado e que, se Meg estivesse realmente escondida em Nether Cross, eles deveriam estar de volta a Londres na tarde de domingo, e isso deixava tempo suficiente para achar lorde Sidmouth e garantir a comutação da pena de Corday. O secretário do Interior tinha dito que não queria ser perturbado por negócios oficiais no Dia do Senhor, mas Sandman não ligava a mínima para as orações do nobre. Sandman manteria todo o governo longe das devoções se isso significasse justiça.

No meio da manhã trocou de lugar com Berrigan. Agora Sandman guardava Mackeson, e levantou o sobretudo para que o cocheiro visse a pistola, mas Mackeson estava encolhido e dócil. Levava a carruagem por estradas cada vez mais estreitas, entre árvores pesadas com as folhas de verão, de modo que ele e Sandman tinham constantemente de se abaixar sob os galhos. Pararam num vau para deixar os cavalos beberem, e Sandman ficou olhando as libélulas azul-esverdeadas adejando entre os juncos altos, então Mackeson estalou a língua e os cavalos fizeram força, e a carruagem atravessou o rio espirrando água até subir entre campos quentes onde homens e mulheres faziam a colheita com foices. Perto do meio-dia pararam perto de uma taverna e Sandman comprou cerveja, pão e queijo, que eles comeram e beberam enquanto a carruagem rangia pelos últimos quilômetros. Passaram por uma igreja que tinha um portão coberto, enfeitado de flores nupciais, depois seguiram por um povoado onde homens jogavam críquete no parque. Sandman olhou o jogo enquanto a carruagem seguia ao longo do parque. Era críquete rural, muito distante da sofisticação do jogo de Londres. Os jogadores ainda usavam apenas dois *stumps* e um *bail* largo, e faziam somente lançamentos por baixo, mas o rebatedor tinha uma boa postura e um olho melhor ainda, e Sandman ouviu os gritos de aprovação enquanto o sujeito castigava a bola jogando-a num laguinho de patos. Um menino espadanou na água para recuperar a bola, e então Mackeson, com uma habilidade descuidada, fez os cavalos entrarem por entre dois muros de tijolos, passando por dois fornos de secagem de lúpulo e seguindo por uma alameda estreita que subia por um denso bosque de carvalho.

— Agora não está longe — disse o cocheiro.

— Você se lembrou muito bem do caminho — disse Sandman. Seu elogio foi genuíno, porque a rota fora tortuosa e ele tinha imaginado se Mackeson os estaria enganando ao tentar se perder no emaranhado de pequenas estradas. Mas na última volta, atrás dos fornos, Sandman tinha visto um poste com uma placa apontando para Nether Cross.

— Fiz essa jornada meia dúzia de vezes com o lorde — disse Mackeson, depois hesitou antes de olhar para Sandman. — Então, o que vai acontecer se o senhor não achar a mulher?

— Vamos achar. Você a trouxe aqui, não foi?

— Há muito tempo, senhor, há muito tempo.

— Quanto tempo?

— Umas sete semanas — disse o cocheiro e Sandman percebeu que Meg devia ter sido trazida ao campo logo depois do assassinato, um mês inteiro antes do julgamento de Corday. — Há sete semanas. E qualquer coisa pode acontecer em sete semanas, não é? — Ele deu um olhar de soslaio para Sandman. — E talvez o lorde esteja aqui, não é? Isso esfriaria a sua sopa, não é?

Sandman tinha brincado com a idéia de Skavadale realmente estar em sua propriedade de Nether Cross, mas havia pouco sentido em se preocupar muito. Ele estava ou não estava, e teria de ser enfrentado ou não, e Sandman se sentia muito mais preocupado com a hipótese de Meg ter desaparecido. E se estivesse morta? Ou talvez, se estivesse chantageando Skavadale, estaria vivendo no luxo no campo e não desejaria abandonar a vida nova. — Que tipo de casa é? — perguntou ao cocheiro.

— Não é como as grandes que eles têm no norte. Eles ganharam essa num casamento nos velhos tempos, foi o que ouvi dizer.

— É confortável?

— Melhor do que qualquer coisa em que já vivi ou vou viver. — Então Mackeson estalou a língua e as orelhas dos cavalos se viraram rapidamente enquanto ele puxava as rédeas e os animais se voltaram prontamente para um grande portão duplo preso em altos pilares de sílex.

Sandman abriu o portão, que não estava trancado, e fechou após a passagem da carruagem. Subiu de novo na boléia e Mackeson fez os cavalos andarem pelo caminho comprido que serpenteava por um parque de cervos e entre faias cor de cobre até atravessar uma pequena ponte. E ali, em meio às cercas-vivas crescidas demais num jardim mal cuidado, estava uma casa elisabetana pequena e exoticamente bela, com madeira preta, argamassa branca e chaminés de tijolos vermelhos.

— Chama-se Cross Hall — disse Mackeson.

— Tremendo presente de casamento — disse Sandman com inveja, porque a casa parecia perfeita sob o sol da tarde.

— Tudo hipotecado, agora, ou pelo menos é o que dizem. Este lugar precisa de uma fortuna, e preciso cuidar dos cavalos. Eles querem água, comida decente, uma escovadela e um bom descanso.

— Tudo em seu tempo — disse Sandman. Ele estava olhando as janelas, mas não pôde ver movimento em qualquer uma. Nenhuma estava aberta, um mau sinal, porque era um dia quente de verão. Mas então viu um sopro de fumaça saindo de uma das altas chaminés nos fundos da casa, o que restaurou seu otimismo. A carruagem parou e ele saltou da boléia, encolhendo-se quando se apoiou no tornozelo machucado. Berrigan abriu a porta do veículo e chutou a escadinha para fora, mas Sandman lhe disse para esperar e se certificar de que Mackeson não chicoteasse simplesmente os cavalos de volta à estrada.

Sandman mancou até a porta da frente e bateu nos velhos painéis escuros. Não tinha direito de estar aqui, pensou. Provavelmente estava invadindo, e tateou no bolso da aba da casaca procurando a carta de autorização do Ministério do Interior. Ainda não a havia usado sequer uma vez, mas talvez ela o ajudasse agora. Bateu na porta de novo e recuou para ver se alguém estava espiando de alguma janela. Crescia hera em volta da varanda, e sob as folhas acima da porta ele podia ver apenas um escudo esculpido na argamassa. Havia cinco conchas de vieira engastadas no escudo. Ninguém apareceu em nenhuma das janelas, por isso ele recuou na varanda e levantou o punho para bater de novo, mas nesse momento a porta foi aberta e um homem magro o encarou, depois olhou para a carruagem com o escudo do Clube Serafins.

— Não estávamos esperando visita hoje — disse o homem numa perplexidade evidente.

— Viemos pegar Meg — respondeu Sandman num impulso. O homem, um serviçal, a julgar pelas roupas, tinha claramente reconhecido a carruagem e não estranhou sua presença. Era inesperada, talvez, mas não estranha, e Sandman esperou que o empregado presumisse que ela fora mandada pelo marquês.

— Ninguém disse que ela deveria ir a algum lugar. — O homem estava cheio de suspeitas.

— Londres — disse Sandman.

— E quem é o senhor? — O homem era alto e tinha um rosto muito enrugado, rodeado por cabelos brancos em desalinho.

— Eu lhe disse. Viemos pegar Meg. O sargento Berrigan e eu.

— Sargento? — O homem não reconheceu o nome, mas pareceu alarmado. — O senhor trouxe um advogado?

— Ele é do clube — disse Sandman, sentindo a conversa cair numa incompreensibilidade mútua.

— O lorde não falou nada sobre ela ir — disse o homem cautelosamente.

— Ele a quer em Londres — repetiu Sandman.

— Então vou chamar a garota — disse o homem e, antes que Sandman pudesse reagir, bateu a porta, passou os trincos e fez isso tão depressa que Sandman ficou boquiaberto. Ainda estava olhando a porta quanto ouviu um sino tocar dentro da casa, e soube que aquele som urgente tinha de ser um sinal para Meg. Xingou.

— Esse é um tremendo começo — disse Berrigan com sarcasmo.

— Mas a mulher está aqui — respondeu Sandman enquanto voltava à carruagem — e ele disse que foi pegá-la.

— E foi?

Sandman balançou a cabeça.

— Mais provavelmente está escondendo-a. O que significa que teremos de procurá-la, mas o que fazemos com esses dois? — E sinalizou para Mackeson.

— Vamos atirar nos desgraçados, depois enterrar — resmungou Berrigan e foi recompensado por um sinal obsceno feito por Mackeson. No fim levaram a carruagem até o estábulo, onde acharam as baias e cochos vazios, a não ser por uns vinte gansos, mas também descobriram um depósito de arreios construído com tijolos, que tinha porta sólida e nenhuma janela, e Mackeson foi aprisionado com o garoto dos estábulos enquanto os cavalos eram deixados no pátio, atrelados à carruagem.

— Nós cuidamos deles mais tarde — declarou Sandman.

— Depois pegamos alguns ovos também — disse Berrigan com um sorriso, porque o pátio do estábulo tinha sido entregue às galinhas, aparentemente centenas, algumas olhando do beiral do telhado, outras nos parapeitos das janelas e a maioria ciscando em busca de grãos que tinham sido espalhados entre as pedras cheias de mato e brancas com o cocô das aves. Um garnizé olhou de lado para eles, encarapitado no bloco de montaria, depois balançou a crista e cantou empolgado, enquanto Sandman levava Berrigan e Sally até a porta dos fundos de Cross Hall. A porta estava trancada. Todas as portas estavam trancadas, mas a casa não era uma fortaleza, e Sandman achou uma janela que estava mal fechada, e sacudiu-a com força até que ela se abriu e ele pôde entrar numa saleta com paredes forradas de lambris, uma lareira de pedra vazia e móveis cobertos com panos. Berrigan foi atrás.

— Fique aí fora — disse a Sally e ela concordou com a cabeça, mas um instante depois pulou a janela. — Pode haver uma luta — alertou Sandman.

— Eu vou junto — insistiu ela. — Odeio essa porcaria de galinhas.

— A garota já pode ter saído da casa — disse Berrigan.

— Pode — concordou Sandman. Mas seu primeiro instinto fora de que ela se esconderia em algum lugar lá dentro, e ainda pensava assim. — Mas vamos procurá-la de qualquer modo — falou e abriu a porta que dava num comprido corredor forrado de madeira. A casa estava silenciosa.

Não havia quadros pendurados nas paredes e nenhum tapete sobre o piso de tábuas escuras que rangiam. Sandman abriu portas e viu panos cobrindo o pouco de mobília que restava. Uma bela escada com balaústre esculpido erguia-se do saguão, e enquanto passava Sandman olhou para a escuridão lá em cima, depois foi para os fundos da casa.

— Ninguém vive aqui — disse Sally enquanto descobriam mais cômodos vazios. — A não ser as galinhas!

Sandman abriu uma porta e viu uma comprida mesa de jantar coberta com lençóis.

— Lorde Alexander me disse que uma vez o pai dele se esqueceu completamente de uma casa que possuía — disse a Sally. — Era uma casa grande, também. Ela simplesmente ficou mofando até que eles se lembraram.

— Eta, pessoal esquecido — disse Sally, cheia de escárnio.

— Está falando do seu admirador? — perguntou Berrigan, achando divertido.

— Tome cuidado, Sam Berrigan. Só preciso levantar o dedinho e serei *lady* Sei-lá-das-quantas e você vai ter de fazer reverência e rapapés para mim.

— Eu raspo o seu pé, garota — disse Berrigan. — Será um prazer.

— Crianças, crianças — censurou Sandman, depois se virou rapidamente quando uma porta se abriu de súbito no fim do corredor.

O homem alto e magro de cabelos brancos desgrenhados estava na passagem, com um porrete na mão direita.

— A garota que o senhor está procurando não se encontra aqui — disse ele. Em seguida, levantou o porrete sem muito empenho enquanto Sandman se aproximava, depois deixou-o cair e ficou de lado. Sandman passou por ele e entrou numa cozinha que tinha um enorme fogão preto, um gaveteiro e uma mesa comprida. Uma mulher, talvez a esposa do velho magro, estava sentada misturando uma massa numa grande tigela de louça à cabeceira da mesa.

— Quem é você? — perguntou Sandman ao homem.

— O administrador daqui! — respondeu a mulher rispidamente. — E o senhor também não tem nada que estar aqui. Está invadindo! Então dê o fora antes que seja preso.

Sandman notou uma arma de caça sobre a lareira.

— Quem vai me prender?

— Já mandamos pedir ajuda — respondeu a mulher em tom de desafio. Tinha cabelos brancos puxados num coque e rosto áspero com nariz adunco, curvando-se para o queixo pontudo. Um rosto de pica-pau, pensou Sandman, e absolutamente desprovido de qualquer sinal de gentileza humana.

— Vocês mandaram pedir ajuda — disse Sandman. — Mas venho em nome do secretário do Interior. Do governo. Tenho autoridade. — Ele falava com ênfase. — E se querem ficar fora de encrenca sugiro que me digam onde a garota está.

O homem olhou preocupado para a mulher, mas ela não se abalou com as palavras.

— O senhor não tem direito de estar aqui, moço, por isso sugiro que vá embora antes que eu mande trancafiá-lo por toda a noite.

Sandman a ignorou. Abriu uma porta da copa e olhou para uma despensa, mas Meg não estava escondida ali. Mesmo assim, ele tinha certeza de que ela se encontrava na casa.

— Termine de procurar aqui, sargento — disse a Berrigan. — Vou procurar lá em cima.

— O senhor acha mesmo que ela está aqui? — Berrigan parecia em dúvida.

Sandman assentiu.

— Ela está aqui — disse com uma confiança que não podia justificar, mas sentia que o administrador e sua mulher não estavam dizendo a verdade. O administrador, pelo menos, estava com medo. A mulher não estava, mas o homem parecia nervoso demais. Deveria ter compartilhado o desafio da mulher, insistindo que Sandman estava invadindo a casa, mas em vez disso se comportava como quem tivesse algo a esconder, e Sandman subiu correndo a escada para descobrir o que era.

Os cômodos do andar de cima pareciam tão desertos e vazios quanto os de baixo, mas no fim do corredor, perto de uma escada estreita que subia para o sótão, Sandman se viu num grande quarto que era claramente habitado. Havia tapetes orientais desbotados nas tábuas escuras do piso, e a cama, uma bela cama de dossel com tapeçarias puídas penduradas, tinha lençol e cobertores amarrotados. Havia roupas de mulher penduradas numa cadeira, e outras amontoadas descuidadamente em dois bancos abaixo das janelas abertas que davam para um gramado com um muro de tijolos, além do qual, surpreendentemente perto, ficava uma igreja. Um gato amarelo dormia num dos bancos da janela, usando uma pilha de corpetes como cama. O quarto de Meg, pensou Sandman, e sentiu que ela havia acabado de sair. Voltou à porta e olhou pelo corredor, mas não viu nada além de poeira dançando nos raios de luz da tarde onde ele havia deixado portas escancaradas.

Então, quando o sol bateu nas tábuas irregulares do piso, viu suas próprias pegadas no pó e voltou lentamente pelo corredor, olhando de novo em cada cômodo, e no quarto maior, o que ficava acima da bela escada e tinha uma ampla lareira de pedra esculpida com um escudo que mostrava seis pássaros sem os pés, viu outras marcas na poeira. Alguém estivera no quarto recentemente e deixara pegadas indo para a lareira de pedra, depois para a janela mais próxima da lareira, mas elas não voltavam à porta e o quarto estava vazio, com as duas janelas fechadas. Sandman franziu a testa para as marcas, imaginando se não estaria vendo apenas os efeitos dúbios da luz e das sombras, mas poderia jurar que realmente eram pegadas que terminavam na janela, mas quando foi até lá não pôde abri-la, porque a moldura de ferro tinha se enferrujado fechada. Então Meg não tinha escapado pela janela, ainda que seus passos, agora cobertos pelos de Sandman, terminassem ali. Droga, pensou, mas ela estava aqui! Levantou o pano que cobria a cama e abriu um armário, mas não havia ninguém escondido no quarto.

Sentou-se na beira da cama, outra cama de dossel, e olhou para a lareira onde havia um par de cães enegrecidos, em relevo na pedra. Num pensamento súbito, foi até a lareira, curvou-se e olhou pela chaminé, mas o buraco preto se estreitava rapidamente e não escondia ninguém. Mas Meg estivera ali, ele tinha certeza.

O som de passos na escada o fez se levantar e pôr a mão no cabo da pistola, mas foram Berrigan e Sally que apareceram na porta.

— Ela não está aqui — disse Berrigan, desgostoso.

— Deve haver uma centena de lugares onde se esconder nesta casa — disse Sandman.

— Ela fugiu — sugeriu Sally.

Sandman sentou-se na cama de novo e olhou para a lareira. Seis pássaros num escudo, três na fila de cima, dois na segunda e um embaixo, e por que a casa teria esse brasão dentro e cinco conchas de vieira lá fora? Cinco conchas. Olhou para os pássaros e uma canção lhe veio, uma canção e algumas palavras quase esquecidas, que ele ouvira pela última vez cantadas junto a uma fogueira de acampamento na Espanha.

— Eu lhe dou um O — disse ele.

— O senhor o quê? — perguntou Berrigan, enquanto Sally olhava para Sandman como se ele tivesse ficado totalmente maluco.

— Sete pelas sete estrelas do céu — disse Sandman —, seis pelos seis caminhantes orgulhosos.

— Cinco pelos símbolos na sua porta — disse Berrigan, entoando o verso seguinte.

— E há cinco conchas de vieira esculpidas sobre a porta da frente daqui — disse Sandman em voz baixa, subitamente cônscio de que podia ser entreouvido. As palavras da canção eram praticamente um mistério. Quatro pelos evangelistas era bastante óbvio, mas Sandman não sabia qual seria o significado das sete estrelas, assim como não sabia quem eram os cinco orgulhosos caminhantes, mas sabia o que significavam os cinco símbolos na porta. Tinha aprendido isso há anos, quando ele e lorde Alexander estavam juntos na escola, e lorde Alexander descobrira empolgado que quando cinco conchas do mar eram postas sobre uma porta e no frontão de uma casa era sinal de que católicos viviam ali. As conchas tinham sido postas durante as perseguições no reino de Elizabeth, quando ser um padre católico na Inglaterra significava o risco de prisão, tortura e morte, mas algumas pessoas não conseguiam viver sem o consolo de sua fé, e haviam marcado suas casas para que os companheiros de religião pudessem saber que encontrariam refúgio lá dentro. Mas os homens de Elizabeth sabiam o significado das cinco conchas, assim como os católicos, de modo que, se houvesse um padre na casa, teria de haver um lugar onde ele se escondesse, por isso o dono fazia um buraco de padre, um esconderijo tão bem pensado que enganaria os protestantes durante dias.

— Parece que você está pensando — comentou Berrigan.

— Quero gravetos — disse Sandman em voz baixa. — Gravetos, lenha, um isqueiro, e veja se há um grande caldeirão na cozinha.

Berrigan hesitou, querendo perguntar o que Sandman planejava, depois decidiu que descobriria logo, por isso ele e Sally voltaram para baixo. Sandman atravessou o quarto e passou os dedos pelas juntas dos lambris que cobriam as paredes de cada lado da lareira, mas só conseguiu descobrir que não havia emendas nos relevos. Bateu nos painéis, mas nada parecia oco. No entanto, esse era o sentido dos buracos de padres; eram quase impossíveis de se detectar. A parede da janela e a parede do corredor pareciam finas demais, de modo que tinha de ser a parede da lareira ou a do lado oposto, onde ficava o armário fundo — no entanto Sandman não pôde descobrir coisa alguma. Mas não esperava achar com facilidade. Os investigadores de Elizabeth eram bons, implacáveis e bem recompensados por descobrir padres, no entanto alguns esconderijos passavam despercebidos apesar de dias de busca.

— Essa porcaria pesa uma tonelada — reclamou Berrigan enquanto cambaleava para dentro do quarto e largava um caldeirão enorme no chão. Sally estava alguns passos atrás, com uma braçada de lenha.

— Onde está o administrador? — perguntou Sandman.

— Sentado na cozinha com cara de quem está chupando pólvora — disse Berrigan.

— E a mulher?

— Sumiu.

— Ele não quis saber o que você ia fazer com isso?

— Eu disse que faria um buraco na cara dele se ele ousasse perguntar — disse Berrigan, todo feliz.

— Tato — disse Sandman. — Sempre funciona.

— Então, o que o senhor está fazendo? — perguntou Sally.

— Vamos queimar a porcaria da casa — disse Sandman em voz alta. E empurrou o caldeirão até a borda da lareira. — Ninguém está usando a casa. — Ele ainda falava suficientemente alto para que uma pessoa a dois cômodos de distância ouvisse — e o teto precisa de conserto. É mais barato incendiar do que limpar, não acham? — Ele pôs os gravetos no fundo do caldeirão, provocou uma fagulha no isqueiro e soprou no pano chamuscado até conseguir uma chama que transferiu para os gravetos. Protegeu a chama durante alguns segundos, depois ela estava estalando e se espalhando, e ele pôs mais alguns pedaços menores de lenha em cima.

Demorou alguns minutos antes que os pedaços maiores pegassem fogo, mas nesse ponto o caldeirão estava soltando uma densa fumaça branco-azulada e, como o caldeirão estava na borda da lareira, e não dentro, quase nada da fumaça era sugada para a chaminé. Sandman planejava tirar Meg com fumaça, e para o caso de o buraco de padre se abrir para o corredor, postara Berrigan montando guarda do lado de fora do quarto enquanto ele e Sally ficavam lá dentro, com a porta fechada. A fumaça estava sufocando-os, por isso Sally se agachou perto da cama, mas não queria sair, para o caso de o ardil funcionar. Os olhos de Sandman lacrimejavam e sua garganta estava ardendo, mas ele pôs outro pedaço de madeira nas chamas e viu o bojo do caldeirão começar a ficar vermelho. Abriu a porta um pouquinho para deixar parte da fumaça sair e o ar puro entrar.

— Quer sair? — sussurrou para Sally e ela balançou a cabeça.

Sandman se curvou para o lugar onde a fumaça era menos densa, e pensou em Meg no buraco de padre, um espaço escuro, apertado e assustador. Esperava que o cheiro de queimado já estivesse fazendo os temores dela aumentarem, e que a fumaça estivesse se infiltrando pelos alçapões, portinholas e portas secretas que escondiam seu esconderijo antigo. Um pedaço de lenha estalou, rachou-se, e um sopro de fumaça saltou do caldeirão num jorro de chamas. Sally estava com o pano da cama sobre a boca, e Sandman soube que não poderiam ficar muito mais tempo. Mas nesse momento houve um rangido, um grito e um barulho parecendo o impacto de uma bala de canhão, e ele viu toda uma parte do painel se abrir como uma porta — só que não era perto da lareira, mas sim ao longo da parede externa, entre as janelas, onde ele tinha achado a parede fina demais para um buraco de padre. Sandman puxou as mangas da casaca sobre as mãos e, assim protegido, empurrou o caldeirão para baixo da chaminé enquanto Sally agarrava o punho da mulher que gritava aterrorizada, pensando estar presa numa casa em chamas, e agora tentava se soltar do buraco estreito sobre os degraus, que descia dos painéis deslocados.

— Tudo bem! Está tudo bem! — estava dizendo Sally enquanto levava Meg até a porta.

E Sandman, com a casaca chamuscada e empretecida, seguiu as duas mulheres até o largo patamar onde ofegou no ar puro e olhou para os olhos vermelhos de Meg. Pensou em como Charles Corday era um bom artista, porque a jovem era de fato monstruosamente feia, até mesmo de aparência malévola, e então riu porque a havia encontrado, e com ela descobriria a verdade. Ela confundiu seu riso com zombaria e, adiantando-se, deu-lhe um tapa com força no rosto.

E nesse momento uma arma disparou no corredor.

Sally gritou enquanto Sandman a puxava para baixo e para fora do caminho. Meg, sentindo a possibilidade de escapar, correu para a escada, mas Berrigan a fez tropeçar. Sandman passou por cima dela mancando até a balaustrada, onde viu que era a governanta de aparência azeda, muito mais corajosa do que o marido, que havia disparado com a arma de caça escada acima. Mas, como muitos recrutas novatos, tinha fechado os olhos ao puxar o gatilho e disparou alto demais, de modo que o tiro havia passado acima do cabelo de Sandman. Havia meia dúzia de homens atrás dela, um com um mosquete, e Sandman obrigou Berrigan a baixar a pistola.

— Nada de tiros! — gritou. — Nada de tiros!

— O senhor não tem nada que fazer aqui — gritou a governanta para ele. Ela havia empalidecido, porque não pretendera disparar a arma, mas quando a pegou do marido e apontou escada acima como ameaça, inadvertidamente apertara o gatilho. Os homens atrás dela eram liderados por um gigante alto e de cabelos claros com um mosquete. O resto tinha porretes e foices. Para Sandman pareciam camponeses que tinham vindo queimar a grande casa, mas na verdade eram provavelmente meeiros que vieram proteger a propriedade do duque de Ripon.

— Nós temos todo o direito de estar aqui — mentiu Sandman. Ele manteve a voz calma enquanto pegava a carta do secretário do Interior que, na verdade, não lhe garantia qualquer direito. — O governo pediu que investigássemos um assassinato — ele falava suavemente enquanto descia devagar a escada, sempre de olho no homem com a arma. Era um homem altíssimo, musculoso, e talvez com trinta e poucos anos, usando uma camisa branca suja e calças creme presas com uma tira de pano verde que servia como cinto. Parecia estranhamente familiar, e Sandman imaginou se o sujeito teria sido soldado. Seu mosquete era certamente um velho mosquete do exército, abandonado após a última derrota de Napoleão, mas estava limpo, engatilhado e o sujeito alto o segurava cheio de confiança. — Tenho aqui a autorização do secretário do Interior — falou, brandindo a carta com seu lacre impressionante — e não viemos fazer mal a ninguém, nem roubar nada ou causar danos. Só viemos fazer perguntas.

— O senhor não tem direitos aqui! — guinchou a governanta.

— Quieta, mulher — disse Sandman rispidamente em sua melhor voz de oficial. O que ela dizia era correto, absolutamente correto, mas ela havia perdido as estribeiras, e Sandman suspeitava de que aqueles homens prefeririam ouvir uma voz razoável do que uma arenga histérica. — Alguém quer ler a carta do lorde? — perguntou, estendendo o papel e sabendo que uma menção ao "lorde" faria com que parassem. — E a propósito — ele olhou de volta para a escada, onde a fumaça estava ficando rala no patamar — a casa não está pegando fogo e não corre perigo. Agora, quem quer ler a carta do lorde?

Mas o homem que segurava o mosquete ignorou o papel. Em vez disso franziu a testa para Sandman e baixou o cano da arma.

— O senhor é o capitão Sandman?

Sandman assentiu.

— Sou.

— Santo Deus, mas vi o senhor rebater setenta e sete bolas contra nós em Tunbridge Wells! E nós tínhamos Pearson e Willes fazendo os lançamentos! Pearson e Willes, nada menos do que isso, e o senhor deixou os dois maluquinhos e de cabeça para baixo. — Agora ele tinha desengatilhado o mosquete e estava rindo para Sandman. — Foi no ano passado, e eu estava jogando para Kent. O senhor tinha acabado com a gente direitinho, mas veio a chuva e salvou nosso time!

E, pela graça de Deus, o nome do grandalhão se infiltrou na mente de Sandman.

— É o sr. Wainwright, não é?

— Ben Wainwright, senhor. — Wainwright, que pelas roupas devia estar jogando críquete quando foi convocado para a casa, tirou o cabelo da testa.

— O senhor rebateu uma bola por cima do monte de feno, eu lembro — disse Sandman. — Quase nos derrotou sozinho!

— Nada como o senhor, nada como o senhor.

— Benjamin Wainwright! — disse com rispidez a governanta. — Você não veio aqui para...

— Quieta, Doris — respondeu Wainwright, baixando a pederneira do mosquete. — Não existe mal no capitão Sandman! — Os homens com ele resmungaram concordando. Não importava que Sandman estivesse na casa ilegalmente ou que tivesse enchido o andar de cima com fumaça: ele era jogador de críquete, era famoso, e agora todos estavam rindo para ele, querendo sua aprovação. — Ouvi dizer que parou de jogar, senhor. — Wainwright parecia preocupado. — É verdade?

— Ah, não. É só que eu só gosto de participar de jogos limpos.

— São muito poucos — disse Wainwright. — Mas eu deveria ter o senhor no meu time hoje. Estamos levando uma bela surra, estamos mesmo, de um pessoal de Hastings. Eu já terminei meus *innings* — acrescentou ele, explicando sua ausência do jogo.

— Haverá outros dias — consolou Sandman —, mas agora quero levar esta jovem para o jardim e ter uma conversa com ela. Ou será que há uma taverna onde possamos conversar tomando uma cerveja? — Ele acrescentou isso porque percebeu que seria sensato levar Meg para longe da propriedade do duque de Ripon antes que alguém com conhecimento jurídico rudimentar os acusasse de invadir e explicasse a Meg que ela não precisava falar com eles.

Wainwright assegurou que a Castle and Bell era uma boa taverna, e a governanta, enojada com a traição dele, se afastou. Sandman soltou um suspiro de alívio.

— Meg? — Ele se virou para a garota. — Se houver alguma coisa que você queira levar para Londres, pegue agora. Sargento? — Sandman pôde ver que a garota queria protestar, talvez até bater nele de novo, mas não lhe deu tempo para argumentar. — Sargento, certifique-se de que os cavalos recebam água. Talvez a carruagem devesse ser levada para a taverna, não é? Sally, minha cara, certifique-se de que Meg tenha tudo de que precisa. E sr. Wainwright — Sandman virou-se e sorriu para o rebatedor de Kent. — Seria uma honra se o senhor me mostrasse a taverna. Pelo que lembro o senhor faz bastões, não é? Gostaria de conversar sobre isso.

O confronto havia terminado. Meg, mesmo irritada, não estava tentando fugir, e Sandman ousou esperar que tudo ficaria bem. Uma conversa agora, uma corrida até Londres, e a justiça, a mais rara de todas as virtudes, seria feita.

Meg estava amarga, carrancuda e com raiva. Ressentia-se com a intromissão de Sandman em sua vida, na verdade parecia se ressentir da própria vida, e por um tempo, sentada no jardim dos fundos da Castle and Bell, recusou-se até mesmo a conversar com ele. Olhava para a distância, tomou um copo de gim, exigiu outro numa voz gemida e então, depois de Benjamin Wainwright ter partido para ver como seu time ia se saindo, insistiu em que Sandman a levasse de volta para Cross Hall.

— Minhas galinhas precisam de cuidados — disse ela com rispidez.

— Suas galinhas? — Isso surpreendeu Sandman.

— Eu sempre gostei de galinhas — respondeu Meg em tom desafiador.

Sandman, com a bochecha ainda ardendo do tapa, balançou a cabeça, perplexo.

— Eu não vou levá-la de volta para a casa — resmungou —, e você terá uma sorte enorme se não for degredada pelo resto da vida. É isso que você quer? Uma viagem para a Austrália até uma colônia penal?

— Vá cagar no mato — retrucou ela. Estava vestida com uma touca branca e um vestido simples de sarja marrom com penas de galinha grudadas. Eram roupas feias, mas combinavam com ela, porque tinha de fato má aparência, mas também era notavelmente desafiadora. Sandman quase se pegou admirando sua beligerância, mas sabia que essa força iria torná-la difícil de ser enfrentada. Ela o observava com olhos de quem sabia das coisas, e pareceu ler sua hesitação, porque deu um curto riso de zombaria e se virou para olhar a carruagem do Clube Serafins que tinha acabado de aparecer na praça do povoado, toda empoeirada depois da viagem. Berrigan estava dando água aos cavalos num laguinho de patos, enquanto Sally, com algumas moedas do sargento, comprava uma garrafa de cerveja e outra de gim. Pombos se agitavam num campo de trigo recém-colhido logo depois da cerca da Castle and Bell, enquanto um bando de andorinhões se enfileirava na cumeeira de palha da taverna.

— Você gostava da condessa, não gostava? — perguntou Sandman.

Meg cuspiu na direção dele enquanto Sally saía da taverna.

— Canalhas! — disse Sally. — Porcaria de canalhas do campo! Eles não querem servir a uma mulher!

— Eu vou — ofereceu-se Sandman.

— Um caixeiro vai trazer as jarras — disse ela. — Não queriam me servir, mas mudaram de idéia quando troquei umas palavrinhas com eles. — Ela sacudiu a mão afastando uma vespa irritante, mandando-a na direção de Meg que soltou um gritinho e, quando o inseto não quis abandoná-la, começou a gritar cheia de alarme. — Por que essa matraca escancarada? — perguntou Sally e Meg, sem compreender, só a encarou. — Por que está chorando, porcaria? — traduziu Sally. — Você não tem motivo para chorar. Você está se fartando aqui enquanto a coitada da fadinha espera para ser pendurada.

O caixeiro, claramente aterrorizado com Sally, trouxe uma bandeja com canecas, copos e jarras. Sandman pôs cerveja numa caneca que entregou a Sally.

— Por que não leva isto para o sargento? — disse ele. — Eu converso com Meg.

256

BERNARD CORNWELL

— Quer dizer, você quer que eu dê o fora.

— Dê-me alguns minutos — sugeriu Sandman. Sally pegou a cerveja e Sandman ofereceu um copo de gim a Meg, que o arrancou de sua mão. — Você gostava da condessa, não gostava? — perguntou ele de novo.

— Não tenho nada a dizer. Nada. — Ela tomou todo o gim e estendeu a mão para a jarra.

Sandman afastou a bebida.

— Qual é o seu nome?

— Não é da sua conta, e me dá um pouco dessa porcaria! — Ela se lançou para a jarra, mas Sandman a manteve afastada.

— Qual é o seu nome? — perguntou Sandman de novo e foi recompensado por um chute na canela. Ele derramou um pouco de gim na grama e Meg ficou imediatamente muito imóvel e cautelosa. — Vou levá-la a Londres, e você tem dois modos de ir para lá. Pode se comportar, e nesse caso vai ficar confortável, ou pode continuar sendo mal-educada, e nesse caso eu a levo para a prisão.

— Você não pode fazer isso — disse ela em tom de desprezo.

— Posso fazer o que quiser! — retrucou Sandman, espantando-a com a raiva súbita. — Fui encarregado pelo secretário do Interior, moça, e você está ocultando provas num caso de assassinato! Prisão? Você terá uma sorte tremenda ser for somente a prisão, e não o próprio cadafalso.

Ela o encarou furiosa por um momento, depois deu de ombros.

— Meu nome é Hargood — disse em voz azeda. — Margaret Hargood.

Sandman serviu-lhe outro copo de gim.

— De onde você é, srta. Hargood?

— Você não vai saber porcaria nenhuma.

— O que sei é que o secretário do Interior me instruiu a investigar o assassinato da condessa de Avebury. Ele fez isso, srta. Hargood, porque teme que uma grande injustiça esteja para ser feita. — O dia em que o visconde de Sidmouth se preocupasse com uma injustiça contra um membro das classes inferiores, refletiu Sandman, provavelmente seria o dia em que o sol ia nascer no oeste, mas não podia admitir isso à garota malvestida que tinha acabado de engolir o segundo gim como se estivesse morrendo

O Condenado

de sede. — O secretário do Interior acredita, como eu, que Charles Corday não assassinou sua patroa. E achamos que você pode confirmar isso.

Meg levantou o copo, mas não disse nada.

— Você estava lá, não estava? No dia em que a condessa foi assassinada?

Ela sacudiu o copo, exigindo mais gim, porém continuou sem dizer nada.

— E você sabe — continuou Sandman — que Charles Corday não cometeu esse assassinato.

Ela olhou para uma maçã amassada que tinha caído da árvore na grama. Uma vespa se arrastava sobre a pele enrugada da fruta e ela gritou, largou o copo e apertou o rosto com as mãos. Sandman pisou na vespa, esmagando a fruta.

— Meg — apelou ele.

— Não tenho nada a dizer. — Meg olhava para o chão, cheia de medo, evidentemente temendo que a vespa ressuscitasse.

Sandman pegou o copo dela, encheu e entregou.

— Se você cooperar, srta. Hargood — disse formalmente —, garantirei que nada de mau lhe aconteça.

— Não sei de nada, não sei de nada sobre nenhum assassinato. — Ela olhou desafiadoramente para Sandman, os olhos duros como sílex.

Sandman suspirou.

— Você quer que um inocente morra? — A garota não respondeu, apenas se virou olhando para o outro lado da cerca viva, e Sandman sentiu um jorro de indignação. Quis bater nela e sentiu vergonha da intensidade desse desejo, tão intenso que ele se levantou e começou a andar de um lado para o outro. — Por que você está na casa do marquês de Skavadale? — perguntou e não obteve resposta. — Acha que o marquês vai protegê-la? Ele quer você aqui para que o homem errado vá para a forca, e assim que Corday estiver morto, que utilidade terá para ele? Ele vai matar você para impedi-la de testemunhar. Só fico pasmo por ele ainda não tê-la assassinado. — Isso, pelo menos, provocou alguma reação da garota, mesmo que fosse apenas para fazer com que ela se virasse para olhá-lo. — Pense, garota! — insistiu Sandman com ênfase. — Por que o marquês está mantendo você viva? Por quê?

— Você não sabe porcaria nenhuma, sabe? — disse Meg cheia de desprezo.

— Vou lhe dizer o que sei — respondeu Sandman, com a raiva muito próxima da violência. — Sei que você pode salvar um homem inocente do cadafalso, e sei que você não quer, e que isso a torna cúmplice de assassinato, moça, e que eles podem enforcá-la por isso. — Sandman esperou, mas ela não disse nada e ele soube que havia fracassado. A perda de seu controle era sinal desse fracasso, e ele sentiu vergonha de si mesmo, mas a garota não queria falar, e Corday não poderia ser salvo. Meg, só com o silêncio, podia derrotá-lo, e agora mais problemas, problemas incômodos e estúpidos, se empilhavam sobre ele. Queria levar Meg de volta a Londres rapidamente, mas Mackeson insistia em que os cavalos estavam cansados demais para viajar mais um quilômetro, e Sandman sabia que o cocheiro estava certo. Isso significava que teriam de passar a noite no povoado e guardar os três prisioneiros. Guardar, alimentar e ficar de olho nos cavalos. Meg foi posta na carruagem, e as portas foram amarradas e as janelas presas com cunhas, e ela devia ter dormido, apesar de ter acordado Sandman duas vezes gritando e batendo nas janelas. Finalmente quebrou uma janela e começou a sair, então Sandman ouviu um grunhido, um grito contido e a ouviu tombar de volta para dentro.

— O que aconteceu? — perguntou ele.

— Nada que precise perturbá-lo — disse Berrigan. O sargento, Sandman e Sally estavam dormindo na grama, guardando Mackeson e Billy, mas em nenhum dos dois restava ânimo para lutar, porque estavam confusos, amedrontados e obedientes. Eles fizeram Sandman se recordar de um coronel francês que seus homens tinham aprisionado nas montanhas da Galícia, um sujeito bombástico que tinha gemido e reclamado das condições do cativeiro até que, exasperado, o próprio coronel de Sandman simplesmente o libertou. "Dá o fora", disse a ele em francês. "Você está livre." E o francês, com tanto pavor dos camponeses espanhóis, implorou para ser feito cativo de novo. Mackeson e Billy poderiam ter se afastado dos captores exaustos, mas ambos tinham medo demais dos aldeãos estranhos, da escuridão total da noite e da perspectiva atemorizante de arranjar um meio para voltar a Londres.

— Então o que acontece agora? — perguntou Berrigan a Sandman na curta noite de verão.

— Vamos levá-la ao secretário do Interior — disse Sandman, desanimado — e deixá-lo roer os ossos dela.

Não adiantaria, pensou, mas que opção ele tinha? Em algum lugar um cão latiu no escuro, e então, enquanto Berrigan montava guarda, Sandman dormiu.

9

Logo depois do alvorecer o portão principal da prisão de Newgate foi aberto e as primeiras partes do patíbulo foram levadas para a Old Bailey. A cerca que rodeava o patíbulo pronto era tirada primeiro, e parte dela foi posta na metade da rua para desviar o pequeno tráfego que havia entre Ludgate Hill e a rua Newgate nesse início de manhã de domingo. William Brown, o chefe da carceragem de Newgate, veio à porta principal, onde bocejou, coçou a careca, acendeu um cachimbo e depois ficou de lado enquanto as traves pesadas que formavam a estrutura da plataforma eram carregadas para fora.

— Vai fazer um lindo dia, sr. Pickering — observou ele ao capataz.

— Vai ser quente, senhor.

— Tem muita cerveja do outro lado da rua.

— Deus seja louvado por isso, senhor — disse Pickering, depois se virou e olhou para a fachada da prisão. Havia uma janela logo acima da Porta do Devedor, e ele acenou para lá. — Eu estava pensando, senhor, que a gente podia economizar muito incômodo colocando uma plataforma debaixo daquela janela. Construída para ficar lá o tempo todo, sabe? E colocar um alçapão com dobradiça ali, e uma trave em cima, e a gente não ia precisar fazer um patíbulo todas as vezes.

O chefe da carceragem se virou e olhou para cima.

— Você está querendo ficar sem trabalho, sr. Pickering.

— Eu preferiria ter os domingos em casa, senhor, com a sra. Pickering. E se o senhor tivesse uma plataforma lá em cima, ela não ia atrapalhar o tráfego e daria uma visão melhor para a multidão.

— Uma visão boa demais, talvez — sugeriu o chefe da carceragem. — Não sei se a multidão deveria ver a agonia da morte. — O patíbulo atual, com as laterais cobertas, garantia que apenas as pessoas que alugassem os cômodos de cima bem em frente à prisão podiam ver dentro do buraco onde os homens e mulheres eram sufocados até a morte.

— Eles podem ver a agonia na Horsemonger Lane — observou Pickering — e as pessoas apreciam quando eles morrem direito. É por isso que gostavam de Tyburn! A gente tem uma visão decente em Tyburn. — No século anterior os condenados eram levados em carroça de Newgate até os amplos espaços de Tyburn, onde havia um patíbulo permanente, com três grandes traves e arquibancadas altas a toda volta. Era uma viagem de duas horas, pontuada por paradas onde multidões diante de tavernas obstruíam as estradas, e as autoridades detestavam atmosfera de carnaval que sempre acompanhava um enforcamento em Tyburn. Por esse motivo, e com a crença de que as execuções diante de Newgate seriam mais dignas, tinham demolido o velho patíbulo triangular e com isso eliminaram a viagem cheia de pândega. — Vi o último enforcamento em Tyburn — disse Pickering. — Tinha apenas sete anos e nunca me esqueci!

— A coisa deve ser memorável — observou o chefe da carceragem —, caso contrário não servirá como dissuasão, não é? Então por que esconder a agonia da morte? Acredito que o senhor está certo, sr. Pickering, e devo repassar suas sugestões ao conselho municipal.

— Gentileza sua, senhor, gentileza sua. — Pickering bateu com os nós dos dedos na testa. — Então amanhã será um dia agitado, não é?

— São apenas dois, mas um deles é o pintor, Corday. Lembra-se? Foi o sujeito que esfaqueou a condessa de Avebury. — Ele suspirou. — Deve atrair uma bela multidão.

— E o tempo vai encorajar as pessoas, senhor.

— Vai mesmo — concordou o chefe da carceragem —, vai mesmo, se continuar bom. — Ele ficou de lado quando uma das serviçais da cozinha de sua mulher desceu correndo a escada com uma alta jarra de louça para encontrar uma vendedora de leite que carregava dois baldes com tampa pendurados num pau atravessado sobre o ombro. — Cheire, Betty — gritou ele —, cheire! Semana passada veio azedo.

A estrutura da plataforma foi encaixada e travada no lugar enquanto a cobertura das laterais e a baeta preta que envolvia todo o patíbulo eram empilhados no pavimento. O chefe da carceragem bateu seu cachimbo contra a aldrava preta da porta, depois entrou para trocar a roupa para o serviço matinal. A Old Bailey tinha pouco trânsito, ainda que alguns preguiçosos observassem distraídos o patíbulo que ia crescendo, e meia dúzia de meninos de coro, correndo para a igreja do Santo Sepulcro, pararam para olhar boquiabertos enquanto a pesada trave com seus ganchos de metal era trazida de dentro da prisão. Um garçom da Magpie and Stump trouxe uma bandeja com jarras de cerveja para os trabalhadores, presente do proprietário que manteria os doze homens bem abastecidos durante o dia inteiro. Era tradicional fornecer aos montadores do patíbulo cerveja grátis, e era lucrativo, porque a presença do cadafalso significaria um monte de fregueses na manhã seguinte.

Em Wapping, ao leste, um vendedor de cordames destrancava sua porta dos fundos para um único freguês. A loja estava fechada, porque era domingo, mas esse freguês era especial.

— Parece que amanhã será um belo dia, Jemmy — disse o comerciante.

— Vai atrair a multidão — concordou o sr. Botting, entrando na loja e passando por montes de cordas e bigotas —, e gosto de uma multidão.

— Um homem hábil deve ter uma platéia apreciadora — disse o comerciante, levando o freguês até uma mesa onde dois pedaços de corda de cânhamo com três metros e meio tinham sido fervidos e limpos, depois massageados com óleo de linhaça para ficar flexíveis. Em seguida, amorosamente, ele fizera dois nós corredios e uma alça em cada extremidade.

— Parece cânhamo de Bridport — disse Botting, mas sabia que não era. Só disse para agradar ao comerciante.

E o comerciante riu de prazer.

263

O CONDENADO

— Não há um homem vivo que possa dizer que não é cânhamo de Bridport, Jemmy, mas não é. É sisal, é sim, sisal de amarra.

— Não! — Com o rosto fazendo uma careta devido ao tique nervoso, Botting se curvou para olhar a corda mais de perto. Era instruído a só comprar o melhor cânhamo novo de Bridport, e sua conta para o conselho municipal exigiria reembolso por duas cordas caras daquelas, mas ele sempre se sentira ofendido em gastar corda boa com a ralé do cadafalso.

— Saiu do barril da adriça de um navio carvoeiro de Newcastle — disse o comerciante. — Uma porcaria do oeste da África, imagino, mas é só ferver, olear e dar uma bela camada de preto-fuligem e ninguém vai saber, não é? Um xelim cada, para você, Jemmy.

— Preço justo — concordou Botting. Ele pagaria dois xelins e embolsaria nove xelins e nove *pence* pelas cordas, iria cortá-las depois de terem servido ao seu propósito e venderia os pedaços pelo que conseguisse. Nenhum dos homens a ser enforcado era realmente famoso, mas a curiosidade com relação ao assassino da condessa de Avebury poderia elevar o preço da corda do jovem pintor até seis *pence* por polegada. Haveria um belo lucro, de qualquer modo. Ele testou o nó de uma das cordas, depois assentiu com satisfação. — E vou querer um pouco de cordão para amarrar. Quatro pedaços.

— Tenho um pedaço de cordão escocês pronto para você, Jemmy. Então, ainda é você que amarra as mãos e os cotovelos deles, não é?

— Não por muito tempo. Obrigado! — Esta última palavra foi porque o vendedor tinha servido conhaque em duas canecas de latão. — Dois conselheiros foram ao último enforcamento — continuou Botting —, fingindo que só estavam ali pela diversão, mas eu sei das coisas. E o sr. Logan era um deles, e ele é um sujeito bastante bom. Sabe o que é necessário. Veja bem, o outro gostaria de não ter ido. Esvaziou a barriga, esvaziou mesmo! Não suportou a visão! — Ele deu um risinho. — Mas o sr. Logan me deu uma gorjeta depois e disse que eles vão me dar o ajudante.

— Um homem precisa de um ajudante.

— Precisa sim. — Jemmy Botting terminou de beber o conhaque, depois pegou suas cordas e seguiu o vendedor até um barril onde era guardado o cordão. — O serviço de manhã vai ser fácil — disse ele —, só dois para pendurar. Será que vou ver você lá?

— Com toda a certeza, Jemmy.

— Vamos tomar uma cerveja depois e jantar uma costeleta.

Saiu dez minutos mais tarde, com as cordas e os cordões guardados na bolsa. Só precisava pegar os dois sacos de algodão com uma costureira, depois estaria preparado. Ele era o carrasco da Inglaterra, e na manhã do dia seguinte estaria fazendo seu trabalho.

Sandman estava num humor péssimo naquela manhã de domingo. Mal dormira, seu ânimo estava esgarçado e tenso, e os gemidos de Meg só faziam isso piorar. Berrigan e Sally não estavam mais animados do que ele, mas tiveram o bom senso de ficar quietos, enquanto Meg reclamava por ser obrigada a ir a Londres, e depois começou a guinchar em protesto quando Sandman a encheu de acusações de egoísmo e estupidez.

Billy, o empregado do estábulo, foi deixado no povoado. Dificilmente poderia chegar a Londres antes da carruagem, por isso não poderia alertar ao Clube Serafins do que estava acontecendo, e assim era seguro abandoná-lo.

— Mas como vou para casa? — perguntou, choroso.

— Faça o que nós fizemos de Lisboa a Toulouse — disse Sandman, ríspido. — Caminhe.

Os cavalos estavam em frangalhos. Tinham pastado a grama da praça do povoado, afastando-se dos gansos intrometidos que se ressentiam de sua presença, mas os animais estavam acostumados a aveia e trigo, e não à grama fina, e estavam lentos nos arreios, apesar de reagirem com bastante rapidez ao chicote de Mackeson, e quando o sol havia subido acima das árvores no leste eles já iam para o norte a um bom passo. Sinos de igreja sacudiam um céu de verão onde nuvens altas navegavam para o oeste.

— O senhor é de ir à igreja, capitão? — perguntou Berrigan, imaginando que a viagem teria melhorado o humor de Sandman.

— Claro. — Sandman estava compartilhando a boléia com Berrigan e Mackeson, deixando o interior da carruagem para Sally e Meg. Tinha sido

265

O CONDENADO

idéia de Sally compartilhar a carruagem com Meg. "Ela não me assusta", dissera Sally. "E, além disso, talvez ela fale com outra mulher, não é?"

— Eu não sou de ir à igreja — disse Berrigan. — Não tenho tempo para isso, mas gosto de ouvir os sinos.

À volta deles, escondidas pelos densos bosques de Kent, as torres das igrejas ressoavam. Uma carroça puxada por cães passou cheia de crianças com suas melhores roupas de domingo, e todas levando seus livros de orações para o serviço matinal. As crianças deram acenos.

Os sinos ficaram silenciosos quando os serviços começaram. A carruagem chegou a um povoado cuja rua principal estava deserta. Passaram pela igreja e Sandman ouviu um violoncelista acompanhando o velho hino "Despertai, minha alma, e com o sol começai vosso dever cotidiano". Eles haviam cantado esse hino, lembrou-se Sandman, na manhã da batalha de Salamanca, as vozes dos homens duras e graves abaixo do sol que se erguia num céu que ficou implacável com o calor, naquele dia de morte chamejante. Mackeson parou os animais num vau do outro lado do povoado e, enquanto os cavalos bebiam, Sandman desdobrou a escadinha para que Sally e Meg esticassem as pernas. Ele olhou interrogativamente para Sally, que balançou a cabeça.

— Teimosa — murmurou ela para Sandman.

Meg desceu e olhou cheia de fúria para Sandman, depois se curvou para beber água. Em seguida, sentou-se na margem e ficou só olhando as libélulas.

— Se as raposas comerem minhas galinhas, eu mato você — disse a Sandman.

— Você se importa mais com as galinhas do que a com a vida de um inocente?

— Deixa ele se enforcar. — Meg tinha perdido sua touca e o cabelo estava escorrido e embolado.

— Você terá de falar com outros homens em Londres, e eles não serão gentis.

A garota ficou quieta.

Sandman suspirou.

— Sei o que aconteceu — disse ele. — Você estava no quarto onde Corday pintava a condessa, e alguém veio pela escada dos fundos. Então você levou Corday pela escada da frente, não foi? Deixou as tintas e os pincéis dele no quarto da condessa e fez com que ele saísse depressa pela porta da frente porque um dos amantes da condessa tinha chegado, e sei quem era. Era o marquês de Skavadale. — Meg franziu a testa, parecia a ponto de dizer alguma coisa, depois só ficou olhando para a distância. — E o marquês de Skavadale está noivo e vai se casar com uma herdeira rica, e precisa desse casamento porque sua família está com pouco dinheiro, pouquíssimo. Mas a garota não vai se casar com ele se souber que ele estava tendo uma ligação com a condessa, e a condessa o estava chantageando. Ela ganhava dinheiro assim, não era?

— Era? — perguntou Meg em voz inexpressiva.

— Você era alcoviteira dela, não era?

Meg virou seus olhos pequenos e amargos para Sandman.

— Eu era protetora dela, meu chapa, e ela precisava de proteção. Ela era boa demais.

— Mas você não a protegeu, protegeu? — disse Sandman asperamente. — E o marquês a matou, e você descobriu isso. Você o encontrou lá? Será que ouviu o assassinato? Talvez tenha visto! Por isso ele escondeu você e prometeu dinheiro. Mas um dia, Meg, ele vai se cansar de pagar a você. E só a está mantendo viva até Corday ser enforcado, porque depois disso ninguém vai acreditar que o culpado era outro.

Meg deu um meio sorriso.

— Então por que ele não me matou na hora, hein? — Ela o encarou, cheia de desafio. — Se ele matou a condessa, por que não ia matar a empregada? Diga isso, ande.

Sandman não podia dizer. De fato era a única coisa que ele não podia explicar, ainda que todo o resto fizesse sentido e ele acreditasse que, com o tempo, até esse mistério seria desvendado.

— Quem sabe ele gosta de você?

Meg o encarou incrédula durante alguns segundos, depois soltou uma gargalhada curta e rouca.

— Gente como ele? Gosta de mim? Não. — Ela espanou um inseto da saia. — Ele me deixa cuidar das galinhas, só isso. Eu gosto de galinhas. Sempre gostei de galinhas.

— Capitão! — Sentado na boléia, Berrigan estava olhando para o norte. — Capitão! — gritou de novo. Sandman se levantou, foi até a carruagem e olhou para o norte, por sobre alguns campos e um morro baixo coberto de árvores, e ali, na crista onde a estrada de Londres atravessava o horizonte e fazia um rasgo nas árvores, havia um grupo de cavaleiros. — Eles estavam olhando cá para baixo, como se fossem dragões e estivessem deduzindo quantos casacas-vermelhas podiam ver.

Sandman não tinha luneta, e os cavaleiros estavam longe demais para ver com clareza. Havia seis ou sete, e Sandman teve a impressão — nada mais do que isso — de que eles estavam olhando para a carruagem e que pelo menos um deles tinha luneta.

— Pode ser qualquer pessoa — disse ele.

— Pode ser — concordou Berrigan —, só que lorde Robin Holloway gosta de usar uma casaca de montaria branca e tem um grande cavalo preto.

O homem no centro do grupo usava casaca branca e montava um grande cavalo preto.

— Porcaria — disse Sandman, baixo. Será que Flossie tinha falado com o pessoal do Clube Serafins? Teria revelado que Sandman tinha invadido o clube? Nesse caso eles certamente o teriam ligado à carruagem desaparecida e começado a se preocupar com Meg em Kent, e mandariam um grupo de resgate para se certificar de que Sandman não levasse a jovem para Londres. Enquanto ele pensava isso viu o grupo de cavaleiros esporear os animais e desaparecer no meio das árvores.

— Chicoteie as parelhas — disse a Mackeson. — Sargento! Ponha Meg na carruagem! Depressa!

Quanto tempo faltaria até a chegada dos cavaleiros? Dez minutos? Provavelmente menos. Sandman pensou em virar a carruagem e voltar ao povoado, onde havia uma encruzilhada, mas não existia espaço para virar o veículo. Assim, quando Meg estava em segurança dentro, Mackeson atiçou os cavalos e Sandman lhe disse para pegar a primeira saída da estrada.

Qualquer alameda ou estradinha de fazenda serviria, mas perversamente não havia nenhuma e, enquanto a carruagem sacolejava, Sandman esperava ver os cavaleiros aparecerem a qualquer segundo. Olhava adiante, tentando ver a poeira acima das árvores. Pelo menos aqui o campo tinha muitas árvores, o que significava que a carruagem estaria escondida praticamente até eles encontrarem os cavaleiros, e então, no momento em que Sandman perdia a esperança de achar uma rota de fuga, uma estradinha apareceu à direita e ele ordenou que Mackeson seguisse por ela.

— É uma estrada velha e ruim — alertou Mackeson.

— Vá por ela!

O veículo entrou na estradinha, desviando-se por pouco do tronco de um carvalho ao fazer a curva fechada.

— Espero que isso vá dar em algum lugar — disse Mackeson, aparentemente achando divertido —, caso contrário nós estamos fritos.

A carruagem pulava e se sacudia de modo alarmante, porque o caminho não passava de fundas marcas de carroça solidificadas na lama seca, mas seguia entre grossas cercas vivas e amplos pomares, e cada metro os levava mais longe da estrada de Londres. Sandman fez Mackeson parar depois de uns duzentos metros, subiu no teto da carruagem e olhou para trás, mas não pôde ver nenhum cavaleiro na estrada. Teria deixado que seus temores o tornassem cauteloso demais? Então Meg gritou, gritou de novo, e, descendo do teto, Sandman ouviu um tapa. O grito parou e ele pulou na estrada. Berrigan baixou a janela que não fora quebrada.

— É só uma porcaria de uma vespa — disse ele, jogando o inseto morto na cerca viva. — É de pensar que era uma porcaria de um crocodilo, pela confusão que ela faz!

— Pensei que ela estivesse assassinando você — disse Sandman, depois recomeçou a subir em cima da carruagem, mas foi impedido pela mão erguida de Berrigan. Ele parou, prestou atenção e ouviu o som de cascos.

O som passou. O grupo de cavaleiros estava na estrada principal, mas não vinha por este caminho estreito. Sandman tocou o cabo da pistola enfiada no cinto e se lembrou de um dia nos Pireneus quando, com um pequeno grupo de batedores, fora caçado por uns vinte dragões. Naquele dia perdeu três homens, todos cortados pelas espadas retas dos franceses, e só escapou porque um oficial casaca-verde tinha aparecido por acaso com uma dúzia de homens que usaram fuzis para espantar os cavaleiros. Hoje não havia a chance de um oficial fuzileiro amigo. Será que os cavaleiros procurariam na estradinha? O som dos cascos tinha sumido, mas Sandman relutava em ordenar que a carruagem voltasse, porque o veículo era barulhento, mas refletiu que o grito de Meg tinha sido mais barulhento ainda, e isso não trouxera os perseguidores, portanto subiu na boléia e assentiu para Mackeson.

— Devagar agora — disse ele. — Só avance um pouco.

— Não posso fazer outra coisa — disse Mackeson, assentindo para onde a estradinha fazia uma curva fechada à esquerda. — Vou ter de levar pela beira, capitão, e é uma curva apertada.

— Só vá devagar. — Sandman se levantou e olhou para trás, mas não havia nenhum cavaleiro à vista.

— Então o que vamos fazer? — perguntou Mackeson.

— Deve haver uma fazenda por aí. Se não houver, desatrelamos os cavalos, giramos a carruagem com as mãos e atrelamos de novo.

— Esse não é um veículo para estradas ruins — disse Mackeson em tom reprovador, mas estalou a língua e deu um tremor quase imperceptível nas rédeas. O caminho era estreito e a curva terrivelmente fechada, mas os cavalos a fizeram devagar. A carruagem se sacudiu quando as rodas subiram na borda, e os cavalos, sentindo a resistência, diminuíram a força, de modo que Mackeson estalou o chicote acima de suas cabeças e sacudiu as rédeas de novo, e nesse momento a roda esquerda frontal escorregou numa vala escondida pela grama e toda a carruagem se inclinou. Mackeson balançou os braços tentando se equilibrar enquanto Sandman segurava o corrimão no teto. Os cavalos relincharam em protesto, Meg gritou de medo, e então os raios da roda, recebendo todo o peso da carruagem na vala escondida, partiram-se um depois do outro e, inevitavelmente, o aro da roda se despedaçou e a carruagem tombou pesada. De algum modo Mackeson tinha conseguido ficar em seu assento. — Eu disse que ela não era construída para o campo — falou ressentido. — É um veículo de cidade.

— Agora não é veículo nenhum — disse Berrigan. Ele havia descido do compartimento de passageiros inclinado e ajudou as duas mulheres a descer na estrada.

— Agora o que o senhor vai fazer? — perguntou Mackeson a Sandman.

Sandman subiu no topo da carruagem. Estava olhando a estrada atrás e tentando ouvir. A roda havia se partido com estardalhaço, e o corpo da carruagem tinha batido ruidosamente na margem da vala, e ele pensou ter escutado o som de cascos de novo.

Sacou a pistola.

— Todo mundo! — disse rispidamente. — Fiquem quietos!

Agora tinha certeza de que podia ouvir os cascos, e tinha certeza de que o som estava chegando mais perto. Engatilhou a pistola, pulou para a estrada e esperou.

O reverendo Horace Cotton, capelão de Newgate, pareceu se agachar no púlpito, olhos fechados, como se juntasse todas as forças, físicas e mentais, para algum esforço supremo. Respirou fundo, apertou os punhos e depois deu um grito angustiado que ecoou nas altas traves da capela de Newgate.

— Fogo! — uivou. — Fogo, dor, chamas e agonia! Todos os tormentos bestiais do demônio esperam por vocês. Fogo eterno, dor inimaginável, choro sem consolo e ranger de dentes quando a dor lhes parecerá insuportável, quando parecerá que nenhuma alma, nem mesmo uma alma podre como a de vocês, é capaz de suportar essas aflições por mais um instante, e então vocês saberão que é apenas o início! — Ele deixou esta última palavra ressoar na capela durante alguns segundos, depois baixou a voz para um tom doce e razoável, pouco mais do que um sussurro. — É apenas o início de sua angústia. É apenas o começo da punição que vai atormentá-los por toda a eternidade. Enquanto as estrelas morrerem e novos firmamentos nascerem, vocês gritarão no fogo que será em sua pele como o rasgo de um gancho e a ardência de um ferro em brasa. — Ele se inclinou no púlpito, os olhos arregalados, e olhou para o Banco

Preto, onde os dois condenados estavam ao lado do caixão pintado de preto.

— Vocês serão os joguetes dos demônios, sacudidos, queimados, espanca-
dos e rasgados. Será dor sem fim. Agonia sem pausa. Tormento sem misericórdia.

O silêncio na capela foi rompido pelo som de malhos erguendo o
patíbulo do outro lado das altas janelas e pelo choro de Charles Corday. O
reverendo Cotton se empertigou, satisfeito por ter abalado um dos desgraçados. Olhou para os bancos onde os outros prisioneiros estavam sentados, alguns esperando a vez no Banco Preto e outros dando tempo antes
de ser levados aos navios que iriam transportá-los à Austrália e ao esqueci-
mento. Olhou para o alto, para a galeria do público, apinhada como sempre na véspera de um enforcamento. Os fiéis naquela galeria pagavam pelo
privilégio de ver os condenados ouvindo o seu serviço fúnebre. Era um dia
quente, e no começo do serviço algumas mulheres na galeria tinham tentado se refrescar com leques, mas agora nenhum pedaço de papelão pintado se balançava. Todo mundo estava imóvel, todos quietos, todos apanhados
nas palavras terríveis que o capelão tecia como uma teia de maldição sobre a cabeça dos dois condenados.

— Não sou eu que prometo esse destino — disse o reverendo Cotton
num alerta. — Não sou eu que prevejo o tormento de suas almas, e sim
Deus! Deus lhes prometeu esse destino! Por toda a eternidade, quando os
santos se reunirem ao lado do rio de cristal para cantar louvores a Deus,
vocês gritarão de dor. — Charles Corday soluçou, com os ombros finos
se sacudindo e a cabeça baixa. Os grilhões em suas pernas, unidos a uma
faixa de ferro em volta da cintura, ressoaram ligeiramente enquanto ele
estremecia a cada soluço. O chefe da carceragem, no banco de sua família logo atrás do Banco Preto, franziu a testa. Não tinha certeza de que
esses famosos sermões fossem de muita ajuda para manter a ordem na
prisão, porque eles reduziam os homens e as mulheres a um terror trêmulo ou então provocavam um desafio ímpio. O chefe da carceragem preferiria um serviço calmo e digno, murmurado e tranqüilo, mas Londres
esperava que o capelão fizesse um espetáculo, e Cotton sabia atender a
essas expectativas.

— Amanhã — trovejou Cotton — vocês serão levados à rua e verão o céu luminoso de Deus pela última vez, e então o capuz será posto sobre seus olhos e o nó corredio será cobrado em seu pescoço, e vocês ouvirão as grandes batidas das asas do demônio pairando à espera de sua alma. Salvai-me, Senhor, gritarão vocês, salvai-me! — Ele ergueu as mãos para as traves do teto como se sinalizasse a Deus. — Mas será tarde demais, tarde demais! Seus pecados, seus pecados voluntários, suas maldades, terão levado vocês àquele patíbulo pavoroso onde cairão na ponta da corda e sufocarão, retorcer-se-ão e lutarão para respirar, e a luta não lhes garantirá nada, e a dor irá inundá-los! E então a escuridão chegará e sua alma subirá desta dor terrena para o grande trono do julgamento onde Deus os espera. Deus! — Cotton levantou de novo as mãos gorduchas, desta vez em súplica enquanto repetia a palavra. — Deus! Deus estará esperando por vocês em toda a Sua misericórdia e majestade, e vai examiná-los! E vai julgá-los! E vai descobrir que vocês são culpados! Amanhã! Sim, amanhã! — Ele apontou para Corday, que ainda estava de cabeça baixa. — Vocês verão Deus. Vocês dois, com tanta clareza quanto os vejo agora, verão Deus temível, o Pai de todos nós, e Ele balançará a cabeça desapontado e ordenará que sejam afastados de sua presença, porque vocês pecaram. Vocês O ofenderam, a Ele que nunca os ofendeu. Vocês traíram o criador que mandou Seu filho unigênito para nossa salvação, e vocês serão levados da frente de Seu grande trono de misericórdia e serão lançados às profundezas do inferno. Às chamas. Ao fogo. À dor eterna! — Ele transformou a voz num gemido, e então, quando ouviu o som ofegante de uma mulher apavorada na galeria do público, repetiu a frase: — À dor eterna! — gritou a última palavra, parou para que toda a capela ouvisse a mulher soluçando na galeria, depois se inclinou para o Banco Preto e baixou a voz até um sussurro áspero. — E vocês vão sofrer, ah, como vão sofrer, e seu sofrimento, seu tormento, vai começar amanhã. — Os olhos dele se arregalaram enquanto a voz crescia. — Pensem nisso! Amanhã! Quando nós que somos deixados nesta terra estaremos tomando o desjejum, vocês sentirão a agonia. Quando o resto de nós estiver fechando os olhos e juntando as mãos em prece para agradecer a um Deus benevolente por ter dado nosso mingau, nosso *bacon* com ovos, a torrada e a costeleta, o fígado assado ou até mesmo — aqui o reverendo Cotton sorriu, porque gostava de acrescentar tons domésticos em seus sermões — talvez até mesmo um prato de rins condimentados, nesse mesmo instante vocês estarão gritando com as primeiras dores pavorosas da eternidade! E por toda a eternidade esses tormentos irão se tornar ainda mais pavorosos, ainda mais agonizantes e mais terríveis! Não haverá fim para suas dores, e o início é amanhã. — Agora ele estava inclinado para fora do púlpito coberto por um dossel, inclinando-se de modo a sua voz cair como uma lança sobre o Banco Preto. — Amanhã vocês encontrarão o demônio. Irão encontrá-lo cara a cara e chorarei por vocês. Tremerei por vocês. Mas acima de tudo agradecerei a meu Senhor e Salvador, Jesus Cristo, por ser poupado da dor de vocês, e porque em vez disso receberei uma coroa de honradez, porque fui salvo. — Ele se empertigou e apertou o peito com as mãos. — Eu fui salvo! Redimido! Fui lavado no sangue do Cordeiro e abençoado pela graça d'Aquele que pode tirar nossa dor.

O reverendo Horace Cotton fez uma pausa. O sermão já durava 45 minutos e ele tinha um tempo igual pela frente. Tomou um gole d'água enquanto olhava os dois prisioneiros. Um estava chorando e o outro resistindo, por isso iria se esforçar mais.

Respirou fundo, juntou as forças e continuou pregando.

Nenhum cavaleiro vinha pelo caminho. O ruído de seus cascos ressoou alto na estrada de Londres durante um tempo, depois diminuiu e por fim desapareceu no calor do dia. Em algum lugar, muito longe, sinos de igreja começaram os dobres após as matinas.

— Então o que o senhor vai fazer? — perguntou Mackeson de novo, desta vez com uma nota indisfarçável de triunfo. Sentia que a quebra da carruagem tinha arruinado as chances de Sandman, e seu prazer com isso lhe dava uma espécie de vingança pelas humilhações que sofrera no último dia e nas duas noites.

— O que vou fazer não é da sua conta — retrucou Sandman —, mas o que você vai fazer é ficar aqui com a carruagem. Sargento? Desatrele os cavalos.

— Não posso ficar aqui — protestou Mackeson.

— Então comece a andar — rosnou Sandman, depois se virou para Meg e Sally. — Vocês duas vão cavalgar em pêlo.

— Eu não sei cavalgar — protestou Meg.

— Então é melhor ir andando até Londres! — disse Sandman, com o mau humor crescendo perigosamente. — E se certifique de fazer isso! — Ele arrancou o chicote da mão de Mackeson.

— Ela vai cavalgar, capitão — disse Sally laconicamente. E sem dúvida, quando as parelhas foram tiradas dos arreios, Meg subiu obedientemente na escadinha da carruagem para montar nas costas largas de um animal, com as pernas balançando nos flancos e as mãos segurando com força a tira que corria ao longo da coluna da égua. Ela parecia aterrorizada, ao passo que Sally, mesmo sem sela, aparentava graciosidade.

— E agora? — perguntou Berrigan.

— Para a estrada principal — disse Sandman, e ele e o sargento guiaram os quatro cavalos pela estradinha. Era um risco usar a estrada de Londres, mas os cavaleiros, se de fato estivessem procurando a carruagem desaparecida, tinham levado a busca para o sul. Sandman caminhava cautelosamente, mas não encontraram ninguém até chegar a um povoado onde um cachorro correu atrás dos cavalos e Meg gritou de medo quando sua égua andou de lado, nervosamente. Uma mulher saiu de uma cabana e bateu no cachorro com uma vassoura.

Um marco logo depois do povoado dizia que Londres ficava a sessenta e sete quilômetros.

— Um longo dia pela frente — disse Berrigan.

— Dia e noite — confirmou Sandman mal-humorado.

— Não vou ficar aqui em cima o dia inteiro e a noite inteira — reclamou Meg.

— Você vai fazer o que for mandado — disse Sandman, mas no povoado seguinte Meg começou a gritar que tinha sido arrancada de casa, e uma pequena multidão indignada seguiu os cavalos até que o pároco do povoado, com um guardanapo enfiado no pescoço porque tinha sido retirado da mesa do jantar, veio investigar o barulho.

— Ela é louca — disse Sandman ao padre.

— Louca? — O pároco olhou para Meg e estremeceu diante da malignidade do rosto dela.

— Fui seqüestrada! — gritou ela.

— Nós a estamos levando a Londres — explicou Sandman — para consultar os médicos.

— Eles estão me roubando! — gritou Meg.

— Ela tem um parafuso a menos — disse Sally, solícita.

— Não fiz nada! — gritou Meg, depois pulou no chão e tentou fugir, mas Sandman correu atrás, fez com que ela tropeçasse e depois se ajoelhou ao lado. — Eu quebro a porcaria do seu pescoço, garota — sibilou para ela.

O pároco, um homem gorducho com cabelos brancos, tentou afastar Sandman.

— Eu gostaria de falar com a garota — disse ele. — Insisto em falar com ela.

— Primeiro leia isto — disse Sandman, lembrando-se da carta do secretário do Interior e entregando-a ao pároco. Sentindo que havia problema na carta, Meg tentou arrancá-la, e o pároco, impressionado com o lacre do Ministério do Interior, afastou-se dela para ler o papel amarrotado. — Mas se ela é louca — disse a Sandman quando terminou de ler — por que o visconde de Sidmouth está envolvido?

— Eu não sou louca — protestou Meg.

— Na verdade — disse Sandman ao pároco em voz baixa — ela é procurada por assassinato, mas não quero amedrontar seus paroquianos. Melhor pensarem que é louca, não é?

— Certo, certo. — O pároco pareceu alarmado e devolveu a carta a Sandman como se ela fosse contagiosa. — Mas será que o senhor não deveria amarrar as mãos dela?

— Ouviu? — Sandman se virou para Meg. — Ele disse que devo amarrar suas mãos, e vou fazer isso se você fizer mais barulho.

Ela reconheceu a derrota e começou a xingar terrivelmente, o que só fez o pároco acreditar na afirmativa de Sandman. Ele começou a usar o guardanapo como um mata-moscas para afastar os paroquianos da jovem boquirrota que, vendo que sua tentativa de se libertar tinha fracassado, e temendo ser amarrada por Sandman caso não cooperasse, usou um cocho de pedra como apoio para voltar ao cavalo. Ainda estava xingando quando saíram do povoado.

Foram em frente. Estavam todos cansados, todos irritadiços, e o calor e a estrada comprida minavam a força de Sandman. Suas roupas estavam pegajosas e imundas, e ele podia sentir uma bolha crescendo no calcanhar direito. Ainda estava mancando por causa do dano causado ao tornozelo quando pulou no palco do teatro Covent Garden, mas, como todos os soldados de infantaria, acreditava que o melhor modo de curar uma torção era andar. Mesmo fazendo muito tempo que não andava tanto. Sally o encorajou a montar, mas ele queria manter um cavalo de reserva, por isso balançou a cabeça e em seguida caiu no passo absorto da marcha dos soldados, mal notando a paisagem enquanto seus pensamentos voltavam para as longas estradas poeirentas da Espanha e os sons das botas de sua companhia, para o trigo crescendo nas bordas do caminho, onde as sementes tinham caído das carroças de mantimentos. Mesmo naquela época ele raramente montava, preferindo manter o animal descansado.

Berrigan rompeu o silêncio depois de terem passado por outro povoado:

— O que vai acontecer quando a gente chegar a Londres?

Sandman piscou como se tivesse acordado naquele momento. Viu que o sol estava baixando, e os sinos das igrejas chamavam para as vésperas.

— Meg vai contar a verdade — respondeu depois de um tempo. Ela fungou em tom de desprezo e Sandman controlou a raiva. — Meg — disse gentilmente — você quer voltar à casa do marquês, não é? Quer voltar às suas galinhas.

— Você sabe que quero.

— E pode voltar, mas primeiro vai contar parte da verdade.

— Parte? — perguntou Sally, intrigada.

— Parte da verdade — insistiu Sandman. Sem perceber, ele estivera pensando em seu dilema e de repente a resposta parecia clara. Não fora contratado para descobrir o assassino da condessa, e sim para determinar se Corday era culpado ou não. Então era só isso que contaria ao secretário do Interior. — Não importa quem matou a condessa — disse a Meg. — Só importa você saber que Corday não matou. Você o levou para fora do quarto enquanto ela ainda estava viva, e é só isso que quero que você conte ao secretário do Interior.

Ela só o encarou.

— Isso é verdade, não é? — perguntou Sandman. Mesmo assim ela ficou quieta, e ele suspirou. — Meg, você pode voltar à casa do marquês. Pode fazer o que quiser com o resto da sua vida, mas primeiro tem de contar essa pequena parte da verdade. Você sabe que Corday é inocente, não sabe?

E finalmente, muito finalmente, ela assentiu.

— Eu levei ele até a porta da rua — disse em voz baixa.

— E a condessa ainda estava viva?

— Claro que estava. Ela disse para ele voltar na tarde seguinte, mas até aí ele já tinha sido preso.

— E você vai contar isso ao secretário do Interior?

Ela hesitou, depois assentiu.

— Eu conto. E é só isso que vou contar.

Um marco na estrada disse que a Charing Cross ficava a trinta quilômetros de distância. A fumaça da cidade enchia o céu como uma névoa marrom, enquanto à direita, vislumbrado entre as dobras dos morros que iam escurecendo, o Tâmisa brilhante se estendia liso como uma lâmina. O cansaço de Sandman desapareceu. Parte da verdade bastaria, ele pensou, e o seu serviço, graças a Deus, estaria feito.

Jemmy Botting, carrasco da Inglaterra, chegou à Old Bailey no fim da tarde para inspecionar o patíbulo terminado. Um ou dois pedestres, reconhecendo-o, gritaram cumprimentos irônicos, mas Botting os ignorou.

Tinha pouca coisa para inspecionar. Confiava em que as traves estivessem bem aparafusadas, as pranchas pregadas e o tecido bem preso. A plataforma balançava um pouco, mas isso sempre acontecia, e o movimento não era pior do que estar no convés de um navio em mar tranqüilo. Puxou o pino que mantinha no lugar o suporte do alçapão, depois desceu na escuridão embaixo da plataforma onde segurou a corda que soltava a coluna de suporte. Ela cedeu com um tremor, e então o alçapão balançou para baixo, deixando entrar um jorro de luz da tarde.

Botting não gostou daquele tremor. Não havia ninguém sobre o alçapão, e mesmo assim o suporte havia relutado em se mexer, por isso abriu sua bolsa e pegou um pequeno frasco de sebo que tinha sido presente do vendedor de cordas. Subiu na estrutura de madeira e engraxou o suporte até a superfície ficar escorregadia, depois levantou o alçapão e desajeitadamente empurrou o suporte de volta no lugar. Dois ratos o olharam, e ele rosnou para os bichos. Desceu até as pedras do calçamento da Old Bailey e puxou a corda de novo, e desta vez o suporte escorregou facilmente e o alçapão caiu batendo contra duas colunas de madeira.

— Funciona, não é? — disse Botting aos ratos que não pareciam ter medo de sua presença.

Recolocou o alçapão e o suporte, pôs o frasco de sebo de volta na bolsa e subiu sobre o patíbulo onde, primeiro, recolocou o pino de trava, depois testou cautelosamente a firmeza do alçapão, antes pondo um dos pés sobre as pranchas e lentamente colocando o peso naquela perna. Sabia que estava seguro, sabia que o alçapão não iria ceder, mas mesmo assim testou. Não queria se tornar o objeto dos risos de Londres empurrando um prisioneiro para um alçapão que cedesse antes de a corda estar em volta do pescoço do sujeito. Riu ao pensar nisso, depois, confiante em que tudo estava certo, foi até a Porta do Devedor e bateu com força. Receberia o jantar na prisão, depois ocuparia um pequeno quarto acima da Guarita.

— Tem veneno para rato? — perguntou ao carcereiro que abriu a porta. — Só que tem ratos do tamanho de raposas debaixo do cadafalso. A plataforma não pode estar montada há mais de duas horas, e os ratos já estão lá.

— Os ratos estão em toda parte — disse o carcereiro, depois trancou a porta.

Atrás deles, mesmo sendo uma tarde quente, os porões da prisão de Newgate guardavam o frio, e assim, antes que Charles Corday e o outro condenado fossem postos na cela da morte, um fogo de carvão foi aceso na pequena lareira. A princípio a chaminé não funcionou direito, e a cela se encheu de fumaça. Mas então o fumeiro se aqueceu e o ar se limpou, mas o fedor de carvão permaneceu. Um penico de metal foi posto num canto da cela, mas sem um biombo para privacidade. Dois catres de ferro com colchões de palha e cobertores finos foram alocados junto à parede, e uma mesa com cadeiras fornecidas para os carcereiros que vigiariam os prisioneiros durante a noite. Lampiões foram pendurados em ganchos de ferro. Ao anoitecer os dois homens que morreriam de manhã foram trazidos à cela e receberam uma refeição que consistia em sopa de ervilhas, costeletas de porco e repolho cozido. O chefe da carceragem veio vê-los durante o jantar e pensou, enquanto esperava que terminassem de comer, que os homens eram absolutamente diferentes. Charles Corday era pequeno, pálido e nervoso, ao passo que Reginald Venables era um brutamontes com barba escura cerrada e rosto sério e duro, mas Corday é que havia cometido assassinato, ao passo que Venables seria enforcado pelo roubo de um relógio.

Corday meramente remexeu a comida. Depois, com os ferros das pernas fazendo barulho, foi até o catre no qual se deitou, olhando arregalado para as pedras úmidas do teto em abóbada.

— Amanhã... — começou o chefe da carceragem enquanto Venables terminava a refeição.

— Espero que aquele pregador desgraçado não esteja lá — interrompeu Venables.

— Silêncio enquanto o chefe da carceragem fala — resmungou o carcereiro mais velho.

— O pregador estará lá para oferecer o conforto espiritual que puder — disse o chefe da carceragem. Em seguida esperou enquanto o carcereiro tirava as colheres da mesa. — Amanhã — recomeçou — vocês serão levados daqui até a Sala da Associação, onde os ferros serão retirados e seus braços amarrados. Vocês já terão tomado o desjejum, mas haverá conhaque para vocês na Sala da Associação, e os aconselho a beber. Depois disso vamos para a rua. — Ele fez uma pausa. Venables o olhou ressentido, enquanto Corday parecia não ouvir. — É costume dar uma moeda ao carrasco, para ele tornar menos dolorosa sua passagem para o outro mundo. Esse emolumento não é uma coisa que eu aprove, mas ele é funcionário da cidade, não da cadeia, por isso não posso fazer nada para acabar com essa prática. Mas mesmo sem esse emolumento vocês descobrirão que a punição não é dolorosa e termina logo.

— Mentiroso desgraçado — resmungou Venables.

— Silêncio!

— Tudo bem, sr. Carlisle — disse o chefe da carceragem ao carcereiro ofendido. — Alguns homens vão de má vontade para o cadafalso, numa tentativa de atrapalhar o trabalho necessário. Eles não têm sucesso. Se vocês resistirem, se lutarem, se tentarem nos atrapalhar, mesmo assim serão enforcados, mas serão enforcados dolorosamente. É melhor cooperar. É mais fácil para vocês e para os seus entes queridos que podem estar olhando.

— Mais fácil para vocês, quer dizer — observou Venables.

— Nenhum dever é fácil — disse o chefe da carceragem hipocritamente. — Não se for feito com a assiduidade adequada. — Ele foi até a porta. — Os carcereiros ficarão aqui a noite inteira. Se vocês quiseram conforto espiritual, eles podem chamar o capelão. Desejo-lhes uma boa noite.

Corday falou pela primeira vez:

— Sou inocente — disse com a voz quase embargada.

— Sim — retrucou o chefe da carceragem, embaraçado. — De fato. — Ele descobriu que não tinha mais nada a dizer sobre o assunto, por isso apenas assentiu para os carcereiros. — Boa noite, senhores.

— Boa noite, senhor — respondeu o sr. Carlisle, o carcereiro mais velho, depois ficou em posição de sentido até que os passos do chefe sumiram no corredor. — Se quiserem a porcaria do conforto espiritual — resmungou —, não me atrapalhem nem atrapalhem o reverendo Cotton, fiquem de joelhos e atrapalhem Ele lá de cima, pedindo a porcaria do perdão. Certo, George — ele se virou para o companheiro. — Espadas são trunfos, está bem?

No Passeio da Gaiola, a passagem subterrânea que levava da prisão aos tribunais da Casa de Sessões, dois prisioneiros estavam trabalhando com picaretas e pás. Lanternas tinham sido penduradas no teto, e as pedras do piso, grandes lajes de granito, foram arrancadas e empilhadas de um dos lados. Agora um fedor enchia a passagem; um fedor medonho de gás, cal e carne podre.

— Meu Deus! — disse um dos prisioneiros, encolhendo-se diante do fedor.

— Você não vai encontrá-Lo aí embaixo — disse um carcereiro, recuando do espaço de onde as pedras foram retiradas. Quando o Passeio da Gaiola havia sido construído, as pedras do pavimento foram postas diretamente sobre a argila de Londres, mas essa argila tinha uma aparência pintalgada, escura, à luz incerta dos lampiões.

— Quando essa parte da passagem foi usada pela última vez? — perguntou um dos prisioneiros.

— Deve ter sido há dois anos — disse o carrasco, mas pareceu em dúvida. — Pelo menos dois anos.

— Dois anos? — disse o prisioneiro com escárnio. — Eles ainda estão respirando aí embaixo.

— Apenas acabe com isso, Tom — encorajou o carcereiro. — Depois você ganha isso aqui. — Ele levantou uma garrafa de conhaque.

— Que Deus nos ajude, porcaria — disse Tom carrancudo, depois respirou fundo e golpeou o chão com sua pá.

Ele e o companheiro estavam cavando as sepulturas para os dois homens que seriam executados de manhã. Alguns dos corpos eram levados para dissecação, porém por mais que os anatomistas fossem famintos por cadáveres, não podiam levar todos, de modo que a maioria era trazida para cá e posta em sepulturas sem identificação. Ainda que a passagem fosse curta e a prisão enterrasse os corpos em cal virgem para acelerar a decomposição, e ainda que cavassem o chão numa rotação rígida para que nenhuma parte fosse aberta muito pouco tempo depois de um enterro, mesmo assim as picaretas e pás acertavam em ossos e argila podre, semilíquida. Todo o piso era encalombado, parecendo ter sido deformado por um terremoto, mas na verdade eram apenas as pedras se acomodando enquanto os corpos se decompunham embaixo. Mas, apesar de o corredor feder e de a argila estar cheia de carne apodrecendo, mais corpos eram trazidos e jogados naquela imundície.

Tom, enfiado até o tornozelo no buraco, tirou um crânio amarelo, que jogou rolando pelo corredor.

— Ele está muito bem de saúde, não é? — falou e os dois carcereiros e o segundo prisioneiro começaram a rir e não conseguiam mais parar.

O sr. Botting comeu costeletas de carneiro, batatas cozidas e nabos. A cozinha do chefe da carceragem ofereceu um pudim de xarope como sobremesa e depois uma caneca com chá forte e um copo de conhaque. Depois disso o sr. Botting dormiu.

Dois vigias montavam guarda ao patíbulo. Logo depois da meia-noite o céu ficou nublado e uma chuva rápida soprou frio do Ludgate Hill. Algumas pessoas, ansiosas para conseguir os melhores lugares perto dos corrimões de isolamento em volta do cadafalso, dormiam no chão e foram acordadas pela chuva. Elas resmungaram, enfiaram-se mais fundo nos cobertores e tentaram dormir de novo.

A madrugada chegou cedo. As nuvens se esgarçaram, deixando um céu branco-pérola rendado pelas tiras marrons da fumaça de carvão. Londres acordava.

E em Newgate haveria rins condimentados no desjejum.

10

O cavalo de Sally, um capão, tinha machucado a pata logo depois do anoitecer do domingo, então a bota de Berrigan perdeu a sola, de modo que eles amarraram o capão a uma árvore, Berrigan montou no terceiro cavalo e Sandman, cujas botas estavam mal se mantendo nas costuras, puxou os cavalos das duas jovens.

— Se não devolvermos todos os cavalos ao Clube Serafins — observou Sandman, preocupado com o animal que simplesmente haviam abandonado —, eles podem nos acusar de roubo.

— Poderíamos ser enforcados por isso — retrucou Berrigan e depois riu. — Mas eu não me preocuparia, capitão. Com o que eu sei sobre o Clube Serafins eles não vão acusar a gente de nada.

Os três cavalos estavam tão exaustos que Sandman achou que iriam mais rápido se os deixassem para trás, mas Meg tinha se resignado a contar a verdade parcial, e ele não queria perturbá-la sugerindo que caminhasse, especialmente depois de ela ter começado a reclamar de novo, dizendo que suas galinhas seriam comidas pelas raposas, mas então Sally começou a cantar e isso parou com o choro. A primeira canção de Sally era uma das prediletas dos soldados, "O tambor-mor", que falava de uma garota tão apaixonada por seu casaca-vermelha que o acompanhou ao regimento e se tornou tambor-mor, e escapou de ser identificada até que tomou banho num riacho e quase foi estuprada por outro soldado. Ela escapou do sujeito, os oficiais descobriram sua identidade e insistiram em que se casasse com o amante.

— Gosto de histórias com final feliz — tinha observado Berrigan, e depois riu quando Sally começou a segunda música, que também era predileta dos soldados, mas esta era sobre uma garota que não escapou. Sandman ficou meio chocado, mas não surpreso demais, por Sally saber toda a letra, e Berrigan cantou junto e Meg chegou a rir quando o coronel teve a sua vez e não conseguiu desempenhar, e Sally ainda estava cantando quando o guarda colete-vermelho veio para cima deles, saindo de trás de uma árvore oca ao lado da estrada.

O cavaleiro que fazia patrulha suspeitou de que os quatro viajantes maltrapilhos tivessem roubado três cavalos de carruagem, no que não estava muito errado, e os encarou com uma de suas pistolas apontada. O cano da arma e os botões de aço da casaca azul e do colete vermelho de seu uniforme brilhavam ao luar.

— Em nome do rei — disse ele, não querendo ser confundido com um salteador —, parem! Quem são vocês? E para onde estão viajando?

— Qual é o seu nome? — perguntou Sandman de volta. — Seu nome, sua patente? Em que regimento serviu? — Todos os coletes-vermelhos eram homens que tinham servido na cavalaria. Nenhum era jovem, porque admitia-se que um jovem seria muito passível de tentação, e assim, os cavalarianos mais firmes, mais velhos e bem recomendados eram contratados para tentar manter os ladrões fora das estradas do rei.

— Eu faço as perguntas aqui — retrucou o colete-vermelho, mas hesitante, porque havia uma autoridade inegável na voz de Sandman. Ele podia estar com roupas empoeiradas e amarrotadas, mas claramente tinha sido um oficial.

— Guarde a arma! Depressa, homem! — disse Sandman, deliberadamente falando com o colete-vermelho como se ainda estivesse no exército. — Estou em missão oficial, autorizado pelo visconde de Sidmouth, o secretário do Interior, e este papel tem o selo e a assinatura dele e, se não souber ler, é melhor nos levar imediatamente ao seu magistrado.

O colete-vermelho baixou cuidadosamente a pederneira da pistola, depois enfiou a arma no coldre da sela.

— Perdeu sua carruagem, senhor?

— Quebrei uma roda a uns cinqüenta quilômetros. Bom, você vai ler esta carta ou prefere nos levar ao seu magistrado?

— Tenho certeza de que está tudo em ordem, senhor. — O patrulheiro colete-vermelho não queria admitir que não sabia ler, e certamente não queria perturbar seu magistrado, que àquela altura já teria se acomodado para um jantar farto, por isso apenas afastou o cavalo para deixar Sandman e seus três companheiros passarem. Sandman supôs que poderia ter insistido para ser levado ao magistrado e usado a carta do Ministério do Interior para conseguir outra carruagem ou, no mínimo, cavalos de sela descansados, mas tudo isso apenas tomaria tempo, muito tempo, e teria perturbado a frágil equanimidade de Meg, por isso continuaram andando até que, bem depois da meia-noite, atravessaram a Ponte de Londres e foram até a Wheatsheaf, onde Sally levou Meg para seu quarto e Sandman deixou Berrigan usar o dele enquanto desmoronava na sala dos fundos, não numa das grandes poltronas, mas no piso de madeira, de modo que acordaria freqüentemente, e quando os sinos de Saint Giles tocaram as seis da manhã ele se arrastou escada acima, acordou Berrigan e lhe disse para tirar as garotas da cama. Depois se barbeou, achou sua camisa mais limpa, escovou a casaca e lavou a sujeira das botas que se desintegravam antes de, às seis e meia, com Berrigan, Sally e Meg muito relutante a reboque, partir para a rua Great George e o fim — pelo menos esperava — de sua investigação.

Lorde Alexander Pleydell e seu amigo lorde Christopher Carne quase engasgaram ao entrar no Pátio da Prensa, porque o cheiro era terrível, pior do que o fedor das saídas de esgoto onde o valão Fleet se juntava ao Tâmisa. O carcereiro que os escoltava deu um risinho.

— Eu não noto mais o cheiro, senhores — disse ele —, mas acho que é mortalmente ruim. Mortalmente ruim. Cuidado com os degraus aqui, milordes, cuidado.

Lorde Alexander afastou cuidadosamente o lenço do nariz.

— Por que se chama Pátio da Prensa?

— Há muito tempo, senhor, era aqui que os prisioneiros eram prensados. Eles eram esmagados, senhor. Com o peso de pedras, senhor, para ser persuadidos a dizer a verdade. Nós não fazemos mais isso, o que é uma pena, e em conseqüência eles mentem que nem tapetes da Índia.

— Vocês os esmagavam até a morte? — perguntou lorde Alexander, chocado.

— Ah, não, senhor, até a morte, não. Até a morte, não, a não ser que cometessem um erro e pusessem pedras demais! — Ele deu um risinho, achando a idéia divertida. — Não, senhor, eles só eram esmagados até contarem a verdade. É um bom modo de persuadir um homem ou uma mulher a contar a verdade, senhor, carregarem meia tonelada de pedras no peito! — O carcereiro riu de novo. Era um homem gordo com calções de couro, casaca manchada e um porrete grosso. — Fica difícil respirar — disse, ainda achando engraçado —, fica muito difícil respirar.

Lorde Christopher Carne estremeceu diante do fedor terrível.

— Não existem drenos? — perguntou irritado.

— A prisão é muito atualizada, senhor — apressou-se a garantir o carcereiro. — Muito atualizada, é mesmo, com drenos decentes e banheiros fechados. A verdade, senhor, é que a gente mima eles, mima de verdade, a gente mima eles, mas eles são animais imundos. Eles sujam o próprio ninho, que a gente entrega limpo e arrumado. — Ele pousou seu porrete enquanto trancava o portão de barras pelo qual tinham entrado no pátio comprido, alto e estreito. As pedras do pátio pareciam úmidas, mesmo neste dia seco, como se o sofrimento e o medo de séculos tivessem encharcado o granito a ponto de não poder ser enxugado.

— Se vocês não prensam mais os prisioneiros — perguntou lorde Alexander —, para que o pátio é usado?

— Os condenados têm liberdade no Pátio da Prensa durante as horas do dia, senhor. O que é um exemplo de como a gente é gentil com eles. A gente mima eles, mima de verdade. Antigamente prisão era prisão, e não uma taverna glorificada.

— Vende-se bebida alcoólica aqui? — perguntou lorde Alexander acidamente.

— Não mais, senhor. O sr. Brown, que é o chefe da carceragem, fechou a loja de bebidas dizendo que a ralé estava ficando cheia de luxos

287

O CONDENADO

e desordeira, mas não que isso faça diferença, porque agora eles mandam pedir a bebida na Lamb ou na Magpie and Stump. — Ele inclinou o ouvido ao som de um sino de igreja tocando o quarto de hora. — Minha nossa! A Santo Sepulcro está dizendo que já são quinze para as sete! Se os senhores virarem à esquerda, vão poder se juntar ao sr. Brown e aos outros cavalheiros na Sala da Associação.

— Sala da Associação? — perguntou lorde Alexander.

— Onde os condenados se reúnem durante as horas do dia, milorde. menos nos dias santos e feriados, como hoje, e aquelas janelas à esquerda, meu lorde, são os saleiros.

Apesar de sua oposição à forca para os criminosos, lorde Alexander se pegou curiosamente fascinado por tudo que via, e agora olhava para as quinze janelas gradeadas.

— Esse nome, saleiros. Você sabe qual é a derivação dele?

— Nem a inclinação, milorde. — O carcereiro gargalhou. — Só suspeito de que se chamam saleiros porque ficam empilhados como saleiros.

— Os s-saleiros são o quê? — perguntou lorde Christopher, que estava muito pálido naquela manhã.

— Ora, Kit — disse lorde Alexander com uma aspereza desnecessária —, todo mundo sabe que é onde os condenados passam seus últimos dias.

— São as salas de espera do diabo, milorde — disse o carcereiro, depois abriu a porta da Sala da Associação e levantou a mão ostensivamente, com a palma para cima.

Lorde Alexander, que tinha orgulho de suas noções de igualdade, já ia se obrigar a apertar a mão do carcereiro quando percebeu o significado da palma.

— Ah — disse ele, perplexo, mas enfiou rapidamente a mão no bolso e pegou a primeira moeda que achou. — Obrigado, meu bom homem.

— Obrigado, milorde, obrigado — disse o carcereiro. E então, para sua perplexidade, viu que tinha recebido como gorjeta um soberano. Rapidamente tirou o chapéu e alisou o topete. — Deus o abençoe, milorde, Deus o abençoe.

William Brown, o chefe da carceragem, veio rapidamente receber os novos convidados. Nunca havia encontrado nenhum dos dois, mas reconheceu lorde Alexander por causa do pé torto, por isso tirou o chapéu e fez uma reverência respeitosa.

— O lorde é muito bem-vindo.

— É Brown, não é? — perguntou lorde Alexander.

— William Brown, meu lorde, sim. Chefe da carceragem de Newgate, milorde.

— Lorde Christopher Carne — apresentou lorde Alexander com um gesto vago. — O assassino da madrasta dele vai ser enforcado hoje.

O chefe da carceragem fez outra reverência, desta vez para lorde Christopher.

— Espero que o lorde sinta a experiência como uma vingança e um consolo, e agora permitem-me apresentar o capelão de Newgate? — Ele os levou até onde um homem atarracado usando peruca fora de moda, batina, sobrepeliz e colarinho clerical esperava com um sorriso no rosto gorducho. — Reverendo doutor Horace Cotton — disse o chefe da carceragem.

— O lorde é muito bem-vindo — Cotton fez uma reverência para lorde Alexander. — Pelo que sei, o lorde, como eu, é um clérigo, não é?

— Sou — disse lorde Alexander — e este é meu amigo particular, lorde Christopher Carne, que também espera ser ordenado um dia.

— Ah! — Cotton juntou as mãos como se rezasse, e momentaneamente ergueu os olhos para as traves do teto. — Considero uma bênção quando nossa nobreza, os verdadeiros líderes de nossa sociedade, são cristãos. É um exemplo luminoso para a ralé comum, não concordam? E o senhor — ele se virou para lorde Christopher —, pelo que sei, nesta manhã o senhor verá a justiça ser feita pelo grave insulto cometido contra sua família, não é?

— Espero que sim — disse lorde Christopher.

— Ora, Kit! — protestou lorde Alexander. — A vingança que sua família busca será proporcionada na eternidade pelas chamas do inferno...

— Que Ele seja louvado! — exclamou o capelão.

— E não é correto nem civilizado que levemos os homens às pressas para este destino condigno — terminou lorde Alexander.

O chefe da carceragem ficou pasmo.

— O senhor não aboliria a punição pela forca, não é, milorde?

— Enforque um homem — disse lorde Alexander — e você estará lhe negando a chance do arrependimento. Estará negando a chance de ele ser açoitado, dia e noite, por sua consciência. Imagino que bastaria simplesmente deportar todos os criminosos para a Austrália. Sei por informação confiável que aquilo é um inferno em vida.

— Eles sofrerão com suas consciências no inferno de verdade — interveio Cotton.

— Sofrerão mesmo, senhor — disse lorde Alexander —, sofrerão mesmo, mas eu preferia que o homem chegasse ao arrependimento neste mundo, porque ele certamente não tem chance de salvação no outro. Através da execução negamos aos homens a chance da graça de Deus.

— É um argumento novo — admitiu Cotton, ainda que em dúvida.

Lorde Christopher estivera escutando essa conversa com ar preocupado, e agora interveio às pressas:

— O senhor é parente de Henry Cotton? — perguntou ao capelão.

A conversa cessou momentaneamente, morta pela súbita mudança de assunto de lorde Christopher.

— De quem, milorde? — perguntou o capelão.

— Henry Cotton — disse lorde Christopher. Ele parecia estar tomado por alguma emoção muito poderosa, como se achasse praticamente insuportável estar na prisão de Newgate, e suas mãos tremiam. — Ele era professor de g-grego na Christ Church, e agora é sub-bibliotecário no Bodleian.

O capelão se afastou um passo de lorde Christopher, que parecia a ponto de vomitar.

— Eu pensava — disse o capelão — ser ligado em vez disso ao visconde de Combermere. Ligação distante.

— Henry Cotton é um b-bom amigo — disse lorde Christopher —, um muito bom amigo. E um grande erudito.

— É um pedante — resmungou lorde Alexander. — O senhor é parente de Combermere, *sir* Stapleton Cotton? Ele quase perdeu o braço direito na batalha de Salamanca, e que perda trágica seria!

— Ah, de fato — concordou o capelão piedosamente.

— Em geral você não tem uma queda pelos soldados — observou lorde Christopher ao amigo.

— Combermere pode ser um rebatedor muito astuto — disse lorde Alexander — especialmente contra bolas de efeito. Você joga críquete, Cotton?

— Não, meu lorde.

— É bom para o fôlego — declarou lorde Alexander misteriosamente, depois se virou para fazer uma inspeção senhorial da Sala da Associação, olhando as traves do teto, batendo numa das mesas, depois olhando as panelas e caldeirões empilhados junto às brasas do fogo. — Vejo que nossos criminosos vivem com algum conforto — observou, depois franziu a testa para o amigo. — Você está bem, Kit?

— Ah, sim, de fato, sim — disse lorde Christopher às pressas, mas não parecia nem um pouco bem. Havia gotas de suor na testa, e a pele estava mais pálida do que o usual. Ele tirou os óculos e os limpou com um lenço. — Só que a apreensão de ver um homem lançado para a eternidade conduz à reflexão — explicou. — Conduz muito. Não é uma experiência a ser tomada com leviandade.

— Acho que realmente não — disse lorde Alexander, depois virou o olhar imperioso para os outros convidados do desjejum, que pareciam ansiosos pelos eventos da manhã com uma alegria pouco santa. Três deles, parados perto da porta, riam de uma piada, e lorde Alexander fez um muxoxo. — Pobre Corday — falou.

— Por que tem pena do sujeito, milorde? — perguntou o reverendo Cotton.

— Parece provável que ele seja inocente, mas também parece que não se encontrou prova da inocência.

— Se ele fosse inocente, milorde — observou o capelão com um sorriso superior —, tenho confiança em que o Senhor Deus teria revelado isso a nós.

— Está dizendo que vocês nunca enforcaram um homem ou uma mulher inocente?

— Deus não permitiria — afirmou o reverendo Cotton.

— Então é melhor Deus calçar suas botas esta manhã — disse lorde Alexander, depois se virou quando uma porta gradeada na outra extremidade da sala se abriu com um guincho súbito. Por um instante ninguém apareceu, e pareceu que todos os convidados prenderam o fôlego, mas então, com um ofegar audível, apareceu um homem baixo e atarracado carregando uma grande sacola de couro. O sujeito tinha rosto vermelho e vestia polainas marrons, calções pretos e uma casaca preta abotoada muito apertada em sua barriga protuberante. Tirou respeitosamente um velho chapéu marrom quando viu as pessoas que esperavam, mas não fez qualquer cumprimento e ninguém na Sala da Associação o cumprimentou.

— Esse é o Botting — sussurrou o capelão.

— Nome pesado para um carrasco — observou lorde Alexander numa voz deselegantemente alta. — Ketch é que é um nome para carrasco. Mas Botting? Parece uma doença de gado.

Botting lançou um olhar hostil para o alto e ruivo lorde Alexander, que não se abalou com a animosidade, ainda que lorde Christopher tenha recuado um passo, talvez com horror pelo rosto carnudo do carrasco, desfigurado por verrugas, tumores e cicatrizes, e sujeito a caretas involuntárias a intervalos de segundos. Botting deu um olhar irônico aos outros convidados, depois empurrou um banco de lado para largar sua bolsa de couro numa mesa. Desafivelou a bolsa e, consciente de estar sendo observado, tirou quatro rolos de cordão fino e branco. Colocou os rolos na mesa e depois retirou da bolsa duas cordas grossas, cada uma delas com um nó corredio numa das extremidades e uma alça na outra. Pôs as duas cordas numa mesa, acrescentou dois sacos de algodão branco e em seguida recuou elegantemente um passo.

— Bom dia, senhor — disse ele ao chefe da carceragem.

— Ah, Botting! — o tom surpreso do chefe da carceragem sugeria que apenas agora ele havia notado a presença do carrasco. — E bom dia para você também.

— E é bom mesmo, senhor — disse Botting. — Praticamente nenhuma nuvem no céu, praticamente nenhuma. Ainda são só dois clientes hoje, senhor?

— Só os dois, Botting.

— Há uma boa multidão para eles — disse Botting. — Não muito grande, mas boa.

— Bom, bom — disse vagamente o chefe da carceragem.

— Botting! — interveio lorde Alexander, adiantando-se com seu pé aleijado batendo com força nas tábuas arranhadas do piso. — Diga, Botting, é verdade que você enforca os membros da aristocracia com uma corda de seda? — Botting pareceu pasmo ao ser abordado por um dos convidados do chefe da carceragem, e ainda mais por uma figura tão extraordinária como o reverendo lorde Alexander Pleydell, com seus cabelos ruivos, nariz aquilino e figura magra. — E então? — perguntou lorde Alexander peremptoriamente. — É verdade? Ouvi dizer que é, mas em questões de enforcamento você, certamente, é o *fons et origo* de informações confiáveis. Não concorda?

— Uma corda de seda, senhor? — perguntou Botting debilmente.

— Milorde — corrigiu o capelão.

— Milorde! Ha! — disse Botting, recuperando sua equanimidade e divertido com o pensamento de que talvez lorde Alexander estivesse pensando em ser executado. — Odeio desapontá-lo, milorde, mas eu não saberia onde conseguir uma corda de seda. De seda, não. Mas isto — Botting acariciou um dos nós corredios na mesa — é o melhor cânhamo de Bridport, do mais fino que existe, e sempre posso conseguir um cânhamo de Bridport de qualidade. Mas seda? É cavalo de cor diferente, milorde, e eu nem saberia onde procurar. Não, milorde. Se algum dia eu tivesse o alto privilégio de enforcar um nobre, faria com cânhamo de Bridport, o mesmo que uso para todo mundo.

— E é o certo, meu bom homem — sorriu lorde Alexander com aprovação diante dos instintos igualitários do carrasco. — Muito bem! Obrigado.

— Poderia me desculpar, milorde? — O chefe da carceragem sinalizou para que lorde Alexander saísse do amplo corredor central entre as mesas.

— Estou no caminho? — Lorde Alexander pareceu surpreso.

— Apenas momentaneamente, milorde — disse o chefe da carceragem, e nesse momento lorde Alexander ouviu o barulho de ferros e o arrastar de pés. Os outros convidados se empertigaram e fizeram cara solene. Lorde Christopher Carne deu um passo atrás, com o rosto ainda mais pálido do que antes, depois se virou para olhar a porta que dava no Pátio da Prensa.

Um carcereiro veio na frente. Bateu na testa para o chefe da carceragem, depois ficou ao lado de um pequeno toco de madeira no chão. O carrasco segurava um martelo pesado e um ponteiro de metal, e lorde Alexander imaginou para que seria, mas não quis perguntar, e então os convidados mais próximos da porta tiraram o chapéu porque o xerife e o subxerife estavam empurrando os dois prisioneiros para a Sala da Associação.

— Conhaque, senhor? — Um dos empregados do chefe da carceragem apareceu ao lado de lorde Christopher Carne.

— Obrigado. — Lorde Christopher não conseguia afastar o olhar do rapaz pálido e jovem que tinha passado pela porta primeiro, arrastando as pernas por causa dos ferros grossos. — Aquele é Corday? — perguntou ao empregado.

— É, milorde, é.

Lorde Christopher engoliu o conhaque e estendeu a mão pedindo outro.

E os dois sinos — o da prisão e o da igreja do Santo Sepulcro — começaram a dobrar pelos que iriam morrer.

Sandman esperou que a porta da casa na rua Great George fosse aberta por um serviçal, mas em vez disso foi Sebastian Witherspoon, secretário particular do visconde de Sidmouth, que levantou as sobrancelhas perplexo.

— Uma hora pouco adequada, capitão — observou Witherspoon, depois franziu a testa diante do mal estado de Sandman e da aparência maltrapilha de seus três companheiros. — Imagino que não vieram esperando ganhar o desjejum — disse numa voz que pingava desprezo.

Sandman não se incomodou com as amenidades de um cumprimento.

— Esta mulher pode testemunhar que Charles Corday não é o assassino da condessa de Avebury.

Witherspoon enxugou os lábios com um guardanapo sujo de gema de ovo. Olhou para Meg, depois deu de ombros como se sugerisse que o testemunho dela não valia.

— Que inconveniente — murmurou.

— O visconde de Sidmouth está aqui? — perguntou Sandman.

— Estamos trabalhando, Sandman — disse Witherspoon severamente. — O lorde, como sem dúvida você sabe, é viúvo, e desde a triste perda procura consolo no trabalho. Ele começa cedo e vai até tarde, e não admite ser perturbado.

— Isto é trabalho.

Witherspoon olhou de novo para Meg, e desta vez pareceu notar a aparência dela.

— Devo lembrar-lhe — disse ele — de que o rapaz foi considerado culpado, e que a lei deve ser cumprida dentro de uma hora. Realmente não sei o que pode ser feito tão tarde assim.

Sandman afastou-se um passo da porta.

— Meus cumprimentos a lorde Sidmouth — disse ele —, e diga que vamos pedir audiência à rainha. — Ele não sabia se a rainha iria recebê-lo, mas tinha certeza de que Witherspoon e o secretário do Interior não desejariam a animosidade da família real, não quando havia honras e pensões a receber da coroa. — Acredito que sua majestade tenha se interessado por este caso, e sem dúvida ficará intrigada em saber de sua atitude cavalheiresca. Bom dia, Witherspoon.

— Capitão! — Witherspoon escancarou a porta. — Capitão! É melhor entrar.

Foram levados a uma sala vazia. A casa, mesmo estando numa rua cara perto da sede do parlamento, tinha um ar improvisado. Não era habitada permanentemente, mas sem dúvida era emprestada por curtos períodos a políticos como lorde Sidmouth, que precisava de um refúgio temporário.

295

O CONDENADO

A única mobília na sala era um par de poltronas estofadas, ambas com capas desbotadas, e uma escrivaninha grande tendo atrás uma cadeira que parecia um trono. Um livro de orações lindamente encadernado estava na mesa ao lado de uma pilha mal arrumada de jornais regionais com artigos marcados em vermelho. Quando foram deixados sozinhos na sala precária, Sandman viu que os artigos marcados eram relatos de tumultos. As pessoas em toda a Grã-Bretanha estavam tomando as ruas para protestar contra o preço do trigo ou a introdução de máquinas nos moinhos.

— Algumas vezes acho que o mundo moderno é um lugar muito triste — comentou Sandman.

— Tem seus consolos, capitão — disse Berrigan descuidadamente, olhando para Sally.

— Tumultos, incêndios criminosos. Antigamente não era assim! Os franceses desgraçados soltaram a anarquia no mundo.

Berrigan sorriu.

— As coisas eram melhores antigamente, é? Nada além de críquete e creme?

— Quando não estávamos lutando contra os Sapos? É, parecia sim.

— Não, capitão. — O sargento balançou a cabeça. — Só que na época o senhor tinha dinheiro. Tudo é mais fácil quando se tem dinheiro.

— Amém — disse Sally com fervor, depois se virou quando a porta se abriu e Witherspoon trouxe o secretário do Interior.

O visconde de Sidmouth estava usando um roupão de seda estampada sobre a camisa e a calça. Estava recém-barbeado e sua pele branca exibia um brilho como se tivesse sido esticada e polida. Os olhos, como sempre, eram frios e desaprovadores.

— Parece, capitão Sandman — disse acidamente —, que o senhor optou por nos incomodar, não é?

— Não optei por nada disso, milorde — disse Sandman em tom beligerante.

Sidmouth franziu a testa diante do tom de voz, depois olhou para Berrigan e as duas mulheres. O som de louças e talheres sendo retirados veio do interior da casa, e fez Sandman perceber como estava com fome.

— Então — disse o secretário do Interior com nojo na voz. — Quem você me traz?

— Meus colegas, o sargento Berrigan e a srta. Hood...

— Colegas? — Sidmouth achou divertido.

— Devo reconhecer o auxílio deles, meu senhor, como sem dúvida sua majestade fará quando souber do resultado de nossas investigações.

Essa sugestão sem qualquer sutileza levou o secretário do Interior a fazer uma careta. Ele olhou para Meg e quase se encolheu com a força de seus olhos pequenos e a visão de seus dentes tortos e da pele cheia de marcas.

— E a senhora, madame? — perguntou friamente.

— Srta. Margaret Hargood — apresentou Sandman. — Que era aia da condessa de Avebury e estava presente no quarto da condessa no dia do assassinato. Ela acompanhou pessoalmente Charles Corday para fora do quarto antes do assassinato, levou-o para fora da casa e pode testemunhar que ele não voltou. Resumindo, milorde, ela pode testemunhar que Corday é inocente — disse Sandman com um bocado de orgulho e satisfação. Estava cansado, estava com fome, seu tornozelo doía e as botas e roupas mostravam os efeitos de ter andado de Kent a Londres, mas, por Deus, tinha descoberto a verdade.

Os lábios de Sidmouth, já finos, se comprimiram numa linha exangue enquanto ele olhava para Meg.

— Isso é verdade, mulher?

Meg se empertigou. Não estava nem um pouco amedrontada pelo lorde, em vez disso olhou-o de cima a baixo, depois fungou.

— Não sei de nada — disse ela.

— Como? — O secretário do Interior ficou pálido diante da insolência na voz dela.

— Ele veio e me seqüestrou! — guinchou Meg, apontando para Sandman. — E não tinha o direito de fazer isso! Me levou pra longe das minhas galinhas. Ele pode se escafeder para o lugar de onde veio, e o que me importa quem matou ela? Ou quem vai morrer por ela?

— Meg — Sandman tentou implorar.

— Tira essas patas de cima de mim!

297

O CONDENADO

— Santo Deus — disse o visconde de Sidmouth em voz dolorida, e recuou para a porta. — Witherspoon — disse ele —, estamos perdendo nosso tempo.

— Na Austrália tem uma vespas enormes, com o perdão do lorde — disse Sally.

Nem mesmo o visconde de Sidmouth, com sua mente fina e estéril de advogado, deixava de perceber os encantos de Sally. Na sala escura a jovem era como um raio de sol, e ele chegou a sorrir, mesmo não entendendo o que ela quis dizer.

— Perdão? — disse a ela.

— Na Austrália tem umas vespas enormes — disse Sally — e é para onde essa encrenqueira vai porque não testemunhou no julgamento de Charlie. Ela deveria ter testemunhado, mas não testemunhou. Estava protegendo o homem dela, sabe? E o senhor vai mandar ela para o degredo, não vai, milorde? — Sally reforçou essa pergunta retórica com uma reverência graciosa.

O secretário do Interior franziu a testa.

— Degredo? São os tribunais, minha cara, e não eu, que decidem quem deveria... — De repente sua voz ficou no ar, porque ele estava olhando perplexo para Meg, que tremia de medo.

— As vespas da Austrália são muito grandes — disse Sandman —, todo mundo sabe disso.

— *Aculeata Gigantus* — contribuiu Witherspoon de modo bem impressionante.

— Não! — gritou Meg.

— Grandonas — disse Sally com prazer extraordinário. — Com ferrões que parecem alfinetes de chapéu.

— Não foi ele que matou! — disse Meg. — E não quero ir para a Austrália!

Sidmouth estava espiando-a como a platéia devia olhar para a mulher com cara de porco no Lyceum.

— Você está dizendo — perguntou ele em voz muito fria — que Charles Corday não cometeu o assassinato?

— O marquês não matou! Ele não matou!

— O marquês não matou? — perguntou Sidmouth, agora absolutamente perplexo.

— O marquês de Skavadale, meu lorde — explicou Sandman —, em cuja casa ela recebeu abrigo.

— Ele chegou depois do assassinato. — Agora, aterrorizada pelas vespas míticas, Meg estava desesperada para explicar. — O marquês chegou depois de ela estar morta. Ele costumava ir à casa. E ele ainda estava lá!

— Quem ainda estava lá? — perguntou Sidmouth.

— Ele estava lá!

— Corday?

— Não! — disse Meg, franzindo a testa. — Ele! — Ela parou, olhou para Sandman e depois de volta para o secretário do Interior, cujo rosto continuava demonstrando perplexidade. — O enteado dela, que vinha arando o campo do pai há meio ano.

Sidmouth fez uma careta de nojo.

— O enteado dela?

— Lorde Christopher Carne, milorde — explicou Sandman —, enteado da condessa e herdeiro do condado.

— Eu vi ele com a faca — rosnou Meg — e a marquesa também. Ele estava chorando, estava sim. Lorde Christopher! Ele odiava ela, veja bem, mas não conseguia manter as patas magras longe dela. Ah, ele matou ela! Não foi aquele pintor molenga!

Houve um segundo de pausa em que uma quantidade de perguntas vieram à mente de Sandman, mas então lorde Sidmouth se virou rapidamente para Witherspoon.

— Mande meus cumprimentos à delegacia de polícia na Queen Square — essa delegacia ficava a pouca distância — e diga que eu ficaria satisfeito se eles mandassem quatro policiais e seis cavalos de sela instantaneamente. Mas primeiro me dê uma pena, Witherspoon, uma pena, papel, cera e sinete. — Ele se virou para olhar um relógio sobre a lareira. — E vamos correr, homem. — Sua voz estava azeda como se ele se ressentisse do trabalho extra, mas Sandman não podia censurá-lo. Ele estava fazendo a coisa certa, e depressa. — Vamos correr — disse de novo o secretário do Interior.

E eles correram.

— Ponha o pé no cepo, garoto! Não enrole! — disse rispidamente o carcereiro a Charles Corday, que engoliu em seco e depois colocou o pé direito no bloco de madeira. O carcereiro colocou o ponteiro sobre o primeiro rebite e depois martelou-o para fora. Corday ofegou a cada golpe, depois gemeu quando a algema caiu. Lorde Alexander viu que o tornozelo do rapaz era um inchaço de feridas.

— O outro pé, garoto — ordenou o carcereiro.

Os dois sinos tocavam e nenhum deles pararia até que os dois corpos fossem retirados da forca. Os convidados do chefe da carceragem ficaram em silêncio, limitando-se a olhar o rosto dos prisioneiros como se alguma pista dos segredos da eternidade pudessem estar naqueles olhos que logo estariam vendo o outro lado.

— Certo, garoto, e vá ver o carrasco! — disse o carcereiro, e Charles Corday soltou um gritinho de surpresa quando deu os primeiros passos sem os grilhões nas pernas. Cambaleou, mas conseguiu se apoiar numa mesa.

— Não sei — disse lorde Christopher Carne, depois parou abruptamente.

— O quê, Kit? — perguntou lorde Alexander em tom afável.

Lorde Christopher levou um susto, sem saber que tinha falado, mas se controlou.

— Você diz que há dúvidas quanto à culpa dele? — perguntou.

— Ah, de fato, sim, de fato. — Lorde Alexander parou para acender um cachimbo. — Sandman tinha bastante certeza da inocência do rapaz, mas acho que não pode ser provado. Infelizmente, infelizmente.

— Mas se o verdadeiro as-assassino fosse encontrado — perguntou lorde Christopher, com os olhos fixos em Corday, que estava estremecendo diante do carrasco — ele poderia ser condenado pelo crime se Corday já tivesse sido considerado culpado e enforcado?

— Uma pergunta muito boa! — disse lorde Alexander com entusiasmo. — E para a qual confesso que não sei a resposta. Mas imagino, não concorda?, que se o verdadeiro assassino fosse preso, um perdão póstumo seria dado a Corday, e podemos esperar que esse perdão seja reconhecido no céu, e que o pobre coitado seja arrancado das regiões infernais.

— Fique parado, garoto — resmungou Jemmy Botting para Corday. — Beba, se quiser. Isso ajuda. — Ele apontou para uma caneca de conhaque, mas Corday balançou a cabeça. — Você é que sabe, garoto, você é que sabe. — Então Botting pegou um dos quatro cordões e usou para amarrar os cotovelos de Corday, puxando-os com força às costas, de modo que Corday foi obrigado a projetar o peito à frente.

— Não muito apertado, Botting — censurou o chefe da carceragem.

— Nos velhos tempos — resmungou Botting — o carrasco tinha um ajudante para fazer isso. Era o Encarregado da Corda, e o serviço dele era fazer a amarração. Não é o meu. — Ele não recebera nenhuma gorjeta de Corday, por isso fez a primeira amarração tão dolorosa, mas agora relaxou um pouco a tensão da corda, antes de amarrar os pulsos do rapaz na frente do corpo.

— Isso é para nós dois. — Reginald Venables, o segundo prisioneiro, grande e barbudo, jogou uma moeda na mesa. — Então afrouxe a corda do meu amigo.

Botting olhou para a moeda, ficou impressionado com a generosidade, por isso afrouxou os dois cordões do rapaz antes de colocar uma das cordas com nó corredio em seu pescoço. Corday se encolheu ao toque do sisal, e o reverendo Cotton se adiantou e pôs a mão em seu ombro.

— Deus é nosso refúgio e nossa força, rapaz — disse o capelão —, e uma ajuda muito presente em momentos de atribulação. Chame o Senhor e Ele ouvirá. Você se arrepende de seus pecados, garoto?

— Eu não fiz nada! — gemeu Corday.

— Quieto, meu filho, quieto — insistiu Cotton —, e reflita nos seus pecados em silêncio decente.

— Eu não fiz nada! — gritou Corday.

— Charlie! Não dê o prazer a eles — disse Venables. — Lembra-se do que eu disse? Vá como um homem! — Venables engoliu uma caneca de conhaque, depois virou as costas para que Botting amarrasse seus cotovelos.

— Mas sem dúvida — disse lorde Christopher a lorde Alexander — o simples fato de um homem ser c-condenado e p-punido tornaria as autoridades relutantes em reabrir o processo, não é?

— A justiça deve ser feita — disse lorde Alexander vagamente —, mas acho que você está levantando um argumento válido. Ninguém gosta de admitir que estava errado, muito menos um político, de modo que, sem dúvida, o verdadeiro assassino pode se sentir muito mais seguro quando Corday estiver morto. Pobre rapaz, pobre rapaz. Ele é um sacrifício à nossa incompetência jurídica, não é?

Botting pôs a segunda corda nos ombros de Venables, depois o reverendo Cotton deu um passo para longe dos prisioneiros e deixou que seu livro de orações se abrisse no serviço fúnebre.

— "Eu sou a ressurreição e a vida" — entoou —, "aquele que acreditar em mim, mesmo estando morto, viverá".

— Eu não fiz nada! — gritou Corday, e se virou para a esquerda e a direita como se pudesse ver algum modo de escapar.

— Quieto, Charlie — disse Venables em voz baixa. — Quieto.

O xerife e o subxerife, ambos usando mantos e ambos usando as insígnias do cargo e levando cajados com castão de prata, e ambos evidentemente satisfeitos com os preparativos dos prisioneiros, foram ao chefe da carceragem, que formalmente lhes fez uma reverência antes de apresentar um pedaço de papel ao xerife. O xerife olhou para o papel, assentiu satisfeito e o enfiou num bolso do manto com acabamento de pele. Até então os dois prisioneiros tinham ficado aos cuidados do chefe da carceragem de Newgate, mas agora pertenciam ao xerife, e ele, por sua vez, iria entregá-los aos cuidados do demônio. O xerife puxou o manto de lado para achar o relógio na algibeira. Abriu a tampa e olhou o mostrador.

— São quinze para as oito — disse e se virou para Botting. — Está pronto?

— Pronto, meritíssimo, e ao seu serviço. — Botting pôs o chapéu, pegou os dois sacos de algodão branco e os enfiou num bolso.

O xerife fechou o relógio, deixou o manto cair e foi para o Pátio da Prensa.

— Temos um compromisso às oito, senhores — anunciou. — Então vamos.

— Rins condimentados! — disse lorde Alexander. — Santo Deus, estou sentindo o cheiro. Venha, Kit!

Eles se juntaram à procissão.

E os sinos tocavam.

Não era longe. Quatrocentos metros até Whitehall, entrando direto na Strand e 1.200 metros até a Temple Bar, e depois disso eram uns seiscentos metros pela rua Fleet, atravessando o fosso e subindo o Ludgate Hill antes de virarem à esquerda na Old Bailey. Não era realmente uma grande distância, principalmente depois de a delegacia de polícia na Queen Square ter mandado alguns cavalos dos patrulheiros. Sandman e Berrigan estavam montados, o sargento numa égua que um policial jurou que era mansa, e Sandman num capão estrábico, que tinha mais espírito. Witherspoon trouxe de dentro da casa a ordem de comutação da pena e entregou a Sandman. A cera do lacre ainda estava quente.

— Que Deus acelere seu passo, capitão — disse Witherspoon.

— Vejo você na Wheatsheaf, Sal! — gritou Berrigan, depois deu um repelão para trás quando sua égua seguiu o capão de Sandman na direção de Whitehall. Três patrulheiros iam à frente, um soprando um apito e os outros dois com porretes para abrir caminho entre as carroças e carruagens. Um varredor de rua saltou do caminho com um palavrão agudo. Sandman enfiou o documento precioso no bolso, virou-se e viu Berrigan tendo dificuldade com a égua.

— Calcanhares para baixo, sargento! Calcanhares para baixo! Não puxe as rédeas, só deixe-a correr! Ela cuidará de você.

Passaram pelos estábulos reais, depois pegaram o calçamento na Strand. Passaram pelo boticário Kidman's, fazendo dois pedestres se enfia-

303

O CONDENADO

rem no portal fundo, depois passaram pela Carrington's, uma cutelaria onde Sandman tinha comprado sua primeira espada. Ela havia se partido, lembrou-se ele, no ataque a Badajoz. Não tinha sido nada heróico, meramente frustração diante do aparente fracasso do exército em entrar na fortificação francesa, e em sua raiva ele havia batido com a espada numa carroça de munição abandonada, e partiu a lâmina junto ao cabo. Depois galoparam diante do Sans Pareil, o teatro onde Celia Collet, atriz, havia deixado em transe o conde de Avebury. Um velho idiota se casando com uma jovem inteligente e ambiciosa e, quando o amor imorredouro se mostrou apenas uma luxúria descompassada, e depois de terem se afastado, ela se mudou de volta para Londres onde, para se manter no luxo que sentia lhe ser devido, pegou de volta a antiga camareira do teatro, Margaret Hargood, para ser sua alcoviteira. Assim a condessa tinha apanhado seus homens, os chantageado e prosperado, mas então a mosca mais gorda de todas veio à sua teia. Lorde Christopher Carne, inocente e ingênuo, ficou caído pela madrasta e ela o seduziu e o deixou pasmo, fez com que ele gemesse e estremecesse, e ameaçou contar aos depositários da herança, ao seu pai e ao mundo inteiro se ele não lhe pagasse ainda mais dinheiro de sua generosa mesada. E lorde Christopher, sabendo que quando herdasse a propriedade sua madrasta exigiria cada vez mais, até que não restasse nada além de palha, a havia matado.

Tudo isso Sandman ficou sabendo enquanto o visconde de Sidmouth redigia a comutação da pena, de próprio punho.

— O certo — tinha dito o secretário do interior — seria o Conselho Privado emitir o documento.

— Não temos tempo, milorde — observou Sandman.

— Sei disso, capitão — disse Sidmouth acidamente. A pena de aço fez barulho e espirrou gotículas de tinta enquanto ele rabiscava a assinatura. — O senhor apresentará isto — disse ele, jogando areia na tinta molhada —, com meus cumprimentos, ao xerife de Londres ou a um de seus sub-xerifes, um dos quais certamente estará sobre o patíbulo. Eles podem perguntar por que esta ordem não foi assinada pelo conselho, e o senhor explicará que não houve tempo para os procedimentos adequados. E pode fazer a gentileza de me passar aquela vela e o bastão de cera de lacre?

Agora Sandman e Berrigan cavalgavam, com o lacre da ordem de comutação ainda quente, e Sandman pensou na culpa que lorde Christopher devia ter suportado, e que matar sua madrasta não devia ter trazido alívio, porque o marquês de Skavadale o havia descoberto quase no ato de cometer o assassinato, e o marquês, cuja família estava praticamente na penúria, tinha visto os problemas de sua vida resolvidos num instante. Meg era a testemunha que poderia identificar lorde Christopher como assassino, e assim, enquanto Meg vivesse, e enquanto estivesse sob a proteção do marquês, lorde Christopher pagaria para mantê-la em silêncio. E quando lorde Christopher se tornasse conde, ganhando a fortuna de seu pai, seria forçado a pagar tudo que herdara. Tudo iria para Skavadale, ao passo que Meg, a alavanca pela qual a riqueza seria arrancada da propriedade de Avebury, seria subornada com galinhas.

Sidmouth mandara mensageiros aos portos do canal, e a Harwich e Bristol, alertando as autoridades para ficar de olho em lorde Christopher Carne.

— E quanto a Skavadale? — perguntou Sandman.

— Não sabemos se ele já recebeu algum dinheiro em troca da ameaça — disse Sidmouth pedantemente — e se a garota fala a verdade, eles não planejavam começar as depredações antes de lorde Christopher herdar o condado. Podemos desaprovar as intenções deles, capitão, mas não podemos puni-los por um crime que ainda não foi cometido.

— Skavadale escondeu a verdade! — disse Sandman, indignado. — Ele mandou chamar os policiais e disse que não tinha reconhecido o assassino. Ele teria deixado um inocente ir para a morte!

— E como o senhor prova isso? — perguntou Sidmouth em tom ríspido. — Fique contente porque identificou o verdadeiro assassino.

— E ganhou a recompensa de quarenta libras — interveio Berrigan, feliz, merecendo um olhar muito sujo do lorde.

Enquanto cavalgavam, com as ferraduras dos animais ecoando nas paredes da igreja de Saint Clement, Sandman viu uma dúzia de reflexos seus distorcidos nos painéis dos medalhões da Clifton's Chop House, e pensou em como seria bom comer uma costeleta de porco com rins. A Temple Bar estava logo adiante, e o espaço sob o arco estava apinhado de carroças e pedestres. Os guardas gritaram para os carros se afastarem, atiçaram os cavalos e gritaram para os cocheiros usarem seus chicotes. Uma carroça cheia de flores cortadas estava ocupando a maior parte do arco, e um dos soldados começou a bater nela com seu porrete, espalhando pétalas e folhas nas pedras do chão.

— Deixe para lá! — gritou Sandman. — Deixe! — Ele tinha visto uma abertura na rua e levou seu cavalo para lá, derrubando um homem magro com chapéu alto. Berrigan foi atrás, e então ultrapassaram o arco, Sandman se levantou sobre os estribos e seu cavalo mergulhou na direção do valão Fleet, com fagulhas voando do choque das ferraduras nas pedras.

Os primeiros sinos de igreja começaram a tocar as oito horas, e parecia a Sandman que toda a cidade estava cheia com a cacofonia dos sinos, dos cascos, do alarma e da perdição.

Sentou-se de novo na sela, bateu nas ancas do cavalo e cavalgou como o vento.

Enquanto passava pelo enorme arco da alta Porta do Devedor, lorde Alexander viu à frente o interior escuro e vazio do patíbulo, e pensou em como aquilo lembrava a parte de baixo de um palco de teatro. De fora, onde a platéia se reunia na rua, o cadafalso parecia pesado, permanente e sombrio com a cobertura de baeta preta, mas daqui lorde Alexander podia ver que era uma ilusão sustentada por colunas de madeira sem acabamento. Era um palco montado para uma tragédia que terminava com a morte. Uma escada de madeira subia à direita, indo para as sombras antes de virar para a esquerda e sair num pavilhão coberto que formava os fundos do patíbulo. O pavilhão coberto era como os camarotes privilegiados no teatro, oferecendo aos convidados importantes a melhor visão do drama.

Lorde Alexander foi o primeiro a subir a escada, e uma saudação gigantesca o recebeu. Ninguém se importava com quem ele era, mas sua chegada pressagiava a entrada dos dois condenados, e a multidão estava entediada com a espera. Piscando à luz súbita do sol, Lorde Alexander tirou o chapéu e fez uma reverência para a turba que, apreciando o gesto, riu e aplaudiu. A multidão não era grande, mas enchia a rua por uns cem metros na direção sul e praticamente bloqueava a junção com a rua Newgate, imediatamente ao norte. Cada janela da Magpie and Stump estava tomada, e havia até mesmo alguns espectadores no telhado da taverna.

— Pediram que ocupássemos as cadeiras de trás — observou lorde Christopher quando lorde Alexander se sentou na primeira fila.

— Pediram que deixássemos dois lugares na primeira fila para o xerife — corrigiu lorde Alexander — e eles estão ali. Sente-se, Kit, sente-se. Que dia delicioso! Você acha que o tempo vai continuar assim? Teremos Budd no sábado, hein?

— Budd no sábado? — Lorde Christoper foi empurrado quando os outros convidados passaram para as cadeiras de trás.

— Críquete, meu caro! Convenci Budd a disputar um jogo de um só *wicket* contra Jack Lambert, e Lambert, bom sujeito que é, concordou em ficar na reserva se Rider Sandman ocupar seu lugar! Disse-me isso ontem, depois da igreja. Isso é que é um jogo de sonho, hein? Budd contra Sandman. Você virá, não?

Gritos e aplausos abafaram a conversa no patíbulo enquanto os xerifes apareciam vestidos com seus calções, meias de seda, sapatos com fivelas de prata e mantos com acabamento em pele. Lorde Christopher pareceu não notar a chegada deles, olhando em vez disso para a trave onde os prisioneiros seriam pendurados. Parecia desapontado por ela não estar manchada de sangue, depois olhou para baixo e se encolheu ao ver os dois caixões rústicos esperando seu fardo.

— Ela era uma mulher maligna — disse em voz baixa.

— Claro que você virá — disse lorde Alexander, depois franziu a testa. — O que disse, meu caro amigo?

— Minha madrasta. Ela era maligna. — Lorde Christopher estremeceu, mesmo o dia não estando frio. — Ela e aquela sua aia. Eram como duas bruxas!

— Você está justificando o assassinato?

307

— Ela era maligna — disse lorde Christopher com mais ênfase, aparentemente sem ouvir a pergunta do amigo. — Ela disse que reivindicaria as propriedades, com os depositários, porque lhe escrevi algumas cartas. Ela mentiu, Alexander, ela mentiu! — Ele se encolheu, lembrando-se das longas cartas que tinha feito jorrar de sua dedicação à madrasta. Não conhecera nenhuma mulher até ser levado para a cama dela, e se tornara envolvido por ela. Tinha implorado que ela fugisse para Paris com ele, e ela encorajara sua loucura até que, um dia, zombando dele, tinha fechado a tampa da armadilha. Insistiu para que lhe desse dinheiro, do contrário iria torná-lo objeto de risos em Paris, Londres e todas as outras capitais européias. Ameaçou mandar copiar as cartas e distribuí-las para que todo mundo visse sua vergonha, por isso ele lhe dera dinheiro, e ela exigiu mais, e ele sabia que a chantagem nunca terminaria. Por isso matou-a.

Não se acreditava capaz de assassinato, mas no quarto dela, quando implorou uma última vez que lhe devolvesse as cartas, ela havia zombado dele, chamando-o de insignificante, disse que era um garoto desajeitado e estúpido. Ele havia tirado a faca do cinto. Praticamente nem era uma arma, era pouco mais do que uma lâmina antiga usada para abrir as páginas de livros novos, mas em sua fúria louca havia bastado. Ele a golpeou, depois cortou, talhou sua pele desprezível e linda, e depois correu até o patamar e viu a empregada da condessa e um homem olhando para ele do corredor embaixo, e recuou para o quarto onde ficou gemendo em pânico. Esperava ouvir passos na escada, mas ninguém veio, e ele se obrigou a ficar calmo e pensar. Estivera no patamar por uma fração de segundo, tempo insuficiente para ser reconhecido! Pegou uma faca da mesa do pintor e jogou-a no corpo coberto de renda vermelha, depois revistou a cômoda da defunta até achar suas cartas, que levou embora pela escada dos fundos e queimou em casa. Agachou-se em seus aposentos, temendo a prisão, e no dia seguinte ouviu dizer que o pintor fora levado pelos policiais.

Lorde Christopher tinha rezado por Corday. Não era certo, claro, que o pintor morresse, mas tampouco lorde Christopher podia ser persuadido de que merecia a morte pelo assassinato da madrasta. Ele faria o bem com sua herança! Seria caridoso. Pagaria mil vezes pelo assassinato e pela inocência de Corday. Sandman tinha ameaçado esse exercício de arrependimento, por isso lorde Christopher havia consultado seu valete e, afirmando que Rider Sandman tinha ressentimento contra ele e planejava processar os depositários e assim reter a fortuna dos Avebury no Tribunal do Lorde Chanceler, havia prometido mil guinéus a quem livrasse o espólio dessa ameaça. O valete contratou outros homens, e lorde Christopher os recompensara regiamente até mesmo por um atentado contra a vida de Sandman. Agora parecia que não seria necessário mais qualquer pagamento, porque Sandman evidentemente havia fracassado. Corday morreria e ninguém desejaria admitir que um inocente fora posto para dançar no palco de Botting.

— Mas sua madrasta certamente não tinha direitos sobre a herança. — Lorde Alexander estivera pensando nas palavras do amigo. — A não ser que o testamento citasse especificamente a viúva de seu pai. Ele cita?

Lorde Christopher pareceu confuso, mas depois fez um grande esforço para se concentrar no que o amigo tinha acabado de dizer.

— Não. Toda a fortuna será repassada inalienavelmente ao herdeiro. Só a m-mim.

— Então você será um homem prodigiosamente rico, Kit, e lhe desejo o melhor com sua grande fortuna. — Ele se virou de costas para o amigo quando gritos e aplausos gigantescos, os mais fortes da manhã, receberam a chegada do carrasco ao patíbulo.

— "Minha boca será como se tivesse um freio" — a voz do reverendo Cotton aumentou de volume enquanto ele subia a escada atrás do primeiro prisioneiro — "enquanto o ímpio estiver à minha vista".

Um carcereiro apareceu na frente, depois Corday, que ainda estava andando desajeitadamente porque suas pernas não estavam acostumadas a ficar sem os ferros. Ele tropeçou no degrau de cima e esbarrou em lorde Alexander, que segurou seu cotovelo.

— Firme, bom amigo — disse lorde Alexander.

— Tirem os chapéus! — gritou a multidão para os que estavam nas primeiras filas. — Tirem os chapéus! — O rugido da multidão era enorme, enquanto as pessoas se comprimiam contra o baixo corrimão de madeira que rodeava o patíbulo. Os policiais, postados logo atrás do corrimão, levantaram seus cajados e lanças.

Lorde Alexander sentiu-se agredido pelo barulho que ecoava da fachada de granito da prisão. Aquilo era a Inglaterra se apresentando, pensou, a multidão bebendo o espetáculo de sangue na esperança de que, tendo recebido sua cota, não exigisse mais. Uma criança, sentada nos ombros do pai, gritava palavrões para Corday, que chorava abertamente. A multidão gostava de um homem ou uma mulher que fosse para a morte com coragem, e as lágrimas de Corday lhe rendiam apenas escárnio. Lorde Alexander teve uma ânsia súbita de ir até o rapaz e confortá-lo, rezar com ele, mas ficou sentado porque o reverendo Cotton já estava perto de Corday.

— "Revelai-nos o número de nossos dias" — leu o capelão numa voz cantarolada — "para que possamos entregar nossos corações à sabedoria."

Então a multidão rugiu numa gargalhada de zombaria porque Corday tinha desmoronado. Botting havia subido até o meio da escada e estava levantando a corda dos ombros do prisioneiro, pronto para prendê-la num dos ganchos da trave, quando as pernas de Corday viraram geléia. O reverendo Cotton saltou para trás, o carcereiro correu para a frente, mas Corday não conseguia ficar de pé. Estava tremendo e soluçando.

— Atire no veado, Jemmy! — gritou um homem na multidão.

— Preciso de um ajudante — resmungou Botting para o xerife — e de uma cadeira.

Um dos convidados se ofereceu para ficar de pé, e sua cadeira foi trazida à luz do sol e posta sobre o alçapão. A multidão, percebendo que seria uma execução incomum, aplaudiu. Botting e um carcereiro levantaram Corday e o sentaram, e o carrasco habilmente desamarrou o cordão que prendia os cotovelos de Corday e o amarrou de novo preso à cadeira. Agora ele poderia ser enforcado, e Botting subiu a escada, prendeu a corda, depois desceu e empurrou o nó corredio com força por cima da cabeça do rapaz.

— Canalhazinho chorão — sussurrou enquanto apertava a corda com força. — Morra como homem. — Ele pegou um dos sacos de algodão no bolso e passou sobre a cabeça de Corday. Lorde Alexander, agora em silêncio, viu o algodão pulsando com a respiração do pintor. A cabeça dele tinha tombado sobre o peito de modo que, se não fosse pelo movimento do algodão junto à boca, era como se já estivesse morto.

— "Mostrai aos Vossos servos Vossa obra" — leu o reverendo Cotton — "e aos filhos deles Vossa glória."

Venables subiu a escada e recebeu apenas aplausos negligentes de uma multidão que tinha se exaurido à custa de Corday. Mesmo assim o grandalhão fez uma reverência para a platéia, depois andou calmamente até o alçapão e esperou a corda e a venda. O patíbulo estalou debaixo de seu peso.

— Seja rápido, Jemmy — disse em voz alta — e faça bem feito.

— Eu cuido de você — prometeu o carrasco. — Eu cuido de você. — Ele pegou o capuz branco no bolso e pôs na cabeça de Venables.

— "O Senhor deu e o Senhor tirou" — disse o reverendo Cotton.

Lorde Alexander, que ficara pasmo com os últimos acontecimentos, teve uma leve noção de um distúrbio na extremidade sul, mais estreita, da Old Bailey.

— Desgraça! — Sandman se viu bloqueado pelo engarrafamento do tráfego na esquina da rua Fleet com Ludgate Hill. À direita o valão Fleet fedia ao sol da manhã. Uma carroça de carvão estava entrando na rua Fleet e tinha se agarrado no canto, e uma dúzia de homens ofereciam conselho enquanto um advogado num carro de aluguel dizia ao seu cocheiro para chicotear os cavalos da carroça de carvão mesmo não havendo espaço para ela se mexer, porque uma carroça ainda maior, cheia de traves de carvalho, vinha passando perto. Os policiais montados, com apitos soando e porretes nas mãos, entraram na esquina atrás de Sandman, que chutou um pedestre para fora do caminho, virou o cavalo para a esquerda, xingou o advogado cuja carruagem o bloqueava e depois teve seu bridão seguro por um cidadão bem-intencionado que achava que Sandman estava fugindo dos policiais.

— Tire as mãos de mim! — gritou Sandman, então Berrigan veio ao lado e chutou a cabeça do homem, esmagando seu chapéu, e de repente o cavalo de Sandman estava livre, e ele o fez passar ao lado da carroça com as enormes traves de carvalho.

311

O CONDENADO

— Não adianta ter pressa — gritou o cocheiro. — Não se você vai ao enforcamento. Os desgraçados já devem estar balançando a esta hora! — Todos os sinos da cidade tinham soado a hora; os que sempre tocavam cedo e até os preguiçosos tinham soado as oito, mas o sino fúnebre da igreja do Santo Sepulcro ainda dobrava, e Sandman ousou esperar que Corday ainda estivesse vivo enquanto saía do engarrafamento e esporeava o cavalo subindo na direção da catedral de Saint Paul, que preenchia a crista do Ludgate Hill com sua escadaria, suas colunas e a cúpula.

Na metade do morro virou para a Old Bailey e, pelos primeiros metros, enquanto passava pelos tribunais da Câmara de Sessões, a rua estava abençoadamente vazia, mas então ela se alargou enquanto ele passava pelo grande pátio da prisão de Newgate e de repente a multidão fervilhante se espalhava por toda a rua, bloqueando-o, e ele pôde ver a trave do cadafalso atravessando o céu e a plataforma preta por trás, e então simplesmente impeliu o cavalo contra a multidão. Estava de pé nos estribos, gritando, assim como os Royals, os Scots Greys e os Inniskillings tinham se levantado e gritado impelindo seus grandes animais contra as tropas francesas que eles destruíram em Waterloo.

— Abram caminho! — gritava Sandman. — Abram caminho! — Ele viu os homens no patíbulo e notou que um parecia estar sentado, o que era estranho. E viu um padre e um bocado de espectadores ou autoridades no fundo do patíbulo, e a multidão protestava contra sua selvageria, resistindo a ele, que desejou ter uma arma para golpeá-la, mas então os policiais vieram ao lado e se lançaram contra a turba com seus porretes compridos.

Então um suspiro pareceu atravessar a multidão, e Sandman não pôde ver ninguém além do padre no palco preto do patíbulo que se estendia até a metade da parte mais larga da rua.

O que significava que o alçapão tinha se aberto.

E o sino da igreja do Santo Sepulcro dobrou pelos mortos.

Venables xingou o capelão e o chefe da carceragem, mas não insultou Jemmy Botting porque sabia muito bem que o carrasco poderia apressar seu fim.

— Pare de chorar — disse a Corday.

— Eu não fiz nada — protestou o rapaz.

— Você acha que é o primeiro inocente a morrer aqui em cima? — perguntou Venables. — Ou o centésimo? Isso é um patíbulo, Charlie, e ele não sabe a diferença entre os culpados e os inocentes. Você está aí, Jemmy? — Venables estava com o capuz branco sobre os olhos, por isso não podia ver que o carrasco tinha ido para o canto da plataforma, tirar o pino de segurança. — Você está aí, Jemmy?

— Agora não falta muito, garotos — disse Botting. — Tenham paciência. — E desapareceu na escada dos fundos.

— É Rider! — Agora lorde Alexander estava de pé, para irritação dos convidados sentados atrás. — É Rider!

Finalmente a multidão percebera que estava acontecendo alguma coisa inesperada. A primeira percepção disso foi quando lorde Alexander, alto, e impressionante, levantou-se no pavilhão e apontou para o Ludgate Hill, depois as pessoas se viraram e viram os cavaleiros tentando abrir caminho pela multidão.

— Deixem que eles passem! — gritaram algumas pessoas.

— O que está acontecendo? — rugiu Venables do alçapão. — O que está acontecendo?

— Sente-se, milorde — disse o xerife a lorde Alexander, que o ignorou.

— Rider! — gritou ele por cima da multidão, mas a voz foi abafada pelo tumulto.

Jemmy Botting xingou porque tinha puxado a corda e a trave ensebada estremeceu, mas não se mexeu.

— Desgraçada do inferno! — xingou contra a trave, depois segurou a corda outra vez e deu um puxão monstruoso, e dessa vez a trave se moveu tão depressa que Botting foi jogado para trás, enquanto o céu se abria em cima. A tampa caiu com um ruído surdo e os dois corpos tombaram no poço do patíbulo. Venables estava dançando e engasgando, enquanto as pernas de Corday se sacudiam contra a cadeira.

— Xerife! Xerife! — Sandman estava se aproximando do patíbulo. — Xerife!

— É uma comutação? — gritou lorde Alexander. — É uma comutação?

— É!

— Kit! Ajude-me! — Lorde Alexander foi mancando com o pé torto até onde Corday estava pendurado, sacudindo-se engasgado. — Ajude-me a levantá-lo!

— Solte-o! — gritou o xerife, enquanto lorde Alexander tentava pegar a corda.

— Solte, milorde! — exigiu o reverendo Cotton. — Isto não é adequado!

— Largue-me, seu idiota desgraçado! — rosnou lorde Alexander enquanto empurrava Cotton para longe. Então pegou a corda e tentou puxar Corday de volta para a plataforma, mas não possuía força suficiente. O saco de algodão branco na boca de Corday tremeu.

Sandman empurrou de lado as últimas pessoas e impeliu seu cavalo contra a barreira. Enfiou a mão nos bolsos procurando a ordem de comutação, pensou por um instante pavoroso que a havia perdido, então achou o papel e o levantou para o patíbulo, mas o xerife não queria vir recebê-lo.

— É uma ordem de comutação! — gritou Sandman.

— Kit, me ajude! — Lorde Alexander puxava debilmente a corda de Corday e não conseguia levantar o agonizante nem mesmo um centímetro, por isso se virou para lorde Christopher. — Kit! Ajude-me! — Lorde Christopher, com os olhos gigantescos por trás dos óculos grossos, apertou a boca com as duas mãos. Não se mexeu.

— Que diabo você está fazendo? — gritou Jemmy Botting para lorde Alexander, de baixo do cadafalso, e então, para se certificar de que não lhe tirariam uma morte, subiu nas colunas de sustentação para puxar as pernas de Corday para baixo. — Você não vai ficar com ele! — gritou para lorde Alexander. — Ele é meu! Ele é meu!

— Pegue! — gritou Sandman para o xerife, que ainda se recusava a se curvar e aceitar a comutação, mas nesse momento um homem vestido de preto chegou ao lado de Sandman.

— Dê-me — disse o recém-chegado. Ele não esperou que Sandman obedecesse, em vez disso pegou o papel, subiu no corrimão de isolamento e, com um salto prodigioso, saltou para segurar a borda do patíbulo. Por um instante suas botas pretas resvalaram na baeta procurando apoio, depois ele conseguiu segurar a borda exposta deixada pelo alçapão caído e subiu à plataforma. Era o irmão de Sally, vestido todo de preto e com uma fita preta amarrando o cabelo preto, e os freqüentadores da multidão saudaram, porque o reconheciam e admiravam. Era Jack Hood, Robin Hood — o homem que cada magistrado e policial de Londres queria ver cabriolando no palco de Jem Botting, e Jack Hood zombava da ambição deles ostentando-se em cada enforcamento em Newgate. Agora, finalmente sobre o patíbulo, estendeu a comutação da pena de Corday na direção do xerife. — Pegue, seu desgraçado! — rosnou Hood, e o xerife, atordoado com a confiança do jovem, finalmente pegou o papel.

Hood foi até o lado de lorde Alexander e segurou a corda, mas Jemmy Botting, temendo que sua vítima fosse arrancada no último minuto, tinha subido no colo de Corday de modo que seu peso se somou ao nó da forca.

— Ele é meu! — gritou para lorde Alexander e Hood. — Ele é meu! — A respiração chiada de Corday foi abafada no barulho da manhã. Hood puxou, mas não podia levantar o peso de Corday junto com o de Botting. — Ele é meu! Meu! — gritava Botting.

— Você — Sandman gritou para um dos policiais que montavam guarda ao patíbulo. — Dê-me seu espadim! Agora!

O homem, perplexo, mas intimidado pelo tom de comando de Sandman, desembainhou nervoso a espada curta e curva que era mais decorativa do que útil. Sandman pegou a arma, depois foi atacado por outro guarda que pensou que ele pretendia atacar o xerife, então Berrigan chutou o cocuruto do sujeito.

— Espere! — gritou o xerife. — É preciso haver ordem. É preciso haver ordem! — A multidão estava gritando, o barulho enchendo a rua como um rugido enorme. — Chefe da guarda! — gritou o xerife. — Chefe da guarda!

— Largue a espada — gritou o chefe da guarda para Sandman.

— Hood! — gritou Sandman de pé nos estribos. — Hood! — Mãos se levantaram para tirá-lo da sela, mas Sandman tinha atraído a atenção do salteador e agora jogou-lhe o espadim. — Corte a corda, Hood! Corte a corda!

Hood pegou a espada com habilidade. Os policiais que tinham escoltado Sandman e Berrigan de Whitehall agora empurravam para o lado os guardas da cidade. Lorde Christopher Carne, os olhos ainda arregalados e a boca aberta, estava olhando horrorizado para Rider Sandman, que finalmente o notou.

— Policial — disse Sandman para o cavaleiro mais próximo —, aquele é o homem que o senhor deve prender. Aquele lá. — Sandman apontou e lorde Christopher se virou como se quisesse fugir, mas a escada do pavilhão levava apenas à cadeia.

Jemmy Botting estava com os braços em volta do pescoço de Corday, abraçando-o como um amante enquanto forçava o peso para cima e para baixo no colo do enforcado.

— Meu — grasnava ele. — Meu. — Ele ouviu um som raspado no pescoço do rapaz; era Jack Hood passando a lâmina do espadim na corda. — Não! — gritou Botting. — Não! — Mas a corda, mesmo sendo supostamente do melhor cânhamo de Bridport, foi cortada como barbante de junco, e de repente Corday e Botting, ainda travados no abraço, estavam caindo, e as pernas da cadeira se partiram nas pedras enquanto a ponta cortada da corda balançava vazia ao vento de Londres.

— Nós devemos cortar a corda dele — disse o xerife, finalmente tendo lido a ordem de comutação.

A multidão, volúvel como sempre, agora aplaudia porque a vítima que eles haviam desprezado tinha enganado o carrasco. Corday viveria, ficaria livre, pintaria.

Sandman desceu do cavalo e entregou as rédeas a um policial. Outros policiais tinham usado a escada que esperava qualquer membro da multidão que quisesse ser tocado pela mão de um enforcado, e agora seguraram lorde Christopher Carne. Sandman viu o lorde chorando e não sentiu pena. Pior, podia ouvir os ruídos engasgados de Venables e ver a corda do agonizante tremendo acima da plataforma coberta de preto. Virou-se, tentando e não conseguindo encontrar consolo por ao menos uma alma ter sido roubada do cadafalso.

— Obrigado, sargento — disse ele.

— Então acabou — disse Berrigan, desmontando.

— Acabou.

— Rider! — gritou lorde Alexander de cima do patíbulo. — Rider! Sandman se virou.

Lorde Alexander veio mancando em volta do buraco do alçapão.

— Rider! Você disputaria um jogo de um *wicket*? Neste sábado?

Sandman olhou o amigo numa perplexidade momentânea, depois olhou para Hood.

— Obrigado — gritou, mas as palavras se perderam nos uivos da multidão. Sandman fez uma reverência. — Obrigado — gritou de novo.

Hood devolveu a reverência, mas levantou um dedo.

— Só um, capitão — gritou ele. — Só um, e eles vão enforcar mil antes que o senhor consiga roubar outro.

— É contra Budd! — gritou lorde Alexander. — Rider, está ouvindo? Rider! Aonde você vai?

Sandman tinha se virado de novo, e agora estava com o braço em volta do ombro de Berrigan.

— Se quiser o desjejum na Wheatsheaf — disse ao sargento — é melhor correr antes que a multidão encha o lugar. E agradeça a Sally por mim, certo? Nós teríamos fracassado sem ela.

— Teríamos mesmo. E o senhor? Aonde vai?

Sandman se afastou do cadafalso mancando, ignorado pela multidão que exigia que Corday, seu novo herói, fosse levado à plataforma.

— Eu, Sam? Vou ver um homem para falar de um empréstimo, para que nós dois possamos ir à Espanha comprar uns charutos.

— O senhor vai pedir um empréstimo? Com essas botas?

Sandman olhou e viu que as solas das botas estavam abertas, separadas da parte de cima.

— Vou pedir um empréstimo e também a mão da filha dele em casamento, e mesmo não sendo jogador, aposto com você o preço de um novo par de botas que ele vai dizer sim às duas coisas. Ele não vai ter um genro rico, Sam, só vai ter a mim.

— Ele é um sujeito de sorte — disse Berrigan.

— Você é um sujeito de sorte. E Sally também. — Ele sorriu e os dois foram descendo a Old Bailey. Atrás deles, Venables sufocava lentamente enquanto, acima, Corday piscava ao sol do novo dia. Sandman olhou para trás uma vez, na esquina do Ludgate Hill, e viu o cadafalso negro como o coração de qualquer demônio, então virou a esquina e foi embora.

Nota histórica

Tentei manter os fatos da narrativa os mais exatos que pude. De fato havia um investigador ocasional nomeado para inquirir as circunstâncias de penas capitais, e ele era escolhido pelo secretário do Interior que, em 1817, era Henry Addington, primeiro visconde de Sidmouth.

Esse foi um dos períodos mais movimentados para os cadafalsos da Inglaterra e do País de Gales (a lei escocesa era, e continua sendo, diferente). Havia uma crença de que a punição selvagem e extrema preveniria o crime, por isso o "código sangrento" foi forjado, e por volta de 1820 havia mais de 200 crimes sujeitos à pena capital nos livros dos estatutos. A maioria era de crimes contra o patrimônio (roubo, incêndio criminoso ou falsificação), mas o assassinato, a tentativa de assassinato e o estupro também eram puníveis com a morte, bem como, de fato, a sodomia (entre 1805 e 1832 houve 102 execuções por estupro e 50 por sodomia na Inglaterra e em Gales). A maioria das execuções era por roubo (938 entre 1805 e 1832), com o assassinato sendo a segunda ofensa capital mais comum (395 casos). No total houve 2.028 execuções na Inglaterra e em Gales entre 1805 e 1832, e entre as vítimas estavam mulheres e pelo menos uma criança de quatorze anos. Isso significava uma média de cerca de 75 execuções por ano, das quais cerca de um quinto aconteciam diante de Newgate, enquanto o resto ocorria em cidades de tamanho razoável ou na Horsemonger Lane, mas em alguns anos o cadafalso tinha muito mais movimento, e o período entre 1816 e 1820 foi dos mais agitados, com uma média de cerca de 100 execuções por ano. No entanto, e esse é um ponto crucial, apenas cerca de dez por cento dos condenados à morte eram executados. A vasta maioria tinha as penas comutadas (quase invariavelmente substituídas pelo degredo na Austrália). Assim, entre 1816 e 1820, quando aconteceram 518 execuções na Inglaterra e em Gales, houve de fato 5.853 sentenças de morte.

O que explica essa enorme discrepância? Misericórdia? Aquele não era um período misericordioso. Em vez disso os números traem um exercício cínico do controle social. Os amigos e parentes de uma pessoa condenada à morte invariavelmente faziam uma petição à coroa (o que significava o secretário do Interior) e faziam o máximo para garantir as assinaturas de membros proeminentes da sociedade, como aristocratas, políticos ou clérigos importantes, sabendo que ter esses nomes numa petição tornava mais provável que ela fosse concedida. Assim se forjavam laços e gratidão subserviente. Isso nunca era tornado explícito, mas o processo de condenação, petição e comutação era tão bem compreendido e estabelecido que não podia ter outra explicação.

Muitos condenados não tinham sorte, e suas petições eram rejeitadas, ou então não faziam petição, e suas mortes tornavam-se espetáculos públicos. Em Londres as execuções costumavam ocorrer no famoso cadafalso de Tyburn, a "árvore tripla" que ficava onde hoje é o Marble Arch, mas no fim do século XVIII o patíbulo foi mudado para a rua Old Bailey. Tentei, no primeiro e no último capítulo, descrever o processo de uma execução em Newgate do modo mais preciso que pode ser feito depois de um lapso de duzentos anos, e usei os nomes reais de muitos participantes; assim, o chefe da carceragem de Newgate era William Brown (e de fato ele servia rins condimentados aos convidados que iam assistir aos enforcamentos), o capelão era Horace Cotton, e o carrasco era James ("Jemmy") Botting, que em 1817 não tinha ajudante. Charles Corday, claro, é fictício, mas poderia muito bem ter sobrevivido ao enforcamento. Várias pessoas sobreviviam, em geral porque a corda era cortada cedo demais, e iriam se passar alguns anos antes de ser adotada a "queda longa", que matava mais ou menos instantaneamente. Tenho uma grande dívida de gratidão para com Donald Rumbelow, autor, entre muitos outros bons livros, de *The Triple Tree*, por sua grande ajuda em desemaranhar alguns dos detalhes mais confusos dos procedimentos em Newgate durante o período da Regência. Também sou tremendamente grato a Elizabeth Cartmale-Freedman, que me ajudou com a pesquisa, e a James Hardy Vaux que, em 1812, durante seu exílio involuntário na Austrália, compilou seu *Vocabulary of the Flash Language*.

A inspiração original para *O condenado* veio do livro de V. A. C. Gatrell, *The Hanging Tree* (Oxford, 1994), obra que combina um relato erudito da experiência de execuções na Inglaterra e em Gales entre 1770 e 1868 com uma bela e controlada raiva contra a pena capital. Somente a imagem da capa de *The Hanging Tree*, que é um desenho de Gericault sobre um enforcamento público na Inglaterra em 1820, é uma denúncia espantosa contra a punição bárbara. Ao professor Gatrell eu agradeço e garanto que qualquer erro em *O condenado* não veio dele, nem de qualquer outra fonte, mas é totalmente devido a mim.

Este livro foi composto na tipografia Stone Serif,
em corpo 9,5/16, e impresso em papel off-white
no Sistema Digital Instant Duplex da
Divisão Gráfica da Distribuidora Record.